LE JUSTE MILIEU

Annabel Lyon

Le juste milieu

Traduit de l'anglais (Canada)
par David Fauquemberg

Alto

**Catalogage avant publication de Bibliothèque et Archives
nationales du Québec et Bibliothèque et Archives Canada**

Lyon, Annabel, 1971-

    [Golden mean. Français]

    Le juste milieu

    Traduction de : The golden mean.

    ISBN 978-2-923550-77-0

    1. Aristote – Romans, nouvelles, etc. 2. Alexandre, le Grand,
356-323 av. J.-C. – Romans, nouvelles, etc. 3. Grèce – Histoire
– 359-323 av. J.-C. (Expansion de la Macédoine) – Romans,
nouvelles, etc. I. Fauquemberg, David, 1973-   . II. Titre.
III. Titre: Golden mean. Français.

PS8573.Y62G6514 2011   C813'.6   C2011-941291-8
PS9573.Y62G6514 2011

Les Éditions Alto remercient de leur soutien financier
le Conseil des Arts du Canada et la Société de développement
des entreprises culturelles du Québec (SODEC).

Nous remercions le gouvernement du Canada de son soutien financier
pour nos activités de traduction dans le cadre du Programme national
de traduction pour l'édition du livre.

Les Éditions Alto reconnaissent l'aide financière du gouvernement du Canada
par l'entremise du Fonds du livre du Canada pour leurs activités d'édition.

Gouvernement du Québec – Programme de crédit d'impôt
pour l'édition de livres – Gestion SODEC.

À mes parents,
mes enfants,
et Bryant.

DISTRIBUTION
(par ordre d'apparition)

Aristote, *philosophe*

Pythias, *épouse d'Aristote*

Callisthène, *neveu et disciple d'Aristote*

Hermias, *satrape d'Atarnée, ancien mécène d'Aristote*

Philippe, *roi de Macédoine, à la mort de Perdiccas*

Phila, Audata, Philinna, Nicasipolis, *épouses de Philippe*

Olympias, *épouse de Philippe, reine de Macédoine*

Léonidas, *l'un des précepteurs d'Alexandre*

Carolus, *metteur en scène de théâtre*

Démosthène, *orateur athénien, ennemi de Philippe*

Philès, *garde-malade d'Arrhidée*

Arrhidée, *fils de Philippe et Philinna, demi-frère aîné d'Alexandre*

Alexandros ou Alexandre le molosse, *roi d'Épire, frère d'Olympias*

Antipater, *général, régent en l'absence de Philippe*

Platon, *philosophe, recteur de l'Académie*

Speusippe, *neveu de Platon, nommé recteur de l'Académie à la mort de son oncle*

Alexandre, *fils de Philippe et d'Olympias*

Nicomaque, *père d'Aristote, médecin à la cour de Macédoine*

Arimneste et Arimnestos, *jumeaux, sœur et frère cadets d'Aristote*

Phaestias, *épouse de Nicomaque*

Proxène, *époux d'Arimneste, tuteur d'Aristote après la mort de ses parents*

Amyntas, *père de Philippe, roi de Macédoine*

Illaeus, *disciple de Platon, précepteur d'Aristote*

Perdiccas, *frère aîné de Philippe, roi de Macédoine à la mort d'Amyntas*

Euphraeus, *disciple de Platon, précepteur de Perdiccas*

Héphaïstion, *plus proche compagnon d'Alexandre*

Ptolémée, *compagnon d'Alexandre*

Lysimaque, *l'un des précepteurs d'Alexandre*

Pausanias, *officier macédonien, devenu ensuite l'un des gardes du corps de Philippe*

Tychon, *esclave d'Aristote*

Artabaze, *Perse réfugié à la cour de Macédoine*

Athéa, *esclave d'Aristote*

Méda, *sixième épouse de Philippe*

Petite Pythias, *fille d'Aristote et de Pythias*

Xénocrate, *philosophe, successeur de Speusippe à la tête de l'Académie*

Herpyllis, *servante de Pythias, compagne d'Aristote à la mort de Pythias*

Eudoxe, *philosophe, recteur de l'Académie en l'absence de Platon*

Calippe, *philosophe, compagnon d'Eudoxe*

Nicanor, *fils d'Arimneste et de Proxène*

Attale, *père de Cléopâtre*

Cléopâtre, *septième épouse de Philippe*

Eurydice, *fille de Philippe et de Cléopâtre*

Pixodare, *satrape de Carie, beau-père potentiel d'Arrhidée*

Thessale, *acteur*

Nicomaque, *fils d'Aristote et d'Herpyllis*

« Il faut bien comprendre que je n'écris pas des histoires mais des vies. D'ailleurs, ce n'est pas toujours dans les exploits les plus éclatants que se révèlent le mieux les vertus et les vices des hommes. Un moment anodin, une simple expression, un badinage font souvent mieux connaître leur caractère et leurs inclinations que les sièges mémo-rables, les coups d'éclat ou les plus sanglantes batailles. »

PLUTARQUE, *Vie d'Alexandre*.

CHAPITRE PREMIER

La pluie s'abat en cordes noires, cinglant mes bêtes, mes hommes et ma femme, Pythias, qui la nuit dernière était allongée sur notre couche, jambes écartées, tandis que je prenais des notes sur la bouche de son sexe, et qui pleure à présent des larmes silencieuses, au dixième jour de notre périple. Sur le bateau, elle semblait plutôt à son aise, mais cette ultime étape terrestre dépasse toutes les épreuves qu'elle a connues, et cela se voit. Sa jument trébuche ; elle a relâché les rênes, une nouvelle fois, laissant l'animal avancer d'un pas somnambulique. Elle peine à garder l'équilibre, alourdie par sa parure gorgée d'eau. Tout à l'heure, je lui ai suggéré de rester à bord d'une charrette, mais elle a refusé, fait si rare que j'en ai souri et, dans son embarras, elle a détourné le regard. Callisthène, mon neveu, a proposé de terminer à pied pour lui offrir son grand cheval bai et, tant bien que mal, nous l'avons aidée à monter. La première fois que l'animal s'est ébroué sous elle, Pythias s'est agrippée aux rênes.

«Tu es bien installée ? ai-je demandé, comme la caravane autour de nous se remettait en branle.

— Bien sûr. »

Touchant. Les chevaux n'ont plus de secret pour les hommes, là d'où je viens, là où nous retournons, et Pythias le sait. J'ai moi-même voyagé en charrette hier, afin de pouvoir écrire, mais à présent je monte à cru, à la manière des miens, une expérience casse-couilles pour qui, comme moi, mène depuis si long-temps une vie sédentaire. Mais peut-on prendre place dans une charrette et laisser une femme à che-val? Je comprends à présent où elle voulait en venir.

Au début, je l'avais à peine remarquée, cette jolie fille au regard vide qui se tenait en marge de la mé-nagerie d'Hermias. Il y a cinq ans, déjà. Atarnée était bien loin d'Athènes, par-delà la vaste mer, blottie aux confins de l'empire perse. Fille, nièce, pupille, concu-bine — la vérité se dérobait comme de la soie.

« Elle te plaît, m'avait dit Hermias. J'ai vu comme tu la regardais. » Un homme gras et sournois, trafi-quant de devises dans sa jeunesse, à en croire la ru-meur, puis boucher et soldat mercenaire ; censément un eunuque, aujourd'hui, et un homme riche. Un politicien, également, régnant sur une irréductible satrapie cernée par les barbares : Hermias d'Atarnée. « Qu'on m'apporte mes penseurs ! hurlait-il souvent. Les grands hommes savent s'entourer de penseurs ! Je veux être entouré ! » Alors, il partait d'un grand rire en se giflant les cuisses, et la jeune Pythias posait sur lui des yeux qui ne paraissaient pas ciller autant qu'il l'aurait fallu. Elle était devenue un cadeau, parmi tant d'autres, car j'étais l'un des favoris. Au soir des no-ces, elle s'était enveloppée de voiles, avait pris la pose sur la couche, et arraché les draps avant que j'aie pu vérifier si elle avait saigné. J'avais trente-sept ans, alors, elle quinze et, que les dieux me pardon-nent, je lui avais sauté dessus comme un cerf en rut. Un cerf, ou un verrat.

«Alors? Hein?» m'avait lancé Hermias le lendemain matin, hilare.

Nuit après nuit après nuit. J'essayais de me racheter à grand renfort de gentillesse. Je faisais preuve à son égard d'une extrême courtoisie, lui donnais de l'argent, m'adressais à elle avec douceur, lui faisais part des résultats de mes travaux. Elle n'était pas stupide ; les pensées étincelaient dans ses yeux comme des poissons au fond d'un lac. Nous avons quitté Atarnée au bout de trois années, chassés par le souffle trop proche, trop brûlant des Perses. Deux ans dans la jolie ville de Mytilène, sur l'île de Lesbos, où le fond du port a été pavé pour empêcher les flottes ennemies d'y jeter l'ancre. Et maintenant, ce nouveau voyage. Jamais sa dignité n'est prise en défaut, même lorsqu'elle se couche les genoux écartés, et que je la sonde délicatement pour progresser dans mes recherches sur la génération. Les poissons également, je les étudie, les animaux terrestres, et les oiseaux, quand j'arrive à en capturer. Il y a une graine semblable à celles de la grenade au centre des replis, et le trou est paré de collerettes, comme l'intérieur d'une huître. Tantôt humide, tantôt desséché. J'ai tout noté.

«Oncle.»

Je suis l'index de mon neveu, et j'aperçois la ville au loin, sur la plaine marécageuse en contrebas ; une ville plus grande et plus étendue que dans mon souvenir. La pluie s'atténue en crachin, sous un ciel soudain lumineux, gris or.

Pour réveiller mon épouse trempée, au regard privé de vie, j'annonce : «Pella. La capitale de la

Macédoine. Le temple, là-bas, le marché, le palais…
On les devine à peine. N'est-ce pas plus grand que
tu ne l'imaginais?»

Elle ne dit rien.

«Il faudra te familiariser avec le parler d'ici. Il est
plus rapide, mais pas vraiment différent. Un peu ru-
gueux.

— Je m'y ferai», répond-elle à demi-voix.

Je me faufile à la hauteur de son cheval, me penche pour saisir ses rênes et la tenir près de moi pendant que je lui parle. Cela lui fait du bien de devoir
écouter, réfléchir. Callisthène marche à nos côtés.

«Le premier roi venait d'Argos. Il était grec, bien
que le peuple ne le fût pas. Il y a d'immenses riches-
ses ici: bois, blé, maïs, chevaux, bétail, moutons,
chèvres, cuivre, fer, argent, or. La seule chose ou
presque qu'ils sont obligés d'importer, ce sont les olives. Il fait généralement trop froid pour les olives
aussi loin vers le nord; le relief est trop montagneux.
Et savais-tu que la majeure partie de la flotte athénienne est construite avec du bois macédonien?

— Avons-nous emporté des olives? interroge
Pythias.

— Tu connais tes guerres, mon amour, n'est-ce
pas?»

Elle reprend les rênes, les pince entre ses doigts
comme des cordes, mais je ne lâche pas.

«Je les connais», finit-elle par répondre.

Foutaises, évidemment. Tant qu'à broder à longueur de journée, je tisserais au moins une ou deux scènes de bataille. Je lui remémore la conquête de la Perse par les Athéniens, sous le grand général Périclès, Athènes à l'apogée de sa puissance maritime, au temps de mon arrière-grand-père. Puis les décennies de conflit dans le Péloponnèse, Athènes saignée à blanc puis finalement humiliée par Sparte, avec l'appui de l'armée perse, lorsque mon père était jeune; et Sparte défaite à son tour par Thèbes, la nouvelle puissance montante, durant ma propre enfance.

«Je vais te confier une tâche. Brode-moi les Thermopyles. Nous les accrocherons au-dessus de notre lit.»

Elle ne me regarde toujours pas. Je reprends:

«Les Thermopyles. Par tous les dieux, femme… Le défilé. Le défilé où trois jours durant les Spartiates ont tenu tête aux Perses, dix fois plus nombreux. La plus grande bataille de l'histoire militaire…

— Il faudra surtout du rose et du rouge», suggère Callisthène.

Pythias me fixe droit dans les yeux, pendant un long moment. Je lis: «*Ne me prends pas de haut.*» Et: «*Poursuis.*»

Aujourd'hui, lui dis-je, la jeune Macédoine est la puissance qui monte, sous le règne du roi aux cinq épouses, Philippe. Un mariage pour cimenter chaque extension du territoire, pour sceller chaque victoire: Phila d'Élimée, au nord; Audata, princesse d'Illyrie;

Olympias, de l'Épire, la première épouse du roi, la seule à être appelée reine; Philinna, de Thessalie; et Nicasipolis de Phèrès, une beauté morte en couches. Philippe a en outre envahi la Thrace, après la Thessalie, mais il n'a pas encore pris d'épouse thrace. Je fouille dans la bibliothèque sous mon crâne, en quête d'une anecdote intéressante.

«Ils aiment tatouer leurs femmes, les Thraces.

— Hmmm.»

Callisthène ferme les yeux, comme s'il venait de croquer dans un aliment savoureux.

Nos montures se débattent à présent dans les pierriers à flanc de colline, tandis que nous descendons vers la plaine boueuse. Pythias s'agite sur sa selle, défroisse ses habits, se lisse les sourcils, passe un doigt sur la commissure de ses lèvres, d'un côté puis de l'autre. Elle se prépare pour la ville.

«Mon amour.»

Je pose une main sur elle pour interrompre ses préparatifs et regagner son attention. Mon neveu, je l'ignore. Une Thrace le dévorerait tout cru, comme le tendre morceau qu'il est, et recracherait les petits os.

«Tu dois aussi savoir qu'ici, ils n'ont pas d'esclaves, comme nous, même au palais. Tout le monde travaille. Et ils n'ont pas non plus de prêtres. C'est le roi qui exerce cette fonction pour son peuple. Il commence chaque journée par des sacrifices, et lorsqu'un de ses sujets a besoin de parler à un dieu, c'est à travers lui qu'il le fait.»

Sacrilège : tout cela lui déplaît. J'ai appris à lire son corps.

« Pella sera très différente de la cour d'Hermias. Les femmes n'appartiennent pas à la vie publique, ici.

— Qu'est-ce que cela signifie ? »

Je hausse les épaules.

« Hommes et femmes n'assistent pas ensemble aux spectacles, ni même aux repas. Les femmes de ton rang ne se montrent pas. Elles ne sortent jamais.

— Il fait trop froid pour sortir, rétorque Pythias. Et puis qu'importe ? Dans une semaine, nous serons à Athènes.

— Tu as raison. »

Je lui ai expliqué que nous n'avions fait ce détour que pour rendre service à Hermias. Ma présence à Pella n'est requise que pour un jour ou deux, une semaine tout au plus. Juste le temps de faire un brin de toilette, nous sécher, reposer les bêtes, transmettre le courrier d'Hermias, et on reprend la route.

« De toute manière, leur vie publique n'a rien d'exaltant. »

Les arts sont importés avec parcimonie. La chasse au porc sauvage, elle, est très prisée ; la boisson, également.

« Tu n'as jamais goûté la bière, n'est-ce pas ? Il faudra que tu essaies avant de repartir. »

Elle m'ignore.

«De la bière! s'exclame Callisthène. Je boirai la tienne, ma tante.»

J'interviens aussitôt: «Reprends-toi.» Ce jeune homme a la fâcheuse manie de ricaner dès qu'il s'excite. «Nous venons en diplomates.»

La caravane accélère son pas, et le dos de ma femme se redresse. Nous approchons.

Malgré la pluie et la boue qui s'accroche aux chevilles, une escorte se forme autour de nous comme nous traversons les faubourgs de la ville, des hommes et des femmes sortent de chez eux pour nous regarder, et des enfants nous courent après, soulevant les peaux qui recouvrent les charrettes surchargées pour tenter d'en extraire quelque souvenir. Ils sont comme aimantés par celle qui transporte les cages — une poignée d'oiseaux ébouriffés et de petits animaux — et sur laquelle ils se précipitent avant de battre aussitôt en retraite avec des hurlements de joie, en secouant les mains comme s'ils venaient de se faire mordre. Ce sont des enfants de grande taille, pour la plupart, et bien bâtis. Mes hommes donnent des coups de pied, sans réelle conviction, pour chasser un groupe de jeunes mendiants, tandis que mon neveu, dans une inspiration géniale, retourne ses poches pour leur prouver son dénuement. Pythias, voilée, attire tous les regards.

À l'entrée du palais, mon neveu s'adresse au garde, et on nous laisse passer. Au moment où les portes se referment derrière nous et que nous mettons pied à terre, je remarque un jeune garçon — treize ans, peut-être — qui rôde autour des charrettes. Les cheveux englués par la pluie, la peau rougeaude, des yeux aussi grands que ceux d'un veau.

Je crie : «Éloigne-toi!», au moment où le garçon tente d'aider les hommes à descendre une des cages, celle du caméléon. Puis, lorsqu'il se tourne vers moi avec stupéfaction, j'ajoute, plus doucement : «Il va te mordre. »

Le garçon sourit.

« Moi? »

À y regarder de plus près, le caméléon empeste la merde, il est léthargique et dangereusement pâle ; puisse-t-il survivre assez longtemps pour que je mène à bien une dissection digne de ce nom.

« Tu vois ses côtes? »

Je m'adresse au garçon.

« Elles sont différentes des tiennes. Elles font tout le tour, jusqu'en bas, et se rejoignent au niveau du ventre, comme chez les poissons. Ses jambes fléchissent dans le sens inverse de celles des hommes. Tu vois ses doigts de pied? Il en possède cinq, comme toi, mais ils sont munis de griffes, comme les serres d'un rapace. En pleine santé, il peut changer de couleur.

— Je veux voir ça », répond le garçon.

Ensemble, nous étudions le monstre, son œil qui ne se ferme jamais et sa queue enroulée comme un bracelet.

«Parfois, il prend une couleur sombre, pratiquement comme un crocodile. Ou bien tachetée, comme un léopard. Nous ne le verrons pas aujourd'hui, j'en ai peur. Il est moribond. »

Les yeux du garçon inspectent la charrette.

«Des oiseaux », commente-t-il.

J'acquiesce.

«Ils vont mourir, eux aussi ? »

Je fais oui de la tête.

«Et là-dedans, qu'y a-t-il ? »

Le garçon désigne une charrette chargée de grandes amphores, avec des cales de bois et de pierre pour les maintenir debout.

«Trouve-moi un bâton. »

De nouveau cet air stupéfait.

«Là-bas. » Je montre le sol, à quelques pas, puis je lui tourne le dos, ostensiblement, pour soulever l'un des couvercles. Quand je me retourne, le garçon me tend le bâton. Je le prends et l'enfonce dans le récipient, donnant un petit coup, puis un autre.

«Ça sent », remarque le garçon et, en effet, la puanteur crémeuse de l'eau de mer se mêle à l'odeur du crottin de cheval dans la cour.

Je ressors le bâton. Un petit crabe y est agrippé.

«Ce n'est rien qu'un crabe», dit le garçon.

Je lui demande : «Sais-tu nager ?»

Comme il ne répond pas, j'entreprends de décrire
le lagon où j'allais plonger, l'éblouissement du soleil
avant l'immersion. Je lui explique que ce crabe vient
de là. Je me revois en train de franchir la barre de ré-
cifs avec les pêcheurs et de les aider à remonter les
filets afin d'étudier les prises. Là aussi, je nageais,
l'eau était plus profonde et plus froide, les courants
dessinaient en surface comme des stries sur la roche,
et plus d'une fois j'avais dû être secouru, hissé à bord
d'un bateau, toussant pour recracher l'eau. Rentrés à
terre, les pêcheurs allumaient des feux, faisaient leurs
offrandes, et cuisinaient ce qu'ils ne pouvaient
vendre. Un jour, je les avais accompagnés au large
pour pêcher le dauphin. Sur leurs pirogues de bois,
ils encerclaient un banc et frappaient à grand bruit la
surface de l'eau avec leurs rames. Les animaux, affo-
lés, venaient se jeter sur la plage. J'ai sauté du canot
à l'approche du rivage et pataugé sur les hauts-fonds
dans des gerbes d'éclaboussures pour m'en réserver
un. Ma fascination pour les viscères a laissé les
pêcheurs perplexes car, n'étant pas comestibles, ils
n'avaient pour eux aucun intérêt. Ils s'émerveillaient
de mes croquis de dissection, pointant du doigt, im-
pressionnés, les oiseaux, les souris, les serpents et les
scarabées, ils poussaient des acclamations en reconnaissant un poisson. Mais, comme l'orange du
crépuscule se fond dans le bleu en quelques instants,
chez la plupart des gens l'émerveillement cède vite la

place à l'horreur. Jolie métaphore pour décrire une dure leçon que j'ai apprise il y a longtemps. Les dessins plus grands — vache, mouton, chèvre, cerf, chien, chat, enfant — restaient à la maison.

J'imagine aisément l'incompréhension glaciale de mes confrères, là-bas, à Athènes. La science est l'œuvre de l'esprit, diraient-ils, et moi qui perds mon temps à nager et à gratter le sol.

Je m'adresse au garçon :

«Seuls les faits peuvent nous permettre d'établir les causes. C'est un point absolument crucial. Il faut observer le monde, comprends-tu ? Des faits, on remonte jusqu'aux principes, et pas le contraire.

— Racontez-moi d'autres faits, répond le garçon.

— Les pieuvres pondent autant d'œufs que les araignées venimeuses. Il n'y a pas de sang dans le cerveau, et dans le reste du corps, seuls les vaisseaux sanguins en contiennent. Les oursons naissent sans articulations, et ce sont leurs mères qui, en les léchant, donnent forme à leurs membres. Certains insectes sont générés par la rosée, et certains vers naissent spontanément du fumier. Il y a un passage à l'intérieur de ta tête entre ton oreille et le plafond de ta bouche. En outre, ta trachée rejoint ta bouche tout près du fond de tes narines. Voilà pourquoi, quand tu bois trop vite, la boisson ressort par le nez.»

Je lui lance un clin d'œil, et pour la première fois, le garçon se fend d'un timide sourire.

«J'ai l'impression que vous en savez plus, dans certains domaines, que mon précepteur... »

Le garçon s'interrompt, l'air d'attendre ma réponse à cette remarque lourde de sens.

«C'est possible, dis-je.

— Mon précepteur, Léonidas. »

Je hausse les épaules, comme si ce nom ne m'évoquait rien. J'attends qu'il reprenne la parole, pour m'aider ou monter sur ses grands chevaux, mais il part en courant vers le palais — rien qu'un enfant fuyant la pluie.

Voilà qu'apparaît notre guide, un serviteur à grosse bedaine qui nous conduit à une enfilade de chambres, à l'intérieur du palais. Il dégouline de sueur, même sous cette pluie, et sourit avec satisfaction lorsque je lui offre une chaise et de l'eau. Je crois qu'il est intégralement façonné dans la graisse. Il dit qu'il me connaît, se souvient de moi enfant. Possible. Tandis qu'il boit, ses lèvres laissent de petites croûtes sur le rebord de la tasse, bien que nous ne soyons pas en train de manger.

«Oh oui, je me souviens de vous, répète-t-il. Le fils du docteur. Très sérieux, très sérieux. A-t-il changé?»

Il adresse un clin d'œil à Pythias, qui ne réagit pas.

«Et lui, c'est votre fils?»

Il veut parler de Callisthène. Je rectifie : le fils de mon cousin, que j'appelle mon neveu par souci de simplicité ; il voyage avec moi pour faire son apprentissage.

Pythias et ses servantes disparaissent dans une chambre, à l'intérieur ; mes esclaves, je les ai envoyés aux écuries. Nous sommes trop nombreux pour les quelques chambres qui nous ont été allouées et, là-bas, ils seront au chaud. À l'abri des regards, aussi. L'esclavage est connu, ici, mais peu habituel, et je ne voudrais pas paraître ostentatoire. Nous surplombons une petite cour avec une fontaine bavarde et quelques arbustes en pot, amandiers et figuiers. Mon neveu s'y est réfugié à l'abri d'une colonnade, en pleine discussion avec lui-même sur quelque sujet épineux, ses fins sourcils froissés et assombris comme des cerneaux de noix par la complexité noueuse de ses pensées. J'espère qu'il travaille sur la réalité des nombres, question qui m'intéresse en ce moment.

«Vous êtes revenu profiter du bon temps, poursuit le serviteur. La guerre, ouah !»

Il écrase ses gros doigts sur sa poitrine et éclate de rire.

«Vous venez nous aider à régner sur le monde ?

— Ça arrivera tôt ou tard. Notre heure est venue. »

Le gros rit de nouveau, frappe dans ses mains.

«Très bien, fils de docteur. Vous apprenez vite. Dites : "Je crache sur Athènes." »

Je crache, rien que pour le faire rire, pour mettre en branle ce grand chambardement.

L'homme reparti, je me tourne à nouveau vers la cour.

«Descends donc le retrouver», m'encourage Pythias, qui passe devant moi suivie de ses servantes, allumant les lampes contre l'obscurité qui vient.

Par les autres fenêtres, j'aperçois de la lumière, de légers fourmillements, et j'entends les voix d'hommes et de femmes qui regagnent leurs chambres pour la nuit, leurs devoirs publics accomplis. La vie de palais est partout identique. J'étais heureux de m'en échapper pendant quelque temps, même si je sais qu'Hermias était déçu de nous voir partir. Les puissants n'apprécient jamais qu'on les quitte.

«Tout va bien, poursuit Pythias. Nous nous occuperons de défaire les bagages. Vas-y.

— Il n'a pas eu l'occasion de s'éloigner de nous depuis dix jours. Il a sans doute besoin qu'on le laisse tranquille.»

Un soldat arrive pour me dire que le roi me recevra demain matin. Puis un page nous apporte des plats : des fruits frais et séchés, de petits poissons et du vin.

«Mange», murmure Pythias. Du temps s'est écoulé ; j'ignore combien. Je suis assis sur une chaise, enveloppé dans une couverture, et ma femme dépose à mes pieds une assiette noire et une coupe. «Manger te fera du bien, tu le sais.»

Je sanglote : Callisthène, la tombée de la nuit et la douloureuse confusion de nos vies présentes, tout se mélange dans mes larmes. Pythias m'éponge le visage avec la manche de sa robe, cette robe verte que j'aime tant. Elle a trouvé le temps d'enfiler des habits secs. Des affaires détrempées et froissées sont déployées un peu partout ; j'occupe l'unique chaise qui ne soit pas transformée en tente.

« Il est si jeune, reprend-elle. Il veut voir la ville, rien de plus. Il reviendra.

— Je sais.

— Alors mange. »

Je la laisse déposer une bouchée de poisson dans ma bouche. Huile, piqûre du sel. Je me rends compte que j'ai faim.

« Tu vois ? » dit-elle.

Il n'y a pas de nom pour cette maladie, aucun diagnostic, nul traitement mentionné dans les traités de médecine de mon père. On pourrait se tenir devant moi sans même deviner mes symptômes. Métaphore : je souffre de couleurs : le gris, l'écarlate, le doré, un noir aussi profond que la gueule d'une bête. Il m'arrive de ne pas savoir comment continuer ainsi, comment m'accoutumer à une maladie que je suis incapable d'expliquer et de guérir.

Je la laisse me mettre au lit. Je gis sous les draps qu'elle a réchauffés avec des pierres tirées de l'âtre, bercé par le bruit de ressac de son déshabillage. « Tu as pris soin de moi, aujourd'hui », lui dis-je. Mes yeux sont fermés mais je l'entends hausser les épaules.

« En m'obligeant à monter. Tu ne voulais pas qu'ils se moquent de moi. »

Des éclairs écarlates scintillent derrière mes paupières closes ; elle a posé une bougie au pied du lit.

« Pas ce soir », dis-je.

Avant notre mariage, je l'ai couverte de cadeaux précieux : moutons, bijoux, parfums, poteries, vêtements luxueux. Je lui ai appris à lire et à écrire, car j'étais follement épris et voulais lui offrir ce présent auquel aucun amant n'avait encore pensé.

Le lendemain matin, je découvre la note qu'elle m'a laissée — le grattement de souris que j'avais cru entendre en sombrant dans le sommeil : *Réchauffe-toi, sèche-toi.*

~

Mon neveu est encore vautré sur sa couche lorsque je traverse sa chambre pour me rendre à l'audience. Il est ivre, et il s'est fait baiser : le visage rose et doux, le sommeil profond, des senteurs florales désagréablement sucrées. Nous aurons tous besoin d'un bain, plus tard. Encore un jour gris, la morsure de l'air, l'imminence de l'averse. On ne croirait pas que c'est le printemps. Mon humeur semble fragile mais supportable ; je marche au bord de la falaise, mais pour le moment je tiens encore debout. Je descendrai peut-être moi-même en ville, ensuite, pour débusquer un souvenir, une image arrachée aux abîmes de l'esprit.

Le palais semble s'être transformé durant ma longue absence, comme un serpent renouvelle ses anneaux. Je reconnais chaque porte, chaque couloir, mais pas leur ordre, et en cherchant la salle du trône je pénètre dans le théâtre couvert.

« Chien ! hurle une voix. Chien ! »

Il me faut un moment pour saisir : c'est à moi que l'homme s'adresse.

« Sors de là ! »

Mes yeux s'habituent à la pénombre enfumée. Je distingue quelques silhouettes sur la scène, et un homme hors de lui qui grimpe dans ma direction, enjambant les rangées de sièges taillés dans la pierre. Un panache de cheveux blancs au-dessus d'un visage bon, un visage majestueux. Des yeux assassins. « Sors de là ! »

Je lui demande quelle pièce ils répètent.

« Je travaille. »

Une veine palpite au coin de son œil. Il est devant moi, à présent, son haleine sur mon visage. Il est ravagé, c'est un tueur.

Je présente mes excuses.

« Je me suis égaré. La salle du trône… ?

— Je l'emmène. »

Je baisse les yeux sur le garçon qui s'est glissé à mes côtés. Le garçon des portes de la ville, celui que j'avais feint de ne pas reconnaître.

Le metteur en scène fait volte-face et rejoint son poste d'un pas carnassier. Il aboie : «En place !»

«Ils jouent *Les Bacchantes*, confie le garçon. Tout le monde adore *Les Bacchantes*.»

Dans le couloir, il lève la main, et un soldat rapplique. Le garçon rentre dans le théâtre sans que j'aie pu le remercier. Le soldat me guide à travers une autre cour, puis une antichambre dont une mosaïque sophistiquée orne le sol, une chasse au lion représentée par des galets aux dégradés subtils. Il y a longtemps que je ne suis venu. Le bâillement rouge du lion a viré au rose ; le regard médusé d'un chasseur, jadis azur, s'est fané en bleu œuf d'oiseau. Je me demande où sont passées toutes les couleurs, si le piétinement de milliers de souliers les a emportées et éparpillées aux quatre coins du royaume. Un garde soulève un lourd rideau pour me laisser passer.

«Petite merde prétentieuse, s'exclame le roi. Tu es resté trop longtemps dans l'Est. Non mais, regarde-toi…»

Nous nous enlaçons. Enfants nous jouions ensemble, à l'époque où le père de Philippe régnait, et où mon père était le médecin du roi. J'étais plus grand, mais Philippe plus fort : rien n'a changé. Je prends soudain conscience des habits fins et légers que j'ai passés pour me rendre à cette audience, de ma coupe de cheveux, très courts, à la mode, de mes doigts délicatement sertis de bagues. La barbe de Philippe est rêche, ses ongles sales, ses habits d'un tissu grossier. Il a l'air de ce qu'il est : un soldat qui s'ennuie dans son immense salle du trône pavée de marbre.

« Ton œil... »

Philippe rugit une fois, son rire claque, il m'autorise à examiner la pâle rigole d'une cicatrice qui barre son sourcil gauche, et sa paupière perpétuellement close. Nous sommes devenus nos pères.

« Une flèche, déclare Philippe. Simple piqûre d'abeille par rapport au reste. »

Autour de nous, les courtisans éclatent de rire. Des barbares, paraît-il, pourtant je ne vois que des hommes de ma taille et de ma corpulence. Le petit Philippe est une anomalie. Il porte une barbe courte, désormais, mais ses lèvres sont aussi charnues que dans mon souvenir, ses sourcils épais, avec une couperose de soiffard sur le nez et les joues. Un trou du cul attachant, passé directement de l'enfance à l'âge mûr.

Ma leçon d'histoire à Pythias s'était interrompue sur l'invasion de la Thrace par Philippe. De là, il a gagné la Chalcidique, ma patrie, poing de terre à trois doigts enfoncé dans la mer Égée. Parmi les premières victimes figurait mon village natal. Notre caravane l'a traversé, il y a trois jours ; un détour important, mais il fallait que je voie. Minuscule Stagire, ficelée en travers de la selle que forment deux collines, face à la mer. La muraille ouest était en ruines, la tour de guet aussi. La maison de mon père, ma maison, dévorée par un incendie; le jardin, déraciné, même si les arbres paraissaient indemnes. Les bateaux de pêche sur la grève, brûlés. Les pavés des rues arrachés, et la population, ces hommes et ces femmes que je connaissais depuis l'enfance, dispersée. La destruction remontait déjà à cinq ans. J'en avais appris la nouvelle au moment de quitter Athènes et l'Académie pour la cour d'Hermias, mais j'avais été jusqu'alors incapable de l'accepter. Les mauvaises herbes insinuaient leur entrelacs vert sur le seuil des maisons, des oiseaux nichaient dans les chambres abandonnées, et il ne flottait plus dans l'air aucune puanteur de charogne. Les sons : mer et mouettes, mouettes et mer.

«Le voyage a été agréable?» demande Philippe.

Les Macédoniens s'enorgueillissent de parler ouvertement à leur roi. Je me souviens que nous avons grandi ensemble, et inspire profondément. Pas agréable, non, voilà ce que je lui réponds. Pas agréable de découvrir les biens de mon père violés. Pas agréable d'imaginer les personnages de ma jeunesse bannis à jamais. Pas agréable de voir ses soldats pisser sur les plus anciens souvenirs de ma jeunesse. «Piètre politique, lui dis-je. Détruire son propre territoire, terroriser son propre peuple?»

Il ne sourit pas, mais n'est pas en colère. «Je n'avais pas le choix, répond-il. La Ligue chalcidienne était soutenue par Athènes, ou du moins aurait fini par l'être si j'avais trop tardé. Une cité riche, aux fortifications solides : le tremplin idéal pour qui aurait l'envie d'attaquer Pella. Il fallait fermer cette porte. Tu vas me répondre que nous sommes en paix avec Athènes, désormais. Que nous siégeons ensemble au Conseil de l'amphictyonie, comme les meilleurs amis du monde. Rien ne me rendrait plus heureux, n'en doute pas… J'aimerais croire qu'ils ne sont pas en train de bâtir une coalition contre moi au moment où nous parlons. J'aimerais les croire enfin capables d'accepter leur putain de place. Car raisonnablement, d'un homme raisonnable à un autre, régneront-ils encore sur le monde, un jour? Et l'ont-ils seulement déjà fait? Cachent-ils encore un Périclès quelque part? Peuvent-ils encore s'emparer de la Perse? Raisonnablement? »

Ah, l'un de mes mots préférés…

« Raisonnablement, non.

— À propos de la Perse, je crois que tu as quelque chose pour moi… »

La proposition d'Hermias. Je la tends à Philippe, qui la donne à un aide, lequel la met de côté.

« La Perse, poursuit Philippe. Je pourrais prendre la Perse, si mes arrières étaient tranquilles. »

Cela me surprend; non pas son ambition, mais son assurance.

« Tu disposes d'une marine de guerre? »

La Macédoine de mon enfance possédait vingt vaisseaux, face aux trois cent cinquante d'Athènes.

«C'est Athènes qui dispose de ma marine.

— Ah.

— On ne saurait être plus gentil que moi, répond Philippe. Plus gentil, plus conciliant, ou plus compréhensif. Je les ai toujours laissés s'en tirer à bon compte, en relâchant leurs prisonniers, en leur rendant des territoires. Démosthène devrait écrire un ou deux discours à ce sujet.»

Démosthène, cet orateur qui prononce des discours fielleux et véhéments contre Philippe à l'Assemblée d'Athènes. Je l'ai aperçu une fois au marché de la ville, quand j'étais étudiant. Il achetait du vin, bavassait.

«Que penses-tu de lui?» interroge Philippe.

Je lui confie mon diagnostic: «Bilieux, colérique. Consommer moins de vin, davantage de lait et de fromage. Éviter les émotions fortes et la chaleur. Mastiquer longuement chaque bouchée de nourriture. Se retirer de la vie publique. Apposer des linges froids sur le front.»

Philippe ne rit pas. Il incline la tête de côté et plante ses yeux dans les miens, pesant le pour et le contre. Son attitude est déroutante.

«L'armée est sur le pied de guerre? dis-je. J'ai aperçu les préparatifs en arrivant ici. La Thessalie à nouveau, n'est-ce pas?

— À nouveau la Thessalie, puis à nouveau la Thrace.»

Abruptement :

« Tu es venu avec ta famille ?

— Mon épouse et mon neveu.

— En bonne santé ? »

Je le remercie de son intérêt et lui retourne la question, rituellement. Philippe évoque ses fils. L'un d'eux est un as, un demi-dieu, un génie, un champion. L'autre…

« Oui, oui, s'interrompt Philippe. Tu examineras l'autre pour moi. »

J'acquiesce.

« Regarde-toi, répète Philippe, sincèrement perplexe cette fois. Tu es habillé comme une femme…

— Ça fait longtemps que je suis parti.

— Je dirais vingt ans…

— Vingt-cinq. Je suis parti à dix-sept ans.

— Petite merde, répète-t-il. Et d'ici, tu iras où ?

— Athènes, pour enseigner. Je sais, je sais… Mais l'Académie règne toujours sur une poignée de petits mondes : l'éthique, la métaphysique, l'astronomie. Dans mon métier, si on veut laisser une trace, il faut toujours aller là où se trouvent les meilleurs esprits… »

Il se lève, et ses courtisans avec lui.

«Nous irons chasser ensemble avant mon départ.

— Ce sera un honneur pour moi.

— Et tu examineras mon fils, répète-t-il. Nous verrons si tu as quelque talent...»

~

Un garde-malade me laisse entrer dans la chambre du fils aîné. Ce dernier est grand, mais le mal dont il souffre rend son âge difficile à deviner. Il a la démarche bancale, aussi raide que celle d'un vieillard, et son regard oscille vaguement d'un objet à l'autre. Tandis que nous discutons, le garde-malade et moi, les doigts du fils dérivent vers sa bouche et tirent de manière répétée sur sa lèvre inférieure. Assis ou debout, se tournant maladroitement d'un côté ou de l'autre comme on le lui demande, il apparaît plutôt affable, mais c'est clairement un idiot. Sa chambre est décorée comme celle d'un enfant en bas âge, avec des billes, des jouets et des animaux sculptés éparpillés sur le sol. Il y règne une odeur lourde, un musc animal.

«Arrhidée», bredouille-t-il fièrement quand je lui demande son nom. J'ai été obligé de répéter deux fois, reposant la question après que le garde-malade m'a expliqué que le garçon est dur d'oreille.

Malgré son masque d'idiotie, je distingue en lui le roi son père, dans la largeur de ses épaules, dans ce rire franc qui le remplit d'aise quand je respire profondément ou que j'ouvre bien grand la bouche pour montrer au garçon ce que j'attends de lui. Le garde-malade dit qu'il a seize ans et que jusqu'à l'âge de cinq ans, c'était un enfant débordant de vigueur, beau et adoré. Alors, poursuit-il, il est tombé malade et toute la maisonnée l'a pleuré, persuadée qu'il ne survivrait pas à une telle fièvre, à de tels maux de tête, à l'étrange raideur de sa nuque, aux vomissements et, enfin, aux attaques suivies d'une inquiétante léthargie. Mais ce qui s'était finalement produit était peut-être pire encore.

« Pire, non. » J'étudie le nez et les oreilles du garçon, l'allonge de ses membres, et compare ses muscles mous aux miens. « Pire, non. »

Pourtant, en mon for intérieur, je suis fasciné par les nombreuses beautés et l'ordre du monde, et ce garçon me remplit d'horreur.

« Prends ça. » Je tends à Arrhidée une tablette de cire. « Peux-tu me dessiner un triangle ? »

Mais il ne sait pas tenir le stylet. Quand je lui montre, il gronde de joie et entreprend de tracer des lignes incertaines. Alors je lui dessine un triangle, et il éclate de rire. Je ne peux m'empêcher de repenser à mes propres maîtres, et à leurs théories en vogue sur le fonctionnement de l'esprit. *Il y a depuis toujours des pensées vraies en lui… qu'il convient simplement de réveiller pour en faire un savoir, en lui soumettant des questions…*

«Il manque d'entraînement, dis-je. Le corps, l'esprit. Je vais te donner une série d'exercices. Tu es son compagnon?»

Le garde-malade fait oui de la tête.

«Emmène-le avec toi au gymnase. Apprends-lui à courir et à attraper une balle. Dis au masseur de travailler sur ses muscles, surtout ceux des jambes. Tu sais lire?»

Le garde-malade acquiesce encore.

«Apprends-lui les lettres. À voix haute, d'abord, et ensuite fais-les-lui dessiner avec son doigt, dans le sable. Ce sera plus facile pour lui que le stylet, au moins pour commencer. Mais surtout, ne le brusque pas...

— Alpha, bêta, gamma, récite le garçon, rayonnant.

— Bien!»

Je lui ébouriffe les cheveux.

«C'est très bien, Arrhidée!

— Pendant quelque temps, intervient le garde-malade, mon père a enseigné aux deux enfants. J'étais leur camarade. Le fils cadet est très intelligent. Arrhidée l'imite comme un perroquet. Ça ne veut rien dire.

— Delta, dis-je, sans prêter attention à lui.

— Delta, répète Arrhidée.

— Je veux le voir tous les matins jusqu'à mon départ. Je te donnerai mes instructions au fur et à mesure. »

Le garde-malade tend sa main à Arrhidée, qui la prend. Ils se lèvent pour partir. Soudain, le visage d'Arrhidée s'illumine, et il se met à frapper dans ses mains, tandis que le garde-malade s'incline. Je me retourne. Sur le seuil de la porte se dresse une femme de mon âge, dans une robe grise d'une grande simplicité. Ses cheveux roux sont coiffés avec sophistication, en longues boucles et accroche-cœurs, tenus par des bijoux d'ambre et de pierres précieuses. Des heures de travail. Elle a la peau sèche et constellée de taches de son. Ses yeux sont brun clair.

«Il vous l'a dit? me demande-t-elle. Mon époux vous a dit que j'avais empoisonné ce pauvre enfant?»

Le garde-malade s'est figé. La femme et Arrhidée ont leurs mains posées sur les hanches l'un de l'autre, et elle embrasse tendrement le sommet de son crâne.

«Olympias a empoisonné Arrhidée, fredonne-t-elle. C'est ce qu'ils disent tous. Jalouse du fils aîné de son époux. Prête à tout pour assurer l'accès au trône à son propre enfant. N'est-ce pas cela qu'ils disent?»

Arrhidée éclate de rire, sans rien comprendre, à l'évidence.

«N'est-ce pas?» demande-t-elle au garde-malade.

La bouche du jeune homme s'ouvre puis se referme, comme celle d'un poisson. «Vous pouvez nous laisser», reprend la femme. Puis elle ajoute : «Oui, mon bouchon», quand Arrhidée insiste pour la serrer dans ses bras. Aussitôt, il court rejoindre son garde-malade.

«Pardonnez-moi, dis-je une fois qu'ils sont sortis. Je ne vous avais pas reconnue.

— Moi, je vous connais. Philippe m'a tout dit de vous. Pouvez-vous aider cet enfant ?»

Je lui répète ce que j'ai expliqué au garde-malade, à savoir qu'il vaut mieux développer les facultés existantes du garçon plutôt que de chercher un remède.

«Votre père était médecin, non ? Mais vous, je crois, ne l'êtes pas.

— J'ai de nombreux centres d'intérêt, dis-je. Trop nombreux, me reproche-t-on souvent. Mon savoir n'est pas aussi vaste que celui de mon père, mais j'ai un don pour voir les choses dans leur ensemble. Cet enfant pourrait être plus que ce qu'il est.

— Cet enfant appartient à Dionysos, réplique-t-elle en posant la main sur son cœur. Il y a en lui quelque chose qui dépasse la simple raison. J'éprouve une affection farouche pour lui, contrairement à ce qu'on vous dira. Je prendrai tout ce que vous ferez pour lui comme une faveur personnelle. »

Sa voix sonne faux — cette vibration étouffée, l'affectation de ses tournures, une maîtrise parfaite de son attrait sexuel. Quelque chose qui dépasse la simple raison ? Elle déclenche en moi un bouillonnement d'irritation, chaud et sombre, pas totalement désagréable.

Je m'entends lui répondre : « Tout ce que je pourrai faire pour vous, je le ferai. »

Elle sort, et je regagne mes quartiers. Pythias est en train de donner des instructions à ses servantes dans la buanderie.

« Plus doucement, cette fois », ordonne-t-elle. Sa voix est faible, tendue et aiguë ; irascible. Les servantes s'inclinent et sortent, les paniers sous le bras. « Callisthène a trouvé un domestique qui les conduira à la rivière. Elles vont encore battre mes tenues de lin avec des pierres, tu verras, et elles diront qu'elles les ont prises pour des draps... Chez nous, elles n'oseraient jamais...

— Tu en auras des neuves quand nous serons installés. Encore un jour ou deux ici. Regarde-toi, tu te forces à ne pas sourire. Tu meurs d'impatience.

— Je peux patienter encore un peu », répond-elle, tentant de repousser mes mains.

La belle, l'ai-je appelée ; une fois, je crois. À présent, ses cheveux pendent, minces et plats, et sur ses sourcils, privés d'épilation depuis déjà dix jours, des poils rebelles commencent à pointer, telles des pattes d'insectes. Ses lèvres — fines en haut, plus charnues en bas, avec deux traits de gerçure à cause du froid et de l'humidité —, j'aimerais les embrasser, mais c'est par pitié. Je la tire à moi pour sentir sa jeune fermeté, ses hanches osseuses et ses seins comme de petites pommes. Je lui demande si un bain lui ferait envie, et ses yeux se ferment longuement. Je suis tout à la fois un imbécile, et la réponse à sa prière la plus fervente.

Comme nous rentrons des bains (qui, à ma grande satisfaction, lui ont coupé le souffle ; les conduites pour l'eau chaude et l'eau froide, les serviettes tièdes suspendues à celles d'eau chaude ; le déversoir en forme de gueule de lion ; la baignoire de marbre ; les pierres et les éponges ; les peignes, les huiles, les limes, les miroirs et les parfums ; je l'amènerai ici chaque jour que nous resterons), Callisthène s'est levé et dévore les restes du dîner de la veille. Pythias s'éclipse dans la chambre la plus retirée, rejoignant ses servantes et sa broderie. Le garçon semble à la fois désorienté et content de lui-même. Callisthène le rieur, avec ses bouclettes et ses taches de son. Il est de nature douce et a l'esprit agile, il opère des connexions dont les autres sont incapables, virevoltant de l'éthique à la métaphysique, de la géométrie à la politique en passant par la poésie, telle une abeille butinant une fleur puis l'autre, en diffusant le pollen. C'est moi qui le lui ai appris. Il lui arrive d'être paresseux, malgré tout, comme une abeille ivre de soleil. De quelque côté que penche le pendule, j'éprouve de l'inquiétude à son sujet : peur qu'il me quitte un jour, peur qu'il ne me quitte jamais.

« Tu as pris du bon temps ? dis-je. Tu sors encore, ce soir ? »

La jalousie étrangle mes phrases, mais je ne peux pas m'en empêcher. Le pendule penche sérieusement à gauche aujourd'hui.

«Viens avec moi», répond-il.

Je lui dis que j'ai du travail, et il grogne :

«Tu seras mon guide.

— Je peux être ton guide ici.

— J'ai cru apercevoir le numéro trois hier soir, dit-il, près de l'étal des fleurs, au marché. Il se dissimulait derrière un bouquet de fleurs d'oranger...

— Il est réputé pour sa timidité, ce numéro trois, dis-je.

— Pella est-elle beaucoup plus grande que dans ton souvenir ?

— Je ne reconnais plus rien, dis-je, avec sincérité. La ville a probablement triplé de taille. Je me suis perdu ce matin rien qu'en cherchant les bains, ici, dans le palais.

— N'aimerais-tu pas retrouver la vieille maison de ton père ?

— Je crois qu'elle est intégrée à la garnison, désormais. Veux-tu que je t'accompagne aux bains, maintenant que je sais où ils sont ? Nous pourrions travailler après. De toute manière, tu as encore la migraine.

— Migraine, confirme Callisthène. Mauvais vin. Tout était mauvais, à vrai dire. Ou plutôt non, pas mauvais — vulgaire. Tu as vu les maisons ? Elles sont immenses. Et tape-à-l'œil. Comme ces mosaïques qu'on voit partout. Leur manière de parler, de manger, la musique, la danse, les femmes… Comme s'il y avait tant d'argent, partout, qu'ils ne savaient plus quoi en faire…

— Je ne me souviens pas de ça, dis-je. Je me souviens du froid, et de la neige. Je parie que tu n'as jamais vu de neige… Je me souviens de la dureté des gens. Et du meilleur agneau qui soit, l'agneau de montagne.

— J'ai vu quelque chose, cette nuit, poursuit Callisthène. J'ai vu un homme en tuer un autre pour une simple histoire de verre. Il le tenait par l'épaule et l'a frappé dans le ventre encore et encore jusqu'à ce que l'homme se vide de son sang par les oreilles, la bouche et les yeux, il pleurait du sang, puis il est mort. Tout le monde riait. Ils riaient simplement, sans pouvoir s'arrêter. Des hommes, de jeunes garçons. Quel genre de peuple est-ce donc ?

— Dis-le-moi, toi…

— Des animaux », déclare Callisthène.

Il me regarde droit dans les yeux, sans sourire. Passion rare chez une créature aussi douce.

« Et qu'est-ce qui distingue l'homme des animaux ?

— La raison. Le travail. La vie de l'esprit.

— Tu sors encore, ce soir ? »

~

Le lendemain matin, je retourne voir Arrhidée dans sa chambre. Son visage est strié de larmes et encroûté de morve ; son garde-malade regarde par la fenêtre et fait semblant de ne pas m'entendre. Le garçon sourit, doux et fragile, en me voyant. Je lui souhaite le bonjour, et il répond : « Euh… »

Alors je me tourne vers le garde-malade.

« Des progrès ?

— En un jour ? »

Je ramasse une cape pendue au dos d'une chaise, et je la passe sur les épaules du garçon.

« Où sont tes chaussures ? »

Le garde-malade me regarde, à présent. Sournoise petite merde. Il saute sur l'occasion.

« Il ne peut pas marcher longtemps. Il n'a pas de chaussures d'hiver, seulement des sandales. En fait, il ne sort jamais vraiment.

— Dans ce cas, dis-je, nous allons devoir t'emprunter les tiennes. »

Froncement de sourcils.

« Et moi, je mettrai quoi ?

— Tu peux mettre les sandales d'Arrhidée, puisque tu ne viens pas…

— J'ai ordre de l'accompagner partout. »

Je n'arrive pas à saisir s'il est en colère après moi ou s'il craint d'être pris en défaut dans ses obligations. Il jette un regard à Arrhidée et tend machinalement le bras pour recoiffer une mèche tombée sur son visage. Arrhidée se dérobe. Voici donc le genre de matinée qu'ils ont eue.

« Donne-moi tes putains de chaussures », dis-je.

Arrhidée veut me tenir la main en marchant.

« Non, Arrhidée, lui dis-je. Les enfants tiennent la main. Les hommes marchent tout seuls, tu comprends ? »

Il pleure un peu, mais s'arrête en découvrant où je l'emmène. Il jacasse des mots incompréhensibles.

« C'est ça, dis-je. Nous allons nous promener en ville, d'accord ? »

Il rit et pointe le doigt sur tout : les soldats, les portes de la cité, les remous gris du ciel. Les soldats ont l'air intrigué, mais personne ne nous arrête. Je me demande s'il lui arrive parfois de sortir de sa chambre, et si ces hommes savent seulement qui il est.

« Quel est ton endroit préféré ? »

Il ne comprend pas. Mais, apercevant un cheval, un grand étalon qu'un homme mène au licol, il frappe dans ses mains et jacasse à nouveau.

« Les chevaux ? Tu les aimes ? »

À travers la grand-porte, j'ai aperçu la ville — des gens, des chevaux, ces demeures monstrueuses qui ont tant heurté mon neveu — et je me rends soudain compte que mon cœur n'est pas prêt à l'affronter, si bien que je suis soulagé de ramener Arrhidée vers les écuries. À mi-chemin d'une longue rangée de stalles, je trouve nos montures. Pirouette, Jais, Princesse, Bijou et tous les autres. Arrhidée est douloureusement excité, et au moment où il trébuche et s'effondre sur moi, je me demande, à l'odeur, s'il ne s'est pas pissé dessus. Alors que les autres chevaux nous jettent des regards obliques, seul Jais, noir et puissant, s'intéresse à nous, lève la tête en me reconnaissant, et vient vers moi pour quémander un peu de tendresse. Je montre à Arrhidée comment lui donner une carotte, la paume grande ouverte, mais quand le cheval le touche, il pousse un cri et recule brusquement. Je lui prends la main et la ramène vers l'animal, jusqu'à ce qu'il caresse la marque blanche sur le chanfrein de Jais. Il veut se servir des jointures de sa main, et en y regardant de plus près, je découvre que sa paume est couverte de plaies sanguinolentes, une sorte d'irritation de la peau. Il faudra lui trouver un onguent.

Je l'interroge :

« Tu sais monter ?

— Non, monsieur », répond une voix.

C'est un palefrenier, qui est en train de nettoyer la litière des chevaux.

«L'autre type l'amène parfois ici, et le fait asseoir dans un coin. Il reste là, sans rien faire, pendant des heures. Mais bon, il n'a pas assez d'équilibre pour monter. Il n'a pas besoin d'une autre chute sur la tête, pas vrai?»

Je sors Jais dans la cour, et le selle. Il s'est remis à pleuvoir. Je fais signe à Arrhidée de poser le pied sur mes deux mains jointes et alors, il se fige. Au moins, il a cessé de rire, et son regard implore mon aide. J'essaie de le propulser vers le haut, mais il est trop faible pour se hisser sur le dos du cheval. Il sautille légèrement sur un pied, tandis que l'autre reste suspendu en l'air, dévoilant son entrejambe humide.

«Tenez», intervient le palefrenier, en faisant rouler un tonneau pour que le garçon grimpe dessus.

À nous deux, nous parvenons à le hisser à côté du cheval, et nous le persuadons de jeter une jambe par-dessus le dos de l'animal.

«Maintenant, serrez-le», conseille le palefrenier, qui se penche en avant, les bras enroulés autour d'un destrier imaginaire. Arrhidée s'empresse de se laisser tomber sur l'encolure de Jais et l'enlace passionnément. J'essaie de le faire se redresser, mais le palefrenier proteste:

«Non, non. Laissez marcher l'animal, pendant un moment, qu'il s'habitue aux mouvements.»

Je guide lentement Jais autour de la cour, tandis qu'Arrhidée reste agrippé à lui de tout son corps, le visage enfoui dans sa crinière. Le palefrenier observe la scène. Il interpelle Arrhidée : «C'est un bon cheval ? »

Le garçon sourit, les yeux clos. Il flotte en pleine béatitude.

«Non mais, regardez-moi ça… reprend le palefrenier. Pauvre demeuré… Il s'est pissé dessus ? »

Je fais oui de la tête.

«Par ici, allez.» Il ramène Jais au tonneau et aide Arrhidée à mettre pied à terre. Je m'attendais à ce que le garçon résiste, mais il paraît trop abasourdi pour faire autre chose que ce qu'on lui dit.

Je l'interroge : «Aimerais-tu revenir ici ? Apprendre à monter vraiment, comme un homme ? »

Il frappe dans ses mains. Je m'adresse au palefrenier : «Quand gênons-nous le moins ? »

Il écarte ma question d'un geste. Ses yeux noirs sont brillants et curieux, jaugeant tantôt Jais, tantôt Arrhidée. «Je ne vous connais pas », dit-il, le regard fuyant. Il flatte l'encolure de Jais.

«Je suis le médecin du prince.» Je pose la main sur l'épaule d'Arrhidée. «Et son précepteur. Pour quelques jours seulement. »

Le palefrenier éclate de rire, mais d'une manière qui n'a rien de désagréable.

~

Euripide écrivit *Les Bacchantes* à la fin de sa vie. On raconte qu'écœuré par les échecs de ses pièces lors des grands concours, il avait quitté Athènes et accepté l'invitation du roi Archélaos, qui lui avait offert de rejoindre Pella et de travailler pour un public plus admiratif de ses œuvres — moins raffiné. Il mourut cet hiver-là, de froid.

L'intrigue : furieux que la cour de Thèbes refuse de célébrer son culte, Dionysos décide de se venger de Penthée, ce jeune roi présomptueux. Ce dernier fait emprisonner Dionysos. Le dieu offre alors à Penthée de l'aider à espionner les fêtes de ses adeptes, les bacchantes. Penthée, à la fois fasciné et choqué par le comportement débridé de ces femmes, accepte de se faire passer pour l'une d'elles et de participer à leurs bacchanales sur le mont Cithéron. Mais il est démasqué, et réduit en pièces par les bacchantes, parmi lesquelles figure sa mère, Agavé. Celle-ci rapporte à Thèbes la tête du malheureux, persuadée d'avoir tué un lion des montagnes, et c'est seulement en recouvrant tous ses sens qu'elle comprend ce qu'elle a fait. La famille royale est détruite, tuée ou forcée à l'exil par le dieu. Cette pièce remporta le premier prix au concours d'Athènes l'année suivante, après la mort d'Euripide.

Tout le monde adore Les Bacchantes.

Les acteurs se pressent les uns contre les autres sur le devant de la scène, hormis l'homme incarnant le dieu, juché sur une caisse de pommes d'où il surplombe les mortels. Il n'est pas très grand. Pour le spectacle, on l'a vêtu d'une tunique assez longue pour dissimuler la caisse. C'est une bonne idée.

« Penthée, mon fils… mon bébé… déclame l'acteur qui joue Agavé. Toi qui t'es blotti dans mes bras si souvent, désarmé, voilà que tu as de nouveau besoin de mon amour dévoué. Mon cher, mon doux enfant… Je t'ai tué…

— Non ! Je ne puis dire cela, je n'étais pas présente ! intervient un autre acteur. J'étais… ailleurs. C'était Dionysos. Dionysos a pris possession de moi, Dionysos m'a utilisée, Dionysos t'a assassiné.

— Non, réplique l'acteur qui joue le dieu. C'est vous la coupable. Reconnaissez votre faute.

— Dionysos, nous t'implorons, gémit l'acteur incarnant le père d'Agavé, Cadmos. Nous avons commis une erreur. »

Après un moment de flottement, le metteur en scène souffle :

« Vous comprenez à présent…

— Vous comprenez à présent, mais il est trop tard. Lorsque vous deviez voir, vous étiez aveugles, déclame le dieu.

— Cela, nous le savons. Mais tu es comme une marée qui se retire et nous emporte.

— C'est parce qu'à ma naissance, mon empire s'étendait sur vous, et qu'on m'en a dépossédé. Et je n'en… »

Le metteur en scène l'interrompt et il hurle :

« Cadmos !

— Alors tu ne devrais pas être comme nous, tes sujets. Tu ne devrais avoir nulle passion, réplique le vieil homme à l'arrière de la scène, sur le ton du reproche.

— Et je n'en ai pas », reprend l'acteur.

Comme personne ne l'interrompt, il poursuit :

« Mais ces lois sont les… les lois de la vie. Je ne peux les changer.

— Les lois de la vie, crie le metteur en scène.

— Les lois de la vie, répète l'acteur.

— Tout est joué, Père, dit l'acteur qui incarne Agavé. Il nous faut partir, et emporter notre peine avec nous. »

Un effet de scène a été prévu — un grand drap permet à Dionysos de disparaître en coulisse sans être vu par le public, laissant la caisse vide derrière lui. Je révise donc mon jugement — il faudrait des échasses.

Comme l'acteur jouant Agavé inspire longuement et reste muet, le metteur en scène s'écrie : « Aidez-moi. Menez-moi à mes sœurs. Elles partageront mon exil et les années de malheur. Emmenez-moi en des lieux où je ne verrai plus le mont Cithéron, où des branches envahies par le lierre ne viendront pas me rappeler ce qui s'est passé. Qu'une autre que moi soit possédée. Je me suis flétrie. Merde alors, comme je me suis flétrie ! »

Plus tard, en buvant du vin dans les coulisses, le metteur en scène secoue la tête et s'emporte :

« Des amateurs…

— Vous ne trouverez pas de professionnels, ici », dis-je.

C'est un Athénien, ce Carolus, avec une géniale enflure de buveur en guise de nez et une manière musclée et intimidante de diriger son monde. L'acteur jouant la femme, Agavé, assis à une table plus gaie à l'autre bout de la pièce, a des allures de jument alezane, tout en jambes.

« Au moins, celui-là a le physique du rôle, dis-je.

— Sans aucun doute, confirme Carolus. C'est peut-être là mon erreur… »

À la table des acteurs, les chaises se bousculent joyeusement pour me faire une place, bien que je refuse de m'asseoir. Ils portent toujours leurs costumes et s'amusent voracement.

« Ça s'améliore à chaque fois », dis-je.

J'ai pris l'habitude de rôder autour des répétitions depuis que je suis entré par hasard, le jour de mon arrivée. Lorsque je suis retourné au théâtre ce jour-là pour m'excuser auprès de Carolus de l'avoir dérangé, lui aussi était confus. Il souffrait de migraines et d'insomnie, et sa troupe était composée d'habitants de la ville, pour la plupart des clowns et des jongleurs, des acrobates, ainsi qu'un ou deux musiciens. «J'imagine Euripide voyant ça et j'en meurs, m'a-t-il confié. J'en meurs, jour après jour.» Quand il a appris que je connaissais la pièce, que je l'avais vue lorsque j'étais étudiant à Athènes, nous avons échangé nos impressions, et découvert que le Dionysos que j'avais vu, c'était lui, Carolus. Il était encore assez jeune, alors, pour faire illusion : les cheveux noirs et non pas gris, la voix passionnée, intense. Le garçon qu'il a pris pour le rôle est plutôt bel homme, mais dense et étrangement guindé. Il faudrait lui apprendre à marcher comme un coq, et non comme une poule. Le vieux Cadmos, clown de formation, se prend pour un professionnel bien qu'il n'ait jamais joué de tragédie, et se considère comme le porte-parole de la troupe. Il transmet ses réclamations à Carolus et les formule en longues phrases ampoulées, charmé par sa propre diction. Agavé a fière allure sous sa perruque, mais il minaude, mâche ses mots et oublie ses tirades. Penthée rate souvent des répétitions, sans aucune explication. Aujourd'hui, il manque à l'appel.

Les acteurs improvisent un jeu à boire, se lançant la boule de chiffons dont ils se servent pour faire la tête de Penthée ; celui qui la laisse tomber doit se lever et vider sa coupe pendant que les autres sifflent et se moquent. Je rejoins Carolus. Je l'aime bien. J'aime avoir un ami plus ou moins de mon âge. Plus vieux, en réalité, mais pas assez pour être mon père, ce qui me plaît aussi. Et les braises de la sexualité ne sont pas totalement éteintes en lui ; on le devine quand il s'emporte. Il aime les hommes, il me l'a dit, ne s'est pas offusqué quand je lui ai confié que ce n'était pas mon cas. Je parle le dialecte avec les acteurs, mais pas avec lui. Nous discutons des pièces que nous connaissons et du théâtre en général, et nous nous racontons les spectacles que nous avons vus. Je n'ai pas grand-chose à offrir qu'il ne connaisse déjà.

Je lui demande ce qui fait une bonne tragédie. Il réfléchit un long moment. Un silence amical s'installe entre nous tandis que les acteurs s'éparpillent lentement, en s'adressant des au revoir grandiloquents, et la pluie redouble soudain, les gouttes martelant le toit comme des doigts. Carolus boit du bon vin venu de Dieu sait où, bien meilleur que celui du cru.

« Drôle de question, dit-il. Une bonne mort, une bonne souffrance, cela fait une bonne tragédie. "Bonne" est un drôle d'adjectif.

— Je suis en train d'écrire un livre. »

Telle est la réponse sur laquelle je me rabats, quand mon interlocuteur commence à me fixer bizarrement. Et peut-être est-ce vrai, peut-être suis-je en train de l'écrire. Une modeste étude qui me ramènera ici quand je la relirai dans quelques années, qui me ramènera à cette pluie et à cette coupe de vin, à cet homme que je suis prêt à tant aimer. Au confort de ce lieu, ce petit sanctuaire.

«Par tous les dieux, l'ami, dit-il. Vous pleurez?»

Je lui dis que je suis souffrant.

«Quel genre de livre? reprend-il.

— Une analyse.»

Je pense par les lèvres.

«En deux parties, tragédie et comédie. Les éléments constitutifs de chacune, avec des exemples.

— Une tragédie pour débutants…

— Tout à fait, dis-je. Une simple introduction.

— De quoi souffrez-vous?»

Je lui confie que je pleure facilement, ris facilement, m'emporte facilement. Je me laisse submerger.

«C'est une maladie?»

Je lui demande comment il appellerait ça.

«Des caprices, répond-il. Que faites-vous pour vous soigner?»

Je lui dis que j'écris des livres.

Il hoche la tête, puis la secoue.

«Mon père aussi était comme ça. J'aurais préféré qu'il écrive des livres. C'était un poivrot.»

J'attends la suite, mais il n'y en a pas.

«Une bonne tragédie… reprend-il. Je crois que vous n'êtes qu'un dilettante.»

Je me penche vers lui. Je réponds que je ne suis rien d'autre. Je suggère l'usage des échasses.

Il éclate de rire, puis replonge dans le silence, assez longtemps pour que j'en vienne à me demander si notre conversation n'est pas terminée, et s'il n'attend pas que je parte. Je m'éclaircis la gorge.

« C'est toute la trajectoire de la vie d'un personnage, dit-il. Ses actions, les décisions qu'il prend, les choix qui l'amènent jusqu'au moment présent. L'obligation de choisir. »

Il pointe le doigt sur moi.

« Voilà ce que je veux dire. On est cerné par les démons, un banquet de démons, et on doit faire un choix. On doit remplir son assiette et la manger jusqu'au bout.

— Et la comédie ? »

Il me regarde comme si j'étais idiot.

« La comédie fait rire. Deux esclaves en train de se sodomiser, circulez, y a rien à voir. On appelle ça comment, ici ? »

Je réfléchis une minute.

« S'enculer », lui réponds-je en dialecte macédonien.

Il grogne. Ça lui plaît.

Je m'étonne : « Et c'est tout ? »

Carolus agite sous mon nez un index réprobateur.

«Je ne vous laisserai pas dévaloriser les comédies. Elles ont été mon gagne-pain, les premières années. *Lysistrata* sans les accessoires, si vous voyez ce que je veux dire. Elle a fait ma réputation, cette pièce. Je n'étais encore qu'un adolescent…

— Vous avez commencé jeune…

— C'est vrai, l'ami. »

Il s'empoigne l'entrejambe et nous rions.

«C'était une tradition familiale. Mon grand-père jouait Tirésias dans la première mise en scène d'*Œdipe Roi*.

— Non…

— Si, je vous assure. Après lui, mon père a repris le rôle. »

Il me regarde sans rien dire pendant un long moment. Puis :

«J'ai gardé le masque qu'il portait ce soir-là. Je vous le montrerai à l'occasion, si ça vous intéresse.

— Ils vous ont laissé le prendre ? »

La troupe, je veux dire. Les bons masques sont hors de prix, irremplaçables.

«Il l'a volé. »

Je hoche la tête.

«Pas de masques pour cette troupe-ci. »

D'un geste de la main, Carolus désigne la table que les acteurs viennent d'abandonner pour aller se perdre dans la ville.

« Je n'ai ni le temps ni l'argent. Ils sont tellement raides, de toute façon... Je crois que personne ne remarquera la différence.

— Vous êtes trop dur avec eux. Dionysos a fait des progrès, grâce à vous... »

Sa bouche se fait amère.

« Pas de condescendance avec moi, gronde-t-il. Vous croyez que je voulais terminer ici ?

— C'est drôle, j'ai souvent entendu cette phrase au sujet de Pella... »

Ça ne l'intéresse pas.

« Vous savez qui va s'en tirer correctement ? Le seul ? Penthée. Et vous savez pourquoi ? Parce que je vais finir par le jouer moi-même s'il manque encore une seule fichue répétition. »

Je le corrige : « Une *putain de*.

— Une seule putain de répétition. Vous allez me faire passer pour un autochtone d'ici vendredi... Mais où est passé ce connard, au fait ? »

Un objet atterrit sur la table entre nous : la boule de chiffons — la tête de Penthée. Elle s'est dénouée, traînant derrière elle une queue de charpie, telle une comète. Le ballot crasseux et mou atterrit presque sans bruit, sans même renverser nos coupes. Les traits de peinture, yeux, bouche et quelques traces de sang rosâtres, sont aussi grossiers qu'un dessin d'enfant.

«Qui aurait peur de ça?» Le garçon sort de l'ombre. Je me demande depuis combien de temps il nous écoute.

«C'est toi, n'est-ce pas?»

Carolus m'adresse un clin d'œil.

«Petit singe. Mais alors, qu'est-ce qui pourrait faire peur?»

Le garçon lève les yeux au plafond.

«Une vraie tête», dit-il.

Simple bravade de gosse, mais Carolus acquiesce du chef, sourcils froncés. Le sérieux incarné ; je vais jouer le jeu.

«Et où la trouverais-je?» interroge le metteur en scène.

Le garçon a le regard vide, comme si cette question était tellement stupide qu'il avait l'impression d'avoir manqué un truc.

«N'importe où...

— Petit problème de logistique, dis-je : il vous faudra une nouvelle tête à chaque représentation. Je ne crois pas qu'elles se conserveraient...

— Nous ne donnons qu'une seule représentation, rétorque Carolus.

— Trop de sang, dis-je. C'est salissant.

— C'est salissant, répète Carolus, à l'intention du garçon.

— Oui, c'est sûr, répond-il. Mais vous ne voulez donc pas que ça ait l'air vrai?

— Nous réutilisons sans cesse les mêmes costumes, réplique Carolus. Penthée aujourd'hui, Créon demain. Tu veux qu'on joue toutes les pièces en rose? Que ça ait l'air vrai, mais juste assez, si tu vois ce que je veux dire…

— Vous pourriez la cautériser», dis-je.

Ils se tournent vers moi.

«Cautériser. On chauffe une plaque de métal sur les braises. Puis on appuie la partie tranchée sur la plaque afin de la brûler. Ça la referme aussitôt, ça arrête le sang.»

Le garçon fronce les sourcils.

«Comme de la viande grillée…

— Exactement

— Eh bien…»

Carolus frappe dans ses mains.

«Problème résolu.»

Il lance le ballot de chiffons au garçon.

«Je te confie cette mission, alors. La tête de Penthée est ton affaire, à présent.»

Le garçon a l'air satisfait. Il part, lançant la boule de chiffons et la rattrapant au vol tout en marchant.

«Intéressant, dis-je.

— Il aime assister aux répétitions, comme vous. Il reste dans son coin, sans dire un mot. J'ai l'impression que les acteurs apprécient sa présence. Comme une mascotte.

— En tout cas, il a le sens du spectacle...»

Nouveau froncement de sourcils.

«Il a le sens de quelque chose», rétorque Carolus.

Le garçon revient.

«Au fait, dit-il. Je sais où est Penthée.»

Je m'éclaircis la gorge pour des présentations en bonne et due forme. Il est temps.

Carolus m'ignore.

«Sale gosse. Eh bien, où est-il?

— Il est malade, répond le garçon. J'ai entendu les acteurs parler de lui. Il n'arrive pas à manger, il n'arrive pas à chier, et certains jours, il n'arrive pas à sortir de son lit...

— Putain d'enculeur», s'exclame Carolus, content de lui.

Le garçon se retourne, agite la tête de chiffons au-dessus de la sienne, et disparaît pour de bon.

~

J'ai découvert au cours de la semaine passée que je pouvais amener Arrhidée à faire n'importe quoi, du moment que cela impliquait des chevaux.

« Combien sont-ils ? »

Je désigne les stalles.

« Un, deux, cinq », répond-il, et, effectivement, il y a cinq chevaux dans les écuries aujourd'hui, dont son préféré, mon solide Jais.

« Quelle couleur ? » dis-je, en montrant ce dernier, et Arrhidée ricane et se balance et frappe dans ses mains et tend la main vers la bride suspendue à un clou.

« Non. »

Je repousse sa main.

« Bientôt. Pas encore. De quelle couleur est Jais ?

— Nor, nor, nor, répond-il.

— Noir.

— Nou-ère.

— Noi, noi, noi, dis-je. Noir. »

Il se moque de moi ; il y a de quoi. Je lui donne un bâton et lui demande de me dessiner des formes dans la poussière : cercle, triangle. Il lutte avec le carré, et je constate que son attention est presque consommée, comme l'huile d'une lampe qui va s'éteindre. Il possède une sorte d'intelligence primitive, sait plus ou moins obtenir ce dont il a besoin — boisson, nourriture, relations de base, le pot —, mais dès qu'on essaie de le faire progresser d'un cran, il s'épuise rapidement. Littéralement : ses yeux se cerclent de rouge, il bâille, même sa peau semble devenir plus grise.

J'abandonne les formes et le fais sauter sur place dix fois, en comptant pour lui. De cela, aussi, il se fatigue vite, même si maintenant il ne pleure plus chaque fois qu'il ne veut pas faire un exercice. J'ai demandé au palefrenier de lui trouver des travaux à faire autour des chevaux, balayer et tout le reste, des activités qui le fassent sortir au grand air et s'exercer physiquement. Avant mon départ, je demanderai à Philippe de se débarrasser du garde-malade et de le remplacer par une personne plus agréable, plus capable de reconnaître ses progrès et d'y contribuer. Il doit bien y avoir quelqu'un.

« Est-ce l'heure de monter ? » dis-je. Il se hisse plus facilement à cheval, désormais, et se tient droit. En selle, il est mieux coordonné, avec un équilibre meilleur que sur ses propres jambes. Cela ne manque pas de m'étonner, et je ne me l'explique pas, même si le palefrenier me confie que ce n'est pas la première fois qu'il voit ça. Il m'apparaît comme quelqu'un qui a déjà tout vu et n'aime pas qu'on lui apprenne quoi que ce soit, ou du moins rechigne à montrer sa surprise ; n'empêche, il est sympathique, vif et serviable sans jamais se montrer gênant, et ne m'a jamais demandé pourquoi je me donnais tant de mal. Il dit avoir vu des enfants maladroits et patauds devenir gracieux sur le dos de leur monture. Il a constaté cela, en outre, avec les soldats blessés qui doivent réapprendre à monter. Parfois, il s'agit d'une blessure à la jambe ou au bassin, mais il affirme qu'il a vu des hommes sans aucun traumatisme apparent, qui ont seulement pris un coup au niveau de la tête et ne savent plus lever les mains, jusqu'à ce qu'on leur donne des rênes. Je lui demande quelles conclusions il tire de tout cela. Il hausse les épaules.

«Les gens aiment les chevaux, dit-il. C'est dans notre nature. Moi, je suis plus heureux à cheval. Pas vous? Je pourrais tout oublier et toujours savoir monter. Mon père était comme ça. À la fin, c'était devenu un idiot, il bredouillait, un peu comme celui-là... dit-il, en montrant du doigt Arrhidée. Mais en selle, il se tenait aussi droit qu'un général. N'êtes-vous pas plus heureux à cheval?» insiste-t-il.

Je n'ai pas le cœur de lui répondre: «Pas vraiment.» Je me demande où se déroule le reste de sa vie, lorsqu'il n'est pas aux écuries: quelle chambre, quelle viande, quel sommeil, qui il chevauche dans son lit. Je rappelle à Arrhidée de baisser ses talons et regarde le palefrenier mener son cheval à la longe autour du manège. Le petit homme lui a appris deux choses: «Au pas», et «Stop». Un triomphe herculéen en l'espace de sept jours. De dos, Arrhidée en impose, et j'adore entendre sa voix articuler ces ordres. J'ai demandé à son garde-malade de lui donner le bain tous les jours et de mieux veiller à la propreté de son linge; j'ai dit au petit grincheux que je leur ferais échanger leurs habits si ce que porte le prince n'est pas convenable. J'ai volontairement insisté sur cette appellation : « le prince ». J'aime entendre ma propre voix en train de donner ces ordres, et me demande parfois pourquoi j'ai conçu une telle haine envers le garde-malade. Il a un métier que je détesterais, et il est assez naturel de sa part de me détester, moi qui joue à exercer une ou deux heures par jour son métier de toute une vie. Je me demande quelles ambitions il pourrait nourrir s'il n'était attelé à un idiot à longueur de journée. Je me demande ce qu'il fait quand je le relève. Il faudra que je le suive discrètement, un jour, pour le découvrir.

Après la séance d'équitation d'Arrhidée, je lui apprends à passer l'étrille. Il est un peu brutal, d'abord, et je dois lui montrer l'implantation du pelage de l'animal et les zones sensibles du corps. Il est encore nerveux lorsqu'il nourrit Jais avec sa propre main, et sa peau est toujours aussi pelée et couverte de croûtes, malgré les pommades que j'ai confiées au garde-malade.

« Il les mange, déclare ce dernier quand je ramène Arrhidée à sa chambre aujourd'hui. Il les lèche. Vous y mettez du miel ? Ce serait l'explication. »

Il fait le ménage dans la chambre, passe le balai, frappe les couvertures ; ou du moins, il a été suffisamment prévenu de notre arrivée pour préparer une petite mise en scène. Il a déjà disposé de la nourriture pour Arrhidée, qui s'y attaque avec les mains, sans plus se soucier de nous.

« Il a ça chaque hiver, poursuit le garde-malade, sans me laisser le temps de lui assener une réplique cinglante. J'ai déjà essayé les cataplasmes au miel. Sur ses pieds, aussi. Ça cicatrise aussitôt quand le temps se réchauffe. Je mets des bandages sur ses mains quand ça saigne, mais sinon, je les laisse à l'air libre. Pareil pour ses pieds. D'où les sandales. Et je le laisse marcher pieds nus autant que possible. L'air libre semble être le meilleur remède…

— Tu sais lire ? »

Il se raidit.

« Vous me l'avez déjà demandé. Je l'ai fait travailler sur son alphabet. Interrogez-le, vous verrez…

— Pour toi, je veux dire.

— Des livres ? »

J'acquiesce.

« Pourquoi ? »

Voilà ma récompense. Il est suspicieux, douloureusement, parce qu'il meurt d'envie d'obtenir ce qu'il n'est pas sûr que je lui propose.

« J'ai apporté ma bibliothèque, dis-je. Je me demandais si cela te ferait plaisir de m'emprunter des livres quand je sors m'occuper du prince…

— Je me disais qu'il vaudrait sans doute mieux que je vous accompagne, réplique-t-il. Afin de savoir comment m'y prendre une fois que vous serez parti… »

Enfin. Après cet échange de politesses tant attendu, nous pouvons enfin instaurer une relation.

«Je suis encore là pour quelques jours, dis-je. Je t'apporterai quelque chose demain. Que préfères-tu? La poésie? L'histoire? Le comportement des animaux?»

Ce dernier point le fait rire, un rire de mépris; il pense que j'ai fait une plaisanterie aux dépens d'Arrhidée, et s'efforce de jouer le jeu.

Je reprends: «Un traité sur l'éducation, peut-être…»

Il efface le mépris de ses traits. La trêve est terminée.

«Je ne comprends pas, proteste-t-il en voyant ce moment lui échapper. Il n'en vaut pas la peine, il est inutile. Vous, plus que tout autre, devriez le comprendre. Je croyais que vous, vous le comprendriez. Je sais qui vous êtes. Comment pouvez-vous supporter de passer tout ce temps avec lui? Cela ne vous fait-il pas souffrir? Vous qui savez tout ce dont est capable un esprit humain, comment pouvez-vous supporter cela? Je n'ai pas le centième de votre esprit, et il y a des jours où j'ai peur de devenir fou. Je le sens. Ou plutôt, je l'entends. Comme si quelque chose rampait le long des murs, juste derrière ma tête, et se rapprochait peu à peu… Un gros insecte, un scorpion peut-être. Un ricochet sec: voilà, pour moi, le son que produit la folie.»

Des poèmes, donc. Ce n'est encore qu'un jeune homme, après tout, épris de sa propre mélancolie, contraint de ruminer le gâchis de sa propre intelligence. Mais je me rends compte qu'il sanglote, les yeux luisants de larmes. Il se détourne pour ne pas dévoiler ses failles. Je lui demande depuis combien de temps il est le compagnon du prince. Il avale une bouffée d'air tremblante, et répond que cela n'a aucune importance.

«Quel âge as-tu?

— Vingt ans.»

L'âge de mon neveu.

«Où dors-tu?»

Il hausse les épaules.

«Ici.»

Puis: «Là-bas. Par terre.» Il désigne un point, au pied du mur. Il doit dérouler une paillasse sur le sol, chaque soir, et la ranger dans la journée pour libérer le terrain de jeu du prince. Ses larmes ont déjà été ravalées, par les yeux et le nez, et il est redevenu sombre. Je connais bien ces crises de larmes subites, l'étrange dissociation entre ce que fait le visage et ce qui occupe l'esprit. Moi-même, il m'arrive de sangloter tout en travaillant, en mangeant, ou en prenant mon bain, et de me réveiller en pleine nuit avec sur le visage les traces d'escargot de ce genre de crises.

Arrhidée a terminé sa ration et tire sur le bras du garde-malade. Ce dernier se met docilement à genoux et ramasse le pot glissé sous le lit. Il le dispose derrière un paravent à l'intention d'Arrhidée, qui s'est déjà dévêtu et s'y met tout aussi bruyamment qu'il mange, grommelant et grondant dans son coin, poussant de toutes ses forces. L'odeur est forte. Je me prépare à partir.

« Pythagore », reprend le garde-malade.

J'acquiesce ; ma propre noirceur me menace, à présent, et il faut que je parte. Je lui apporterai mon Pythagore.

Il ajoute : « Je voulais étudier… »

Mais je n'entends pas la suite. Je suis déjà dehors, et je remonte le couloir d'un pas de plus en plus rapide, je me concentre sur les motifs du carrelage en pensant à la géométrie des étoiles.

~

Je suis un déchet. Cette certitude est mon climat — mes nuages intimes. Tantôt bas, noirs et sombres ; tantôt hauts et fuyants, troupeau immaculé, sans pesanteur, d'une belle journée d'été. Je confie cela à Pythias, parfois, comme une dépêche urgente en provenance des ténèbres : « Je suis un déchet. » Elle ne répond rien.

~

J'étais censé assister au spectacle en tant qu'invité de Philippe, mais Carolus a voulu que je reste en coulisse avec lui, pour tenir son exemplaire du texte, l'aider avec les accessoires et, plus généralement, offrir une présence apaisante. « Pour eux, dit-il. Pas pour moi. Ils se sont habitués à vous. Dites-moi : pourquoi les plus mauvais acteurs sont-ils aussi tendus ? »

J'ouvre la bouche pour lui répondre, mais il me coupe :

« Oh, fermez-la. C'était une question rhétorique. Vous aimez parler, pas vrai ? Tenez, prenez ça. »

C'est la tête de Penthée, une seconde boule de chiffons car le garçon avait disparu en emportant la précédente, et n'était jamais revenu. Celle-ci, au moins, a été nouée solidement et ne devrait pas se défaire, même si les traits du visage sont toujours aussi grossiers : des yeux noirs écarquillés, les deux tiers d'un triangle pour le nez, une bouche rouge et une simple balafre écarlate sous la gorge.

« Prenez ça, aussi. » Carolus me tend une poignée de bâtons entortillés de lierre. Lui-même a revêtu la tunique de Penthée ; comme le garçon, l'acteur s'est volatilisé, et nul ne semble savoir ce qu'il est advenu de lui. Ce que Carolus attend vraiment de moi, je pense, c'est que je souffle leur texte aux acteurs quand il sera sur scène. De toute façon, Philippe est occupé par son hôte Alexandros, le frère d'Olympias. Ce dernier a passé des années à Pella, en tant que pupille du roi — Philippe attendait qu'il fût en âge de gouverner. À présent, Philippe vient de le faire couronner à Molosse, et il s'agit de sa première visite d'État à cette cour où il a si longtemps vécu. Il a les couleurs de sa sœur — rose, rouille, les yeux sombres —, et Philippe l'apprécie. Depuis les coulisses, je les aperçois qui boivent sans interruption, têtes jointes dans une conversation, riant souvent. Je ne crois pas qu'ils prêteront grande attention à la tragédie.

Je coince la tête sous mon bras, et me tiens prêt à distribuer les bâtons aux membres du chœur, qui passent devant moi en file indienne. Mes paumes fourmillent d'excitation : j'ai eu des vertiges toute la journée. J'adore cette situation, la pièce vue de derrière, et j'adore avoir assisté à toute sa genèse. J'aime me glisser à l'intérieur, derrière, au-dessous des choses, et voir ce qui, généralement, demeure invisible.

« Et… »

Carolus lève une main, puis l'abat. La musique commence.

Je ne sais pas avec certitude à quel moment le garçon s'est glissé à côté de moi. Je lève les yeux et il est là, tout simplement, qui contemple la scène, aussi captivé que moi. Il remarque le mouvement de ma tête, me regarde, et nous sourions tous les deux. Cette fois, c'est pour de vrai. Il prend la tête sous mon bras, pour aider, et je hoche du chef : je lui ferai signe lorsqu'il faudra la remettre à l'acteur.

« Voyez, elle vient, déclame le chœur à l'unisson. Agavé, sa mère, qui rentre chez elle en courant. Ses yeux ! Voyez ses yeux ! Ils sont écarquillés. Elle est possédée. Accueillons-la parmi nous, elle est pleine du dieu et de son extase. »

Je lui fais signe. Le garçon tend la tête à l'acteur incarnant Agavé, qui se rue sur la scène. Puis, pendant un moment, silence. Un trou. Carolus, près de moi, lève brusquement les yeux du texte et siffle : «Femmes de l'Est. »

Je me tourne vers le garçon. Il lance en l'air le ballot de chiffons qu'il m'a pris, le rattrape, et jette un regard appuyé en direction de la scène.

«Femmes de l'Est, siffle Carolus, plus fort.

— Femmes de l'Est — bacchantes», récite Agavé.

Je me souviens que l'acteur qui interprétait Penthée avait les cheveux raides mais la barbe bouclée, et un grain de beauté sous l'œil gauche. Je m'en souviens car je contemple sa tête, à présent, blottie dans les bras d'Agavé.

«Sais-tu qui nous sommes?» tonne un membre du chœur. Les autres, les yeux fixés sur la tête, ont oublié de parler.

«Sais-tu qui nous sommes? Connais-tu notre vraie nature?

— Regardez, répond Agavé. C'est un lionceau. Je l'ai capturé. Je l'ai capturé sans filet. Regardez… »

La voix de l'acteur s'est faite suraiguë, et son regard vitreux. Il est étourdi par le choc.

Dans la salle, Philippe a cessé de discuter avec son hôte. Ses sourcils sont levés. Il fixe la scène. Cela l'intéresse, à présent.

Après la représentation, Carolus secoue sa tête sans pouvoir s'arrêter.

« C'était le meilleur putain de spectacle auquel il m'ait été donné d'assister dans toute ma putain de misérable vie… »

La tête a disparu ; il a demandé à un assistant de plateau de l'envelopper dans le linge avec lequel le garçon l'avait apportée, et de s'en débarrasser n'importe où.

« Je l'ai cautérisée comme vous l'aviez dit, m'explique le garçon. Ça a marché.

— Putain de singe, tu es un monstre ! s'exclame Carolus.

— J'ai pensé qu'ils ne marcheraient sans doute pas, si je les prévenais avant, poursuit le garçon. J'ai repensé à ce que vous aviez dit, que les choses devaient avoir l'air assez vraies, et au fait que vous n'arrêtiez pas de vous plaindre d'avoir de si mauvais acteurs. Alors je me suis dit : et s'ils n'avaient pas besoin de jouer ? S'il leur suffisait d'être eux-mêmes ? »

Les acteurs se sont enfuis depuis longtemps. Les coulisses empestent la pisse et le vomi : la pitié et la peur. Carolus aura finalement de la lessive à faire.

« Il est mort hier soir, continue le garçon. Je vous avais dit qu'il était malade. Je crois que les choses n'arrivent jamais par hasard, pas vous ? »

Pour la première fois, son visage trahit… non pas l'incertitude, je crois, mais l'impatience.

«Quoi?»

Son regard oscille de Carolus à moi.

«Vous savez bien que c'était parfait. Alors quoi?»

~

Ce matin, avant le spectacle, Philippe m'a fait convoquer. Je l'ai rejoint dans une cour hérissée de pieux en bois plus ou moins longs, avec lesquels il frappait un soldat, qui parait les coups avec son bouclier. J'avais remarqué les lances gigantesques des gardes, dont je pensais qu'elles n'étaient qu'ornementales, et voilà que le roi manœuvrait des branches grossièrement taillées, d'une longueur similaire.

«Ma propre invention, m'a-t-il expliqué. La sarisse. Regarde, tu as ici une lance thrace, là une illyrienne, et quelques autres. La sarisse les dépasse toutes d'un tiers. Tu saisis les implications logiques?»

Je saisissais, mais les questions physiques m'intéressaient davantage. J'en ai soulevé une.

«Elle est plus lourde.

— Pas de beaucoup. On compense ce poids par un bouclier plus petit.»

J'ai enchaîné quelques coups de lance, sous le regard attentif de Philippe.

«Tu manques de pratique, a-t-il fini par déclarer. Au moins, tu as changé d'habits.»

Il m'a présenté au soldat, qui était en fait l'un de ses plus vieux généraux, Antipater. Cheveux courts, barbe rase, regard las. Quand Philippe partait faire la guerre, Antipater assurait la régence. Nous nous sommes assis tous les trois sous les arcades, tandis que la première averse de la journée mouchetait le sol de la cour, et nous avons bu du vin coupé d'eau. Pendant que nous discutions, j'ai repensé à Philippe, enfant. Nous avions souvent joué ensemble, dans cette même cour peut-être. Je croyais me souvenir d'un combat de lutte, de l'odeur mêlée de la sueur et de l'herbe ; féroce, intime, agréable. Je n'arrivais plus à me rappeler qui l'avait remporté.

« Il t'offre sa loyauté, et demande ton soutien », lui ai-je rapporté. Je parlais d'Hermias.

Philippe a relu le traité que je lui avais apporté, lentement, pendant qu'un page rassemblait les différentes lances et les emportait à l'abri de la pluie. J'imaginais Philippe sur ses champs de bataille, plissant les yeux à la recherche d'un nouveau trophée qui manquait à sa collection, dont il massacrait aussitôt l'infortuné propriétaire. N'était-ce pas, là aussi, une sorte de science ?

« Bois », m'a ordonné Philippe sans lever les yeux du traité, quand j'ai remué sur mon siège.

J'ai bu. Savant entouré de savants, j'avais oublié combien certaines personnes pouvaient lire lentement. Au bout d'un long moment, Philippe a entrepris de dévoiler ses ambitions.

«Il me plaît, ton ami, a-t-il déclaré en agitant le traité. Il est habile, c'est un battant.

— Je me ferai un plaisir de lui transmettre le message.

— Un autre s'en chargera. Je vais avoir besoin de toi… »

J'ai observé le page, un garçon à la peau foncée avec de fines bouclettes et la paume des mains jaune. Il venait de loin, d'Égypte peut-être, ou d'Éthiopie. Il avait dû changer de maître bien des fois avant d'atterrir dans cette cour avec ses lances et ses mannequins. Philippe évoquait Athènes : Athènes était vieille, Athènes était sur le déclin, Athènes se mourait, mais Athènes jouait néanmoins un rôle crucial. Antipater était assis les pieds bien à plat sur le sol, les paumes en appui sur les cuisses, contemplant fixement l'air entre ses genoux. Je me suis demandé, bien qu'il eût paré les coups avec une grande agilité, s'il n'était pas souffrant. Enfin, Athènes — c'était parfait. Philippe m'avait fait peur, l'espace d'un instant, en déclarant avoir besoin de moi.

«Nous espérions, disait-il, qu'à la mort de Platon l'Académie te reviendrait. Alors, tu aurais pu avoir une certaine influence. Je n'aime pas ce Speusippe qui la dirige maintenant… »

J'étais confus : Platon, mon maître, était mort cinq ans auparavant. Philippe s'intéressait-il donc déjà à moi à cette époque ? «Speusippe est son neveu, dis-je. Et moi non plus, je ne l'aime pas. » Avec ses petites mains, son attitude pondérée et son petit esprit tout aussi pondéré. Il écrivait des dialogues, comme son oncle, dans lesquels l'argumentation de l'opposant sombrait immanquablement dans la confusion face au joyeux interrogatoire du questionneur. Un jour, je lui avais dit qu'il ne fallait pas avoir peur de s'engager dans un débat duquel on n'était pas sûr de pouvoir se sortir immédiatement. J'avais dit cela pour l'aider, mais il me considérait depuis lors comme son ennemi. Avec pondération, évidemment.

«Il m'écrit des lettres, racontait Philippe. Il me donne des conseils. Il me compare au dieu Héraclès. Il nous trouve des points communs stupéfiants.»

Antipater et moi nous fendons de sourires identiques, étroits et secs; nos regards se sont croisés et, aussitôt, fuis. Amis, en un instant.

Philippe, assez vif d'esprit pour délaisser promptement ses propres plaisanteries, secoue la tête.

«Ils réexamineront ton cas, cependant, quand Speusippe mourra. Il est vieux, pas vrai? Parce que c'est le genre de pouvoir qu'il me faut. Les lances ne suffisent pas. Quand ils me regardent, ils voient un barbare. Mais quand ils te regardent, toi, ils voient l'un des leurs. La force militaire, ils la combattront sans relâche comme une chèvre obstinée donne des coups de tête, mais toi, tu pourrais te glisser sous leur peau. Recteur de l'Académie, ça, c'est le genre de chose qu'ils respectent. Platon se servait de ce poste pour jouer les diplomates, intervenir dans les jeux de pouvoir, influencer la politique. Les rois l'écoutaient.

— Comme tu écoutes Speusippe ?

— Toi, tu n'es pas un clown efféminé. Enfin, tu n'es pas un clown… Ils t'écouteront, toi aussi, le moment venu. En attendant, j'ai un travail pour toi, ici. »

Non.

« Ici…

— Tu seras le précepteur de mon fils. »

La pluie s'est figée dans les airs, avant de reprendre sa chute.

« C'est indigne de toi ?

— Bien sûr que c'est indigne, ai-je répliqué. J'ai du travail.

— Mais il t'apprécie déjà. Il me l'a dit lui-même.

— Arrhidée ? »

Antipater a levé la tête.

Philippe est resté perplexe pendant un long moment. Puis son visage s'est libéré.

« Non, espèce d'abruti, a-t-il répondu. Alexandre. »

~

Au retour du spectacle, je suis allongé sur mon lit et je regarde ma femme enlever les longues épingles d'or qui tiennent ses cheveux et les fines broches de sa tunique. Il en faut, des pointes, pour maintenir une apparence. Pendant que les hommes se rendaient au théâtre, elle a passé la soirée à tisser avec Olympias et sa suite. Elle me raconte que la reine avait un panier à ses pieds, et que, remarquant que Pythias le regardait, elle lui a fait signe d'approcher. À l'intérieur se trouvait un serpent noir guère plus grand qu'un bracelet. Pendant le repas, Olympias l'avait nourri avec le contenu de sa propre assiette, de la viande tranchée très fin, comme celle que l'on donne aux nourrissons. Les femmes parlaient avec enthousiasme du repas, et des différentes manières de préparer les haricots et la viande. Elles mimaient leurs morceaux préférés en se giflant la croupe et les cuisses, hilares, jusqu'à ce que ma pauvre Pythias se résigne à repousser son assiette. L'unique moment agréable de la soirée, me dit-elle, avait eu lieu tout au début, quand le jeune Alexandre était venu embrasser sa mère. Ce devait être avant le spectacle. Présenté à Pythias, il l'avait saluée chaleureusement, plein de charme et de courtoisie, et il sentait bon, se souvient Pythias, un parfum d'épices propre et plaisant. Je n'ai pas réussi à lui parler de la tête coupée. Peut-être n'aura-t-elle jamais besoin de savoir.

«Nous ferons ce que nous ferons, répète-t-elle.

— Tu ne peux pas ne pas avoir d'opinion. Ça ne peut pas t'être égal. Si nous restons, ce sera peut-être pour plusieurs années.

— Tu as le choix?»

Je ne réponds rien.

81

« Ils sont grossiers, reprend-elle. Tous autant qu'ils sont. Leurs corps empestent. Les femmes font des travaux d'esclave. Leur vin est infect. La reine… »

Elle se tourne et me fixe par-dessus son épaule.

« … est folle.

— Ils régneront bientôt sur le monde.

— Je n'en doute pas. »

Elle se glisse près de moi et s'allonge sur le dos.

Je me redresse sur un coude pour la regarder.

« Je voulais t'emmener à Athènes, dis-je. Tu aurais été chez toi, là-bas.

— J'étais chez moi à Mytilène. »

Comme le ton est irascible, je ne réponds rien, mais je pose la main sur sa hanche. Elle écarte les jambes. Sec, encore. Elle frémit quand je la touche. Elle marmonne autre chose au sujet de ma décision, pose une question. Je glisse ma langue juste là, sur la graine de grenade, et les tendons de l'aine se raidissent comme la corde d'un arc bandé. Pitié et peur, purgation, soulagement. Ma langue qui travaille. Une substance semblable au blanc d'œuf.

~

Cette nuit-là, je rêve de Stagire. En me réveillant, je reste assis longtemps devant la fenêtre, enveloppé dans une couverture, plongé dans mes souvenirs. J'étais un enfant misérable, solitaire, apeuré quand mon père était appelé la nuit ou partait en voyage, ce qui arrivait souvent. Il était l'unique médecin de tous les villages de la côte, et au fur et à mesure que sa réputation grandissait, on l'appelait toujours plus loin, dans des villes toujours plus importantes. Les jumeaux avaient encore le droit de dormir avec notre mère, mais moi, je n'avais personne. J'étais en proie à des terreurs nocturnes, jusqu'au jour où ma mère m'avait appris le truc consistant à me concentrer sur ce que j'avais à portée de main — la longueur et la texture des poils de la fourrure sur laquelle je dormais, les sursauts du pouls dans mon poignet, ou encore le flot du souffle à travers mon corps —, afin de tromper la peur. Elle racontait que ce truc l'avait aidée à résoudre le même problème. Je n'avais pas tardé à le pratiquer partout où j'allais, observant, analysant et catégorisant compulsivement, à tel point que plus personne ne voulait parler avec moi, à cause des questions que je posais et de l'érudition dont je faisais preuve. «As-tu déjà remarqué?» demandais-je aux garçons de mon âge. «Pouvez-vous m'expliquer?» demandais-je aux adultes. Bientôt, je passais mon temps tout seul à nager les yeux grands ouverts, à prendre des insectes au piège, à lire les livres de mon père, à me couper exprès pour observer le saignement, à tracer des cartes, à dessiner des feuilles, à recenser les étoiles. Tout cela m'aidait un peu, mais rien ne m'aidait vraiment. Les pires journées, je restais au lit, incapable de parler ni de manger, jusqu'à ce que les ténèbres se dissipent.

J'avais surpris mon père, lors d'une de ses visites toujours plus rares à la maison, en train de se confier à ma mère : « C'est un garçon étrange. Il m'inquiète. Pas sa santé, mais son esprit. J'ignore s'il a trop de discipline ou s'il n'en a aucune. Il va dans des recoins où je ne peux le suivre, à l'intérieur de lui-même.

— Tu lui manques », avait répondu ma mère.

~

J'observe Alexandre plus attentivement, à présent. La veille du départ de Philippe pour la Thessalie, par une aube du début de l'été, nous partons chasser à cheval. Je me présente en habits de second choix, sans armes, sur mon lent et fiable Jais. Philippe et son escorte de pages et de compagnons aux capes violettes ont revêtu leur tenue de combat complète. Le sol au pied de leurs chevaux grouille de chiens. Après un bref échange d'insultes — quelqu'un a suggéré que je devrais porter une corde autour de la taille, comme un garçon qui n'aurait pas encore tué sa première bête — on me tend une pique qui reste, un bouclier, et on me laisse suivre le mouvement du mieux que je peux. Nous chevauchons jusqu'au parc royal, où les réjouissances du jour débutent par le sacrifice d'un porcelet – des hurlements, le sang qui gicle. C'est une journée de pompe et de protocole, que je perçois comme une succession d'images figées, telle une série de pièces frappées et refrappées, qui miroitent au soleil.

Philippe de profil, casqué. Un chien qui recule debout, sur ses pattes arrière, pendant que son maître défait la laisse. Une lance en équilibre sur une épaule. Un sanglier qui débouche à grand fracas dans une clairière. Alexandre qui descend de cheval, son poignard dégainé. Le sanglier qui s'ébroue pour se débarrasser d'une pique mal plantée dans son flanc, enfonce le crâne d'un chien, décolle de nouveau en brisant tout sur son passage. Le chien, la patte prise de spasmes. Le chien, mort. Une gourde qui passe de main en main. Alexandre qui cherche sa monture.

Philippe se met à le taquiner, il lui offre un cheval nerveux, le défiant de le monter. L'animal se nomme Tête-de-Bœuf, à cause de la marque blanche sur son chanfrein. Le garçon le fait tourner face au soleil, pour l'aveugler et, sans difficulté, le monte. Philippe, ivre mort, lui adresse une remarque sarcastique. Juché sur le cheval de guerre, le garçon baisse les yeux sur son père, comme s'il était recouvert d'immondices. C'est cette pièce de monnaie-là que je garderai le plus longtemps au fond de ma poche, l'image que je caresserai sans cesse du bout de l'ongle.

Je pourrais l'aider, tout comme son frère. Je pourrais remplir mon assiette. Je pourrais rester.

CHAPITRE DEUX

J'avais quatorze ans quand mon père est rentré à la maison et nous a annoncé que nous partions pour la capitale, car il venait d'être nommé médecin personnel du roi. Subitement, ses voyages ont cessé, et il a passé ces dernières semaines à Stagire à ne traiter que des patients du cru et à préparer notre déménagement. Pendant que ma mère, ma sœur et les domestiques s'activaient pour charger les charrettes, je m'abandonnais avant l'âge à des accès de nostalgie, errant entre les falaises et la grève, nageant, inquiet de savoir quand nous reviendrions. J'avais peur de Pella, du manque de solitude, d'un cadre qui ne m'était pas familier, de me retrouver bien davantage sous le regard de mes parents que je ne l'avais jamais été au village. J'avais peur de mon père. Même si, petit garçon, il m'avait terriblement manqué, je le trouvais alors sévère, distant, et souvent déçu par son fils. Ses encouragements étaient distribués par doses mesquines, et souvent au hasard; pourquoi était-il bien de vouloir assister à la naissance d'une portée de chiots, mais inutile et sans intérêt de mettre au jour la relation mathématique entre la longueur d'une corde de lyre et la note qu'elle produit?

Ce qu'il préférait, c'était quand je l'accompagnais dans ses tournées et l'aidais au chevet des malades, quand je parlais peu et me souvenais parfaitement, d'une visite à l'autre, quelle poudre on utilisait pour soigner quelle maladie, et quand je récitais sans erreur les aphorismes qu'il me faisait mémoriser : la fièvre se traite par un régime à base de liquides ; il faut éviter les aliments contenant de l'amidon en été ; il est préférable qu'une fièvre suive une convulsion, plutôt qu'une convulsion suive une fièvre ; il faut purger au début d'une maladie mais jamais au plus fort de celle-ci ; la poussée des dents peut provoquer des fièvres et des diarrhées ; on peut administrer en toute sécurité des traitements aux femmes enceintes entre le quatrième et le septième mois de grossesse, après quoi les dosages doivent être réduits ; des urines sableuses indiquent la formation d'une pierre dans la vessie ; les eunuques ne souffrent pas de la goutte ; les femmes ne sont jamais ambidextres ; et bien d'autres encore.

Mon père était un homme de causes et d'effets, peu tolérant avec les amateurs qui tentaient d'éloigner la maladie à force de prières ou d'incantations magiques. Il n'acceptait qu'on attache une pierre à un poignet afin de soulager la fièvre que si cette pierre avait déjà fait ses preuves sur, disons, deux ou trois patients par le passé. Il croyait aux vertus médicinales des contraires : le froid pour soigner le chaud, le sucré pour soigner la bile, et ainsi de suite. Il avait recours aux herbes, et les sacrifices, bien sûr, demeuraient la norme, même s'il s'opposait à toute forme d'ostentation et avait refusé un jour de traiter un homme fiévreux dont la famille s'était ruinée pour sacrifier un bœuf. L'hystérie d'un tel gâchis avait révolté mon père. Il en avait conclu (sans doute à juste titre) que ces gens n'auraient de toute façon pas appliqué ses instructions moins tape-à-l'œil que pragmatiques. L'homme était mort. Une autre procédure déplaisait tout autant à mon père, celle dite de l'incubation, qui consistait à faire passer une nuit au patient seul dans un temple, dans l'espoir que le dieu lui communiquerait en rêve la manière dont il devait être soigné. Mon père estimait que c'était un blasphème. Il m'a appris à mener des études de cas, en dressant le graphique des progrès d'une maladie, jour après jour, à la manière moderne, même s'il semblait préférer, lui, les problèmes qui n'exigeaient qu'une seule visite. «Entré, sorti», déclarait-il avec satisfaction après de tels traitements singuliers, particulièrement spectaculaires; un jour, je l'ai vu remettre en place une épaule décrochée en moins de temps qu'il n'en avait fallu pour saluer le patient. Il avait un don pour les accouchements, même s'il méprisait plus que tout les guérisseuses et ne tolérait les sages-femmes qu'à contrecœur. La plupart d'entre elles pratiquaient la sorcellerie, m'avait-il confié, elles étaient irrationnelles, peu dignes de confiance, et risquaient de faire plus de mal à une femme que si on la laissait accoucher seule et s'en remettre à ses instincts animaux les plus basiques. C'est en ces termes qu'il évoquait généralement les femmes : «sorcières», «du bétail». Pourtant il n'était jamais plus doux qu'avec les parturientes, il leur parlait gentiment, les cajolait sans les infantiliser, et saluait chaque arrivant violacé et dégoulinant avec une joie contenue, le hissant en pleine lumière selon un rituel personnel que j'étais le seul à reconnaître comme tel, pour l'avoir observé maintes et maintes fois.

La première fois que je l'ai vu pratiquer une opération, c'était sur une jeune villageoise en couches depuis deux jours. Elle n'était qu'à demi consciente lorsque nous sommes arrivés, alors que nous n'habitions qu'à quelques minutes de marche, et la famille commençait déjà à préparer la maison pour les funérailles : les femmes du voisinage s'étaient rassemblées devant la porte d'entrée, dans l'espoir d'être embauchées pour les cérémonies de deuil, et nous avons dû contourner un grand plateau posé devant la chambre de la malade, qui contenait des huiles d'onction et des draps blancs, ainsi qu'une pièce de monnaie destinée au passeur, que l'on enfoncerait dans sa bouche une fois qu'elle serait morte. Mon père l'a examinée rapidement, lui a palpé le ventre, et a déclaré que le bébé avait commencé à sortir les pieds devant, et qu'il était coincé. Sans attendre, il a arraché les draps du lit, déshabillé la fille et fait apporter des linges propres. Je contemplais l'immense monticule de ce ventre, en tentant de me représenter ce qu'il y avait à l'intérieur. J'avais dix ans, alors, et c'était la première fois que je voyais une femme nue. La question de mon père m'a pris au dépourvu : « Tu le vois ? »

Je croyais qu'il m'avait oublié. J'ai compris qu'il voulait savoir si je pouvais imaginer la position du bébé à travers la chair, et j'ai répondu que je n'en étais pas sûr. Les draps détrempés ont été remplacés par d'autres, secs.

« C'est pour que je puisse observer l'évolution des fluides, leur couleur, leur volume, et tout le reste », m'a expliqué mon père, d'une voix étrangement calme, comme si tout ce qui nous entourait — la jeune mourante, la famille en larmes, l'époux déjà privé de parole, assis immobile dans un coin, défiguré par la douleur — n'était là que pour m'instruire. «As-tu apporté mes couteaux?»

Question rhétorique. Il m'appartenait en effet de préparer son matériel chaque matin, avant notre départ, puis de le nettoyer le soir quand nous rentrions, et même si nous avions en général une idée assez précise des patients qui nous attendaient — par exemple, un accouchement, une fracture, plusieurs cas de fièvre dans la même maison, un bébé avec des boutons, un vieux qui crache du sang —, mon père m'avait dit de ne jamais me contenter de prendre ce dont je pensais que nous aurions besoin, car il y avait toujours des surprises, et il ne fallait pas être pris au dépourvu.

Par conséquent, le matériel sanglé sur mon dos me faisait ployer sous la charge, mais je savais bien qu'il était inutile de se plaindre. Pansements et bandages, compresses de laine, attelles, éponges, plâtre, bols et ampoules pour collecter les fluides et autres excrétions, baguettes métalliques pour cautériser, une tablette et un stylet pour la prise de notes, un échantillon d'herbes et de substances médicinales servant à la préparation des remèdes les plus courants (il disposait d'une pharmacie plus importante à la maison), des abaisse-langue, des garrots, des ciseaux, des rasoirs, des pipes de bronze pour les saignées et une petite amphore qui contenait une eau marécageuse et des sangsues. Sans oublier la bourse remplie de petites pièces, pour rendre la monnaie.

Ce jour-là, j'ai défait le paquetage et tendu à mon père la pochette de cuir contenant les couteaux, que j'aiguisais régulièrement et que je ne l'avais jamais vu utiliser. « Troisième à partir de la gauche », m'a-t-il ordonné, par-dessus son épaule. Il avait fait venir quatre hommes, et leur montrait comment immobiliser la jeune fille, en la tenant chacun par un membre. J'ai dégainé une lame à peine plus courte que celle d'un couteau de table — il y en avait de plus courtes encore —, et la lui ai donnée. (« Yeux et oreilles », m'avait-il expliqué un jour, au sujet des deux premiers couteaux.)

La fille s'est réveillée au moment de l'incision, une coupure longue comme ma main, du nombril jusqu'aux poils pubiens. D'abord, on aurait dit une simple égratignure. Mais bientôt, le sang s'est mis à couler. Mon père a sondé du doigt l'ouverture, puis il a fait glisser le couteau une deuxième fois, approfondissant la coupure. La fille hurlait, à présent : « Sortez-le, sortez-le ! »

« Vite, a dit mon père, en levant les yeux sur moi. Vite, si tu veux voir. »

Je voulais voir. À travers le sang et la graisse jaune, j'ai aperçu la tête, puis mon père a plongé la main et a sorti le bébé. Il ne bougeait pas. Le cordon ombilical était épais, avec l'aspect d'une corde, d'un gris qui n'avait rien de charnel. Mon père tenait le bébé d'une main, et de l'autre, il pointait les entrailles de la fille, nommant des organes que je ne parvenais pas à distinguer dans ce flot de sang. Une sage-femme est apparue à côté de mon père, un linge propre à la main ; il lui a remis le bébé afin de pouvoir couper le cordon. Par chance, il l'avait déjà rencontrée — une femme d'un âge proche du sien, compétente, qui en avait vu d'autres. C'était elle qui avait persuadé la famille de l'envoyer chercher, quand ses propres talents s'étaient révélés insuffisants. Sans attendre ses instructions, elle a dégagé du petit doigt la bouche du nouveau-né et écrasé son visage contre son nez pour aspirer le sang mêlé de mucus. Ses propres lèvres à présent rouges de sang, comme un prédateur au festin, elle a giflé les petites fesses violettes d'un geste sûr, et le bébé s'est mis à haleter, puis à crier.

« Bien. » Mon père, surpris, a détaché les yeux du cordon, qu'il venait de nouer pour arrêter le saignement. « Il y a une petite trousse de couture, comme celle que ta mère utilise », m'a-t-il dit, mais je l'avais déjà sortie. Il a refermé les lèvres du ventre de la fille par de fines sutures bien serrées, procédé d'une grande minutie rendu encore plus délicat par les hurlements et les tortillements de la patiente. Dans son coin, le mari vomissait par terre une bouillie liquide et jaunâtre. Mon père m'a fait appuyer un tissu roulé en boule contre l'incision pour éponger le sang qui continuait de goutter, et a tendu les mains pour reprendre le bébé. Tout ceci n'avait duré que quelques minutes.

« C'est un garçon, a annoncé la sage-femme, avant de le lui donner.

— Un beau garçon. »

Mon père a hissé le paquet emmailloté en pleine lumière, puis l'a redescendu jusqu'au visage de la mère, afin qu'elle puisse le découvrir. Son regard a glissé vers l'enfant, et s'y est arrimé. Mon père a fait un signe de tête à l'intention d'un des esclaves, qui lui a relâché le bras pour qu'elle puisse caresser les cheveux du bébé. Quand nous sommes partis, elle saignait encore.

« Le bébé vivra », a déclaré mon père, sur le chemin de la maison. Nous étions tous deux couverts de sang, surtout mon père, et je portais les ustensiles souillés dans une sacoche distincte pour ne pas salir les autres. « La mère mourra, ce soir ou demain. Dans ces cas-là, en général, on perd les deux. C'était une bonne journée de travail.

— Et si tu scellais l'incision avec de la cire, pour arrêter le sang ? » ai-je alors demandé.

Mon père a fait non de la tête.

« Tu as l'esprit qu'il faut. J'étais fier de toi aujourd'hui. La cire pénétrerait dans la blessure et boucherait les veines. Elle la tuerait de l'intérieur. As-tu vu le placenta ? »

Je l'avais vu : un pavé de la taille et de la texture d'un foie de bœuf, avec une membrane qui pendait sur le côté. Mon père l'avait arraché avant de refermer l'incision et l'avait remis à une autre femme, qui l'avait emporté, enveloppé dans un linge.

« Il ne faut jamais oublier d'enlever le placenta, a ajouté mon père. Par le ventre, comme nous l'avons fait aujourd'hui, ou bien par le vagin dans le cas d'une naissance classique. Il pourrira si on le laisse à l'intérieur, et tuera la femme. Parfois, on peut faire une petite incision pour agrandir le vagin, mais cela marche mieux une fois que la tête du bébé est déjà en train de sortir. Cela ne nous aurait été d'aucun secours, aujourd'hui. »

Nous étions arrivés chez nous.

« Par là. »

Mon père m'a conduit à l'arrière de la maison.

« Nous allons tout nettoyer avant que ta mère ne nous voie. C'est une question de courtoisie. »

Ce soir-là, mon père m'a surpris alors que j'essayais de dessiner l'intérieur du ventre de la fille. « Le sang m'empêchait de voir », me suis-je justifié.

Mon père a examiné le dessin, sans suggérer la moindre correction. « C'est au toucher qu'on apprend. La position du bébé, la profondeur de l'incision, les pans du placenta lorsqu'il se déchire. Tes doigts deviennent comme des yeux.

— T'est-il déjà arrivé de couper au mauvais endroit?

— Bien sûr, a répondu mon père.

— Pourtant, nous sommes tous pareils, à l'intérieur... »

Je m'efforçais d'amener ce que j'avais envie de dire sans que cela paraisse brutal, ou blasphématoire.

« Je veux dire, les hommes sont comme les hommes, et les femmes comme les femmes. Les organes sont aux mêmes endroits, n'est-ce pas ?

— Oui, plus ou moins. Je pense. La taille peut varier. On sait qu'un esclave des champs a de plus gros muscles qu'une maîtresse de maison, comme ta mère. Plus généralement, la taille des organes peut varier en fonction de l'usage qu'on en fait. L'estomac d'un homme gros et celui d'un homme affamé n'auront pas le même aspect.

— Néanmoins, ils se trouveront à peu près au même endroit. »

Mon père avait l'air perplexe.

« Tu ne le sais pas ? »

À présent, il avait l'air agacé, mais j'étais trop proche de mon idée pour la garder au fond de ma bouche.

« Si on pouvait trancher en deux le corps d'une personne, dis-je, d'une personne décédée, pour regarder à l'intérieur, on pourrait en dessiner toutes les parties, et alors on saurait. On n'aurait qu'à s'y référer au moment d'opérer un patient vivant, ce qui réduirait le risque d'erreur.

— Non. »

Mon père a posé sur moi le regard qu'il avait parfois, comme si un vol d'oiseaux noirs venait de s'échapper de ma bouche.

« On ne traite pas les morts ainsi. »

Je savais bien qu'on ne traitait pas les morts ainsi. J'ai repensé à la fille dont mon père avait fait sortir le bébé, ce jour-là, qui allait mourir, si elle n'était pas déjà morte, et à sa carte intime à jamais scellée sous la peau. En brisant ce sceau, nous l'avions tuée.

« Elle serait morte de toute façon », a déclaré mon père, répondant à une interrogation que je n'étais pas conscient d'avoir formulée, puis il a appelé ma mère, dont le visage s'est soudain plissé d'inquiétude en me voyant.

Le lendemain, j'ai été dispensé d'accompagner mon père dans sa tournée, et j'ai passé la journée à nager sous le regard faussement insouciant de ma mère et de sa domestique, qui avaient installé un pique-nique sur ma plage préférée.

« Ce n'est pas juste », estimait ma sœur Arimneste. Elle avait huit ans, et moi dix, et on lui avait depuis peu interdit de nager ; elle avait atteint l'âge où une fille doit garder ses vêtements. Elle marchait pieds nus au bord des rouleaux, la robe négligemment relevée et traînant souvent dans l'eau, volontairement, pour montrer son mécontentement. Je pataugeais à quelques mètres du bord.

« Moi aussi, je veux venir voir…

— Tu vomirais.

— Je n'ai pas vomi quand Ajax et Achille sont nés. »

Ses chatons.

«Ça m'intéresse.»

Grande pour son âge, comme moi, et les mêmes yeux. Son jumeau, Arimnestos, avait pris l'habitude de saccager les environs avec une bande de garçons du village, allumant des feux, torturant le bétail, et prétendant qu'Arimneste et lui n'avaient jamais été inséparables. Véritable garçon manqué, Arimneste dédaignait les autres villageoises et l'aurait volontiers accompagné si on l'avait laissée faire. Mon père s'était mis d'accord avec l'un de ses confrères, un jeune médecin prometteur répondant au nom de Proxène, mais le mariage n'aurait pas lieu avant plusieurs années. Je savais à quel point elle se sentait seule.

«Et puis d'abord, a-t-elle ajouté, c'est toi qui as vomi. Tu aurais dû te voir hier soir. Tu étais vert.

— Les gens ne virent pas au vert, ai-je répliqué.

— Vert, ici.»

Elle a touché sa joue.

J'étais plus curieux que sensible, néanmoins, et je n'ai pas tardé à porter de nouveau le matériel de mon père.

Malgré sa désapprobation, les petits animaux n'étaient pas en sécurité avec moi. J'avais déjà disséqué nombre de crustacés, de poissons, de souris et même un chien trouvé mort sur la plage. Je cachais mes croquis, enveloppés dans un morceau de toile cirée, au fond d'un trou sous un rocher situé au-dessus du niveau des hautes eaux. Le chien avait constitué la meilleure expérience : il restait de la nourriture dans son ventre et de la merde dans ses intestins. J'avais brûlé la carcasse après en avoir terminé, afin que personne ne la retrouve ainsi mutilée et ne fasse le lien avec moi.

La dernière opération que mon père a pratiquée avant notre départ pour la capitale concernait un homme qui souffrait de maux de tête et d'attaques précédées d'une acuité soudaine de ses perceptions visuelles. Au paroxysme de ces crises, il s'écroulait par terre, donnait des coups de pied, battait des mains, serrait ses mâchoires, et sa bouche écumait. Par la suite, il n'en gardait aucun souvenir. Sa famille avait essayé les traitements habituels : purifications rituelles, chants invoquant les dieux, charmes jetés dans la mer, interdiction de se baigner et de porter du noir ou des habits en peau de chèvre, de manger des aliments forts en goût, de poser une main ou un pied par-dessus l'autre.

« Conneries ! s'est exclamé mon père. Tout ce qu'ils veulent, c'est lui épargner le seul véritable remède. Je ne peux pas le leur reprocher, d'ailleurs, mais, franchement, je te demande un peu… » Il a abattu sa main sur l'autre, mettant en pratique la position défendue. « Pure connerie. Il y a forcément une bonne femme derrière tout ça, tu verras…

— Quel est le remède ? ai-je demandé.

— Le mucus, a répondu mon père. Chez toi ou moi, le mucus s'écoule naturellement depuis le cerveau et se répand dans tout le corps. Chez des hommes comme lui, en revanche, les voies normales sont bloquées et le mucus s'engouffre dans les vaisseaux sanguins, où il empêche l'air de circuler vers le cerveau. Or, le mucus est froid, vois-tu, et c'est ce refroidissement soudain des vaisseaux sanguins qui provoque l'attaque. S'il y a trop de mucus, le sang gèlera, et l'homme mourra. Ou bien, s'il s'engouffre dans un vaisseau mais pas dans un autre, une partie du corps pourrait être endommagée à jamais. La condition du patient empirera au cours de l'hiver, quand il fera froid dehors aussi bien que dedans. Il faut également tenir compte des vents. Le vent du nord est le plus sain, car il sépare l'humidité de l'air. Le vent du sud est le pire qui soit. Il affaiblit la lueur de la lune et des étoiles, il assombrit le vin et apporte de l'humidité. Pas de vent aujourd'hui : ce facteur ne compte donc pas. »

Je savais qu'il répétait ce qu'il avait lu la veille au soir, et se le remémorait tout en me l'enseignant. «Le mal sacré», voilà comment on l'appelait, même si mon père, en accord avec l'auteur de ce traité, considérait que les dieux n'étaient pas davantage responsables de cette maladie-là que d'un simple nez qui coule. Les mauvais guérisseurs ne prétendaient cela que pour pallier leur propre incompétence, leur impuissance à trouver un traitement. Il s'agissait, reconnaissait mon père, d'une des maladies les plus délicates à soigner.

«Quel est le remède? ai-je répété.

— Il faut évacuer le mucus. »

Le frère du patient est venu nous accueillir devant la maison.

«Il va souffrir?

— Il souffre déjà», a répondu mon père.

Dans la chambre du malade, il a sorti ses instruments. Il y avait trois ustensiles de pierre que je n'avais encore jamais vus, car ils ne faisaient pas partie de son attirail habituel.

«Je sais, a déclaré mon père, lisant dans mes pensées. C'est qu'ils sont trop lourds pour être transportés tous les jours, et qu'on ne fait jamais cela sans s'y être d'abord préparé…

— Vous allez libérer le démon», a marmonné l'homme depuis son lit, avec soulagement.

Il ressemblait à son frère, un gaillard épais comme un tonneau, avec le crâne rasé et un visage aimable qui était certainement parfait, lorsque tout allait mieux, pour amuser les enfants. Les deux frères partageaient le même air sympathique et drôle, plus prononcé encore chez le malade, qui trébuchait légèrement sur ses mots. Conséquence de ses crises, ai-je pensé, mais mon père était mieux au fait de ces choses.

«J'espère qu'il y aura une libération.»

Malgré son impatience et sa sévérité, mon père prenait grand soin de ne jamais contredire un patient ni faire quoi que ce soit qui puisse l'incommoder.

«Vous m'excusez un instant?»

Dans le couloir, j'ai entendu mon père demander au frère si le patient avait bu.

« Absolument pas ! s'est exclamé le gaillard.

— Je le sens dans son haleine, a rétorqué mon père. Je vous avais pourtant donné des instructions précises sur ce point.

— Pour calmer la douleur… »

J'ai deviné que l'homme pleurait.

Mon père lui a ordonné d'attendre au rez-de-chaussée.

De retour dans la chambre, il a sorti du grand sac qu'il avait lui-même porté un objet qui ressemblait à un étau.

« Oh mon dieu », a gémi le malade.

Avec l'aide d'un esclave, mon père a placé la tête du patient entre les deux mâchoires de l'instrument, et il a entrepris de les refermer très lentement. « Secouez la tête », répétait-il sans cesse à l'homme, et quand ce dernier n'a plus été capable de le faire, mon père a semblé satisfait.

« C'est très serré », s'est plaint le malade.

Mon père a glissé un morceau de cuir dans la bouche de l'homme et lui a dit de ne pas le lâcher. Il a pris le couteau que je lui tendais et a tracé un X rapide sur le dessus du crâne rasé. L'homme a poussé un hurlement. Mon père a empoigné l'un des ustensiles de pierre, une vrille, et en a posé l'extrémité au centre du X, où il avait pris soin de peler les lambeaux de peau.

«Non, non, non!» hurlait l'homme.

Mon père a fait un geste de la tête en direction du sol, et j'ai ramassé la lanière de cuir, que j'ai replacée dans la bouche de l'homme. Il s'est mis à la ronger furieusement en grognant par les narines, les yeux révulsés.

Cela a pris longtemps, plus longtemps que je ne voudrais m'en souvenir, encore aujourd'hui. Mon père a eu le temps de me donner le nom de l'outil, un trépan, et de s'extasier devant l'antiquité de ce procédé, déjà utilisé par les anciens. Le sang coulait abondamment, comme c'est toujours le cas dans les lacérations crâniennes, et l'homme s'est chié dessus plus d'une fois.

«Si vous sentez venir une crise, il faudra me le dire», lui a ordonné mon père, mais l'homme n'était déjà plus en mesure de parler.

Je savais que mon père espérait libérer le mucus en un flot spectaculaire, mais quand il a enlevé le bouchon osseux, il est devenu évident que tel ne serait pas le cas. Nous avons tous deux jeté un regard anxieux au fond de l'étroite cavité obscure. Mon père a refusé d'approcher une chandelle qui nous aurait permis d'y voir mieux, de crainte de chauffer le cerveau. L'enchaînement soudain du froid et de la chaleur était connu pour déclencher les crises, m'a-t-il expliqué. Il a semblé hésiter pendant quelques instants, attendant encore ce jaillissement soudain, mais alors il a repris ses esprits et a désigné, plein d'espoir, les matières luisantes qui s'étaient écoulées du nez de l'homme pendant l'opération. Il a donné des instructions à l'esclave qui avait pris place sur les jambes du malade, sur la manière dont il devait panser la plaie, puis il a retiré la lanière de cuir et a gratifié l'épaule du patient d'une tape affectueuse, avant de quitter la chambre.

En bas, nous avons retrouvé le frère, évanoui sur la table de la cuisine, une coupe de vin posée près de sa tête. Une femme se tenait debout derrière lui, les bras croisés sur la poitrine. Sa chevelure était d'un orange de henné, elle portait une fine robe de lin et un tas de bijoux. Elle avait le regard dur.

«Nous avons terminé, a déclaré mon père, ce qui était totalement superflu.

— Avez-vous vu le démon?»

J'ai deviné qu'elle était la femme du frère bien portant.

«Nous ne l'avons pas vu», a répondu mon père.

Elle lui a tendu une petite poche cliquetante: son dû.

«Viens», m'a-t-il dit.

Il l'avait débusquée, sa bonne femme.

«En tout cas, il ne sera pas mort entre mes mains», a-t-elle grommelé. Consciente du dédain qu'elle lui inspirait, elle avait eu besoin de lui assener une dernière gifle.

Mon père n'a pas répondu et ne s'est même pas retourné. Il a passé son bras autour de mes épaules, et m'a conduit dehors. Le malade vivait toujours quand nous avons quitté le village, le lendemain matin.

~

Quand nous sommes entrés dans la ville par un après-midi de fin d'été, trois jours plus tard, l'air vibrait de chaleur et de fièvre, comme nous n'allions pas tarder à l'apprendre. Ma mère et Arimneste ont tiré leurs voiles sur leur nez et leur bouche pour se protéger de la puanteur ambiante. Ma mère a fermé les yeux; Arimneste a gardé les siens grands ouverts. Arimnestos avait refusé de s'asseoir avec les femmes, et il avait pris place avec mon père et moi, nous importunant de ses rots continuels. Il s'entraînait.

Les rues étaient vides; personne ne sortait pour voir nos quelques charrettes, qui croulaient sous les meubles et autres effets personnels, remonter à grand bruit les pavés. Je n'avais jamais rien vu de plus grand qu'un village, sans parler d'une ville, et encore moins de la capitale du royaume, et je me sentais comme un péquenaud avec mes yeux exorbités et ma mâchoire pendante. Des animaux gisaient sur la chaussée, des rats pour l'essentiel, et quelques chiens galeux. J'ai sauté de la charrette pour les observer de plus près.

«La peste», a annoncé mon père, détachant les yeux de son livre. J'ai compris qu'il approuvait mon intérêt pour la chose. Son regard a croisé le mien, et j'y ai lu un encouragement — *Observe, observe, dis-moi ce que tu vois.* J'ai attrapé un rat par la queue et la chair a dégringolé en cascade, grouillante d'asticots. Elle s'était ramollie comme un fruit avarié, du côté où l'animal était allongé. J'ai secoué la carcasse, et le corps tout entier s'est aussitôt effondré, dégoulinant de la minuscule cage thoracique.

«Crois-tu que cela pourrait arriver à un homme?» m'a demandé mon père.

J'ai souri malgré moi. Un sourire que, fait extraordinaire, il m'a rendu. Nous avons tous deux hoché la tête. Quel prodige!

Notre nouvelle maison s'est révélée plus petite que celle de Stagire, et aménagée dans un style pompeux. Mon père l'avait rachetée au fils d'un fonctionnaire du gouvernement qui venait de succomber à l'épidémie. Je me suis demandé dans quelle chambre son corps s'était détaché de ses os, lorsqu'on l'avait soulevé pour le poser sur une planche et l'emporter. Ma mère, l'air sinistre, est partie explorer la cuisine avec ses suivantes, et en est ressortie dix minutes plus tard, le sourire aux lèvres. Ustensiles de qualité, nous a-t-elle informés. Mon père s'est réservé la plus grande chambre pour en faire son officine et son bureau, il a attribué aux jumeaux et à leur nourrice deux chambres ensoleillées qui surplombent le jardin de fleurs, et à moi une alcôve qui donne sur la cuisine. Il m'a dit que je le remercierais en hiver de me laisser dormir si près du foyer. Ma mère m'a jeté un regard qui signifiait que nous trouverions un endroit pour mettre mes affaires et que nous accrocherions sans doute un rideau pour plus d'intimité ; cela faisait beaucoup pour un seul regard, mais nous avions passé plusieurs années quasiment seul à seule, et nous nous comprenions souvent plus vite qu'avec des mots. J'étais trop excité à l'idée d'explorer la ville pour me soucier vraiment de la répartition des chambres. Ce soir-là, nous avons mangé nos dernières provisions de voyage — des aliments séchés, et rien d'autre. Les femmes se rendraient au marché tôt le lendemain.

J'ai annoncé mon intention de passer la journée seul, à marcher. Mon père m'a aussitôt corrigé :

«Vous, les garçons, m'accompagnerez chez le roi, a-t-il déclaré. Nous sommes attendus.

— Mais… » ai-je protesté.

Mon père m'a lancé un regard plein de tristesse, il a pris mon assiette et m'a envoyé dans mon alcôve, d'où j'ai écouté, allongé sur mon lit, l'agitation du déballage, qui s'est prolongée tard dans la nuit. J'ai entendu la voix grincheuse de mon père qui se soumettait aux dispositions de ma mère, et je me suis laissé aller à le haïr l'espace de quelques heures. Ma mère avait cet effet-là sur lui : elle en faisait un être inepte, faible, qui avait constamment besoin d'être guidé. Ses mains semblaient se ramollir soudain en présence de ma mère, à tel point qu'il était même incapable de soulever un livre, à moins qu'elle ne le lui ait apporté. Quand elle lui demandait d'aller chercher quoi que ce soit, il devenait stupide. «C'est du savon?» interrogeait-il en lui tendant une fiole d'huile, et il ne pouvait retenir un grognement animal de plaisir quand elle rapportait elle-même l'objet désiré. Les jumeaux et moi étions d'accord pour trouver ce comportement irritant au plus haut point, et nous-mêmes, nous nous reposions le moins possible sur ma mère, gagnant ainsi une indépendance précoce. Ma mère était inoffensive, bien qu'obsédée par l'organisation, la propreté et le rangement, et elle défendait farouchement ce petit territoire dont elle était la reine. Elle aurait aimé que nous fussions tous impuissants sans son aide, bonheur que seul mon père lui procurait. Nous autres, les enfants, préférions nous montrer cruels.

Le lendemain matin, je me suis réveillé aux aurores. Je suis resté couché un long moment à écouter les vendeurs ambulants qui, ayant repéré nos charrettes nouvellement arrivées, s'étaient rassemblés devant notre portail — «pain frais, lait de chèvre, le meilleur lait» —, puis je me suis levé. Le miroir en bronze de ma mère, qu'on n'avait pas encore accroché dans sa chambre, était adossé à un mur, dans le bric-à-brac des meubles et des caisses encore pleines. Peu habitué à me voir, je me suis arrêté pour enchaîner les poses : un pied devant l'autre, la main sur la hanche, le menton haut, plus haut. Était-ce ainsi que se tenaient les garçons raffinés de la ville? Ou alors comme ça?

La violente poussée de mon père m'a projeté contre une applique de fer. Je ne l'avais pas entendu approcher.

Au petit déjeuner, ma mère a posé le regard sur moi et a eu le souffle coupé. Le sang avait cessé de couler, mais mon œil boursouflé bleuissait déjà.

«Ce n'est rien, ai-je déclaré. J'ai trébuché.

— Venez, les garçons.»

Mon père a repoussé son assiette.

Il n'avait rien mangé, et moi non plus d'ailleurs. À la manière dont il contemplait sa nourriture sans y toucher, j'ai compris qu'il n'avait pas voulu me faire mal.

«Embrassez votre mère.

— Et moi aussi», a ajouté Arimneste.

Quand je me suis penché vers elle, elle a murmuré: «Emmène-moi dehors, après. Mère me laissera sortir avec toi.»

Je n'ai pas répondu.

Arimnestos s'est aussitôt mis à courir devant nous, heureux et excité, reniflant tout ce qui l'entourait tel un petit chien de chasse.

«Nerveux», m'a dit mon père, seul et unique mot prononcé sur le chemin du palais. Une déclaration, une question, une excuse.

Je lui ai pris le bras pour me tenir tandis que je faisais mine de chercher un caillou inexistant à l'intérieur de ma sandale. Il a regardé mon pied, puis s'est détourné discrètement quand j'ai repoussé du doigt cette minuscule fiction.

Le roi Amyntas a souri en apercevant mon père. C'était comme voir sourire un bloc de granit. J'ai remarqué que ce mouvement particulier du visage le faisait souffrir, et aperçu l'éclat de la douleur dans ses yeux. J'ai constaté alors que le moindre mouvement, ou presque, le faisait souffrir. Toutes les parties de son corps avaient été blessées à un moment ou un autre et, désormais, il souffrait constamment. Mon père s'est agenouillé devant lui et a sorti ses ustensiles.

« Voici donc vos fils… a déclaré Amyntas.

— Mes fils, a confirmé mon père.

— Ils sont entraînés, n'est-ce pas ? a repris Amyntas. Ils savent se battre ? »

Mon père nous a envoyés jouer avec les pages.

Arimnestos a aussitôt disparu avec des garçons de son âge, comme s'il les connaissait depuis toujours. C'était son plus grand don.

« Comment tu t'es fait ça ? ont voulu savoir les plus grands, au sujet de mon œil au beurre noir.

— Une bagarre », ai-je répondu.

Froncements de sourcils, demi-sourires.

« Laissez-le tranquille, a crié une voix. Mon père apprécie son père. »

Philippe avait à peine un an de moins que moi, il était de petite taille, râblé, le visage coloré, des yeux clairs, grands ouverts. Les pages se sont écartés pour le laisser passer. Il a tendu le bras et m'a donné une petite chiquenaude amicale sur le sourcil. «Ça fait mal?»

Je me rends compte à présent que c'était moi qui n'avais qu'un œil ce jour-là, et lui en avait deux; ironie du temps qui passe. J'aimerais lui avoir rendu sa chiquenaude, l'avoir frappé du poing ou d'une réplique cinglante, mais je me suis contenté, alors, de rester planté là, et l'eau m'est montée aux yeux jusqu'au moment où je n'ai plus rien vu, mais seulement senti les larmes couler sur ma joue. Il a ri joyeusement, et m'a invité à le suivre avec ses camarades à la palestre.

«Mon père m'a dit d'attendre ici», ai-je répondu.

J'ai conscience d'attribuer bien des pouvoirs aux yeux — les yeux de ma mère, ceux de mon père, et maintenant les siens —, mais je jure qu'il m'a regardé comme pour dire qu'il avait le même genre de père, qu'il comprenait, et qu'il allait m'aider. Il m'a frappé de nouveau, à peu près au même endroit, avec la jointure de son poing cette fois, assez fort pour rouvrir la blessure et faire couler le sang.

«Allez viens, a-t-il dit en me voyant hésiter. Viens. Faut nettoyer ça.»

Les autres pages nous précédaient déjà. Je voyais à travers un voile rouge.

«C'est juste là», a-t-il ajouté.

Je n'avais jamais mis les pieds dans une palestre. Le domestique voulait bander mon œil, mais mon père croyait aux vertus de l'eau claire et de l'air libre. Il affirmait que couvrir une blessure ne servait qu'à l'envenimer. Le domestique a tamponné la plaie sans ménagement jusqu'à ce que le sang cesse de couler, et m'a recommandé d'éviter tout exercice vigoureux, sous peine de la rouvrir. Les garçons plus âgés s'en donnaient déjà à cœur joie, mon frère également, luttant et cascadant sur les tapis, l'écho de leurs voix résonnant sous les hautes voûtes de pierre. Les quelques hommes adultes qui se trouvaient déjà là à notre arrivée ont soupiré, et se sont dirigés vers les bains. Philippe observait son monde d'un air approbateur.

« Tu ne t'es jamais battu, m'a-t-il dit. Tu n'as aucune autre égratignure, et quand je t'ai frappé, tu n'as même pas bronché. Tu n'as même pas vu venir le coup. Et tu n'as même pas essayé de me le rendre.

— Tu sais nager ? J'ai besoin d'un endroit où nager. Tous les jours. »

Il m'a demandé si j'étais rapide, et j'ai répondu que non.

« Sans blague ? »

Il a éclaté de rire.

« Peut-être qu'un jour, tu seras mon médecin.

— Non. Alors, tu sais nager ou pas ?

— Tu comprends rien à rien ! Je sais nager. Tu baises les filles ou les garçons ?

— Les deux, ai-je répondu.

— C'est ton père ?»

Lequel m'attendait, debout sur le seuil.

«Dis-lui que je t'ai frappé sans raison, m'a glissé Philippe. Je veux voir sa réaction.»

J'ai vu mon père fixer mon sourcil, tandis que je marchais vers lui, et ce n'est qu'à la dernière seconde que son regard a croisé le mien.

«Tout va bien ?

— Je l'ai frappé sans raison», a déclaré Philippe.

Il m'avait suivi.

Mon père l'a empoigné par le coude et a déployé son bras une fois, puis deux, comme une aile. «Montre-moi ça.»

Philippe a tiré sur son vêtement pour dévoiler l'épaule, et a laissé mon père enfoncer les doigts sous sa clavicule. Je me suis penché par-dessus l'épaule de mon père pour voir la cicatrice.

«Excellent», a commenté mon père. Il a donné une petite tape sur la tête de Philippe, avant de pivoter sur les talons. Je l'ai suivi.

«Je vais aller nager demain, a crié Philippe, dans notre dos. Il peut venir ?»

Sans même se retourner, mon père a dressé sa paume grande ouverte : *oui*.

La cicatrice que j'avais vue était un petit grumeau blanc, indiquant une pénétration plutôt qu'une déchirure. Quand je lui ai posé la question, mon père m'a expliqué qu'il s'agissait d'une blessure reçue à l'entraînement, un coup de lance, et que Philippe avait de la chance qu'il n'eût pas dévié d'un ou deux doigts dans un sens ou dans l'autre —articulation, gorge, cœur.

~

Notre amitié était étrange — difficile d'y distinguer le respect du mépris. J'étais intelligent, et il était fort : voilà ce que voyait le monde, et ce que nous pouvions voir nous-mêmes, ce que chacun aimait et détestait chez l'autre. Je n'étais pas son meilleur ami, loin s'en faut, mais il s'intéressait suffisamment à moi pour que l'on me connaisse dans tout le palais, ce qui me donnait souvent l'occasion de rencontrer son père. Les aléas de la vie militaire avaient fini par désintégrer Amyntas, l'avaient couvert de vilaines balafres, lui avaient ruiné les genoux et creusé les yeux. Il disait (tout le monde disait) qu'il voyait mon père en moi, ce que je comprenais ainsi : j'étais grand, sérieux, silencieux, intimidant, triste. Philippe prétendait, lui, que je n'arrêtais jamais de parler. Je lui ai appris à nager la tête sous l'eau et les yeux ouverts, et il m'a appris à me servir de ma grande taille quand nous luttions. Il n'était jamais retors au combat.

Mon père, étrangement, l'appréciait. Étrangement, car Philippe n'avait rien d'un érudit, il aimait la violence, avait un sens de l'humour particulièrement grossier et une sexualité précoce qu'il ne prenait pas même la peine de dissimuler. « Observe-le, répétait souvent mon père. C'est pour toi une occasion unique de voir de près comment se façonne un roi. » Mon père pouvait parfois se montrer pompeux de la sorte. Il approuvait notre amitié (le mot n'est pas le bon, mais c'est le seul dont je dispose), et m'encourageait à passer du temps avec Philippe. Ce qui ne me dérangeait pas, de manière générale. Mon père était occupé en ville, son statut de serviteur du roi lui assurant également de nombreux engagements auprès des courtisans et autres administrateurs, et j'étais livré à moi-même la plupart du temps. Arimnestos poursuivait son instruction avec les pages. Arimneste passait le plus clair de son temps à prendre soin de ses fleurs, ou à chuchoter avec les deux ou trois autres filles de bonne famille que ma mère avait trouvées pour tisser et préparer leur trousseau de mariée avec elle. Elles prenaient leurs pique-niques entre filles dans la cour, et poussaient des rires suraigus quand elles me voyaient approcher. Le regard d'Arimneste s'attardait sur moi un peu plus longtemps que les autres. Je ne l'ai jamais emmenée avec moi.

Je passais mes journées à errer seul, et parfois me venait l'envie d'écrire, même si je ne savais pas quel genre d'écrit au juste, ni par où commencer. Quand j'ai confié à ma mère que j'envisageais de composer une grande tragédie, elle m'a caressé les cheveux et a répondu que je devais le faire. Elle avait dû en parler à mon père car, peu de temps après, j'ai été convoqué dans son bureau, pour discuter. Ou plutôt, écouter.

«Je t'ai trouvé un précepteur», m'a annoncé mon père.

Ce qui semblait plutôt prometteur; enfin quelqu'un à qui parler des choses qui m'intéressaient. Dans le même temps, cela me plongeait dans un certain malaise. Une personne choisie par mon père serait probablement très semblable à lui, et je ne voulais surtout pas qu'un tiers vienne contrôler l'usage que je faisais de mon temps. Je ne voulais pas que l'on me guide.

«Tu n'es pas du bois dont on fait les soldats, a poursuivi mon père. Il est temps de décider ce que nous allons faire de toi.»

Cette remarque m'a quelque peu blessé. J'étais grand, je montais bien à cheval, et les leçons de lutte prodiguées par Philippe avaient amélioré ma coordination. J'étais capable de retenir longtemps ma respiration sous l'eau, ma vue et mon ouïe (à l'époque, en tout cas) étaient pures et affûtées. Je ne savais pas au juste quelle utilité pouvait avoir cette aptitude à retenir ma respiration dans le métier des armes, mais c'était une prouesse athlétique dont j'estimais qu'elle méritait un certain respect. Et puis, si je n'étais pas fait pour devenir soldat, n'étais-je pas alors censé devenir médecin, comme mon père? Quel défaut, ai-je voulu savoir, m'avait donc disqualifié de cette carrière-là?

«Aucun défaut.» Simple jeu de lumière, sans doute, mais le visage de mon père s'est soudain adouci, prenant l'expression de cette tristesse qui le clouait parfois au lit, comme cela m'arrivait aussi. «Tu es déjà bien avancé sur le chemin qui mène à ce que je suis. Je pensais simplement que cela t'ennuyait.»

Et à ma grande honte, c'était vrai.

«Il s'appelle Illaeus, a poursuivi mon père. Il a écrit une pièce qui a été jouée au festival d'Athènes, autrefois. Ta mère m'a dit que ce domaine t'intéressait.»

Ce qui, bien sûr, officialisait la chose : j'allais devenir tragédien, et mes pièces seraient jouées au festival d'Athènes. La seule manière de surmonter la honte que j'éprouvais en apprenant que mon père avait connaissance de cette ambition (laquelle n'était chez moi qu'embryonnaire, tout au plus), c'était de l'embrasser pleinement.

«Il t'attend demain après-midi, et te demande de ne pas arriver trop tôt. Apparemment, il consacre la matinée à ses propres travaux.»

Je devinais dans ces paroles une approbation et une désapprobation tout à la fois. J'ai soudain compris que mon père ne savait trop quoi penser de cet Illaeus, et n'était pas très sûr de ce qu'il faisait en m'envoyant chez lui. Quelles autres voies avaient-ils vainement explorées sans que j'en sache rien, me demandais-je, pour prendre un tel risque?

L'automne se durcissait déjà et devenait l'hiver, et le matin suivant s'est paré d'une atmosphère grise et cotonneuse, sous un ciel bas parcouru de murmures neigeux. Cela m'a plu : ça changeait de la pluie.

117

Puisque l'homme consacrait la matinée à ses propres travaux, j'ai décidé que je devais en faire autant, et je me suis assis dans un coin de la cuisine avec ma tablette et mon stylet. Je n'ai rien pu écrire. Après le déjeuner, j'ai enfilé mes habits les plus chauds, et je suis parti à la recherche de la maison que m'avait indiquée mon père. Elle se trouvait dans un quartier pauvre de la ville, au bas de la colline, une longue marche depuis notre propre maison. J'ai croisé un homme en haillons qui chiait dans la rue, il s'est moqué de moi quand mon regard s'est posé sur lui, puis une nouvelle fois quand je l'ai détourné. Un filet de vapeur s'élevait du petit tas. Les maisons étaient petites et miteuses par là, et je savais que les familles qui y vivaient dormaient dans une seule pièce avec leurs enfants et leurs animaux. Mon esprit s'est infiltré chez eux, plongeant dans les bruits et les riches odeurs de ce sommeil partagé. À Stagire, les fermiers vivaient ainsi pendant l'hiver. Moi, je n'avais jamais partagé ma chambre avec qui que ce fût.

J'ai demandé à une enfant de m'indiquer la maison du savant Illaeus, et elle a désigné une hutte de pierre semblable à toutes les autres.

«Il va te dévorer», m'a-t-elle mis en garde.

Je l'avais vue évaluer mes habits de laine, et j'ai compris qu'il fallait lui donner une pièce, mais j'étais sorti sans rien d'autre que la bourse que mon père destinait au savant.

«Connard», s'est-elle exclamée quand je me suis éloigné. Elle devait avoir cinq ans.

J'ai frappé sur le montant de bois de la porte avec la jointure de mon poing, poussé le lourd rideau, et je suis entré. Il faisait sombre dans cet intérieur, éclairé par une seule lampe à huile posée sur une table, à l'autre bout de la pièce — pas très loin, d'ailleurs, quelques pas tout au plus. Un homme était assis à la table. Je distinguais sa silhouette, mais aucun détail de sa physionomie, ni de celle de la pièce. Mes yeux ne s'étaient pas encore habitués à la pénombre.

« Voilà notre lumière d'étoile », a déclaré l'homme.

Je lui ai demandé où trouver le savant Illaeus.

« Eh bien, voilà qui est intéressant… Tu sais que tu l'as trouvé, mais tu poses quand même la question. Est-ce vraiment la meilleure manière d'initier une relation ? »

J'ai compris que mon père n'avait jamais rencontré cet homme, car sinon, je ne me serais pas trouvé là. Je me suis demandé qui avait bien pu servir d'intermédiaire. Cette personne avait-elle voulu jouer un tour à mon père, ou à moi ? Je distinguais à présent la table devant lui, qui était vide. Il buvait du vin pur, dans une coupe qu'il serrait contre l'aine, sans jamais la poser. Il faisait assez chaud dans la pièce. Les murs étaient enveloppés d'épais tissus pour garder la chaleur, le lit et les chaises emmitouflés de linges et de coussins. Obscurité, chaleur et douceur sur toutes les surfaces : un vrai cocon d'ivrogne. Dans l'âtre, au coin de la pièce, le feu que j'avais cru éteint luisait faiblement, chaleur arachnéenne enserrant les braises de fils blancs.

«Tu vas rester, lumière d'étoile? a-t-il demandé. Ou ai-je vidé mon pot de chambre pour rien?»

Je pouvais voir, à présent, qu'il n'était pas aussi vieux que mon père, même si son visage était parcouru de rides sévères, particulièrement autour de la bouche, comme les plis d'un tissu, et ses cheveux blancs hérissés comme les soies d'une brosse. C'était la peau de ses joues qui le trahissait; mon père m'avait appris à repérer ce genre de détail; lisse, rose. Chez une femme du même âge, cela aurait été l'ultime vanité. Sa voix était grave, mais pas forte. Je me suis assis sur une chaise.

«Il parle? a interrogé l'homme, s'adressant à sa coupe, avant de reprendre une gorgée.

— Peut-être mon père vous a-t-il induit en erreur... Je ne suis pas en train d'écrire une pièce.

— Quel soulagement...

— Vos travaux, ils portent sur quoi?

— Bavard, a-t-il commenté, à l'intention de sa coupe. Voilà qu'il est bavard, maintenant. Je crois que l'idée de travail lui plaît...»

J'ai acquiescé.

«Il cherche son propre travail. Un problème à résoudre?

— Peut-être. Pas exactement. Je ne sais pas.

— Qu'est-ce qui t'a fait croire que tu étais en train d'écrire une pièce?»

Je lui ai confié que mon esprit surchargé m'empêchant de dormir, je m'étais dit que le fait d'écrire quelque chose, de le faire sortir de mon crâne, me soulagerait peut-être.

« Mais on peut écrire d'autres choses, a-t-il remarqué. Autre chose que des pièces. »

Je pensais, lui ai-je dit, qu'écrire l'une de ces autres choses me conviendrait peut-être mieux.

« Excellent. As-tu apporté de quoi écrire ? »

J'ai sorti ma tablette de sous mes vêtements.

« Décris cette pièce, tout ce qu'elle contient. Tu peux me décrire, moi, si tu te sens prêt à le faire. Ne néglige aucun détail.

— Pourquoi ?

— Personne d'autre que toi ne le lira. Tu es encore nerveux. Je veux que tu te calmes. Nous commencerons vraiment la prochaine fois. Nous allons faire sortir de ton crâne un peu de cette surcharge, afin que la prochaine fois, tu puisses te concentrer. Un peu de ce bourdonnement agité, de ce pépiement de mots. Un peu de ce qui te tient éveillé, d'accord ? Mais peut-être as-tu soif ? »

Il a fait le geste de m'offrir sa coupe de vin.

« Non.

— C'est bien, jeune homme. »

La coupe est retournée se blottir au creux de l'aine.

«Commençons.»

J'ai écrit pendant un long moment, jusqu'à ce que, même dans cette hutte sans fenêtres, je sente la nuit tomber. Mon estomac gargouillait.

«Demain, tu pourras même ôter ta cape.»

Il avait allumé une ou deux lampes supplémentaires et ravivé le feu, et il y avait même alors une marmite en train de mijoter — des haricots d'après l'odeur —, suspendue à un crochet au-dessus des flammes. J'avais perdu conscience du monde qui m'entourait.

Comme j'allais sortir, il m'a tendu une pièce tirée de la bourse que je venais de lui remettre. «Si tu croises un garçon dans la rue, dehors, donne-lui ça et dis-lui qu'Illaeus a faim. Un jeune garçon, surtout. Pas un dont la voix ait mué, comme la tienne.»

Dans la pénombre de la rue, j'ai rencontré un garçon de l'âge de mon frère qui jouait aux billes sur le sol; il formait de petites piles et se récompensait lui-même de nouvelles billes chaque fois qu'il réussissait. «Connais-tu Illaeus, qui vit dans cette maison?» ai-je demandé, en la désignant du bras.

Il a tendu la main. Je lui ai donné la pièce, et j'ai repris mon chemin vers le sommet de la colline, sans un seul regard en arrière.

Je suis allé le voir pendant trois ans. J'en ai appris davantage sur lui — qu'il avait vécu à Athènes, étudié là-bas auprès d'un grand homme qui s'appelait Platon, avait lui-même brillé comme une étoile, brièvement —, et je n'ai rien appris de plus que ce que je savais depuis le premier jour : que c'était un ivrogne avec un faible pour les jeunes garçons, qu'il n'aimait ni mon père ni moi-même, mais avait cruellement besoin de notre argent pour le vin et le sexe. Ces deux choses, il ne pouvait s'en passer. Certains jours, il était trop soûl pour enseigner, si bien que je restais assis dans la pénombre à l'écouter divaguer sur sa glorieuse jeunesse et sur toutes les rancunes mesquines et autres griefs qu'il pouvait ressasser, mamelles auxquelles il s'était sustenté pendant toutes ces années et qui l'avaient mené jusqu'à ce moment et ce lieu où il allait mourir. D'autres fois, il parlait de Platon, qui se trouvait toujours à Athènes, et qui continuait de nourrir de jeunes hommes semblables à celui qu'il avait été jadis, de jeunes prodiges. «Un jour peut-être, tu iras le rejoindre, lumière d'étoile», m'avait-il dit, et l'idée avait semblé s'enraciner en lui au moment où il l'énonçait, car il l'avait de nouveau mentionnée à une ou deux reprises, les jours où il était plus sobre, et avait même promis d'écrire pour me recommander, affirmant que l'homme se souviendrait de lui et le prendrait donc au sérieux. «Je ne pourrai pas faire ça éternellement», disait-il, ce que je croyais aisément – il avait une sorte de maladie à la poitrine et, à la fin, il gardait toujours deux coupes sur sa table, une pour le vin et l'autre pour les caillots couleur de vin qu'il recrachait. Néanmoins, il n'était jamais soûl au point de me laisser m'éclipser sans me donner une pièce et obtenir de moi que je lui procure un enfant. Un jour, il avait même demandé une fille. «Un peu de variété, s'était-il justifié, riant de mon air stupéfait. Il faut goûter à tous les fruits du monde. La curiosité est le premier signe d'un esprit intelligent. »

J'avais trouvé une prostituée de mon âge, à peu près quinze ans à l'époque, dont le visage s'était ouvert quand je l'avais approchée, puis refermé quand j'avais expliqué la situation. Elle m'avait dit que la pièce n'était pas suffisante. J'avais fait volte-face pour m'en aller.

« Pas suffisante pour ce vieux sac de sang, je veux dire. Pour toi, ça suffira. »

Ma sœur avait épousé Proxène quelques mois auparavant et était partie vivre avec lui à Atarnée où, à treize ans, elle attendait désormais son premier enfant. L'entraînement qu'Arimnestos suivait avec les pages lui avait donné des biceps, un argot de soldat, une mèche tombante au-dessus des yeux et un sourire nonchalant. Les gens l'aimaient. Les gens, les filles.

« Où ? » ai-je demandé.

Elle m'a conduit vers une autre cabane, quelques portes plus loin. Une vieille dame qui tisonnait son feu à l'aide d'un bâton s'est levée pour quitter les lieux dès que nous sommes entrés. La fille m'a fait asseoir sur le lit et m'a sucé jusqu'à ce qu'une grande faiblesse m'envahisse et que la pièce tout entière bascule dans la douceur. Mon père m'avait mis en garde : me toucher moi-même allait noircir mes doigts, et ma mère saurait ainsi ce que j'avais fait. Je l'avais cru. Pendant un long moment, j'ai pensé que cette fille était en train de m'assassiner d'une manière qui m'était encore inconnue. J'ai cru que j'allais mourir, que j'étais déjà mort. Quand, enfin, je me suis redressé, la fille a souri, à contrecœur, du coin des lèvres.

Le lendemain, Illaeus n'a fait aucun commentaire au sujet de la fille manquante, ou de la pièce manquante.

J'ai omis de préciser ce qu'il m'enseignait. Dans un premier temps l'histoire, la géométrie et des rudiments d'astronomie. Il possédait des livres, qu'il dissimulait au fond d'un trou percé dans le sol, derrière les pièces de tissu tendues sur les murs, ou ailleurs, je ne saurais le dire. Quand j'arrivais, il en avait posé un ou deux sur la table, devant lui. Il me demandait de lire, puis de résumer ce que j'avais lu. « Exercices de mémoire », avais-je commenté un jour, avec dédain (j'étais très fort dans ce domaine), mais il m'avait aussitôt repris : « Exercices de concentration. » Une fois, il m'a demandé si j'étais d'accord avec un certain passage d'Hérodote, sur la bataille de Marathon. J'ai répondu que, selon moi, être d'accord ou pas n'était pas la question ; il s'agissait d'histoire, de faits.

« Évidemment… »

Un an s'était écoulé avant qu'il ne me repose la même question, au sujet du même passage.

« Encore un exercice de concentration, ai-je rétorqué.

— Arrête de faire ton malin. Tu me dégoûtes tellement que j'ai envie de vomir.

— Non, c'est faux. »

Je savais qu'il avait fini, peut-être pas par m'apprécier, mais du moins par me tolérer. Il s'emportait quand j'étais en retard et souriait quand mes réponses étaient rapides.

« Non, tu as raison, a-t-il reconnu. Je commence à fatiguer, voilà la vérité. Je ne pensais pas que ma vie finirait comme ça. Ça n'a rien de personnel, tu es un bon garçon. »

J'ai senti que la leçon touchait à sa fin, et j'ai hésité, frôlant de la main l'Hérodote.

« Oui, oui, tu peux l'emprunter. J'aimais les livres, moi aussi, quand j'avais ton âge. Tu sais qu'il ne faut pas manger en lisant ? »

Je le savais ; ma mère m'avait appris cela durant l'une des longues absences de mon père, lorsque, pour la première fois, elle m'avait permis d'entrer dans sa bibliothèque. Ne pas manger, ne pas froisser les pages, ne pas sortir avec les livres ; les mains propres, pas trop près de la lampe, et bien tout remettre là où je l'avais trouvé.

C'est mon père qui a remarqué l'inscription.

« Regarde, m'a-t-il dit. Platon. Ils ne sont que dix ou vingt dans le monde à avoir eu le privilège d'étudier avec lui. Cet Illaeus, parle-t-il souvent de cette expérience ?

— Un peu, ai-je répondu. Pas vraiment. Il semble... amer. »

Mon père a froncé les sourcils. Ce n'était pas ce qu'il aurait voulu entendre. «Peut-être devrais-tu lui poser des questions. Le faire parler, au détour de la conversation. L'interroger sur ses propres travaux. Le flatter un peu. Tu peux être bien désagréable parfois, peut-être l'a-t-il senti.

— Je ne suis pas désagréable!

— Amer... »

C'était comme s'il venait seulement d'enregistrer ce mot.

«Je me demande pourquoi il a quitté l'école. Ceux qui étudient là-bas restent généralement pour y enseigner, d'après ce que j'en sais. Cela te plairait-il, à toi?

— D'enseigner?»

J'étais horrifié.

«C'est bien ce que je pensais.»

Il m'a rendu le livre.

«Prends-en bien soin. Je n'ai pas envie qu'il vienne me demander de le remplacer parce que tu l'as fait tomber dans une mare.

— Je prends soin des livres!

— Ne me parle pas sur ce ton, a répliqué mon père. L'amertume est provoquée par un excès de bile. Peut-être devrait-il boire davantage de lait pour compenser l'effet de cette humeur. Je crois que je vais te prescrire un traitement similaire, afin que tu ne finisses pas avec le même caractère. J'en vois déjà les premiers signes. »

À compter de ce jour, j'ai bu quotidiennement du lait de chèvre, qu'un esclave m'apportait sur un petit plateau chaque après-midi, généralement pendant que j'étudiais. C'est devenu l'un des rituels de notre maisonnée. Je devais emporter le plateau dehors, dans la cour, vider les coupes, manger les noix servies avec (de petits cerveaux pour mon grand petit cerveau) et rendre le plateau à l'esclave, qui apportait aussitôt les coupes vides à mon père, pour lui donner la preuve que j'obéissais aux ordres. Notre maisonnée était tout entière cousue de telles formalités, dont l'absurdité m'apparaissait, pour certaines, de plus en plus clairement.

Par chance, j'avais la possibilité de me rendre au palais quand l'étroitesse du monde de mes parents menaçait de m'écraser. Personne n'obligeait Philippe à boire du lait de chèvre pour prévenir l'amertume, et nul nuage noir de déception ne venait peser au-dessus de ses quartiers s'il avait le malheur de reposer un livre sur la mauvaise étagère.

« Tu arrives juste à temps », m'a-t-il dit lorsque je suis allé le voir, la fois suivante.

J'avais le droit d'utiliser la palestre du palais, grâce au statut dont jouissait mon père à la cour, et je m'y rendais souvent quand j'avais besoin de compagnie. Philippe m'a trouvé en train de faire des flexions avec une balle lestée, sans grand enthousiasme, mais il avait le respect du soldat pour les exercices athlétiques quels qu'ils soient, et il a attendu que j'aie achevé ma série pour me parler.

«Ma nouvelle armure est prête. Viens la voir quand tu auras terminé.

— J'ai terminé.»

Il m'a conduit à l'armurerie, où son attirail était déployé sur une table : casque, plastron, bouclier, lance, jambières, sandales. Un soleil stylisé ornait le plastron et le bouclier. Un cadeau de son père, a-t-il précisé. De toute manière, son ancien équipement était devenu trop petit. Je l'ai regardé lacer et sangler sa tenue, taillée à la perfection. J'avais envie de me moquer de lui, des heures qu'il avait dû passer, immobile, pendant qu'on prenait ses mesures, comme pour une robe de femme, mais je savais qu'il ne rirait pas.

«Elle est magnifique», ai-je commenté, et j'étais sincère. Il avait l'air d'un vrai guerrier avec son casque bien en place et le protège-nez parfaitement ajusté, dans le scintillement des surfaces métalliques et les craquements du cuir neuf. Ses yeux étaient d'une absolue droiture, et je me suis demandé quel serait le prochain ennemi à se tenir si près de lui, dans cette parure — la dernière chose qu'il verrait, ce serait ces yeux-là, des yeux calmes, qui vous jaugeaient, non dénués d'une sorte d'humour bienveillant. C'était ce regard qu'il posait sur moi, ce jour-là.

«Tu n'aimes pas te battre, pas vrai? m'a-t-il demandé. Tu ne voudrais pas de tout ça. Vraiment pas.

— Je ne saurais même pas par où commencer. Pour moi, ce serait comme enfiler un déguisement. »

J'étais à deux doigts de l'offenser, et j'en avais conscience.

« Tu me vois manier l'épée ? ai-je poursuivi. La seule personne que je mettrais en danger, ce serait moi-même.

— Ce n'est pas faux. »

Il a ôté son casque, doucement — il prend davantage soin de son casque que de sa tête, ai-je pensé —, et l'a reposé sur la table.

« L'avenir approche vite, le sais-tu ? »

Une parole si extraordinaire que je l'ai aussitôt suspecté de l'avoir récemment entendue, et de me répéter simplement cette sage considération. Son père ? Je savais que des escarmouches l'opposaient aux petits rois des montagnes d'Illyrie, qui tentaient d'étendre leurs territoires au sud, en Macédoine. Philippe était sans doute sur le point de partir pour une de ces contrées, dans son armure flambant neuve, afin de faire couler dessus un peu de sang et de prouver ainsi qu'il était digne de la porter. Toute une vie de chair et de muscle, sans jamais se poser de questions.

« Et pour toi ? a-t-il repris. Quel avenir approche ? »

Je n'ai rien répondu. Je n'étais qu'un enfant comparé à lui, ou alors un vieillard, à ce point paralysé par mes pensées que j'étais incapable d'articuler une phrase.

« Tu pourrais encore avoir ta place dans l'armée. »

J'ai reconnu l'étrange gentillesse qui le caractérisait dans cette capacité à saisir ma détresse et à retenir le coup que tout autre garçon de son âge n'aurait pas hésité à me porter.

« Tu pourrais être infirmier, a-t-il poursuivi. Ton père t'a formé, n'est-ce pas ? Tu le suis encore dans ses tournées ?

— Parfois. Mais je crois qu'il aimerait me voir devenir professeur.

— De quoi ? »

Il a planté un doigt dans son oreille et l'a fourragée, en proie au doute ou à la douleur infligée par son propre doigt. Peut-être ne pensait-il plus du tout à moi, ou n'avait-il pas écouté ma réponse. Du sexe et des livres, voilà comment j'envisageais l'avenir. Un Illaeus se cachait peut-être dans mon cœur, après tout.

« De tout, ai-je répondu. De natation. »

Il a ri.

« Quand y retournons-nous ?

— Tout de suite. »

Il a défait son armure, et nous sommes descendus à la plage, une longue marche silencieuse. Je savais qu'il était davantage à son aise entouré d'un groupe plus nombreux, d'humeur plus gaie aussi. Nous ne trouvions pas souvent de sujet de conversation quand nous étions seuls tous les deux, même s'il n'évitait jamais ce genre de situation, par gentillesse à mon égard, je crois. En retour, je m'efforçais de ne pas trop parler, et de ne pas supposer une quelconque forme d'intimité entre nous, pour ne pas risquer de mettre sa patience à l'épreuve. Il avait recommencé à neiger, très légèrement, insouciant saupoudrage qui s'accumulerait dans la nuit jusqu'à tout recouvrir de glace, hormis l'océan, au petit matin. Tout était doux et gris, et les sons étaient assourdis, dilatés. Nos souffles fumaient dans l'air froid. Le soleil était un disque blanc, lointain, frais. Arrivé au rocher habituel, j'ai entrepris de me déshabiller.

«Putain, non!» s'est exclamé Philippe, mais comme je continuais, il s'est déshabillé aussi.

L'eau était chaude pendant quelques instants, puis atrocement froide, anneaux brûlants autour de mes chevilles, de mes mollets, mes genoux, mes cuisses, dès que je cessais de penser à ce que j'étais en train de faire. Je n'avais pas nagé depuis des semaines. Au moment de plonger, je me suis retourné pour voir Philippe, nu, dans l'eau jusqu'aux genoux, mains sur les hanches, scrutant l'horizon. Nous ne sommes pas restés longtemps. Ensuite, nous nous sommes séchés dans nos capes, et nous sommes remontés vers la ville en les portant, trempées, sur le bras, tremblant de tous nos membres.

Quand j'ai revu Philippe, c'était au printemps, pendant les jeux. Il venait de rentrer d'une campagne hivernale particulièrement brutale en Illyrie; je venais d'achever la rédaction de mon premier livre, un traité sur des variétés locales de crustacés. J'en avais décrit et catégorisé tous les spécimens que j'avais pu trouver, en m'efforçant de les regrouper par familles ; j'avais rapporté leurs comportements, au prix de longues heures solitaires passées sur les plages glacées, à observer les flaques dans les rochers, et même inclus des illustrations que j'avais moi-même réalisées. C'étaient ces dernières qui m'avaient le plus coûté, mais Illaeus m'avait montré le truc qui consistait à se servir de feuilles quadrillées pour respecter les proportions. Il m'avait en outre recommandé un scribe pour qu'il réalise une copie de qualité, quelqu'un dont les fournitures et l'écriture seraient meilleures que les miennes — un homme minuscule dans une autre cabane froide et humide, dont l'éternel sourire dévoilait des dents anarchiques. Elles l'étaient assurément. J'ai présenté l'objet fini à mon père, comme un cadeau.

«C'est très joli, avait-il dit. Belle matière. Égyptienne, n'est-ce pas?»

Cela ne m'avait pas découragé. Illaeus m'avait fait réécrire encore et encore, jusqu'à ce que chaque phrase soit concise, claire et nécessaire. Il m'avait demandé si j'aimais les coquillages, si je les trouvais élégants, et j'avais répondu que oui, certainement. Alors il me fallait écrire élégamment à leur sujet, avait-il rétorqué, et ce fut notre unique conversation sur la validité de mon projet. Il ne m'avait pas demandé un exemplaire du livre, mais avait ramassé le petit coquillage en spirale que j'avais apporté de Stagire, et que j'avais posé sur la table devant moi, un jour que j'écrivais.

« Je garde ça », avait-il déclaré, d'un ton définitif.

Le coquillage était minuscule, sinueux comme une oreille, rose comme un mamelon, avec une petite lèvre boudeuse, couleur crème ; un trophée somptueux, mais je n'ai rien fait pour le garder. Soudain, j'avais mon livre, et c'était bien plus important.

Les jeux avaient été organisés pour honorer la mort récente d'Amyntas — une mort de vieillesse, exploit considérable dans la maison de Macédoine — et célébrer l'accession au trône du frère aîné de Philippe, Perdiccas. Philippe et moi avions tous deux seize ans, alors, et nous les faisions l'un comme l'autre — chacun à sa manière. J'avais grimpé en flèche pour dépasser mon père, qui n'était pourtant pas un homme de petite taille, et je m'étais laissé pousser un petit duvet de barbe dense et soigné, que ma mère adorait caresser. La saison de natation avait recommencé pour de bon quelques semaines auparavant, et j'avais déjà pris du muscle, même si j'avais encore l'air bien dégingandé à côté de Philippe. J'ai assisté aux épreuves de lutte et de javelot, qu'il a remportées toutes les deux.

Ce jour-là, mon père m'a emmené au temple d'Héraclès pour offrir un sacrifice destiné à assurer des succès militaires futurs, puis il m'a proposé de nous rendre aux bains. Il voulait me soumettre à un examen complet, je le savais, avec ses yeux de médecin, ce que je lui refusais de plus en plus farouchement. Il voulait observer la couleur de ma peau, l'allure générale de mes articulations, l'épaisseur de mes muscles, la taille de mon pénis. Il voulait trouver un problème à résoudre.

« Tu aurais pu participer aux épreuves », m'a-t-il déclaré, après que nous nous fûmes déshabillés.

Je m'étais assis en lui tournant le dos, et je raclais la poussière sur mes jambes avec le fil d'une pierre, tandis que mon père me passait en revue.

« Cet été, peut-être...

— Dans quelle discipline ? »

Ma question se voulait rhétorique, pleine de dérision. Passé les premiers instants, je ne pouvais plus le regarder ; c'était un vieil homme, désormais, pâle, dégarni, avec des seins de vieux et, entre les jambes, un machin tombant aux poils givrés dont je préférais n'avoir qu'une vision fugitive.

« La course à pied.

— C'est ridicule. Tu ne m'as jamais vu courir.

— Tu es bâti pour ça. Pas pour le sprint, non, mais pour l'endurance. Peut-être devrions-nous y penser. »

J'entrevoyais déjà un autre de ces régimes dont mon père avait le secret, un programme d'entraînement venant s'ajouter à mon lait de chèvre, mes noix et mes études auprès d'Illaeus.

« Non.

— Réfléchis-y », a insisté mon père.

J'y ai réfléchi ; j'ai réfléchi au fait que mon père n'avait jamais tenu les jeux en très haute estime, et que notre séjour à Pella accentuait peu à peu la honte que je lui inspirais. Arimnestos était parfait ; Arimnestos était courageux, athlétique, et raffolait des canassons ; Arimnestos ferait un solide compagnon. Mais moi, je n'étais pas le genre de fils que les hommes avaient par ici, et quelque chose avait cédé à l'intérieur de mon père, comme un plancher pourri, si bien qu'il était désormais incapable de voir à quel point je lui ressemblais, et combien les projets qu'il avait pour moi étaient inadéquats. La seule chose qu'il voyait, c'est que j'étais différent des autres garçons macédoniens, et que cela posait problème. Pour la première fois, j'ai compris qu'il serait peut-être nécessaire de quitter Pella, de quitter mon père, si je ne voulais pas devenir un infirmier en uniforme — une vie à se traîner derrière le cul de la glorieuse armée de Philippe et à torcher sa merde —, un infirmier qui aurait terminé un jour quatrième d'une épreuve d'endurance avant de dégénérer en vieux satyre aigri, en misanthrope, et en ivrogne.

Toutefois, mon monde était petit, et la seule option que je voyais, c'était de rentrer à Stagire. J'envisageais vaguement de cultiver la terre, d'écrire, de nager et de trouver une fille à marier qui me sucerait régulièrement comme la prostituée l'avait fait, pour me soulager.

Je n'avais jamais repensé aux fanfaronnades d'Illaeus à propos du grand professeur athénien, jusqu'à mon dernier jour avec lui — dont j'ignorais, d'ailleurs, qu'il serait le dernier. Ce jour-là, il m'a annoncé qu'il avait reçu une réponse à sa lettre.

« Quelle lettre ? » ai-je demandé.

Au lieu de répondre, il m'a tendu le courrier et m'a dit de le remettre à mon père. Il avait rescellé la cire à la chaleur d'une bougie. « Compris ? »

J'ai vu sa main se tendre, vers mes cheveux ou mon épaule, et je suis parti aussitôt, sans lui laisser le temps de trouver une pièce. Je l'avais récemment interrogé sur la nature de ses travaux, comme mon père me l'avait conseillé — j'avais finalement réussi à rassembler assez de courage pour le faire —, et il m'avait simplement répondu qu'il était en train d'écrire une pièce, et qu'il écrivait la même pièce depuis aussi longtemps qu'il était à Pella : plus d'une décennie.

« Elle doit être très longue, en avais-je conclu.

— Pas vraiment. »

Je voulais lui demander le titre de la pièce, ou son thème, mais nous avions glissé vers d'autres sujets, et je n'avais jamais plus eu l'occasion de l'interroger là-dessus. L'échange avait été succinct, mais notre relation en avait été bouleversée à tout jamais, comme s'il avait créé une sorte d'intimité entre nous qui le rendait vulnérable. Je n'aimais pas cette sensation. Il ne rangeait pas toujours sa table avant mes leçons, à présent, et je découvrais parfois en arrivant ses liasses gribouillées, avec leurs biffures et leurs griffonnages. Il levait les yeux vers moi, timidement, reconnaissant ainsi qu'il m'avait volontairement laissé voir, puis il les rangeait avec des gestes tendres qui me dégoûtaient quelque peu.

Chez moi, mon père a lu la lettre en silence pendant que je le regardais. De nouveau l'été, et la poussière tourbillonnait dans l'air doré et tamisé autour de sa tête. La peste faisait rage cette année-là, la pire depuis notre arrivée, et mon père était épuisé des longues journées passées auprès des morts et des mourants. Il serrait la lettre un peu trop fort entre ses doigts. C'est alors que j'ai compris : une place à l'Académie de Platon, le gîte et le couvert, une place sur mesure pour moi, qui m'était réservée dans la cité légendaire.

« Il n'aurait pas dû écrire sans m'avoir consulté, a déclaré mon père. C'est hors de question. »

Le lendemain, il est resté alité. J'ai attribué cela à la mélancolie.

« Je veux y aller », ai-je confié à ma mère.

Je l'avais trouvée dans la cour, en train de couper des herbes.

« Je ne suis d'aucune utilité pour personne, ici. »

Elle n'a pas répondu. En y regardant de plus près, j'ai aperçu la peau fine autour de ses yeux, tout abîmée de larmes.

« Qu'y a-t-il ?

— Ton père m'a dit de les cueillir… »

Elle voulait parler des herbes.

« C'est pour lui. Il a des… »

Ses doigts s'agitaient sous son aisselle.

« Deux. Rien que deux. Ici, et ici.

— Quelle couleur ?

— Rouges, comme des ampoules.

— Suintants ? »

Elle a secoué la tête.

« C'est bon signe, n'est-ce pas ? Pas de sang ? »

Je ne savais que répondre. Elle a lu sur mon visage et s'est précipitée dans la maison, jusqu'à la chambre de mon père, avec sa poignée de verdure, et a interdit à quiconque d'ouvrir la porte. Ce même jour, on m'a envoyé au palais pour dormir avec les pages. Arimnestos, mis en quarantaine avec moi, était abasourdi. Je feignais de l'être aussi.

Deux jours plus tard, nous étions convoqués devant le roi. Philippe, je le savais, n'avait pas beaucoup de temps à consacrer à son frère aîné. Perdiccas avait été formé dans sa jeunesse par l'un des condisciples d'Illaeus, un certain Euphraeus, qui était resté influent à la cour et organisait ce que Philippe appelait des dîners de gonzesses, avec des sujets de conversation préétablis et pas grand-chose à boire. Perdiccas était plus grand que Philippe, plus fin, plus pâle, médiocre soldat, et il pianotait toujours avec ses doigts sur le livre qu'il était en train de lire et dans lequel il mourait d'envie de se replonger. Huit ans plus tard, il succomberait au cours d'une bataille désastreuse en Illyrie — quatre mille victimes —, léguant à Philippe un royal chaos.

« Je suis désolé », a déclaré le roi.

Arimnestos a éclaté en sanglots et réclamé notre mère.

« Je suis désolé », a répété Perdiccas, le roi-lecteur, tout en tapotant son Homère. Il m'a fallu plisser les yeux pour voir de quoi il s'agissait.

Arimneste est arrivée d'Atarnée avec Proxène, son époux, et leur nouveau-né. Elle s'est aussitôt occupée de la maison et d'Arimnestos, prenant en charge les repas, le travail des domestiques, et la douleur de son jumeau. Les cendres s'empilaient dans tous les recoins où ma sœur avait fait brûler des herbes pour purifier l'air de la peste. Elles se répandaient sur nos habits et dans la nourriture, mais c'était mieux comme ça. Il fallait les laisser se disperser naturellement, sinon la purification demeurerait sans effet. Arimneste avait des allures de matrone, désormais, elle était plus ronde, active et efficace, et ne me regardait plus dans les yeux. Quelqu'un — un des esclaves — lui avait probablement rapporté que je n'avais pas pleuré. Je vivais dans le bureau de mon père désormais, entouré de son odeur – légèrement épicée à cause de sa pharmacie, légèrement aigre à cause de son vieux corps — et de ses livres. Les miens, désormais. Je les empilais autour de moi, rouleaux déroulés, feuilles volantes planant lentement vers le sol, et je lisais tard dans la nuit. C'étaient des

livres que je n'avais encore jamais ouverts, des ouvrages de médecine qui dégénéraient en obscénités,
des histoires délirantes et des pièces de théâtre, des
satires croustillantes pour lesquelles je n'aurais jamais cru que mon père pût avoir le moindre goût.
De temps à autre, je sortais m'aérer, visitant la cuisine
pour y prendre du pain ou une pomme. Les domestiques m'évitaient. Chaque fois que je sentais poindre
l'émotion, je me replongeais dans les livres et restais
immergé aussi longtemps que je le pouvais.

«Ne ressens-tu pas de peine?» m'a demandé un
jour Proxène.

C'était un homme digne, qui travaillait dur, traitait
ma sœur avec respect, et avait vénéré notre père.
Mes yeux secs l'indignaient. Au retour d'une marche — je faisais encore de longues promenades,
hébété, cherchant à m'épuiser assez pour trouver le
sommeil —, je l'avais trouvé dans le bureau de mon
père, sur la chaise de mon père. Il voulait ranger
mon désordre, et exigeait que je l'aide. Comme je ne
répondais pas, il a agité une feuille de papier que j'ai
aussitôt reconnue.

«Il y a une lettre, ici. En qualité de tuteur, je ne
peux pas te laisser rester à Pella.»

Les défaites militaires s'étant enchaînées, Philippe
et quarante-neuf Compagnons allaient bientôt partir
pour Thèbes, en tant qu'otages, en vertu d'un accord
diplomatique particulièrement complexe visant à s'assurer de la docilité des Macédoniens. Philippe pas-
serait les trois prochaines années auprès du grand
général thébain Épaminondas, à apprendre les arts

de la guerre dans une cité célèbre pour son infanterie, sa cavalerie et la qualité de son commandement militaire. Il regarderait ses phalanges s'exercer chaque jour sur le champ de manœuvres. J'étais d'une assez bonne famille et je fréquentais assez régulièrement le prince pour savoir que Proxène craignait de me voir promu au rang d'otage numéro cinquante et un. Je n'étais pas aguerri aux duretés de la vie militaire, et ne survivrais sans doute pas à mon premier hiver là-bas. Si je voulais vivre, il était plus sage de quitter Pella avant que l'escorte thébaine n'arrive.

Arimnestos irait s'installer avec Proxène et Arimneste, du moins jusqu'à sa majorité. Ils partiraient dès que possible. Je savais que les jumeaux n'avaient pas besoin de moi; et Proxène ne voulait pas me voir envenimer l'ambiance de son foyer, fixer trop longuement les gens et prendre possession de sa bibliothèque. Il était temps pour moi de n'être plus un problème pour personne d'autre que moi-même.

Je lui ai dit que je voulais me rendre à Athènes. «Tu seras toujours le bienvenu chez nous, à Atarnée, a-t-il menti. Quand tes études seront terminées, peut-être.

— Ce sera avec plaisir», ai-je répondu.

Quand j'ai appris la nouvelle à Philippe, il m'a traité de petit merdeux et m'a félicité, puis il m'a ordonné de ne pas partir sans me rendre au palais une dernière fois. D'un seul coup, les événements se précipitaient, et je m'en allais bien plus tôt que je ne m'y étais préparé. Ça n'était plus une question de semaines, mais de jours. Arimneste et ses bonnes m'ont confectionné des vêtements, des habits d'été laborieusement brodés. Puis ce fut la veille du départ. Proxène et les jumeaux m'accompagneraient à Athènes pour veiller à ce que je sois bien installé, avant de rentrer chez eux. Comme leurs préparatifs prenaient beaucoup plus de temps que les miens, l'après-midi de ce dernier jour de frénésie, je suis monté au palais.

« Je t'ai trouvé ça. » Philippe m'a offert un recueil de vers pornographiques, illustré. Il l'avait déniché dans la bibliothèque du palais, m'a-t-il expliqué, et s'était dit qu'il ne manquerait pas beaucoup à son frère.

Tout en le remerciant, je me suis demandé où j'allais bien pouvoir cacher l'objet pendant le voyage. Ma malle était déjà pleine et arrimée sur la charrette. Je lui ai demandé, usant pour la dernière fois de cette familiarité qui caractérisait alors nos rapports, s'il était vraiment sûr de pouvoir s'en passer.

« C'est un livre, espèce de petit merdeux. Tu crois vraiment que j'ai besoin d'un livre pour ça ? »

Il s'est empoigné l'entrejambe. Un geste qu'il a répété le lendemain matin, quand nous sommes partis — il était descendu, avec quelques-uns de ses pages, pour me dire adieu — et il m'a souri de son éternel sourire, si désarmant de bonheur. J'avais fini par enfoncer le rouleau dans la gorge d'une gigantesque amphore de raisins secs, tendrement fournie par ma sœur en prévision de l'hiver.

CHAPITRE TROIS

Pythias déclare que cela ne la dérange pas de rester au palais mais, puisque nous restons à Pella, je veux être chez moi. Le serviteur connaît une adresse, une modeste maison sans étage dissimulée derrière la première rangée de riches demeures, juste au sud du marché. Nous en faisons le tour derrière la veuve du propriétaire, jeune femme sanglotante couverte d'un voile de deuil indigo. Elle trottine devant nous de pièce en pièce, s'efforçant tout à la fois de remettre de l'ordre et de ne pas cacher la vue. Le serviteur m'assure qu'elle a de la famille pour l'accueillir ; je n'insiste pas. La maison comporte un hall d'entrée tape-à-l'œil (le sol est orné d'une mosaïque représentant Zeus en train de lorgner une nymphe) ; une petite cour et un jardin étriqué, ceint d'une colonnade ; et, au fond, les quartiers privés, dont une pièce pour mes livres, une autre pour les femmes, des chambres, et un petit sanctuaire dont je laisserai à Pythias le soin de s'occuper. Callisthène est assez grand pour trouver sa propre maison. Quand je le lui dis, il hésite, déglutit, hoche la tête. Il s'en sortira.

J'empile les cages des animaux contre un mur exposé au sud, bien que la moitié de mes spécimens — aussi fragiles qu'un dramaturge — aient déjà succombé à ce froid humide. Je me rends à la cour, et j'offre à Pythias des présents rapportés du marché : de fines poteries noir et blanc, un rouleau de tissu violet clair.

Je fais planter des bulbes dans le jardin, et livrer des meubles pour la maison.

« On s'installe pour de bon, alors ? » interroge Pythias. La mine grave, elle se paie ma tête.

Cela la rend heureuse, ou moins malheureuse, c'est déjà ça. Elle aime la maison, plus vaste que celle de Mytilène, et elle aime également le statut qui est le sien ici. Elle n'en revient pas. Je pense : à Mytilène elle n'était qu'elle-même, alors qu'ici elle est adulée. Les épouses du roi se disputent l'honneur de l'inviter à leurs sessions de couture. Ses conseils en matière de coiffure, d'habillement, de cuisine et de domestiques sont très prisés, et suivis à la lettre. Je lui ai appris à expliquer, si quelqu'un l'interroge, que nos esclaves sont comme des membres de la famille : ils nous appartiennent depuis des années, nous nous sommes attachés à eux, et pour rien au monde nous ne les vendrions ; on ne vend pas sa propre famille. Très ouvert, très chic, très original. Les épouses sont impressionnées.

« Tu vois, lui dis-je, nous serons une force du bien, toi et moi. Nous exercerons une influence civilisatrice. Quand nous repartirons, nous aurons contribué à façonner l'avenir d'un grand empire.

— Tu veux parler du prince, répond Pythias. J'aime bien ce garçon. Il y a quelque chose de pur en lui. »

Je serre ma femme adulée contre moi, et la retiens un instant de trop, humant le parfum de ses cheveux propres. Ce garçon est devenu mon projet, à présent, mon premier projet humain. Un problème, une épreuve, un pari ; une métaphore sur laquelle je joue ma propre vie. Un garçon de treize ans. Et Athènes est une promesse de Philippe, une récompense en or pour quand j'aurai fait mon temps ici.

J'acquiesce : «Doux et pur.»

Le palais est plus calme, maintenant que l'armée est partie. Selon la tradition de Macédoine, le roi se doit d'être présent à la bataille, s'il veut gagner la faveur des dieux. Harassant pour Philippe, assurément, et quelque peu étrange pour ceux qui, comme nous, sont restés. Difficile de ne pas se sentir comme un enfant laissé seul pendant que ses parents se rendent à un dîner important et resteront absents toute la nuit. Les pièces familières résonnent d'échos inhabituels, le temps prend la consistance du miel.

Des garçons, tous vêtus de la livrée noir et blanc des pages de la cour, entrent en file indienne dans la salle qu'on m'a allouée. Ils doivent être une trentaine, et tous sont armés. Je me tourne vers Léonidas.

«Ses compagnons», déclare le vieil homme, l'air grave.

Alexandre n'est pas parmi eux. Je m'insurge : «Vous me prenez pour quoi ? Une garde d'enfants ?»

Léonidas hausse les épaules.

Je demande qui sont les amis les plus proches du prince. Léonidas désigne un garçon à la peau rose et aux yeux noirs, du nom d'Héphaïstion, un jeune homme de l'âge de mon neveu, qui s'appelle Ptolémée, ainsi que deux autres.

«Très bien, dis-je. Mettez-vous sur la gauche, s'il vous plaît, et tous les autres sur la droite.» De jeunes Athéniens auraient protesté et traîné les pieds; ces jeunes Macédoniens sont prompts et silencieux, aussi efficaces qu'une cohorte de soldats. «Le côté droit peut disposer.»

Le regard des garçons de droite, y compris les plus petits, se pose sur moi puis sur Léonidas, avant de revenir vers moi.

«Où voulez-vous qu'ils aillent?» demande Léonidas.

Je hausse les épaules.

Léonidas désigne la porte et leur aboie de rentrer au dortoir. Ils partent en courant.

Je reste seul avec les quatre garçons plus âgés, qui sont au garde-à-vous. En tant que philosophe, sans aucun grade militaire, je ne suis pas sûr d'être habilité à leur dire de se relâcher. Je pose sur une table la cage recouverte d'un linge que j'ai apportée avec moi. Léonidas s'éloigne vers le fond de la salle.

«Vous ne pouvez pas commencer, déclare Héphaïstion. Alexandre n'est pas là.

— Qui?»

Je soulève le linge. À l'intérieur de la cage se trouve le caméléon, mais il est émacié, à peine vivant après trois semaines à Pella. La dissection d'un animal sanguin exige des préparatifs minutieux, sans quoi le sang risque d'inonder les viscères au moment de la mort. Je leur explique qu'il faut d'abord affamer l'animal, puis le tuer par strangulation afin de préserver l'intégrité des vaisseaux sanguins. Par chance, celui-là s'est accroché juste assez longtemps. J'ouvre le couvercle de la cage, plonge mes deux mains à l'intérieur, et empoigne la gorge tannée. L'animal se débat faiblement, ouvrant et refermant la gueule. Quand il est mort, je le sors de la cage et l'installe sur la table. Je pose la cage par terre.

« Bon », dis-je. Je le retourne sur son dos. Normalement, j'écartèlerais les pattes en les fixant avec des aiguilles, mais je veux préserver l'intérêt des garçons. Je fais signe à chacun de tenir une patte. « Trouvons le cœur. » À l'aide d'un couteau aiguisé, je tranche la peau du ventre et repousse les deux bords pour dévoiler les viscères. Les garçons se pressent pour voir, en se massant autour de moi, mais je ne leur demande pas de reculer.

« Regardez, là, dis-je. L'œsophage, la trachée. Palpez donc les vôtres. »

Les garçons portent la main à leur gorge.

« Vous voyez le mouvement, la contraction autour des côtes ? Au niveau de la membrane, là. »

Agitation soudaine au fond de la salle. Je ne lève pas les yeux.

« Cela va continuer encore quelque temps, même après la mort. »

Les garçons s'écartent pour laisser passer Alexandre, qui se dirige vers la table.

« Vous remarquerez qu'il n'y a pas beaucoup de viande. Un peu au niveau des joues, ici, et là, à la base de la queue. Pas beaucoup de sang, non plus, seulement un peu autour du cœur. Montrez-moi le cœur. »

Alexandre pointe son doigt sur la carcasse.

Je resserre subitement le poing et le brandis devant son visage. Une lueur de surprise traverse son regard. Autour de moi, les garçons se figent. « Ton cœur est gros comme ça », dis-je à Alexandre. Avec ce qui sera toujours pour moi le second couteau à partir de la gauche, « oreilles » — le spectre de la poigne paternelle imprimée sur le manche en bois —, je découpe la noix sanglante du cœur de mon lézard, et le tends sous son nez. Il s'en saisit avec précaution, me regarde, et l'enfonce dans sa bouche.

« Je suis désolé de mon retard, dit-il. J'étais avec ma mère. »

« Déjolé », prononce sa bouche pleine. Le sang ruisselle de la commissure de ses lèvres, comme une trace de fruit. Il mâche et remâche, avale avec difficulté.

« C'est bon, dis-je. Tu vas vomir ? »

Il hoche la tête, puis la secoue énergiquement.

« On jette un coup d'œil au cerveau ? »

Le cerveau de l'animal, soumis aux efforts des garçons qui piquent et découpent, est bientôt réduit à une matière farineuse. Alexandre s'est remis de son accès de provocation, de pénitence ou, que sais-je, de fringale, et il est occupé à empaler des morceaux de viande sur la lame de son couteau, et à les frotter sur le bras de son voisin. Un autre garçon envoie d'une chiquenaude des éclats de cerveau sur les cheveux d'Alexandre. Ils ricanent tous, maintenant, ferraillent et feintent avec leurs couteaux encervelés, comportement normal chez de jeunes garçons, que je préfère mille fois à leur militarisme glaçant. Nous passons aux poumons, aux reins, aux ligaments, aux intestins, aux charmants osselets de la colonne vertébrale, articulations de poupée. Alexandre me lance des regards obliques, et quand nos yeux se croisent, aussitôt, nous nous détournons. Après tout, c'est une sorte de mariage qui nous lie, arrangé par son père. Je me demande lequel de nous deux est la mariée.

J'interroge :

« Qui peut me dire ce qu'est un caméléon ?

— Un animal.

— Un lézard. »

Je récupère les scalpels de mon père et les essuie lentement, méticuleusement, comme on m'a appris à le faire. « J'avais un maître, quand j'avais à peu près votre âge. Il cherchait toujours à savoir ce qu'étaient les choses. Ce qui était réel, si vous préférez, et ce qui était — je désigne d'un geste les restes du caméléon — périssable, ce qui mourrait et disparaîtrait. Selon lui, il existait deux mondes. Dans le monde que nous voyons, entendons et touchons, le monde dans lequel nous vivons, les choses sont temporaires et imparfaites. Il y a par exemple beaucoup, beaucoup de caméléons dans le monde, mais celui-ci a une patte boiteuse, la robe de tel autre est d'une teinte inégale, et ainsi de suite. Pourtant, nous savons que tous sont des caméléons ; ils ont quelque chose de commun qui les rend semblables. On pourrait dire qu'ils partagent la même forme ; ils diffèrent par les détails, mais ils appartiennent tous à la même forme, la forme d'un caméléon. C'est cette forme, et non pas le caméléon lui-même, qui est idéale, parfaite et immuable. On pourrait dire la même chose d'un chien ou d'un chat, d'un cheval, d'un homme. Ou d'une chaise, d'un nombre. Toutes ces choses existent dans le monde des formes, parfaitement, immuablement.

« La théorie de mon maître était ingénieuse, mais elle posait de nombreux problèmes. Par exemple, comment sommes-nous capables de percevoir les formes, si nous sommes de ce monde et qu'elles appartiennent à l'autre ? Ou encore, si deux objets similaires partagent une même forme, ne doit-il pas y avoir une autre forme dont ils participent, tous les trois ? Puis encore une quatrième forme, une cinquième, et ainsi de suite ? Et qu'en est-il du changement ? Comment un monde parfait et immuable peut-il être la forme idéale de ce monde-ci, où nous sommes entourés de changements ? »

Du dehors nous parviennent le tintement d'une cloche et le vacarme de garçons qui crient et courent, ralliant leur prochain lieu d'apprentissage.

« Maître. » Les garçons me saluent les uns après les autres.

Quand vient le tour d'Alexandre, je pose le doigt sur la commissure de mes lèvres. Après un moment d'hésitation, il essuie le sang séché du plat de sa paume. Je hoche la tête, et il s'en va.

Léonidas sort de son coin. C'est un vieillard de haute stature, au visage raviné, un guerrier qui a vécu trop longtemps. Il a l'air las. «Le lézard leur a plu.»

Ensemble, nous rangeons mes ustensiles et vidons les boyaux dans une cuvette.

«Vous les avez perdus, remarque Léonidas. J'imagine que vous en avez conscience. Toute cette métaphysique les dépasse. Je ne suis pas sûr qu'elle leur serait utile, même s'ils la comprenaient.

— Moi non plus.

— Ils ont eu du mal à garder ses précepteurs. Il…

— Oui, dis-je.

— Il effraie les gens.»

Oui.

Léonidas m'invite à partager son déjeuner. C'est un repas frugal, austère même — du pain et un petit fromage, des fruits flétris, et de l'eau.

«J'aime les rations de soldat, dit-il. J'y suis habitué. Un vrai festin, non?»

J'entends dans son sarcasme une note bourrue d'excuses.

«Platon aurait approuvé. Il ne se nourrissait que de fruits et de légumes, jamais de viande, et croyait aux vertus du régime spartiate : de l'eau froide, un lit dur, des vêtements simples. J'ai longtemps été son disciple.

— Vous ne l'êtes plus ?

— Il m'avait affublé d'un surnom : le Cerveau. Quand j'ai commencé à me confronter à lui, il a déclaré qu'il était dans la nature du poulain de donner des coups de pied à son père.

— Ah », grommelle Léonidas.

Au bout d'un moment, je comprends que c'est l'expression d'un amusement sincère.

En quittant le palais, je jette un coup d'œil à l'intérieur du théâtre, dans l'espoir d'un verre et d'un bilan offerts par Carolus. Par chance, je suis entré sans bruit. Alexandre est seul sur la scène, articulant des mots que je ne peux saisir. Soudain, il brandit le poing à hauteur d'œil, puis le rabaisse. Il répète ce geste encore et encore, changeant chaque fois d'expression : souriante, menaçante, sarcastique, moqueuse. Il semble incapable de décider laquelle il préfère, celle qui convient le mieux. Les paumes de mes mains fourmillent comme le soir où j'étais en coulisse : est-ce le plaisir, l'excitation, ou la honte de mes propres numéros d'amateur ?

En silence, je me glisse dehors.

~

Je ne suis pas son unique précepteur. Il y a ceux qui, comme Léonidas, lui enseignent les arts de la guerre : le maniement des armes et l'équitation, le combat, la chorégraphie des batailles. Ce sont des soldats, des athlètes, et ils ne m'intéressent pas vraiment. Mais il y en a d'autres, également : un musicien, car, par tous les dieux, le garçon est également doué pour la flûte ; un géomètre au visage gris ; et un farceur impénitent du nom de Lysimaque, plus jeune que moi et plus charmeur.

À l'issue de la deuxième leçon, tandis que les garçons quittent la salle, Lysimaque s'avance pour se présenter. Je ne l'avais pas remarqué, et je sens mon visage se durcir. Il me flatte joliment : mes livres, ma réputation, mon éloquence, ma manière de m'y prendre avec les garçons, et jusqu'au cuir de mes sandales, d'une qualité évidente, d'un goût irréprochable. Il hisse ses fesses sur le rebord de la table derrière laquelle je suis assis, pour pouvoir me regarder de haut. Il a un orteil sur le sol, et un pied dans le vide qui s'agite langoureusement, de telle sorte que sa sandale mal ajustée se balance d'avant en arrière. Elle a l'air neuve. Suis-je censé lui retourner le compliment ?

« Les arts », répond-il à la question que j'ai préféré lui poser.

C'est une réponse qu'il semble immensément satisfait de donner. Et une surprise : il est athlétique, jeune et robuste, bardé de muscles, et je l'ai déjà aperçu de loin, à cheval, participant à des jeux martiaux avec le prince et ses pages. Il n'a rien d'un poète.

«Des rudiments de théâtre, de poésie, d'histoire. Je suis content que vous me posiez la question. Je suis content que vous éprouviez la même inquiétude que moi. Vous n'avez pas idée à quel point cela me soulage. Je craignais que cette conversation ne soit difficile…

— De quelle inquiétude parlez-vous?»

Il apparaît que Lysimaque s'inquiète d'éventuels chevauchements: que nous puissions empiéter sur les plates-bandes l'un de l'autre, pédagogiquement parlant, et que le prince se retrouve coincé au milieu. Un étudiant brillant mais difficile, n'étais-je pas d'accord? Ayant besoin de conseils plus poussés, et méritant un surplus d'attention, en coulisse.

«Je n'ai pas l'impression de cacher quoi que ce soit, dis-je. Éthique, politique et métaphysique sont mes sujets de prédilection. Auxquels s'ajoute tout ce que je juge bon de lui enseigner. Le roi ne m'a imposé aucune restriction.

— Excellent! s'exclame-t-il. Voyez-vous, je me disais même — arrêtez-moi si cela vous semble présomptueux —, je me disais que nous pourrions nous entretenir régulièrement pour discuter des progrès du prince. Pour tracer une courbe, vous voyez? Définir nos aires d'influence respectives. Diviser pour mieux conquérir, si vous voyez ce que je veux dire…

— Non, je ne vois pas.

— Absolument, réplique-t-il. Absolument. Pensez-y. Il est à un âge où l'on est très influençable, où la sève commence juste à monter. Vous ne voudriez quand même pas semer la confusion dans son esprit ? Que je lui dise une chose, et vous, une autre ? Nous sommes en phase, lui et moi. Il est toujours avide d'entendre ce que j'ai à lui dire. Au fait, j'ai bien aimé votre leçon de ce matin. Vous êtes sûr de vous, pas vrai ? »

Un ennemi, donc.

~

Je ne suis jamais certain de ce qu'Arrhidée comprend réellement, mais j'ai décidé d'ignorer son mal autant que faire se peut, et de m'adresser à lui comme je le ferais avec n'importe quel garçon de son âge. Quand je lui explique que mes visites vont se poursuivre encore pendant un long moment, il sourit de son sourire fulgurant et doux, et je me demande s'il ne m'a pas presque compris. Nous préparons Jais et Bijou pour une sortie à la campagne, quand un groupe de garçons, parmi lesquels figure Alexandre, pénètre dans les écuries. Ils s'affairent autour de leur matériel, se préparant eux aussi à recevoir la leçon. Les yeux d'Alexandre se posent sur Arrhidée, puis se détournent.

« Que faites-vous ? me demande-t-il.

— J'enseigne au prince. »

Il rougit, un trait qu'il a dû hériter de sa mère, comme la peau claire et les cheveux roux.

« Tu passes beaucoup de temps avec ton frère ?

— Ne l'appelez pas comme ça.

— Tu passes du temps avec lui ? »

Alexandre refuse de fixer Arrhidée, qui a à présent enfourché son cheval et empoigne les rênes, en contemplant son cadet avec un plaisir non dissimulé, la bouche négligemment ouverte.

« Mon frère est mort quand j'avais trois ans. Il en avait cinq.

— Je m'étonne que personne ne me l'ait dit… »

Par ces mots, j'essaie de lui soutirer un sourire, mais Alexandre ne se laisse pas prendre.

« Pourquoi ne viens-tu pas te promener avec nous ? Tu serais surpris, je crois, par tout ce qu'il sait faire. Il n'est plus comme tu te le rappelles probablement, lorsqu'il était enfant.

— Comme je me le rappelle probablement ? rétorque Alexandre. Je prenais mes leçons avec lui. Je le connais mieux que vous. Il bave, il chie. Il marche sur deux pattes, au lieu de quatre — ça, j'ai aussi vu des chiens dressés le réussir. À présent, vous lui apprenez d'autres tours. Vous savez quoi ? Je ne crois pas que vous fassiez ça pour l'aider. Je crois que vous le faites pour prouver que vous en êtes capable. Je crois que vous avez probablement essayé d'apprendre à parler à votre cheval. Je crois que vous avez probablement un oiseau dressé à la maison. Il sautille jusqu'à vous et vous lui faites faire un tour, hocher la tête ou battre des ailes, puis vous lui donnez une graine, et vous vous félicitez d'être un grand professeur. Je crois que cet animal-ci... »

Il désigne son frère.

« ... n'est qu'une feuille de plus à votre couronne de lauriers. Un défi. »

Il est écarlate, il a le souffle court. C'est la conversation la plus longue que nous ayons jamais eue. La haine, ou peut-être simplement le dégoût — disons plutôt le dégoût, sentiment sur lequel je peux travailler — ont allumé un incendie en lui.

« Chaque étudiant est à la fois un défi et une feuille de laurier. »

Je parle de lui, et je veux qu'il le sache.

« J'aime les défis, pas toi ? Et s'il bave et chie comme un animal dans la peau d'un humain, cela ne vaut-il pas la peine de le rendre un peu plus semblable à nous, si nous en sommes capables ? De le laver, de lui apprendre à parler plus clairement, et d'écouter ce qu'il a à nous dire ?

— Que pourrait bien dire un chien ? "Nourrissez-moi, grattez-moi." »

Alexandre secoue la tête.

«Avant, il me suivait partout. Je veillais sur lui et je lui apprenais les noms des animaux, des chansons, ce genre de choses. Je lui ai appris à faire le beau et à rapporter, parce que ça faisait rire les gens. Mais moi, ça ne m'a jamais fait rire. Il ne participera jamais à une bataille, il ne saura jamais monter comme il faut, ne voyagera jamais. Il restera ici jusqu'à la fin de sa vie, à faire les mêmes choses jour après jour. "Nourrissez-moi, grattez-moi." Ça me dégoûte.»

Arrhidée éructe des sons indistincts. Il est pressé de s'en aller et me le fait savoir.

«Il n'a pas l'air de se souvenir de toi», dis-je.

Alexandre le regarde puis s'en détourne de nouveau comme d'une vision douloureuse, de l'éblouissement du soleil. «J'ai dit à mon père que je ne voulais plus qu'il m'approche. Ni pour les leçons ni pour les repas. Que je ne voulais plus jamais le voir.

— Tu avais quel âge, à l'époque?

— Sept ans, dit-il. Je m'en rappelle, car c'était au moment de ma toute première chasse. Arrhidée, rapporte!»

L'aîné redresse brusquement la tête, cherchant l'objet lancé.

«Il se souvient de moi, triomphe Alexandre.

— Tu es vraiment un sale gosse, et cruel avec ça.»

Ses yeux s'écarquillent.

«Léonidas prétend que tu effraies les gens. Moi, ce n'est pas la peur que tu m'inspires, mais la tristesse. Tu es censé être brillant. Tout le monde me l'affirme : ton père, Lysimaque, tous ceux que je rencontre à la cour et qui me félicitent pour l'honneur que j'ai eu de devenir ton maître. Mais tu sais ce que je vois ? Un garçon tout ce qu'il y a de plus ordinaire. Moi je dresse les oiseaux, et toi, tu arraches les ailes des mouches. Je n'ai rien vu chez toi qui me porte à croire que tu sois tant soit peu extraordinaire. En sport, ça, je n'en sais rien, et d'ailleurs je m'en fiche. Je parle de ton esprit, de ta personnalité. Tu n'es qu'un garçon ordinaire qui a trop de privilèges. Un jeune morveux violent. Comment pourrais-tu savoir ce dont ton noble frère est capable ou non ? »

Maintenant, nous avons tous les deux le souffle court.

«Cessez de m'insulter, assène-t-il d'une voix calme.

— C'est toi qui m'insultes. Tu arrives en retard aux leçons, quand tu daignes venir. Tu ne fais pas tes devoirs. Je ne crois pas que tu cherches à comprendre quoi que ce soit à ce que je t'enseigne. Es-tu donc aussi stupide que tu en as l'air, ou bien fais-tu semblant ?

— Arrêtez ça tout de suite... »

Il murmure presque.

«Sinon ?

— Il y a trois officiers de cavalerie à dix pas derrière vous. S'ils vous entendent me parler sur ce ton, ils vous tueront. Ne vous retournez pas. Faites comme si nous plaisantions. »

Lentement, je lève la main pour ébouriffer ses cheveux.

« Je ne comprends rien à vos leçons, poursuit-il. Je ne comprends pas à quoi elles servent. Peut-être suis-je stupide. Souriez. Ils approchent.

— Tu es un vrai acteur, n'est-ce pas ? »

Je lui parle à voix basse, avec un sourire figé.

« Je suis bien obligé. »

Les officiers passent devant nous, saluent Alexandre, plissent les yeux en me regardant, et ignorent Arrhidée, assis là-haut sur le dos de Jais, indifférent à tout, ses grosses lèvres pincées.

« Merci », dis-je, quand ils sont hors de portée.

Alexandre lève les yeux vers son frère, sur mon cheval.

« Je ne peux pas poser de questions en présence des autres. Je ne peux pas leur montrer que je ne comprends pas. Quand je serai roi, ils s'en souviendront et ne me respecteront pas.

— Leçons privées, alors. Je vais arranger ça avec Léonidas. »

Il hoche la tête.

«Puis-je éclaircir une chose, rapidement, avant de te laisser partir? Mes leçons visent à t'inculquer des manières de penser que les autres ignorent. À agrandir ton univers. Pas ce monde-ci... »

Je fais un geste de la main qui englobe les écuries, le palais, la ville de Pella, la Macédoine.

«... mais le monde qui est là-dedans. »

Je tapote ma tempe.

«Je pensais que vous ne croyiez pas en l'existence de ces deux mondes... »

Je pointe mon index sur lui. Il rit pour de vrai, maintenant, satisfait de lui-même, et court rejoindre les garçons, sous la supervision d'un des officiers, leur maître d'équitation. Alexandre bondit sur le dos de Tête-de-Bœuf et prend place dans la file qui déjà quitte la cour pour gagner le manège.

«Regarde, Arrhidée. »

Je le montre du doigt.

«Regarde comme il se tient droit à cheval, comme ses talons sont bas.

— Bas. »

Arrhidée saute sur sa selle une fois, puis deux, impatient de reprendre avec moi notre propre chemin.

~

Carolus prétend que je me trompe.

« Ce n'est pas du tout le père, c'est la mère. Olympias occupe une place tellement grande dans la tête d'Alexandre que je m'étonne de ne pas voir ses mains sortir par les oreilles du garçon… Il tient beaucoup d'elle, aucun doute là-dessus. »

Nous sommes chez moi, l'été touche à sa fin, le dîner vient de s'achever, et nous nous entretenons de l'étrangeté du prince.

« C'est comme s'il était déjà roi, dans son esprit, dis-je. Ne jamais montrer le moindre signe de faiblesse. Son insolence, ses gestes théâtraux. Son intelligence aussi, d'ailleurs. Philippe n'a rien d'un imbécile.

— Olympias non plus n'a rien d'une imbécile. »

Carolus se rallonge sur sa banquette, une coupe de vin pendue à ses longs doigts.

« Me croiras-tu si je te dis qu'elle fut jadis une vraie beauté ? Pas raide et desséchée comme elle est maintenant…

— Un vrai abricot sec.

— C'est une peau difficile, la peau des roux… »

Carolus ferme les yeux.

« J'ai constaté cela chez les acteurs. Les rouquins vieillissent plus vite que les autres. J'ignore pourquoi, mais les peaux mates vieillissent moins vite. En connais-tu la raison ? »

Sans trop réfléchir, je réponds :

« Davantage de matières huileuses ?

— En tout cas, Alexandre a hérité de son physique. Je ne retrouve rien de Philippe chez lui, absolument rien.

— Le trouves-tu attirant ? »

Carolus n'hésite pas une seconde.

« Je les trouve tous attirants, l'ami. Même si, c'est vrai, il a quelque chose en plus. Le simple fait d'être qui il est, j'imagine, le pouvoir qu'il a, ou aura. On a forcément envie de le mettre à genoux... Pas toi ? »

Je secoue la tête.

« Mais si, rétorque Carolus. Tu ne le sais pas encore, c'est tout.

— Lysimaque, lui, en meurt d'envie. Tu connais Lysimaque, son professeur d'histoire ? »

Carolus acquiesce.

« Il faut toujours être prudent avec les gros animaux, quand ils sont en chaleur...

— Tu ne penses qu'au sexe, pas vrai ? »

Il éclate de rire.

«Ce n'est pas seulement moi. J'étais une sorte de monstre à Athènes, je te l'accorde, mais ici, je suis parfaitement à ma place. C'est dans l'air, la poussière, l'eau. Ça imprègne tout. Pourquoi est-ce que je te dis ça, d'ailleurs? Tu es d'ici. Tu le sais.»

Je secoue la tête.

«C'était différent, à l'époque. Le pouvoir change tout, j'imagine. Quand j'étais jeune, la Macédoine n'était pas la puissance qu'elle est aujourd'hui. Dans mon souvenir, l'endroit n'était pas si... chargé.

— Eh bien, peu importe la raison. Ils glorifient ça, ils font souffrir les gens avec ça, ils mènent leurs affaires avec ça. Ils dirigent le royaume avec ça. Tu as entendu parler de la promotion de Pausanias?»

J'acquiesce. Pausanias est ce soldat qui a mis tant de zèle à honorer Philippe qu'au matin, selon les mauvaises langues, le roi l'a nommé officier. Ce n'est pas le Philippe que j'ai connu, mais j'ai été absent si longtemps... Qui sait?

«C'est peut-être à force de planquer leurs femmes, reprend Carolus. D'ailleurs où est la tienne, de femme? Elle n'a même pas dîné avec nous...

— Elle pensait que tu préférerais.

— Elle s'est trompée.»

Carolus se redresse.

«Ça me manque, de parler avec des femmes. Fais-la venir, et voyons ce qu'elle en pense.»

J'envoie un esclave la chercher.

«Ce qu'elle pense de quoi?

— De notre garçon.»

Pythias fait son apparition quelques minutes plus tard, avec un plateau de sucreries qu'elle pose par terre aux pieds de Carolus.

«Mari...» murmure-t-elle.

Je tapote le coussin, à côté de moi.

«Nous parlions du prince.»

Carolus rectifie : «Nous parlions d'amour.»

Elle s'assoit et me laisse prendre ses deux mains dans les miennes.

«Il m'a beaucoup plu, celui que j'ai rencontré, dit-elle.

— Plu, mais pourquoi?» insiste Carolus.

Pythias répond : «Il a l'air fragile.»

Carolus et moi nous étouffons de rire.

«Fragile et triste.»

Elle fronce les sourcils, peinée mais déterminée.

Carolus prend sa main et l'embrasse.

«Pardonne-nous, la belle. C'est juste que nous sommes tout incrustés de méchanceté, lui et moi.

— Pas moi, dis-je.

— Je suis sûr qu'il est très bon en sport, rétorque Pythias. Ce n'est pas ce que je voulais dire. Rirez-vous de moi si je dis solitaire ? Il a l'air d'un petit garçon solitaire, plus jeune que son âge, avec cette affreuse mère hurlante. J'ai envie de le prendre dans mes bras et de murmurer à son oreille : "Viens un peu avec moi. Je prendrai soin de toi." »

Je lui demande : « C'est vrai ? »

Carolus se penche vers elle.

« Vraiment… »

~

J'aime débrouiller les choses, observer le monde autour de moi et m'atteler à le démêler, cheveu après cheveu. On en arrache un au chaos, puis un autre, et ainsi de suite. À Mytilène, je m'étais consacré à la biologie, plus particulièrement à la vie marine. Ici, à Pella, j'ai besoin de nouveauté.

Je sens mes pensées s'agglomérer, formant une constellation dont je ne saisis pas encore la logique interne, dont je n'entends pas encore la musique des sphères. Comme ce petit livre sur le théâtre que j'ai ébauché pour Carolus : il traite de son père et du mien, de la maladie d'Illaeus et de la mienne, et de mes deux jeunes princes, en particulier d'Alexandre. Dans nos entretiens privés, il devient un autre garçon : concentré, intense. Il sourit rarement. Il pose sans cesse des questions et note les réponses par écrit. Ces entretiens se déroulent généralement tard le soir, pour rester secrets ; Alexandre renonce à son sommeil pour maintenir l'illusion de ses facilités. Il est hargneux, curieux, suffisant, charmant, perfectionniste. Ce garçon est une comédie ou une tragédie, l'une ou l'autre. Laquelle ?

Mon neveu, ai-je tranché, est une comédie. Il s'est trouvé une maison en ville, et je me soucie moins, ces derniers temps, de ses allées et venues. Je lui rends visite chez lui pour un dîner informel, et suis surpris par l'écart qui s'est creusé entre nous, entre sa négligence d'étudiant et la déférence sophistiquée avec laquelle il me traite, moi, son invité, son aîné. Une puanteur très particulière se dégage de l'endroit. Il s'est, en outre, trouvé un amant — c'est ce qu'il me confie, tandis que nous mangeons, allongés sur les banquettes, dans la cour, parmi les feuilles d'automne à la dérive — et il mitraille le garçon de cadeaux comme s'il s'agissait d'une cible mouvante.

« Trois paires de souliers d'hiver ! fanfaronne Callisthène.

— Très pratique, dis-je. Au moins, tu ne passes pas tes journées à composer des poèmes…

— Je cueille des fleurs, réplique Callisthène.

— Tu fais ça ? »

Callisthène se couvre les yeux de la main, riant de lui-même.

« Pythias m'a chargé de te demander, avant que j'oublie : as-tu fait des provisions pour l'hiver ? Elle m'a demandé de te dire qu'il fallait commencer à penser à tes courges et à tes haricots, à en faire des réserves maintenant, tant qu'on en trouve au marché. Je crois qu'elle te fera une liste, si tu veux.

— Mes courges et mes haricots, dit-il. Chère tantine. A-t-elle fini par boire de la bière?

— Un peu de respect, je te prie. »

Il rit de nouveau.

À la fin du repas, il veut parler politique ; « ragots », ai-je envie de répondre, mais la politique est un autre genre de théâtre, et l'idée me traverse l'esprit que nous pourrions soulever des questions utiles pour le nouvel ouvrage auquel je réfléchis. La personnalité des cités-États, la logique de leurs confrontations, cette sensation simultanée du contingent et de l'inéluctable. Philippe se trouve toujours en Thrace. Athènes affronte la cité de Cardie, dans la Chersonèse, où les navires athéniens chargés de maïs font escale. Philippe soutiendra Cardie, le moment venu, bien obligé et à regret. Démosthène n'en tempête pas moins à ce propos, il écume et bouillonne à l'Assemblée d'Athènes. Je raconte à Callisthène qu'il est de notoriété publique que Démosthène écrit tous ses discours à l'avance, incapable qu'il est d'articuler deux mots à la suite s'ils ne sont pas inscrits sur la feuille posée devant lui. Je lui raconte aussi qu'il a étudié la gestuelle des acteurs et que, jeune homme, il s'est aménagé une pièce en sous-sol pour s'entraîner à déclamer, et comment, pour s'obliger à rester travailler chez lui, il se rasait alors la moitié du visage, de sorte qu'il avait trop honte pour se montrer en public. Callisthène incline la tête sur le côté et ouvre la bouche pour commenter le ridicule de tout cela, mais je le coupe en disant que le problème n'est pas là. Le problème, c'est que l'homme a permis à ces histoires de circuler, et qu'il en est même fier. Pour le simple plaisir de la conversation, j'invente un mot : le verbe « cassandrer ». Démosthène cassandre à tout-va au sujet de Philippe, dis-je à mon neveu, comme un acteur visant un prix.

« Alexandre va voir ton ami metteur en scène pour des leçons de rhétorique », me confie Callisthène.

Mon neveu assiste désormais aux cours que je donne aux garçons et, comme il est plus jeune que moi, il a su gagner leur confiance.

« Mais il doit tout mémoriser. Carolus lui interdit de parler en s'appuyant sur des notes. »

Un soupçon éclate comme une petite bulle à la surface de mon esprit.

« Ton petit copain, dis-je, c'est l'un des pages ?

— Évidemment. »

Allongé sur le dos, Callisthène contemple le ciel.

« Un vrai petit harem, ces pages... Bon nombre de compagnons font appel à leurs services. Sa famille vient de quelque part dans le Nord. Il est terriblement seul. Il aime qu'on s'occupe de lui.

— Ça ne te donne donc plus la nausée, dis-je. La rapacité des Macédoniens, la vulgarité, tout cela...

171

— La nausée… »

Ce terme est un poignard bien émoussé, et pourtant il me porte un coup. Il ne veut pas qu'on lui rappelle.

« Donc, Alexandre va voir Carolus…

— Officieusement, bien sûr. »

Bien sûr.

~

La première neige de la saison arrive en murmurant dans la grisaille d'une fin d'après-midi, juste au moment où la lumière s'estompe, et où je rentre chez moi après ma visite hebdomadaire et imposée à la cour. Je découvre les esclaves en train de murmurer entre eux, puis la raison de ces murmures : Pythias est assise dans un coin de notre chambre d'amis, l'une des rares pièces de la maison qui soient privées de fenêtre, son voile tiré sur son visage.

« Qu'est-ce que c'est ? » Elle lève le bras au-dessus de sa tête, et laisse retomber ses doigts en bruine jusque sur ses genoux.

Elle m'a attendu tout l'après-midi, refusant de sortir, de laisser cette chose la toucher, tant que je ne lui aurais pas fourni une explication acceptable.

« De la neige », dis-je.

La plupart des esclaves, eux aussi offerts par Hermias, n'ont jamais vu la neige. Je les rassemble sous les arcades pour qu'ils me voient sortir dans la cour, tête nue. Je laisse la neige se poser sur mes bras et mon corps, et je bascule la tête en arrière, langue tirée. Elle semble tomber de nulle part, pure absence de couleur qui se détache par lambeaux du ciel et virevolte, de plus en plus épaisse. Tous me regardent. Pythias la première : elle fait un pas hors des arcades et attrape une palme pour saisir un peu de cette chose. Elle me rejoint. Les esclaves, hésitants, l'imitent, et bientôt, nous voici tous debout au milieu de la cour, laissant la neige s'abattre sur nos visages, inonder nos habits.

«Pourquoi nous l'envoient-ils ?» interroge Pythias.

Leurs visages se tournent vers moi. *Oui, pourquoi ?*

«Qui, mon amour ? dis-je, bien que je connaisse la réponse.

— Les dieux.»

Conversation autour de laquelle nous avons déjà dansé plusieurs fois par le passé ; nous y voilà à nouveau. Elle me pousse vers cela, parfois, me dis-je ; elle ne peut se résoudre à l'aborder de front, mais mordille, tel un petit chien son gros os. «Cela», ce sont mes étranges croyances religieuses (j'utilise volontairement ce terme, qui n'est ni le sien ni le mien, mais sur lequel nous pourrions nous accorder de mauvaise grâce, dans le cadre d'une dispute, s'il arrivait que nous nous disputions — ce que nous ne faisons jamais). Pythias est pieuse, entretient le sanctuaire de la maison, fréquente différents temples, observe les rites lorsqu'il y a des rites à observer — naissances, morts et mariages. Elle fait des sacrifices aux dieux pour les remercier, les apaiser, et faire pénitence; elle est (bien qu'elle s'efforce de me le cacher) superstitieuse (elle dirait dévote), et voit des signes là où je ne perçois pour ma part que la beauté naturelle et l'étrangeté familière du monde. En réalité, je ne suis pas irréligieux, et je me pâme devant le tourbillon d'un vol d'oiseaux à l'automne, comme elle le ferait, mais pour mes propres raisons.

« Les dieux ne l'envoient pas, dis-je. Cela fait partie de la machinerie du monde. Quand l'air est assez froid, la pluie se transforme en neige. Elle gèle. Les gouttes se lient les unes aux autres et durcissent.

— Mais pourquoi? »

Elle voudrait entendre qu'il y a très longtemps, Apollon a fait ceci ou cela à une nymphe, et que la neige en est le résultat. Cela, je ne peux pas lui offrir. La divinité, pour moi, n'est rien d'autre que ce tourbillon d'oiseaux, la forme des étoiles, la récurrence des saisons. J'aime ces choses, et elles me font pleurer de joie. La réalité des nombres, aussi, pourrait me faire pleurer si je pensais aux nombres pendant trop longtemps, à leur glorieuse architecture. J'ai envie de pleurer, maintenant, à cause de la beauté du ciel qui se déploie au-dessus de ma cour, de la chaleur froide sur nos joues, de la crainte changée en plaisir dans les yeux de mes esclaves. Pythias lit mon visage et m'offre sa main.

Je parviens à articuler : « Pour le plaisir. Pour que nous puissions rentrer à l'intérieur et nous réchauffer au coin du feu, et regarder dehors de temps en temps, et nous sentir…

— C'est bon, dit-elle. Rentrons, maintenant.

— … et nous sentir…

— C'est bon », répète-t-elle, car je sanglote à présent, et pas précisément de joie, même si cet ingrédient fait partie du mélange.

Je l'interroge :

« Pourquoi penses-tu qu'ils nous l'envoient ? »

Elle se tourne vers le ciel. Des flocons se posent sur ses cheveux et sur ses cils. Je fixe, impuissant, le contour de sa joue.

« Pour se rappeler à nous », dit-elle, et cela ne se discute pas.

« Maître. »

Je me tourne vers l'esclave, inspire une longue bouffée d'air, expire.

« Tychon. »

Tychon sourit en voyant mes efforts pour me ressaisir. Nous nous connaissons depuis longtemps. « Il y a un garçon à la porte. »

Pythias rassemble les pans de sa jupe qui traînaient sur le sol blanchissant, et disparaît dans la maison.

«Ta maîtresse est allée chercher du pain à la cuisine. Dis au garçon qu'on lui donnera quelque chose dans une minute.

— Il n'a pas l'air d'un mendiant.

— Un messager?»

Tychon hausse les épaules.

«Il demande à voir ma maîtresse.»

Dans la rue, les gens se hâtent, tête baissée, dans la neige. Personne ne semble avoir remarqué Alexandre, qui se tient debout, seul, près de mon portail. Il porte des sandales et une simple tunique; ni cape ni chapeau.

Je m'inquiète.

«Enfant, où est ta garde?

— Je lui ai faussé compagnie.»

Tychon ouvre le portail, et je pousse le prince dans la cour, juste au moment où Pythias réapparaît avec un croûton de pain.

«C'est pour moi?»

Instinctivement, Pythias relève son voile. «Majesté.» Choc, plaisir.

«Je vous ai suivi depuis le palais, m'explique le garçon. Je voulais voir où vous viviez.»

Il prend le pain de la main de Pythias, mord dedans, et reste là à mâcher en regardant autour de lui.

«Tychon et moi allons te raccompagner au palais.

— Non. »

Il avale.

« Il fait trop nuit, à présent. Trop dangereux. Vous enverrez chercher ma garde demain matin.

— Tu vas passer la nuit ici?

— Carolus m'a dit que ça ne vous dérangerait pas. »

Pythias s'incline, et s'éclipse à l'intérieur.

« Je meurs de faim. »

Il renverse la tête, comme je l'ai fait, et contemple le ciel.

« J'aime la neige.

— Ils vont vous chercher partout. Je vais envoyer Tychon au palais, pour ramener votre escorte.

— Mais je veux rester. Vous ne pouvez pas me refuser l'hospitalité.

— Tes parents seront inquiets.

— Ils ne s'inquiètent jamais quand je suis avec Héphaïstion, rétorque le garçon. Sa famille est très loyale.

— C'est là qu'ils croient que tu es? Avec Héphaïstion? »

Notre coq crie, une fois; Pythias n'a pas perdu de temps.

«Ne vous inquiétez pas. Je suis parfaitement en sécurité ici, et vous aussi. Je n'apporte rien de mauvais dans votre maison.»

Il inspecte de nouveau la cour du regard, mes pots d'oignons et de poireaux d'hiver, les lumières aux fenêtres.

«C'est joli ici, dit-il. On s'y sent bien.

— Tu as froid.»

Il tremble. La nuit est tombée, à présent, une nuit bleu sombre par-delà les flambeaux.

«Veux-tu voir mon bureau?

— Je veux voir Pythias.»

Je le conduis à la cuisine, où Pythias a rassemblé toutes les femmes de la maison pour préparer le repas. Le coq gît sur la planche à découper, et le sang s'écoule de sa gorge dans un bol. Le feu rugit furieusement; il fait chaud, là-dedans. Comprenant que nous allons rester, Pythias fait disposer deux chaises auprès du feu. Au pied de la chaise d'Alexandre, elle pose une bassine d'eau chaude.

«Ôtez vos sandales», dit-elle.

Tandis qu'il trempe ses pieds, et que les femmes s'affairent à grand bruit, je prends Tychon à part.

«Dois-je être armé? me demande-t-il quand j'en ai terminé.

— Simplement vigilant.»

Il part vers le portail pour y passer la nuit à monter la garde, emmitouflé dans une couverture de cheval.

Dans la cuisine, Alexandre dévore un plateau de fromage. Il me faut quelques instants pour remarquer qu'il porte ma tenue de laine blanc neige, la meilleure.

«Ses habits étaient détrempés, murmure Pythias dans mon dos, en m'effleurant le coude. Je ne savais pas quoi lui donner d'autre. Le dîner ne sera prêt que dans une heure, mais il a mangé ce pain si vite…

— Tu as bien fait.»

Nous restons figés pendant un long moment à l'entrée de la cuisine, cette pensée entre nous : nous entourerions un fils du même amour, nous veillerions à le nourrir et à l'habiller avec une même tendresse, le front plissé. J'ose un regard vers son visage, mais elle ne peut pas, ne veut pas me regarder, et s'enfuit vers ses suivantes, légèrement rougissante. Il fait chaud, ici.

«Tous ces habits, me dit Alexandre quand je m'assois à ses côtés. Vous ne semblez pas vaniteux, mais Pythias m'a montré votre coffre en cherchant ceci. Vous pourriez vendre une partie de ces étoffes et acheter une maison plus grande. Êtes-vous très sensible au toucher des choses ?

— Suis-je quoi ?

— Moi, je l'étais. Bébé, ma mère raconte que je ne pouvais rien porter de rêche. Ma peau devenait rouge, et je n'arrêtais pas de pleurer. Léonidas a pris toutes mes plus belles affaires. Il disait que ma peau de bébé devait s'épaissir si je voulais devenir un soldat. J'aime vos habits.

— Merci. Je les aime aussi. »

Ce sont les œuvres de Pythias, toujours d'une absolue, absolue, absolue finesse ; c'est d'elle que je tiens mes goûts. Elle a fait de moi un élégant, et il a pourtant fallu que je la blesse, dernièrement, en rapportant du marché des tenues plus grossières. Me faire taquiner à la cour pour mes allures efféminées est une chose, mais dans la rue, c'en est une autre, et je ne vais pas armé.

« Voudrais-tu un peu plus de fromage ? De pain ? Le repas ne sera prêt que dans une heure. Pythias me l'a dit.

— Du vin ? »

Je rapporte deux coupes : l'une coupée à l'eau, pour lui, l'autre pure.

« Tu n'avais pas besoin de me suivre. Tu aurais simplement pu me dire que tu voulais venir. Nous aurions eu le temps de tout préparer.

— Mais alors, je n'aurais rien vu d'intéressant. »

Il jette autour de lui un regard approbateur.

« M'auriez-vous laissé accéder à votre cuisine ? Porterais-je vos vêtements ? Aurais-je visité votre chambre ? D'ailleurs, où vais-je dormir ce soir ?

— Dehors, dans la neige. »

Il sourit.

« C'est donc un coup de Carolus ? »

Pythias s'agenouille près de nous.

« Prendrez-vous un bain, ce soir, Majesté ?

— Oui, merci. »

Elle se relève et part donner ses instructions.

« Vous êtes trop vieux pour elle, déclare Alexandre.

— Oui.

— Et elle aussi, elle est trop habillée…

— Oui.

— Vous ne le prendrez pas mal, n'est-ce pas ? »

Je hausse les épaules.

« C'est ce que tu cherches ? »

Mon humeur sombre, dissipée par le choc de son apparition, menace à présent de reprendre le dessus.

« Pensez-vous qu'elle soit heureuse ? »

Je ferme les yeux.

« Je me pose souvent cette question, à propos des gens, poursuit Alexandre. C'est une manière de mieux comprendre pourquoi ils font les choses qu'ils font. Ma mère me l'a appris. Elle dit de ne jamais faire confiance aux gens heureux.

— Qu'est-ce qu'elle t'a appris d'autre, ta malheureuse mère ? »

Il regarde Pythias, de l'autre côté de la pièce.

J'ajoute : «Je suppose qu'elle est malheureuse, ta mère. Pour accorder un tel prix au malheur...

— Elle parle de vous en bien», réplique Alexandre.

Nous dînons dans la grande salle, Pythias parée de tous ses bijoux, nos trois souffles fumant dans le froid, où les conversations se ratatinent. Les esclaves entrent et sortent avec des plats. Le coq, qui n'a pas mijoté assez longtemps, est dur et filandreux ; le vin est froid.

«Comment va Carolus ? demande Pythias, dans le silence.

— Il tousse. »

Pythias se tourne vers moi.

«Je lui enverrai quelque chose, dis-je, consciencieusement.

— Votre père était médecin, remarque Alexandre.

— Il a sauvé la vie de ton père quand nous étions enfants. Une blessure de lance. »

Alexandre pose le doigt sur sa clavicule.

« Ici ? »

J'acquiesce.

«Ce n'est pas un coup mortel, rétorque-t-il. Tous ceux que je connais en ont reçu un, à l'entraînement. Est-ce que vous accepteriez de m'enseigner la médecine? Dans le cadre de mes études?

— Tu veux mettre des enfants au monde?»

Il rougit. Pythias fronce les sourcils.

«Pour le champ de bataille, dit-il. Les blessures.»

Je hausse les épaules.

«Le peu que je connaisse, je te l'enseignerai. Bander ce qui saigne, comprimer ce qui gicle. C'est ce que mon père disait toujours.»

· Pythias repousse son assiette. Elle ne devrait pas être là, de toute façon, mais c'est Alexandre qui l'a voulu. Encouragé là aussi par Carolus, cela ne fait aucun doute.

«Vous prendrez un dessert ou votre bain? demande-t-elle au prince.

— Un dessert *dans* le bain?»

Elle sourit brièvement, à contrecœur, devant son expression «l'espoir fait vivre». Une vision me revient, de ma prostituée de jadis amusée malgré elle par la stupéfaction des hommes devant l'infinie variété des plaisirs en ce monde.

«Ce n'est pas qu'il n'a pas de limites», dis-je à Pythias, plus tard, une fois que le garçon est installé dans la grande cuvette de bronze posée près de l'âtre, dans la cuisine, avec son plateau de miel et de pommes, et que nous sommes dans la chambre que les esclaves ont préparée pour lui, la chambre où Pythias se cachait de la neige, et que nous inspectons. «Il sait précisément quelles sont les limites. C'est plutôt qu'il a besoin de les franchir. Il a besoin de pousser tout le monde un petit peu trop loin, juste pour voir ce qui arrivera. En me suivant jusqu'ici, par exemple.

— Je t'ai humilié. Le dîner était atroce.

— Je doute qu'il s'en soit rendu compte. Tu as vu comme il a mangé? Comme s'il n'avait pas pris de vrai repas depuis des jours.

— J'ai remarqué.»

Elle époussette une petite table avec le rebord de sa jupe.

«Je pensais lui laisser un plateau de fruits, au cas où il se réveillerait pendant la nuit.

— C'est une bonne idée.

— Je pense quand même que l'autre chambre, celle avec la fenêtre, aurait été plus agréable…

— Celle-ci est plus sûre, plus chaude. Et puis ici, il sera plus proche de nous.»

Elle hésite.

«Comment te sens-tu?»

Je secoue la tête, signal qu'elle connaît bien. Les jointures d'un poing frappent le montant de la porte, deux petits coups : la servante de Pythias.

«Maîtresse, déclare la fille. Il vous demande.

— Moi? s'étonne Pythias. Où est-il?

— Toujours dans son bain.

— Le singe…»

Maudit soit Carolus. Et maintenant, quoi?

«Il cherche à m'insulter. J'y vais.»

Ce sourire narquois, encore.

«S'il insulte quelqu'un, c'est moi, assurément, intervient Pythias. Et il n'est encore qu'un enfant. S'il ne fait que tester les limites, comme tu l'as dit… voyons au moins ce qu'il veut.

— Ce qu'il croit vouloir.»

Elle part un long moment. Je mijote plus longtemps que le coq : dans la chambre d'amis, d'abord, bordant la fourrure que nous avons posée sur son lit, gonflant les oreillers, arrangeant les lampes ; puis dans ma propre chambre, plus vaste, où je peux faire les cent pas.

Quand elle revient, elle étouffe mes mots d'un geste, et déclare : «Il est couché, maintenant. Il veut te voir.»

Je secoue la tête, grimaçant.

«Petit singe…»

Sa chambre est chaude et dorée dans la lumière des lampes ; il y en a plus, à présent, que les deux que j'avais installées. Il est allongé sous la fourrure, rose et souriant, les yeux ronds et sombres comme ceux d'un enfant, d'avoir repoussé le sommeil pour m'attendre.

«Tout va bien ?»

Il sourit, acquiesce du chef.

Je pose une main, brièvement, sur son front.

«Dois-je souffler quelques-unes de ces lampes ?

— Je le ferai, dans un instant.»

Je retourne à ma chambre, où Pythias est assise dans le lit.

Je l'interroge :

«Alors ?

— Ma vertu est intacte.

— Grâce aux dieux.»

Je me glisse à ses côtés.

«Laisse-moi deviner. Il voulait parler ?

— Il voulait savoir ce qu'il y avait dans le ragoût. Il voulait donner les ingrédients à sa mère.

— Lui dire qu'il est venu ici ?

— Je ne crois pas que tout ce qu'il lui dit arrive à l'oreille de Philippe. En fait, je crois que rien de ce qu'il lui dit n'arrive à l'oreille de Philippe.

— C'est un fait. »

Elle hoche la tête.

« Ça doit être dur pour lui…

— J'imagine. »

Elle s'allonge, le temps que je mène mon examen. Le froid me donne la chair de poule.

« Je crois qu'il avait simplement plaisir à parler à quelqu'un pendant qu'il prenait son bain. Peut-être sa mère s'asseyait-elle avec lui, autrefois. Il s'est huilé seul et s'est habillé seul. »

Je pose le doigt sur ma clavicule.

« Avait-il une cicatrice ?

— J'ai regardé. Non. »

J'ai soufflé la lampe.

« Il m'a demandé si j'étais heureuse, ajoute Pythias.

— Il me l'a demandé aussi, à ton propos. Qu'as-tu répondu ?

— Il m'a demandé si j'aimerais être invitée plus souvent au palais, pour sortir un peu de la maison. Il m'a affirmé pouvoir arranger cela avec sa mère. J'ai dit non, merci.

— Tu n'as pas dit cela. »

Pause.

« Il ne fallait pas ?

— Personne n'apprécie sa mère. Crois-tu qu'il ne le sache pas ? Tu n'avais pas besoin de le lui faire sentir.

— Je lui ai dit qu'il pouvait venir ici quand il le voulait », ajoute-t-elle.

Je me frappe le front.

« Ne t'inquiète pas, poursuit-elle. Il m'a répondu qu'il lui était trop difficile de s'éclipser.

— Que les dieux en soient remerciés. »

Elle me tourne le dos. J'enroule autour de mon doigt l'une de ses longues boucles, seule partie de son corps que je peux toucher sans qu'elle en ait conscience.

« Il m'a posé des questions sur Atarnée. Comment était l'endroit quand j'étais enfant, le paysage, le climat et les gens que je connaissais. Il m'a interrogée sur ma mère. »

Elle tressaille quand ma main se pose sur son sein.

« Il va nous entendre. »

Je roule vers mon côté du lit.

« Bonne nuit, alors.

— Bonne nuit. »

Lorsqu'elle s'est endormie, je me lève et je sors. La neige continue de tomber, dense et rapide, sans bruit. Tychon en a toute une masse sur sa tête et ses épaules. Il se cabre comme un ours dans sa grande couverture quand je lui touche l'épaule.

« Va te coucher, dis-je. Je suis là, maintenant. »

Il rentre quelques instants et revient avec une deuxième couverture. Nous passons le reste de la nuit assis côte à côte, à ne rien voir venir.

« Qui dois-je chercher ? » m'a demandé Tychon, il y a de cela des heures, quand je l'ai chargé de monter la garde.

« Je ne sais pas, ai-je répondu. Toute personne qui pourrait l'avoir vu venir seul, j'imagine. »

~

Après une saison de sessions sporadiques avec les garçons, lorsque mes obligations à la cour et mes propres travaux m'en laissent le temps — j'ai fini par m'installer dans une sorte de routine —, Antipater me convoque pour une entrevue privée. Philippe n'est toujours pas rentré de Thrace.

« Parlez-moi du prince », me demande Antipater.

Nous prenons place dans l'une des salles les moins imposantes, avec sous nos pieds une mosaïque de galets évoquant l'enlèvement d'Hélène. Je parviens à brosser du bout de l'orteil la poussière sur son mamelon rosé. Avec la première neige, j'ai attrapé un gros refroidissement, et mouche d'interminables pelotes de morve verte. J'essuie subrepticement ma main sur le bord de ma cape, espérant que Pythias ne remarquera pas cette croûte en ramassant mon linge.

« Il est suprêmement intelligent, et à ce point discipliné que c'en est alarmant. »

Antipater éclate de rire.

« Quand il était petit, sa mère cachait des sucreries dans son lit, et Léonidas fouillait sa chambre jusqu'à ce qu'il les ait trouvées et, alors, il les jetait. Il pense qu'il est bon pour le garçon d'avoir toujours un peu faim. »

Ah. Je me demande si c'est pour cela qu'il est si petit.

« Léonidas avait pris l'habitude de l'emmener faire des marches de nuit, pour qu'il cesse de mouiller son lit. Cela a réussi, d'ailleurs. Léonidas s'est bien occupé de lui, aucun doute là-dessus. »

Je me demande si j'ai offensé le vieux tuteur, et si l'heure du règlement de comptes a sonné.

« Léonidas me dit que le prince est dévoué à ce Lysimaque, poursuit Antipater. Celui qui se surnomme lui-même Phénix, et Alexandre, Achille. Mais alors, qui serait Philippe ?

— Pélée.

— Pélée... »

Antipater fronce les sourcils.

« Eh bien, passons... Sauf que je soupçonne sa mère d'y être pour quelque chose, d'encourager toute cette merde. Ce n'est pas d'un esthète que nous avons besoin, mais d'un soldat. Nous avons besoin d'un roi. »

Il semble distrait un moment par la mosaïque à ses pieds, et penche la tête de côté pour se concentrer sur deux corps emmêlés.

« Bien. Philippe m'ordonne de vous confier le temple des Nymphes, à Miéza. Vous formerez Alexandre là-bas, à compter de maintenant. Alexandre et, disons, une douzaine d'autres. Il va passer le restant de ses jours avec ces garçons ; on ne peut pas l'en séparer... »

J'acquiesce.

« La mère, je peux la contrôler, et Lysimaque n'ira pas le voir sur place. Je le lui ferai savoir moi-même. Le prince vous apprécie. Il vous trouve presque aussi intelligent que lui. Plus intelligent qu'aucun d'entre nous, cela va sans dire. »

Miéza se trouve à une demi-journée de cheval d'ici, assez loin pour m'obliger à rester sur place. J'ai vaguement entendu parler de cet endroit ; il y a des grottes, apparemment, et il est censé y faire moins chaud qu'à Pella, l'été. Pythias va devoir se débrouiller seule en mon absence. Peut-être que cela lui plaira.

« Léonidas a discipliné le corps, ajoute Antipater. Vous disciplinerez l'esprit. »

Je promets de faire de mon mieux.

« Philippe a également de grands projets pour vous, ne l'oubliez pas. Il compte sur vous. Vous serez son homme à Athènes, un jour prochain, le cerveau de la Macédoine sous le crâne d'Athènes. »

J'incline la tête.

Nous passons quelques minutes à évoquer la campagne de Thrace, campagne qui semble appelée à durer plus longtemps que Philippe ne l'avait prévu.

« De vrais sauvages, ces Thraces, déclare Antipater. Ils se battent comme des animaux. »

Je comprends qu'il s'agit d'un compliment.

« Il hivernera là-bas. »

Antipater n'a pas l'air d'aimer beaucoup le bavardage, et je le soupçonne de me tester. J'aime les tests.

« Il va laisser son propre territoire sans protection pendant si longtemps ? dis-je. La guerre avec Athènes devient inévitable. Je suis étonné qu'il ne protège pas mieux ses arrières.

— Sans protection ? s'étonne Antipater.

— Peut-être aurait-il dû laisser quelqu'un derrière lui, qui soit capable de les arrêter et de gagner du temps. L'un de ses meilleurs généraux. Parménion, par exemple. »

Antipater plisse le front.

« Et moi, je suis quoi ? Un lapin de compagnie ?

— Un lion de Macédoine. Le meilleur conseiller d'Alexandre… »

Alexandre est assez grand, désormais, pour se voir confier la garde du sceau royal, mais l'identité de celui qui exerce le vrai pouvoir ne fait guère de doute.

« … Et, en tant que tel, quelqu'un qu'on ne peut exposer aux aléas d'une bataille, si l'on devait en venir là.

— Foutez-moi la paix. »

Il me donne une tape sur l'épaule.

« Prenez soin du petit. »

~

« Miéza », articule Pythias, sans trahir aucune émotion. Je lui montre l'endroit sur une carte.

« Par tous les dieux…

— Je reviendrai te voir. »

Son visage s'est durci insensiblement quand elle a vu la distance, mais c'est un durcissement que je ne sais pas déchiffrer : déplaisir, peur, déception, ou un masque couvrant quelque émotion plus plaisante ? Soulagement, impatience ?

« C'est une disposition bien compliquée dont tout le monde se lassera vite », dis-je.

Quelques jours plus tard, je prépare le strict minimum et je pars à cheval, seul, pour le plaisir d'être seul. C'est une campagne magnifique, pastorale, une aube de ruisseaux, de prairies, de vallons parsemés de cabanes en pierre et d'enclos à moutons ceints de ronces.

Aux abords immédiats du village de Miéza, le dédale du temple comporte des chapelles, des sanctuaires et des habitations modestes. Les gardiens m'allouent une chambre, étroite cellule austère : lit, table, chaise. Je demande plusieurs lampes. Léonidas est installé dans la chambre voisine ; les garçons, m'apprend-on, ont un dortoir à l'écart, loin des oreilles indiscrètes. Les gardiens sont des vieillards qui acceptent notre présence impassiblement ; ils me rappellent Pythias. Qui sait ce qu'il y a sous leurs crânes, ces demeures inviolables ? Ils passent en traînant les pieds, ils nous évitent, plus ils sont vieux et plus ils sont fuyants, aussi craintifs que des cerfs.

Un soir, très tard, comme je travaille à ma table, toutes lampes allumées, j'entends le rire d'un homme. Une autre fois, je croise un gardien qui rapporte un plateau, des restes de repas, d'une aile que je pensais inhabitée. «Des pénitents», répond-il, laconique, quand je l'interroge sur ces hôtes mystérieux. «Ils sont à l'isolement.» Un jour, au détour d'un bâtiment, je tombe sur Lysimaque, qui poursuit sa route sans me prêter aucune attention. Je me demande qui je dois prévenir — les gardiens, Antipater, Parménion, récemment rappelé à Pella (ah!), Philippe en personne —, et je décide finalement de ne prévenir personne.

C'est un endroit charmant, cependant, surtout au printemps, quand nous pouvons faire cours dehors. Sièges de pierre, sentiers ombragés, grottes aux stalactites dégoulinantes dont je me sers dans les petites histoires que je raconte à mes élèves, métaphores escarpées que l'on peut aisément explorer. Mon ancien maître était très attaché à la valeur métaphorique des grottes. Je commence à apprécier le rythme de ma vie ici, de mes allers-retours à la ville : tel ou tel rocher, arbre, champ ou visage familier, les garçons de ce côté-ci du chemin, ma femme de l'autre, et moi qui me laisse porter de l'un à l'autre, toujours un plat chaud qui m'attend, un bain plus ou moins luxueux. Tout compte fait, je préfère être avec Pythias. Néanmoins, je ne rentre pas la voir aussi souvent que je l'avais prévu, et des mois s'écoulent parfois sans que nous nous voyions. Un trajet sur le sol gelé, dur comme de la pierre, cède la place à un trajet dans la verdure tendre du printemps, et je réalise alors combien le temps a passé. Elle ne me fait aucun reproche. Elle brode, entretient le jardin ; elle lit un peu, me confie-t-elle quand je lui pose la question. Rien, de la poésie.

Difficile de savoir ce que je ressens, à la voir se servir dans ma bibliothèque ; je me demande si elle connaît la règle en ce qui concerne la nourriture. Quand je repars pour Miéza, je prends la charrette, afin d'emporter avec moi les volumes essentiels. Je lui laisse des ouvrages simples, adéquats, et je me promets de lui acheter des livres neufs pour me faire pardonner d'être si possessif. Tout en me remerciant, elle suit des yeux le chargement de la charrette, mais je ne peux pas faire autrement. Je passe tout le trajet à arranger les toiles cirées qui protègent mes caisses, et ne parviens à me détendre qu'une fois ma bibliothèque installée en lieu sûr, dans ma chambre, où je n'aurai plus à la partager.

Les leçons privées sont proscrites, ici, car il serait impossible d'en garder le secret, si bien que, dès le départ, je décide de ralentir et de m'adresser aux garçons en des termes que tous comprendront aisément. S'ensuit alors une sorte d'interlude pastoral durant lequel j'emmène les garçons par monts et par vaux, suivi de moins en moins fréquemment par Léonidas et son air grave, pour observer les plantes et les animaux, les formations rocheuses, le vent, le soleil et la teinte des nuages. J'aborde le phénomène des arcs-en-ciel, complexe effet de miroir, qui entraîne une leçon de géométrie, où je leur explique pourquoi les arcs-en-ciel ne sont jamais visibles que sous la forme d'un demi-cercle. Je décris également le phénomène des tremblements de terre comme un vent puissant piégé sous la terre, et quand je dresse une analogie avec les intestins humains, je suis récompensé par un après-midi entier de garçons qui hurlent « Tremblement de terre ! » en pétant. Nous nous intéressons à la salinité de la mer, phénomène que je rapproche également du corps humain ; car de la même manière que les aliments entrent sucrés et doux dans notre corps et laissent un résidu salé et amer dans le pot de chambre, la pluie et les rivières d'eau douce s'écoulent dans l'océan et se dispersent, laissant derrière elles un résidu tout aussi salé. Je ne leur précise pas que cette analogie m'est venue après avoir goûté ma propre urine encore fumante. Nous passons une matinée heureuse à contempler les flots impétueux d'une rivière, pendant que j'évoque les immenses réservoirs souterrains dont certains pensent qu'ils sont la source de toute l'eau qui coule dans le monde. Dès que je parle géographie, Alexandre m'interroge sur l'Orient, et je satisfais sa curiosité en lui rapportant des récits que j'ai lus au sujet de l'Égypte et de la Perse. Les yeux d'Alexandre luisent soudain d'émotion quand j'évoque la rivière qui prend sa source dans les montagnes du Parnasse, par-delà lesquelles on aperçoit le vaste océan qui entoure le monde.

« J'irai là-bas », déclare-t-il.

Je parle du Nil, et Alexandre affirme qu'il ira là-bas aussi. Puis, traitant du sel, du limon et de la filtration de l'eau de mer, j'explique que si l'on prenait une jarre de terre cuite vide, qu'on en scellait l'ouverture pour empêcher l'eau de s'y engouffrer et qu'on la déposait dans la mer le temps d'une nuit, l'eau qui s'infiltrerait à l'intérieur serait douce, car l'argile aurait filtré le sel.

«Vous avez essayé? demande Alexandre.

— Je l'ai lu. »

Cet échange reste gravé dans mon esprit. Chaque fois qu'Alexandre jure de se rendre en quelque terre lointaine, qu'Héphaïstion promet de l'y accompagner, et que tous les autres, fidèlement, jurent qu'eux aussi seront du voyage, je repense à cette jarre dansant sur l'océan, et que je ne connais qu'à travers mes lectures.

Par un après-midi étouffant de chaleur, j'emmène les garçons dans les bois situés derrière le temple, et je les envoie à la chasse aux insectes, en particulier aux abeilles. J'ai apporté une planche de dissection et des couteaux, de petits pots d'argile pour conserver les spécimens, et un livre pour m'occuper en les attendant.

Au bout d'une demi-heure, je comprends que j'ai commis une erreur de débutant. Les cris et les rires des garçons se sont depuis longtemps évanouis — la douce chaleur étourdissante de l'après-midi a eu raison de ma vigilance. Ils se moquent certainement de moi, où qu'ils se trouvent. En train de grimper aux arbres, de nager dans le fleuve. Qu'importe.

Je m'enfonce dans la forêt, les appelant sans grande conviction, et c'est avec surprise que je tombe sur Héphaïstion et Alexandre au détour d'un bosquet criblé de soleil. Alexandre est debout, immobile, et Héphaïstion le couvre de petites claques.

«Elles ne veulent pas le laisser tranquille», déclare Héphaïstion en m'apercevant. Une demi-douzaine d'abeilles, aimantées par le plus petit des deux garçons, virevoltent en bourdonnant autour de lui et le piquent de leurs dards, tandis qu'Héphaïstion essaie tout à la fois de les écarter de la main et d'en capturer une dans un bol en bois.

«Je les attire, explique Alexandre. Je suis connu pour ça depuis tout petit. Les astrologues de mon père affirment que c'est de bon augure.

— C'est sans doute ton odeur», dis-je.

Je repère le nid dans les branches d'un arbre, non loin de nous, et le pointe du doigt.

«J'en ai assez», déclare Alexandre. Je comprends alors qu'il a peur et refuse de le montrer.

«Viens.» Je l'éloigne doucement. «Si tu ne t'agites pas, elles ne vont pas s'énerver.»

Je ramène les garçons à l'endroit où j'ai laissé mon matériel, et leur dis de m'attendre. Je retourne à l'arbre du nid et j'examine le sol, au pied du tronc, en quête d'une abeille morte. J'en trouve une, que je ramasse avec une feuille, et je la leur apporte.

«Tu devrais te sentir flatté, dis-je à Alexandre. Les abeilles ont un odorat très développé, et fuient tout ce qui est pourri. Elles n'aiment que les choses sucrées.»

Héphaïstion lui donne un coup de poing dans le bras. Alexandre le frappe à son tour.

« Voyons. »

Je laisse tomber l'abeille sur la planche de dissection.

« Combien de parties comporte le corps ?

— Trois, répondent les garçons.

— La tête… »

Tout en nommant les parties, je touche chacune d'elles avec la pointe du plus petit couteau de mon père.

« … La partie intermédiaire, qui chez les animaux serait la poitrine. Et l'estomac, ici. Une abeille continuera de vivre si on lui coupe la tête ou l'estomac, mais pas si on enlève la partie du milieu. Les abeilles ont des yeux et possèdent l'odorat, mais nous n'observons chez elles aucun autre organe sensoriel. Elles ont des dards…

— Ça, je le sais, réplique Alexandre, l'air piteux.

— Quatre ailes. »

Je les déploie délicatement de la pointe de ma lame.

« Aucun insecte à deux ailes ne possède de dard. L'abeille n'a pas de gaine qui protège ses ailes. Connaissez-vous un insecte qui en ait ?

— Le scarabée volant », répond Héphaïstion.

Je sens le soleil sur mon crâne, qui m'arrache des perles de sueur. Les têtes des deux garçons se touchent presque au-dessus de l'abeille morte. La chaleur est vineuse sur ma langue. Je fais une incision aussi délicate que possible.

Je leur demande : « Du sang ? »

Les garçons secouent la tête.

« Et d'où provient le bruit qu'elles font ?

— Des ailes, répond Alexandre.

— Pas loin…

— Mauvaise réponse, raille Héphaïstion.

— Va te faire foutre », s'emporte Alexandre.

Je leur montre le pneuma et la membrane appelée hyposome, et leur explique comment la friction de ces deux éléments crée le bourdonnement. Le pneuma est comme le poumon d'une créature qui respire — je prends bien soin, cependant, de préciser que les insectes ne respirent pas vraiment —, et le gonflement et le dégonflement du pneuma, du fait qu'ils s'amplifient lorsque l'insecte vole, produisent alors un bruit plus fort. Je leur explique en outre que l'hyposome est la membrane grâce à laquelle l'insecte se refroidit, étant donné que les abeilles, comme d'autres insectes — cigales, guêpes, scarabées volants —sont par nature des créatures chaudes. Je leur dis également qu'il existe des insectes capables de vivre dans le feu, car on trouve des animaux dans tous les autres éléments — terre, air, eau —, d'où il apparaît logique que de tels insectes doivent exister.

« Je n'ai jamais vu d'insectes dans le feu », rétorque Alexandre, et je lui explique que c'est parce qu'ils sont minuscules.

De retour au temple, une lettre m'attend, qui m'apprend la mort d'Hermias d'Atarnée. J'écris aussitôt à Pythias. Je tais les circonstances du décès —son protecteur est tombé dans une embuscade tendue par les Perses, qui l'ont fait prisonnier, l'ont torturé puis crucifié. Au lieu de quoi, je lui raconte qu'Hermias s'est soudain écroulé. Dans sa réponse, Pythias insiste pour que nous fassions des sacrifices, et me demande de composer un hymne.

Plus précieux que l'or, le soleil pleure sur son passage, vénéré par les filles de Mémoire, etc., etc. Voilà. Je l'ai tué, j'imagine, ou du moins le traité que j'ai apporté à Philippe a causé sa perte. Cela n'avait rien d'un secret, d'ailleurs. Démosthène fulmine à Athènes contre les visées orientales de Philippe, l'écume aux lèvres, tel un chien enragé. Les Perses ont toléré Hermias tant qu'il s'occupait de ses petites affaires, gentiment, blotti dans son coin, prenant soin de ses territoires, mais dès qu'il s'est mis à vouloir se servir lui-même (*Rien que ce village-ci, et cet appétissant village-là...*), et qu'il a tendu la main à Philippe pour qu'il le protège contre ses anciens protecteurs, là... Je me masse la paume avec le pouce, tout en passant le bout de l'index sur le dessus de ma main, entre les os, en me leurrant moi-même au sujet de la douleur (n'y aurait-il pas moyen d'enfoncer un clou là-dedans doucement ?). Culpabilité n'est pas le mot juste. Si ça n'avait pas été moi, quelqu'un d'autre aurait servi de messager. Mais il a toujours été bon avec moi, voulait vraiment apprendre de moi, m'a fait présent de mon épouse. Si j'avais voulu une ville, ç'aurait été différent, sans aucun doute. Je vois d'ici le resserrement soudain de son visage, l'éclat de la révélation. Peut-être m'en aurait-il aimé encore davantage. C'était un si bon compagnon : il lisait véritablement, à ses heures perdues, aimait vraiment s'asseoir et discuter tranquillement de ce qu'il avait lu ; il aimait vraiment se prélasser le soir dans la chaleur d'Atarnée, siroter une coupe de son propre nectar, préparé par ses propres sujets à partir de ses propres grappes bien ventrues, écouter le fracas de ses propres vagues et les beuglements de ses chers bovins, voir ses propres oiseaux embellir l'air parfumé de son propre ciel au-dessus de sa tête, et s'enquérir des idées de forme et de contenu, et de la réalité mystique du bien. Ses cheveux étaient légèrement ondulés ; son nez avait été cassé, ce qui ajoutait à son charme ; sa voix était étrangement ténue et haut perchée pour un homme de sa corpulence (fondement probable des rumeurs qui couraient sur sa prétendue castration) ; il avait totalement ignoré Pythias après m'en avoir fait cadeau. (Pythias est là-dedans, quelque part, dans mes émotions confuses, couleur de boue, Pythias et les couilles d'Hermias, ou leur absence. Il fait nuit, à présent, et elle dort là-bas, à Pella. Ici, à Miéza, les garçons dorment, et moi je suis assis à me souvenir et à écrire dans la lumière gâteuse des lampes à huile, ma petite bulle dans le noir. Pauvre Pythias.) Reste que je l'ai quitté et, ce soir, cela me travaille. Hermias menait une vie riche, il m'en a offert la saveur et l'agrément, et pourtant, je suis parti. Il comprenait l'ambition et rirait certainement des questions que je me pose sur moi, en ce moment même. Il me dirait que j'essaie de rendre compliquée une chose simple. Tout homme ambitieux veut partir pour Athènes, dirait-il : à quoi bon saler l'océan ?

Je relis l'hymne que je viens d'écrire. Dès demain, le remettre au copiste, puis le faire circuler. C'est un peu comme souffler sur une aigrette de pissenlit : tôt ou tard l'un de ces feuillets atterrira à Athènes, et mon nom, avec un petit clic, viendra se ficher à la place qui lui correspond. Philippe aura été surpris en train de manœuvrer pour établir la tête de pont la plus orientale qu'il ait jamais ambitionnée, premier jalon d'une campagne perse de grande envergure. Moi, à mon humble niveau (amour pour Hermias égale amour pour la Macédoine), j'aurais été surpris en train de lui apporter mon aide. Complicité avec l'impérialisme macédonien : or, quel État, fût-il Athènes, est à l'abri de ce dernier ?

« Voyez donc, diront-ils, comme son sang macédonien s'est mis à bouillonner en lui. Oh, ce n'est plus l'homme que nous avons connu. Mais il n'a jamais été l'un des nôtres, n'est-ce pas ? Oh, oh... »

Je repense à ma première rencontre avec Hermias, lors d'un dîner à Athènes, quand j'étais encore étudiant. Il m'avait salué de la part de Proxène et des jumeaux, interrogé sur mes travaux. Nous étions sortis nous promener après le repas, déroulant derrière nous, dans la nuit, la pelote de notre conversation, un fil interminable, telle une ligne tracée sur une carte, d'Athènes à Miéza en passant par Atarnée, Mytilène et Pella, et j'ai l'impression que si je me retourne, ce fil sera toujours là et que je pourrai le remonter jusqu'à cette nuit lointaine où un homme puissant m'a invité à lui rendre visite, un jour, et où la perspective de cet avenir me remplissait d'excitation.

~

À l'approche de la pleine lune, j'emmène les garçons observer les étoiles. Ils sont assoupis et éteints, emmitouflés dans leurs couvertures, tandis qu'au-dessus de nous pivotent les étoiles. Je les conduis au sommet d'une petite colline, non loin du temple, et je les fais s'allonger dans l'herbe. Certains se recroquevillent aussitôt et se rendorment ; un ou deux se plaignent du froid et de l'humidité. Alexandre, comme toujours, prend place à mes côtés. Je laisse les garçons nommer les constellations qu'ils connaissent, tandis que la lune blêmit leurs visages de sa demi-lumière laiteuse.

« Et vous, que voyez-vous ? » finit par me demander Alexandre.

Je lui parle des sphères concentriques qui composent l'univers : au centre la Terre, la Lune dans la sphère la plus proche, puis les planètes et enfin, dans la sphère la plus éloignée, les étoiles fixes.

« Combien y a-t-il de sphères ? interroge Alexandre.

— Cinquante-cinq. Les mathématiques l'exigent. Elles se déplacent ; le ciel varie d'un mois sur l'autre.

Tu le sais, toi-même. C'est la rotation des sphères. La rotation de chaque sphère entraîne celle de la sphère adjacente. La sphère la plus lointaine est mue par le moteur immuable ou, si tu préfères, par Dieu. Chacune des cinquante-cinq sphères inférieures, outre l'impulsion que lui impriment les sphères voisines, possède son propre moteur immuable inférieur. »

Je sens à côté de moi que la respiration du garçon a ralenti, mais ses yeux restent grands ouverts, sans ciller. Tout le temps que je parle, il ne quitte pas le ciel du regard.

« Je ne vois pas les sphères, dit-il. Sont-elles parfois visibles ? »

Je lui explique qu'elles sont faites de cristal.

« Lysimaque affirme que quand j'irai en Perse, le ciel sera différent, reprend Alexandre. Il dit qu'il y a de nouvelles étoiles, là-bas, qu'aucun homme civilisé n'a jamais contemplées, mais que moi, je les verrai. Il dit que mes plus grandes batailles s'inscriront à jamais dans les constellations. Celles de mon père ne l'ont jamais été, et ne le seront jamais.

— Peut-être Lysimaque t'accompagnera-t-il, dis-je. En Perse.

— Inévitablement. Et vous ?

— Tu me vois charger en pleine bataille, sur le dos de Jais ? »

Je sens qu'il sourit, bien qu'il fixe toujours le ciel.

«Tu m'écriras des lettres grandioses, dis-je. Elles survivront pendant mille ans, et tous les penseurs, à l'avenir, sauront que toi aussi, tu étais l'un des nôtres. »

L'idée lui plaît. Mais j'ajoute :

« Qu'espères-tu donc trouver là-bas ?

— La guerre. »

Je suis déçu, et le lui fais savoir.

« Il y a plus que cela. Il y a tellement plus que cela. Tu veux marcher tout ce chemin pour le simple frisson de la bataille ? Pour te tenir droit sur ton cheval et regarder tomber l'ennemi ? Pour — je ne sais même pas ce que vous faites, au juste — lancer ton épée dans un sens puis dans l'autre et voir voler des membres ?

— Vous ne savez pas ce que nous faisons, répète-t-il.

— Je sais ce que cherche ton père. Des tributs, de nouveaux impôts. Toutes ces villes riches, ces satrapies, tout le long de la côte. Elles sont habituées à payer les étrangers ; elles paieront ton père avec autant d'empressement que toutes les autres. Mais toi, que cherches-tu ?

— Vous avez vécu là-bas. C'est à vous de me le dire...

— J'y ai trouvé une famille, des amis. J'y ai trouvé ce que j'étais venu chercher, et ce que je m'attendais à y trouver. »

Et j'ai plissé les yeux pour cesser de voir toute la périphérie : la saleté, la maladie, les hommes privés d'art, de mathématiques et de musique civilisée, assis le soir autour du feu, marmonnant dans leur langue si laide, mangeant leur nourriture infâme, ruminant leurs idées d'animaux à jambes courtes : manger, baiser et chier. Des gens sales, serviles, barbares. Je raconte tout cela au prince, lui enseigne ce que je sais vrai sur cette terre qu'il idéalise tellement.

« Vous savez ce que je ferais, moi ? » Il s'est redressé sur son coude. « Je m'assoirais devant leurs feux, j'écouterais leur musique, je mangerais leur nourriture et je porterais leurs habits. J'irais avec leurs femmes. »

J'entends rougir sa voix, bien que je ne distingue pas son visage. « Aller avec » : quel charmant euphémisme dans la bouche d'un vigoureux garçon de Macédoine. Il aime Héphaïstion.

« Je ne ferai pas tout ce chemin pour me contenter ensuite de fermer les yeux.

— Tu ne sais pas de quoi tu parles. »

Alors, j'évoque la mort d'Hermias.

« Eh bien, après tout, c'est la guerre, dit-il. Vous n'allez quand même pas haïr une nation tout entière parce que vous avez perdu un ami ?

— Et toi, tu vas aimer une nation tout entière pour contredire ton professeur ?

— Oui.

— Non. Ce n'est pas drôle. Tu crois que tu peux aller là-bas, t'asseoir tranquillement devant leurs feux, et te sentir chez toi? Il faudra d'abord les conquérir.

— C'est ce qui est prévu…

— Pour entrer dans leur monde, il faudra d'abord le détruire. Mais alors, quel intérêt aura-t-il pour toi?

— Je ne suis pas comme vous. Je ne suis pas comme mon père. Je ne veux pas faire les choses comme on les a toujours faites. J'ai tant d'idées… Tous mes soldats seront rasés de frais, et vous savez pourquoi? Pour que personne ne puisse les saisir par la barbe au combat. Mon père n'aurait jamais pensé à ça. Je m'habillerai comme les Perses pour qu'ils baissent leur garde devant moi. La Perse, je n'ai pas peur de la Perse. Je n'ai pas besoin de savoir ce que je trouverai là-bas avant d'y arriver. »

Évidemment, je repense au conseil que j'ai moi-même donné à Speusippe. N'était-ce alors qu'une simple bravade de jeune homme? Speusippe était-il aussi agacé par moi que je le suis à présent par mon propre élève? L'aurais-je bien mérité?

« Artabaze. » Il pointe son doigt sur moi, comme s'il avait marqué un point.

Artabaze, le Perse de compagnie de Philippe, un satrape renégat qui s'est réfugié, ces derniers mois, à la cour de Macédoine, à la suite d'une obscure querelle avec son propre roi. Malin, charmeur. Il m'a envoyé une lettre de condoléances à la mort d'Hermias.

«Je l'aime bien, poursuit Alexandre. Il m'a beaucoup parlé de son pays. Comment pourrait-on haïr Artabaze?

— Une vie marine intéressante…»

Alexandre me dévisage, dans l'attente de la chute.

«Un jour, là-bas, j'ai attrapé une pieuvre. Je l'ai prise dans mon filet et je l'ai ramenée doucement, doucement, jusqu'à la côte. J'ai gardé le filet bien lâche, pour ne pas l'abîmer. Lentement, avec soin, je l'ai sortie de l'eau et posée sur le sable. Elle y est morte.

— Morale de l'histoire? s'impatiente Alexandre.

— On agrandit son monde par la conquête, mais on perd toujours quelque chose au passage. On peut apprendre sans conquérir.

— Vous, vous pouvez», rétorque-t-il.

∼

Rentré chez moi, je fais lire mon hymne à Pythias, et lui annonce mon intention d'organiser un dîner : des amis et collègues, et quelques nouvelles têtes pour un repas, du vin et de la conversation. Je lui explique que j'aimerais reproduire les repas collectifs de mes années étudiantes, où chacun apportait un plat à partager, mais Pythias s'y oppose. Elle dit que, dans sa maison, les invités n'apporteront pas à manger, et qu'elle ordonnera à Tychon de refuser l'entrée à quiconque prétendrait le faire.

« Ta maison ? » Je suis enchanté. « Ta maison ! »

Elle composera elle-même le menu, et en supervisera la préparation. Elle veut un poulet et une chèvre, et de l'argent pour tout le reste : un dîner entre amis conçu comme une campagne militaire.

« Ma maison. Dis-moi simplement le jour et le nombre de convives. Il me faudra un mois, au minimum.

— J'avais pensé à après-demain… »

On m'attend à Miéza.

Elle secoue la tête.

« Un mois. Il faut que nous fassions le ménage. Nous ne l'avons jamais vraiment fait depuis que nous sommes là. Trois semaines, peut-être, si j'ai une fille en plus.

— C'est donc ça que tu avais derrière la tête…

— Je n'ai rien derrière la tête. Fais comme tu veux. Un mois, donc, pas un jour de moins. »

Je dresse une liste : Callisthène, bien sûr ; Carolus, le vieil acteur ; Antipater ; Artabaze, parce que je dois faire un geste vers lui après sa lettre de condoléances, et que ma dernière conversation avec Alexandre continue de me travailler ; Léonidas ; Lysimaque ; et — après mûre réflexion, en envisageant la chose comme une expérience — le morose garde-malade d'Arrhidée, Philès.

Le lendemain, j'emmène Callisthène au marché. Nous flânons entre les étals, inspectant les grappes suspendues de fruits et de poissons, les articles de cuir, les couteaux. J'ai déjà esquissé un thème de conversation — l'idée d'un débat sur le théâtre me séduit : Carolus ne se sentira pas dépassé, Lysimaque pourra fanfaronner sans blesser personne, Artabaze constatera combien nous sommes cultivés, Antipater passera une soirée loin du champ de bataille, et le jeune Philès restera assis dans son coin, ébahi, à écouter les autres. Quant à Léonidas — qui sait ce que fera le vieux Léonidas… Il mangera, sans doute. Chez un marchand de bijoux, dont l'étal est surveillé par un mercenaire au corps surdimensionné, j'achète pour Pythias une agate qui a la taille et la couleur de corail de l'ongle de son petit doigt, et sur laquelle est gravé un Héraclès aussi minuscule qu'une fourmi. Elle aime les choses miniatures : bagues, flacons de parfum et autres babioles qu'elle garde dans un coffret en bois de santal sculpté qui tient sur la paume de ma main — un cadeau d'Hermias. Je soupçonne une réaction à l'ostentation des Macédoniens : depuis quelque temps, plus les choses sont petites, mieux c'est. Pella découvre juste le commerce des esclaves, qui reste encore ici confidentiel et ne concerne que des étrangers tels que moi, et l'offre est généralement limitée. Aujourd'hui, pourtant, nous avons de la chance : un nouveau lot vient d'arriver, en provenance d'Eubée. Le marchand d'esclaves est aimable, bavard ; il sent le profit et s'en réjouit d'avance. Il nous raconte le long voyage, par bateau, un voyage éprouvant, avec de nombreux malades, mais aucune perte. Il a quelques soldats. Des Thraces, prisonniers de guerre, taillés pour les travaux des champs, mais avec une lueur dans les yeux laissant deviner qu'il faudra bien les surveiller. Il a également trois jeunes enfants : «Deux frères et leur sœur, précise-t-il, qui aurait le cœur assez dur pour les séparer?» Ils mangent chacun un quignon de pain (ce marchand a décidément le sens de la mise en scène), ils sont sales mais ont le regard vif, la fille doit avoir trois ans, l'aîné neuf ou dix. Il faudrait avoir le cœur dur, sans aucun doute — mais que ferait d'eux un cœur tendre, voilà une question à laquelle je n'ai pas envie de répondre aujourd'hui. Il nous demande ce que nous cherchons. Une jeune domestique pour ma femme, lui dis-je. Pour faire le ménage, aider à préparer les repas, rien de bien éprouvant.

«Je garde les filles là-bas.»

Il nous conduit jusqu'à une tente, derrière l'enclos.

«Ça m'évite pas mal de problèmes... Laissez-moi une minute, et je vous les amène.

— Nous pourrions entrer. Ne vous donnez pas cette peine.

— Je vais vous les amener.

— Il se passe quelque chose là-dedans», déclare Callisthène, quand le marchand nous a laissés.

Ce dernier nous en ramène cinq.

«Je vous en prie», me dit-il. Et aux filles : «Montrez-lui vos dents.»

Elles sourient en dévoilant leurs dents, et Callisthène et moi, consciencieux, les passons en revue. L'une des filles tousse quand je demande à voir sa langue. Le devant de sa tunique est tacheté de sang. Je la renvoie à l'intérieur. Le marchand observe la scène sans aucun commentaire. Je les fais s'agenouiller, sauter, toucher leurs orteils, tendre leurs bras bien haut. Une fille grimace, je la renvoie.

«Il les aime jeunes», commente le marchand à l'oreille de Callisthène.

De fait, la plus jeune me plaît, qui est aussi la plus menue, les jambes fines, la poitrine plate, avec une chevelure bouclée, cuivrée, d'une finesse hors du commun, des yeux vert clair, et une peau laiteuse mouchetée de brun sur l'arête du nez. Mais ce n'est pas une agate, et je ne suis pas sûr que ce genre de beauté miniature plaise à ma femme.

«Comment t'appelles-tu?» Je lui pose cette question en macédonien, puis en grec.

Elle reste muette.

«Des Celtes, intervient le marchand. Je les ai obtenues d'un homme qui me les a échangées contre du sel. Lui-même les avait achetées à un type qui les avait eues en dédommagement. Une querelle entre villages voisins que le leur avait perdu. Sans doute une histoire de peaux de chèvres avec lesquelles ils habillent leurs femmes… Avez-vous déjà entendu parler de ces contrées? Des barbares, bien sûr, mais fiers à leur manière. Les hommes sont des guerriers, et je me suis laissé dire que les femmes aussi. Ça ne se lave pas, ne se rase pas, et ça mange du chien. C'est solide comme des chevaux et presque aussi grand. Et là, je parle juste des femmes... Celle-ci n'a pas encore fini de grandir. Encore un an ou deux et ce sera un monstre, comme les autres. J'avais aussi des hommes, mais ils sont partis vite. De vrais bœufs, parfaits pour les travaux des champs. Les cheveux jusque-là... » Le marchand se gifle les fesses. « Les hommes, je veux dire. Roux comme ça. » Il désigne mon petit bout de fille. « D'ailleurs, c'est leur vraie couleur, vous savez... Tirez dessus et vérifiez les racines, si vous ne me croyez pas. Ça fera un sujet de conversation pour vos voisins ! Je lui donne douze ou treize ans. Difficile à dire, chez ces gens-là. Vous serez son premier maître. Vous pourrez la former à votre guise. »

Callisthène hoche la tête vers le pied de la fille, recouvert d'un épais bandage.

« Puis-je regarder ? » Je me baisse. Elle jette un regard au marchand, mais je n'ai pas besoin de défaire la bande : l'odeur est celle de la gangrène. La manière dont elle a pu sauter tout à l'heure est absolument incroyable. Je la renvoie.

« Je ne peux pas dire que ça m'embête, commente le marchand. Je la garderai sans doute pour moi. Elle ne dit pas un mot, à part son charabia. Elle mord. Je l'adore.

— Vous devriez quand même montrer ce pied à quelqu'un. Il faudra peut-être l'amputer. » Mon père aurait offert de s'en charger lui-même. J'ai encore ses scies, quelque part. Moi, je ne demande même pas comment c'est arrivé. De lui ou de moi, qui est le plus terre à terre ? Il en reste deux : une femme de grande taille, du même village que la petite, visiblement, avec la même couleur de rouille et une moucheture du visage plus généralisée, moins séduisante — une irritation, à regarder de plus près la peau pelée et sanguinolente sous la base des cheveux —, et une plus âgée, au visage boursouflé, qui me fixe droit dans les yeux, comme pour me cracher dessus.

Je lui demande :

«Tu sais cuisiner ?

— Va te faire foutre. »

Son grec est prononcé avec un fort accent, mais assez clair. Elle a les cheveux sombres, pas roux, mais je l'ai surprise tout à l'heure en train de marmonner à l'oreille d'une autre. Soit elles partagent le même dialecte, soit elle a perdu la raison.

«Quels plats cuisines-tu ?

— Pour toi, je cuisine du poison. Pour ta femme, tes enfants. Tous morts demain matin. »

Ses dents sont saines ; je renifle son haleine pendant qu'elle parle et n'y décèle rien de malsain. Elle est forte, a les hanches solides, le teint joliment coloré. Elle se tient debout, bras croisés, les poings à demi serrés. Elle me regarde dans les yeux. Elle me plaît.

«Tout le monde te plaît», rétorque Callisthène.

Sa chevelure est parsemée de mèches grises, sa peau est profondément basanée ; je distingue des lignes plus claires dans les replis autour de ses yeux. Des jours plus heureux, autrefois, peut-être. « Quelle est son histoire, à celle-ci ? »

« Je me demande pourquoi tu prends la peine de poser des questions, me reproche ensuite Callisthène, sur le chemin de la maison. Ils te raconteront toujours ce qu'ils pensent que tu veux entendre. Tu as vu comme il était heureux de se débarrasser d'elle ?

— Tu crois que j'étais dupe ? »

La femme marche quelques pas derrière nous. Le marchand a proposé de lui lier les poignets avec une corde, afin que je puisse la mener comme une jument, mais j'ai refusé. Si elle s'enfuit, Callisthène la rattrapera, et alors, nous saurons tous à quoi nous en tenir.

« Un tout petit peu, peut-être...

— Hé, va te faire foutre ! intervient la femme. Il a acheté. Je cuisiner comme vous dire.

— Elle cuisiner comme toi dire. »

Callisthène se tourne vers elle.

« Qu'y avait-il dans la tente ? »

Elle hausse les épaules, referme doucement une main et enfonce un doigt dans le trou, avec un mouvement de va-et-vient.

« Client.

217

— D'où viens-tu ? »

Elle prononce un nom, une gutturale que ma bouche n'arrive pas à embrasser. Elle rit en m'entendant.

« Pays de forêts ?

— Mer. Vraie mer. Froide, pas comme ici.

— Quelque part au nord, intervient Callisthène, avec gentillesse.

— Loin. »

Elle l'ignore, et me regarde, voyant que j'ai envie de savoir.

« Toi pas aller plus loin. Toi tomber par-dessus le bord.

— Le bord de la Terre ou de la mer ?

— La mer basculer dans l'enfer », clarifie-t-elle.

Je m'amuse en regardant Athéa — tel est son nom — et Pythias se jauger réciproquement.

« Merci. » Le visage de Pythias s'illumine de surprise.

« Hé, va te faire foutre », s'exclame Athéa.

Parfois, je me méprends en croyant Pythias plus fragile qu'elle n'est.

« Ne me parle pas si grossièrement, réplique-t-elle. Dans cette maison, on est poli avec les autres. Si tu ne me parles pas poliment, ton nouveau maître, ici présent, va devoir te ramener au marché, et je te promets que l'endroit où tu atterriras ensuite, quel qu'il soit, n'aura rien d'aussi agréable. Tu veux que je te montre la maison et la cuisine, et la pièce où tu dormiras? Ce sont tes affaires?»

Elle désigne l'amas cliquetant qu'Athéa a pris dans la tente du marchand, noué dans un linge qui se balance au bout de son bras, tenu par les oreilles.

«Ha, ha, ha, déclare Athéa. Tout le monde si gentil. D'accord. Peut-être ce soir nous être les meilleurs amis, hein? Peut-être demain tout le monde se réveille, après tout?»

Elle m'adresse un clin d'œil.

«Ce sera mieux ici», dis-je maladroitement, en voulant dire mieux que tout ce qu'elle a connu avant, mais elle se contente d'agiter la main devant moi pour me congédier, moi et mes paroles de réconfort, et elle suit Pythias hors de la pièce.

Callisthène change ses doigts en cornes et mime un choc tête contre tête.

«Elle est horrible», déclare Pythias ce soir-là, à la fin du dîner.

Nous sommes assis dans la cour, tandis que les esclaves s'activent autour de nous, et que la nuit tombe. L'un de nos derniers repas en extérieur; c'est déjà l'automne, l'air se refroidit rapidement, la lumière dorée du soleil va en s'atténuant. Toutes les couleurs pâlissent, le rose est plus clair aux aurores, le vert des arbres lentement se délave, dans cette ultime portion de jours agréables. Les pluies sont en chemin. L'odeur de la fumée et des feux emplit désormais l'air. Nous sommes seuls à présent, mais nous les entendons dans la cuisine, le fracas de leur travail, leurs voix qui discutent et rient de temps à autre. Pythias a l'air content. Ses joues sont roses, peut-être à cause du vin.

«Elle a fait pleurer une des filles rien qu'en la regardant. Elle m'a dit que ma maison était sale et que les Macédoniens étaient des animaux. Je lui ai répondu que nous n'étions pas macédoniens.

— Et elle a dit?»

Pythias a dû boire plus qu'à l'accoutumée, sinon elle n'aurait jamais prononcé les paroles suivantes:

«Elle a dit qu'elle pouvait soigner notre problème.»

Elle rougit, et je me dis que rien de tout cela n'est très sérieux.

«Ah bon, et quel problème?

— Elle m'a montré ce qu'elle avait dans son sac. Des pierres, des os, des herbes séchées. C'est un genre de sorcière, ou du moins elle prétend l'être. Elle dit qu'elle a déjà aidé des gens comme nous…

— C'est pour ça que nous l'avons prise.»

Je me dis qu'elle finira par lâcher le morceau: notre problème, tel que diagnostiqué par Athéa la sorcière hargneuse.

«Demain, je la ferai commencer par la grande salle. J'imagine que c'est là qu'aura lieu ton dîner. Il reste encore des tonneaux dedans, des caisses et autres, du déménagement. Il faudra que nous trouvions un endroit où les ranger. Le sol a besoin d'être récuré, les murs aussi, et le plafond. As-tu déjà vraiment regardé les plafonds, dans cette pièce? Tout noirs, tachés par la fumée des lampes. Je ne crois pas qu'on les ait jamais nettoyés.

— Des pierres, des os et des herbes séchées?

— Tu as acheté une sorcière, réplique-t-elle, en ricanant.

— Le marchand d'esclaves m'a dit que c'était une guérisseuse scythe. Il m'a raconté que son village l'avait bannie après la mort d'un enfant qu'elle avait soigné. Elle marchait vers le village voisin, où elle espérait trouver asile chez des proches, quand une armée l'a prise. Elle ignorait d'où venaient ces soldats, elle ne connaissait pas leur langue. Quand ils ont été défaits, elle a été vendue avec les prisonniers de guerre. L'homme m'a dit qu'elle a ensuite travaillé comme cuisinière dans la famille d'un homme riche, à Byzance, mais qu'elle a tenté de s'échapper et qu'il l'a vendue au marchand d'esclaves. Il m'a dit qu'il avait déjà par deux fois refusé de la vendre, car les acheteurs voulaient la faire travailler aux champs, et qu'il savait qu'elle valait mieux que ça.»

Une guérisseuse ratée: Callisthène avait compris tout de suite. Pythias aussi, peut-être, je ne sais pas. Parfois, je pense qu'elle connaît tous mes points faibles. Et parfois, qu'elle n'en connaît aucun.

« Le début de l'histoire est le bon, réplique Pythias. Elle dit qu'il était déjà trop tard quand on lui a apporté l'enfant. Elle ne pouvait plus rien pour lui, mais ils l'ont condamnée quand même. Ils l'ont obligée à abandonner sa famille, ses propres enfants. Elle ne sait pas qui les a recueillis. Elle a glané des vivres pour les soldats jusqu'au jour où ils se sont fait écraser, et a passé un mois au marché aux esclaves avant d'être achetée. L'homme riche était un radin qui achetait de la viande avariée pour sa famille parce qu'elle était moins chère, et quand ils sont tous tombés malades en mangeant un plat qu'elle avait préparé, on lui a fait une réputation d'empoisonneuse. Ils l'ont ramenée au marché et l'ont vendue à l'homme auquel tu l'as achetée. Elle m'a dit qu'il gagnait sa vie en voyageant, et en vendant à bas prix des biens de mauvaise qualité. Il ne refuse jamais personne. Et quand l'acheteur se rend compte qu'il a acheté des épaves, le marchand est déjà loin. Je doute qu'il l'ait gardée pour lui épargner les travaux éprouvants. Elle affirme qu'il lui a dit que s'il ne la vendait pas à Pella, il préférerait encore la tuer que de la nourrir un jour de plus. Elle m'a dit qu'elle se préparait à mourir quand tu es arrivé. »

Je l'interroge :

« La famille est tombée malade, ou elle est morte ?

— Elle dit avoir reçu une formation de sage-femme. Ils n'auraient jamais dû lui amener l'enfant, c'est d'un médecin qu'il avait besoin, mais il n'y en avait pas. Elle n'avait aucune idée de ce qu'il fallait faire. Elle jure avoir dit à l'épouse de l'homme riche que la viande était avariée, et que la femme l'a alors battue. Elle dit que je devrais manger davantage de fruits, que tu ne devrais pas prendre de bains chauds, et que nous devrions respecter les cycles de la lune.

— Elle t'en a dit beaucoup, pour un premier jour. Tu veux manger plus de fruits ? »

Il fait nuit, à présent, et j'ai refusé les lampes qu'on nous apportait tout à l'heure. Nous sommes assis dans le noir, pendant que les esclaves attendent que nous en ayons terminé pour pouvoir nettoyer derrière nous et aller se coucher.

« J'aime les fruits », dit-elle.

Je ne distingue pas son visage.

Je l'envoie se coucher et reste assis, seul, pendant un long moment encore. C'est Athéa elle-même qui vient ramasser nos derniers plats et nos coupes de vin. Je me demande si elle n'a pas tout entendu, bien que nous ayons pris garde de parler à voix basse. Ainsi donc, une sorcière.

Je lui demande :

« Tout va bien ?

— Allez au lit.

— Va au lit, toi. »

Je lui dis d'apporter une lampe dans ma bibliothèque. Je veux aller m'asseoir et travailler un peu.

« Vous travaille sur quoi ?

— Une tragédie.

— Hé, va te faire foutre. Vous pas vouloir dire moi, je suis rien, pas me dire. Votre femme me dire peut-être un autre jour. Elle aimer parler.»

Ma femme aime parler?

«La bonté. La vie bonne. Ce que signifie mener une vie bonne, et de quelles manières cette bonté peut être perdue…»

Je m'attendais à un rire, une parole sarcastique, ou à ce qu'elle me dise d'aller me faire foutre, encore une fois, mais elle reste silencieuse. Puis elle répond:

«Je donner ail à votre femme, d'accord?

— Je ne sais pas. C'est bien? Pourquoi aurait-elle besoin d'ail?

— Vous pas être médecin?»

Elle a l'air fière d'elle, comme si elle m'avait démasqué, avec ce bout d'information qu'elle croit avoir volé.

«Vous sait pour quoi. Je suis étonnée que vous pas essaye ça vous-même. Timide, peut-être. C'est bon. Je lui explique à elle.

— Explique-le-moi.»

Elle m'étudie, pour déterminer si je joue les faux naïfs ou si j'ignore vraiment ce dont elle veut parler. Apparemment, je passe l'épreuve.

«Un docteur, déclare-t-elle, pas mécontente. Votre femme enfoncer l'ail. Le matin, respire sa bouche.»

C'est bien ce que je pensais.

«Enfoncer où?

— Là.»

Elle fourre la main entre ses jambes.

«Là où tu baises. Mets l'ail là. Une gousse peut-être, ça suffit. Si sa bouche sent, passages sont ouverts. Sinon, pas de bébé pour vous.

— J'ai déjà entendu ça. Mais avec un oignon.»

Elle repousse l'idée d'une gifle.

«Non, non, non. Ail. Plus fort. Plus facile à mettre, aussi.

— Et si les passages sont fermés?»

J'ai l'impression d'être mon père.

«Je suppose que tu as un charme pour les ouvrir?

— Je connais pas charme. Nous essaie ça d'abord, ensuite nous voir.

— Athéa. Écoute-moi. Ma femme a raison: nous sommes polis les uns avec les autres dans cette maison. Mais tu n'es ici que depuis une journée. Il n'y a pas de "nous". Nous n'avons pas sollicité tes services. Nous n'avons aucun genre de problème qui puisse te concerner. Tu ne mentionneras plus jamais ça ni rien de semblable devant ma femme. Pas d'ail.

Pas de charmes. Si tu reparles encore de ça, je te ramènerai au marché. Ma femme avait également raison sur ce point.

— Lui stupide. »

Elle hausse les épaules.

« Sans doute. Maintenant pars et fais ce qu'on te dit. »

De fait, elle cuisine comme on lui dit. Le dîner de ce soir était composé d'une soupe de haricots, de pain, de fromage, d'olives et de poisson ; une profusion de petites coupelles que nous avons vidées avant de les entasser en une pile vacillante, en léchant nos doigts au passage.

« Elles sont à nous ? ai-je demandé à Pythias en désignant les coupelles.

— Athéa les a trouvées dans une des caisses. Elle a demandé si elle pouvait les utiliser. »

La soupe était épaisse, riche en verdure et en herbes, avec une sorte de feuille vert foncé, tendre, qui se flétrissait dans le liquide mais sans perdre son éclat de gemme. Elle avait également déniché un os à moelle. Son pain était sans grains de sable et encore chaud, le fromage blanc et rond écrasé avec des noix et arrangé en forme de fleur, les sardines intactes mais, comme par magie, sans une seule arête. Notre sorcière manie le couteau aussi habilement que le faisait mon chirurgien de père.

~

«Je l'ai déjà lu», déclare Alexandre.

Nous sommes à Miéza, dans la cuisine, assis l'un à côté de l'autre devant l'âtre. Ce n'est pas mon endroit préféré pour échanger des livres, mais Alexandre s'est récemment déchiré quelque chose dans la jambe, aux jeux, et on lui a dit de faire transpirer le muscle jusqu'à ce qu'il puisse courir à nouveau. Il est assis avec le talon appuyé sur la barre où sont accrochées les casseroles, mon Homère sur les genoux. Je suis inquiet pour le livre — les braises, le charbon — mais jusqu'ici, il l'a protégé comme il faut, avec soin. C'est émouvant à voir.

«Je sais que tu l'as lu, dis-je. Tu es Achille, ton père est Pélée. Héphaïstion, lui, serait Patrocle, non? Qui est ton Ulysse?

— Ptolémée. Il est rusé.»

Dehors, ça jappe joyeusement et il jette sans y penser un regard vers la porte. Je l'ai seul, aujourd'hui; ses compagnons se livrent à des exercices militaires, à l'heure où les feuilles craquent et partent à la dérive dans l'air ample de l'automne. Il enrage de ne pas être avec eux. C'est surtout qu'il enrage de ne pas être en Thrace avec son père, à destituer des rois et fonder des cités.

«Faut-il vraiment que je le relise en entier? demande-t-il.

— Tu l'as lu avec Lysimaque. Tu ne l'as pas lu avec moi. »

Il est sur le point de répondre, mais se retient. Je me demande si Lysimaque n'écoute pas à la porte, en ce moment même. « Revenons sur le livre premier, l'argument, dis-je. Peux-tu m'en faire un résumé ? » Nous verrons bien si le prince considère cela comme un exercice de mémoire ou d'attention.

« C'est la neuvième année de la guerre de Troie. » Son regard reste rivé à la fenêtre. « Après le sac de l'île de Chrysé, Agamemnon s'est vu remettre une fille, Chryséis. Son père, prêtre d'Apollon, offre une généreuse rançon, qu'Agamemnon refuse. Apollon tombe alors comme la nuit... » Là, il hésite, me laissant juste le temps de l'admirer ; un exercice de mémoire, donc ; je ne dis rien. « ... et assiège l'armée jusqu'à ce qu'Agamemnon soit contraint de céder. Mais puisqu'il doit abandonner sa propre récompense, il exige qu'Achille lui remette en échange sa jeune prisonnière, Briséis. Achille, blessé par l'injustice du procédé, refuse de se battre tant qu'elle ne lui aura pas été rendue.

— Très bien. Et la dispute se poursuit pendant les vingt-trois livres qui suivent... »

À présent, il me regarde.

Je l'interroge : « "Briséis aux belles joues." Crois-tu qu'Achille soit amoureux d'elle ? Ou bien qu'il est blessé dans son honneur ? Ou alors qu'il est mesquin, vaniteux, imbu de sa personne ?

— Pourquoi pas tout cela à la fois?»

Il déplace son pied sur la barre, grimace.

«J'ai remarqué quelque chose chez vous, Priam. Vous ne m'en voudrez pas si je vous appelle par ce nom? Vous me rappelez Priam, le vieux roi triste qui ne se bat pas et qui est obligé de supplier pour qu'on lui rende la dépouille de son fils, afin de pouvoir l'enterrer dignement, après la défaite finale. J'ai remarqué que vous aimiez beaucoup dire: "D'un côté…"»

Il tend sa main ouverte.

«"… De l'autre…"»

Il tend l'autre main.

«Et ce que nous cherchons ensuite, c'est le moyen de faire coïncider les deux côtés.»

Il joint ses deux paumes.

«Ne craignez-vous pas, parfois, d'être trop ordonné?

— Je ne le crains pas. L'ordre n'est-il pas une vertu?

— Une vertu de femme.

— De soldat, aussi. L'ordre, c'est l'autre nom de la discipline. Je reformule donc ma question: crois-tu que cette histoire soit une comédie, ou une tragédie?»

Il tend de nouveau les mains, les fait jongler.

«Il faut bien que ce soit l'une ou l'autre, n'est-ce pas?» dis-je.

Il hausse les épaules.

«Tu n'as pris aucun plaisir à le lire?

— Enfin! réplique-t-il. Enfin une question dont vous n'avez pas déjà prévu la réponse... J'en ai aimé certains passages. J'ai aimé les batailles. J'aime Achille. J'aimerais être plus grand.

— Les hommes régressent. C'est une loi de la nature. Au temps d'Achille, les hommes étaient plus grands et plus forts. Chaque génération recule un peu et s'éloigne de la grandeur. Nous ne sommes que les ombres de nos ancêtres.»

Il fait oui de la tête.

«On pourrait le lire comme une comédie: ces dieux, ces rois qui se chamaillent. Ces guerriers qui, neuf années durant, passent leur temps à se cogner dessus. Neuf années! La confrontation farcesque entre Pâris et Ménélas. La figure imposée du quiproquo, lorsque Patrocle se fait passer pour Achille. Autant d'éléments de la comédie, n'est-ce pas?

— J'ai ri d'un bout à l'autre, reconnaît-il.

— Je sais que tu as le sens de l'humour.»

J'allais faire allusion à la mise en scène d'Euripide qu'a donnée Carolus, à la tête tranchée, mais il me fixe avec un regard si brillant, si anxieux, guettant le compliment, que je bafouille. Il a tant besoin d'affection, ce petit monstre. Faut-il continuer à lui poser des devinettes, pour en faire un monstre plus intelligent, ou le rendre humain?

«J'ai travaillé sur un petit traité consacré à la littérature et aux arts littéraires. La tragédie, la comédie, l'épopée. Tout part de cette question : à quoi ça sert? Quelle peut bien être l'utilité de tout cela? Pourquoi ne pas se contenter de rapporter ces histoires telles qu'elles nous ont été transmises, sobrement, sans faire semblant d'en combler les lacunes?»

Il descend son pied de la barre, en le soutenant des deux mains, et masse le muscle froissé pendant un long moment.

«Je lis quelque chose en ce moment. Je l'ai pris dans la bibliothèque du palais. Attendez.»

Il part en boitillant, vers sa chambre, j'imagine. Sauf qu'il ne boite pas, même si cela doit lui coûter. Il prend grand soin de dissimuler sa blessure, et marche normalement. Un chef ne doit jamais montrer aucune faiblesse à la guerre, sous peine de démoraliser ses troupes et d'encourager l'ennemi. A-t-il compris cela tout seul, ou bien le lui a-t-on appris? C'est le genre de chose qu'un roi pourrait enseigner à un roi : j'espère que cela vient de Philippe.

Il revient, essoufflé. Il a couru, aussitôt sorti de la pièce. Le livre qu'il voulait me montrer, je le connais bien, c'est un livre de mon ancien maître, dans lequel il s'insurge contre l'influence perverse des arts sur une société décente.

« Le seul problème, c'est qu'il ne peut pas vraiment penser ce qu'il écrit, déclare Alexandre en se rasseyant. Car il utilise le théâtre pour faire passer ses arguments, n'est-ce pas ? Un dialogue factice entre des hommes factices, avec un décor, et tout le reste… Cet artifice doit bien lui servir à quelque chose, n'est-ce pas ?

— Tout à fait. C'est parfaitement exact.

— À capter l'attention du lecteur. C'est plus amusant à lire qu'un traité aride…

— C'est exactement ça. »

Je repense à mes propres tentatives de jeunesse d'écrire sous forme dialoguée. Je n'avais aucun talent pour ça, et j'ai vite abandonné.

« Et puis, je crois, l'émotion est plus forte avec un tel dispositif. On s'attache davantage aux personnages, on accorde plus d'importance à l'issue du débat. C'est là tout l'intérêt de la littérature dramatique, à n'en pas douter. Elle permet d'exprimer des idées d'une manière accessible, et d'une certaine façon, le lecteur ou le spectateur ne se contente plus d'entendre ce qui est dit, il l'éprouve lui-même.

— Tout à fait. »

Il m'imite, mais sans méchanceté.

« Moi aussi, j'ai lu un livre, et je me demandais si cela t'intéresserait…

— Ça m'intéresse. »

Je le lui tends.

«Petit, commente-t-il.

— Un après-midi de lecture, tout au plus. J'espère qu'il t'amusera. Il est du même auteur. L'action se déroule lors d'un dîner.

— Majesté, maître… »

Un garde se tient debout dans l'embrasure de la porte, paniqué.

«Une visite.

— Partez, rétorque Alexandre.

— Ne me dis pas de partir, petit morveux !»

Olympias se glisse entre le montant et le garde, qui s'écarte d'un bond, comme s'il avait été ébouillanté.

«Embrasse ta mère. »

Olympias en personne, toute de fourrure blanche vêtue, des étoiles d'argent dans les cheveux, apportant du dehors un souffle froid et parfumé.

Alexandre la regarde, mais reste assis. Elle se penche sur lui et presse sa joue contre la sienne.

«Joli garçon, tout chaud… Je t'ai écrit que je venais. Tu ne lis donc pas mes lettres ? Ne me mens pas. Je sais parfaitement que personne ne s'attendait à me voir. Ce garde, on croirait qu'il a vu un fantôme… »

Elle ajoute, à mon intention :

«Bonjour, monsieur. Quel est le thème de la leçon?

— Homère, Majesté. Quelle visite inattendue…

— Pas pour moi, intervient Alexandre. J'ai attendu, attendu…

— Comme c'est mignon.»

Elle trouve une chaise, et la tire jusqu'à l'âtre, pour former avec nous un trio.

«Eh bien, asseyez-vous, me dit-elle. Continuez. Je ne vous interromprai pas.

— Si, tu le feras, réplique Alexandre.

— Puis-je vous demander à quoi nous devons l'honneur de…

— Vous le devez au fait que Sa Majesté s'ennuie à en perdre la raison à Pella, et que son bébé lui manque. Je le voyais déjà si peu, et voilà que mon animal de mari l'envoie ici! Dionysos en personne a soufflé sur les talons de mon petit poney pour hâter ma venue. Non, en réalité, j'ai laissé tous les serviteurs dehors. Nous sommes plutôt nombreux, et nos bagages aussi.»

Ses yeux dérivent vers le plafond, serait-elle à l'origine des tics de son fils?

«J'ai apporté à manger, murmure-t-elle.

— Je t'aime, répond Alexandre.

— J'espère bien. Personne d'autre ne m'aime. As-tu des nouvelles de ton père?

— Tu n'as pas le droit de me poser cette question, tu te souviens ? »

Elle roule de gros yeux. Il roule les siens, pour l'imiter. Tout ce spectacle est affligeant : la colère, la méchanceté, l'intimité grotesque, leur volonté évidente de faire cela pour un public — moi.

« Sauve-toi, maintenant, dit la mère au fils, comme si elle avait lu dans mes pensées. Je veux m'entretenir en privé avec ton précepteur. Va leur dire de me préparer une chambre pour la nuit. »

Il sort, emportant les trois livres avec lui.

« Nous avons vraiment apporté à manger. Des lapins, des gâteaux, d'autres choses encore. J'aurai un succès fou auprès des garçons, l'espace d'une heure et demie. Quel endroit horrible…

— Oui, dis-je.

— Comment s'en sort-il ?

— Je crois qu'il s'ennuie.

— Oui. »

Elle lève les yeux au plafond, une nouvelle fois.

« N'est-ce pas notre lot à tous ? L'ennui ? Vous allez quand même développer les facultés existantes, n'est-ce pas ?

— Bien sûr.

— Bien sûr. »

Sa bouche se tord en un rictus atroce, elle m'imite.

« Tout le monde me déteste-t-il ? Nous ne sommes pas en train de parler d'Arrhidée. Nous parlons de mon fils. *Mon* fils. Je vais avoir droit à l'enfer, quand je rentrerai au palais, pour être venue ici sans permission, rien que pour apercevoir mon bébé. Cela partira dans les dépêches : *Olympias est montée à cheval. Enfermez-la !* Et ils le feront, vous le savez bien. Ils m'enfermeront dans mes quartiers. Ils l'ont déjà fait. La dernière fois, ça a duré un mois, parce que je m'étais rendue au champ de manœuvres pour le voir s'entraîner. Je voulais juste le regarder, monté sur sa bête gigantesque. Je portais le voile, mais ils ont deviné mon identité. Ils devinent toujours. Je ne sais pas comment…

— Pourquoi êtes-vous venue, Majesté ?

— Il fallait que je le voie. Cet animal croit qu'il peut me garder au fond d'une boîte. Il…

— Mère. »

Alexandre apparaît sur le seuil.

« Pourquoi ne pas te donner ma chambre ? Je peux partager celle d'Héphaïstion. »

Olympias s'essuie les yeux avec le rebord de sa cape.

« Cela me ferait très plaisir. T'ai-je dit que j'avais apporté à manger ? Des lapins, des gâteaux et d'autres choses encore ? »

Elle pleure.

« Crois-tu qu'ils me laisseront rester, cette fois ? Rien qu'une nuit ?

— Cette fois ?

— Elle a déjà essayé le mois dernier, explique Alexandre. Antipater l'a rattrapée à une heure de Miéza. Pourquoi ne vas-tu pas t'allonger, mère ? Au cas où il te faudrait rentrer à cheval dès ce soir...

— Tu t'assoiras près de moi, alors ? » répond-elle.

Des bruits, dehors : une cloche qui sonne l'alerte, des cris d'hommes. Olympias se balance d'avant en arrière, les bras repliés sur elle-même, en larmes.

« Partez, dis-je. Je retiendrai Antipater. Pendant une heure, au moins. Tous les deux, partez. »

Alexandre ouvre la voie, s'autorisant à boiter bas, cette fois.

« Tu es blessé ? s'exclame Olympias. Oh, appuie-toi sur moi. »

Il prend le bras de sa mère, et ils s'en vont, clopin-clopant. La famille royale sort de scène.

~

Les tables ont été débarrassées, et la porte maintenue ouverte, pour faire entrer de l'air. Les premiers beaux jours de l'automne sont loin derrière nous, des gouttes de pluie s'abattent, portées par les gifles du vent, et noircissent le seuil. La pluie est dense comme de la poix, et chaque jour est plus froid que le précédent. Les contours de l'automne se brouillent, se fondent dans l'hiver. Les musiciens, un duo de flûtistes, en ont terminé pour ce soir et touchent leur paie en nourriture, dans la cuisine. Pythias, qui tout à l'heure se tenait à mes côtés sur le pas de la porte, dans sa robe neuve, pour accueillir les invités au gré de leur arrivée, a soudain disparu. Mais tout me rappelle sa présence : le poli du plancher, l'arrangement des lampes, les guirlandes de fleurs sur les linteaux, les coussins neufs et rebondis des banquettes, le raffinement, l'intelligence de l'enchaînement des plats. Elle a dépensé beaucoup de mon argent, ce soir, à sa manière discrète. J'ai fait asseoir Carolus à mes côtés, et les autres à partir de lui selon un ordre soigneusement établi, Callisthène étant le dernier ; je lui en ai touché un mot, et il a compris que ce n'était pas un affront. Après un début quelque peu difficile, tout semble fonctionner, bien que Carolus n'ait participé jusqu'ici que par monosyllabes, et toussé dans sa manche de manière répétée. J'ai d'abord cru qu'il se sentait mal à l'aise, mais je me demande à présent s'il n'est pas souffrant. Il boit sans manger et met un point d'honneur à suivre la conversation, mais d'un regard éteint. Antipater et Artabaze ont déjà croisé le fer au sujet de la politique étrangère du roi et de ses projets pour la Perse ; Philès et Callisthène ont murmuré entre eux pendant un bon moment, tels des écoliers invités pour la première fois à la table des grands. Mais Léonidas s'est jeté dans la conversation pour échanger des coups avec Artabaze, et bientôt, tout le monde rit. Un talent dont je n'aurais jamais cru Léonidas capable ; je m'amuse bien, j'apprends des choses, déjà. Lysimaque a tout simplement oublié de venir.

Les esclaves entrent, apportant des coupes de vin et de grands bols d'eau. Le moment solennel, celui que je préfère dans ce genre de soirées, peut enfin commencer.

«Pas de jongleurs? s'indigne Antipater. Pas de filles?»

Pas ce soir. Les esclaves distribuent à chacun une coupe, et nous buvons le vin pur, rituel honorant le bon génie des lieux. Un hymne à Dionysos, après lequel j'ordonne que le vin soit mélangé à l'eau. «Deux pour cinq?» Une simple question, pour la forme. C'est la proportion d'usage; je n'attends pas l'assentiment de mes invités. On mélange trois grands bols, et je brandis une coupe de taille modeste, autre rituel d'approbation. À l'Académie, l'assemblée aurait acquiescé d'un hochement de tête; ici, mes hôtes se contentent de me regarder, perplexes. Les coupes (neuves, Pythias encore) sont distribuées, et l'on verse le vin, les esclaves décrivant un cercle tout autour de la table; ils commencent par Carolus et terminent par Callisthène, assis en vis-à-vis, de l'autre côté de la porte.

Le dessert arrive, sur d'autres plateaux: fromages, gâteaux, dattes et figues sèches, melons et amandes, ainsi que de petites soucoupes de sel épicé sont placés à la portée de tous. Ces mets ont été disposés en pyramides impeccables, y compris le sel, et je ne peux m'empêcher de chercher du regard l'empreinte des doigts de ma femme sur ces délicatesses. Je n'ai pas le cœur d'écrouler une architecture aussi sophistiquée par simple envie de dévorer une noix aux épices. À la place, je m'attaque à l'échafaudage plus assuré d'une pile de dattes, tout en préparant les premiers mots de mon discours, quand Callisthène m'interpelle :

« Oncle ?

— Mon neveu ?

— Est-ce que tu m'aimes, oncle ?

— Pourquoi ? qu'as-tu donc fait ? »

Rires.

« Il faut seulement que tu m'excuses, ce soir, reprend-il. Tout le monde doit m'excuser. Je ne peux tout simplement pas le faire…

— Faire quoi ? s'étonne Antipater.

— Le discours, répond Callisthène. Le discours, l'exposé. J'ai trop bu, et je ne pense pas être capable de mettre deux mots à la suite. Vous me pardonnez ? Je ferais sans doute mieux de me retirer… »

Il fait un geste vague en direction de la porte.

Il a joué son petit rôle à la perfection. Ainsi, celui qui ne veut pas parler — je pensais surtout à Léonidas — pourra se retirer du jeu avec Callisthène, sauver la face, et déguster des sucreries dans la salle d'à côté. J'ai pensé à tout.

«Des discours? s'exclame Antipater. J'ai cru que c'était une plaisanterie…

— Je n'avais pas du tout compris cette partie-là, renchérit Artabaze. J'ai mis ça sur le compte de mon ignorance d'étranger…

— Pourtant, cela figurait sur les invitations.»

Antipater, Artabaze et Léonidas sont déjà debout, et emboîtent le pas de Callisthène. «La tragédie…» dis-je, haussant la voix pour couvrir le bruit de leur départ, et reprenant les mots de l'invitation. «La vie bonne. Ce que signifie mener une belle vie bonne, et de quelles manières cette bonté peut être perdue.

— La ferme», réplique Carolus.

Il ne reste plus que lui et Philès. «Ils ne savent pas faire ça, ici. Tu les plonges dans l'embarras…»

Je me tourne vers Philès, qui jette un regard désespéré à Carolus.

«Le gosse va se pisser dessus si tu essaies de le faire parler, poursuit Carolus. Laisse tomber cette idée.»

Je réalise soudain que la seule personne qui me vienne à l'esprit, qui aurait apprécié cette soirée telle que je l'avais envisagée, qui aurait vraiment essayé de jouer son rôle, c'est Alexandre.

«Ton livre avance? m'interroge Carolus. Ta tragédie pour débutants…

— La comédie, aussi. J'ai décidé qu'il me fallait traiter les deux. »

Il y a du bruit dans une autre salle, des éclats de voix, un rire, puis Tychon me murmure à l'oreille :

« Lysimaque, maître…

— Lysimaque », dis-je, car — au diable les formalités — il se tient debout sur le seuil, sans avoir attendu qu'on l'invite à entrer.

Mes autres invités reviennent dans son sillage et reprennent leurs places, estimant — à juste titre — que la partie solennelle de la soirée est bel et bien enterrée. C'est moi qui ai voulu un dîner d'étudiants, après tout… Comment pourrais-je être à cheval sur le cérémonial ?

« Vous voilà, dit-il. Qui vit à côté ? Je suis d'abord allé chez eux. Je crois que j'ai effrayé les femmes. Elles m'ont dit que vous étiez tous là. Je me suis trompé de maison. Désolé, désolé. Des fleurs pour les femmes. Je leur en enverrai demain matin. Elles aiment les fleurs, non ? Une couleur en particulier ? Oh, comme c'est gentil… »

Callisthène s'est glissé de côté sur sa banquette pour lui faire de la place. Lysimaque s'assoit lourdement, et regarde autour de lui.

« Joli, très joli. »

Il se moque de moi, de nouveau, il est ivre.

« Vous dînerez ? Je vais leur dire d'apporter un plat de la cuisine.

— Je boirai, si vous me le proposez. Il faut maintenir un niveau constant. Une baisse soudaine du niveau, et alors qui sait… J'ai déjà fait fuir les femmes. Pas de femmes ici…

— Non, dis-je.

— C'est bien ce que je pensais. Garçons ? Il aime les garçons. »

Tous se tournent vers moi.

« Un garçon en particulier, poursuit Lysimaque. Eh bien, il n'y a rien de mal à cela. Nous sommes tous passés par là. Un goût excellent en toute chose, toujours. Même si, dans ce cas précis, c'est un peu sans espoir… »

Je dis à Tychon de lui apporter à manger.

« Il l'adore, reprend Lysimaque. Pauvre vieux… Vous auriez dû les voir à Miéza, quand ils se croyaient seuls. Je sais, je sais, je n'étais pas censé être là. Mais si tel est le souhait du prince…

— Je savais que je vous avais vu, une fois ou deux, dis-je. Vous n'aviez pas besoin de vous cacher de moi.

— En extase devant lui, continue Lysimaque. Oh, par tous les dieux, ça l'excite. Regardez-le. Il n'est rien de plus qu'un animal, après tout, comme nous tous. Ne vous inquiétez pas, je ne l'ai dit à aucune personne qui pourrait s'en soucier…

— Ne me menacez pas, dis-je. Mangez. »

Il prend l'assiette que lui tend Tychon. «De la chè-vre!» s'exclame-t-il, et il mange.

Je sens tous les regards sur moi.

«Je le baiserais volontiers, déclare Lysimaque, la bouche pleine. Il sent tellement bon... Vous l'avez fait, déjà?»

C'est du regard d'Antipater dont j'ai le plus conscience.

«Assez, dis-je.

— Tout laiteux, bien serré, et tellement troublé, insiste Lysimaque. Je le baiserais à lui en faire perdre connaissance...

— Nous ne parlons de personne que je connaisse», intervient Antipater.

Puis tout le monde s'en va. Je les raccompagne dehors.

«Je suis ivre, déclare Lysimaque, hurlant presque, à l'intention d'Antipater, à la mienne. Je ne pensais pas ce que je disais. De toute façon, vous êtes assez vieux pour être son père...

— C'est vrai», dis-je.

Nous nous dévisageons.

«Mais vous n'êtes pas son père, précise-t-il, d'une voix plus calme.

— Je le sais parfaitement.

— Je l'aime », déclare-t-il, pour ma seule oreille.

Je hoche la tête.

« Peut-être pourriez-vous… » commence-t-il, mais Artabaze se porte à sa hauteur, sourit, s'incline pour me remercier, et l'emmène doucement.

« Je sais où il habite, ce n'est pas loin de chez moi, dit Artabaze. Nous rentrerons ensemble. Je vous remercie mille fois.

— C'est moi qui vous remercie », dis-je, m'adressant à Lysimaque.

Il hoche la tête, il sait.

Antipater patiente près de la porte, décontenancé.

« J'imagine que vous avez tout entendu, dis-je.

— Pas un putain de mot. Je n'entends que ce qui peut figurer dans mes dépêches…

— Qu'en est-il d'Olympias ? »

Antipater secoue la tête. Il m'a accordé l'heure que je lui avais demandée, à Miéza, tout en précisant bien que c'est à moi qu'il l'offrait, pas à elle.

« Les précepteurs dévoués sont une chose, les reines envahissantes une autre. Elle est à l'isolement pour un bon moment. »

De retour à l'intérieur, après ces brèves bouffées d'air vif, l'atmosphère est pesante, encore lourde de la nourriture et du vin. Je me verse une dernière coupe, et l'emporte dans notre chambre, pour rejoindre Pythias. Elle m'attendait, somnolant sur sa couture, près d'une table couverte de chandelles pour l'éclairer. Elle se réveille en sursaut en me sentant près d'elle.

« Tu m'as fait peur.

— Qu'est-ce que c'est ? »

Elle brandit l'ouvrage pour me le montrer : une broderie complexe, un paysage grouillant de silhouettes minuscules, tout en rose et rouge. C'est beau.

Je m'assois sur le lit, tandis qu'elle pose son ouvrage et souffle la plupart des bougies. Je lui raconte la soirée, la manière dont tous ont couvert d'éloges les plats, combien Lysimaque s'est révélé être la peste que j'imaginais, et comment Antipater a insisté pour que je lui transmette ses compliments, et à quel point la maison était belle, et l'impression que j'avais de l'avoir près de moi, en voyant son travail partout où mes yeux se posaient.

« Et de quoi avez-vous parlé ? » Elle sait que c'est là l'essentiel.

Je ferme les yeux pour les imaginer, chacun, rentrant chez eux. Antipater, qui titubait à la fin du repas — il s'est ennuyé, je crois, et a donc bu plus que la normale ou, du moins, sa normale à lui — je ne le connais pas bien —, doit rentrer au palais et retrouver une femme avec laquelle Pythias s'entend bien et a cousu une ou deux fois (plus âgée que nous, m'a-t-elle dit, quelque peu austère et cérémonieuse, ce

dont Pythias sait parfaitement s'accommoder; elle finira probablement par devenir comme ça. Grossière
avec les servantes, ce que Pythias n'apprécie guère,
mais modeste dans sa tenue et ses commérages,
comme il sied à une femme de son rang, ce que Pythias approuve). Je me demande si elle réchauffe le
lit pour lui, ou s'ils font chambre à part. Artabaze le
célibataire ne dormira pas seul cette nuit. Comment
puis-je en être si sûr, je l'ignore, mais je parierais volontiers. Il vit dans une vaste demeure près de la
cour, le genre de maison que Pythias et Callisthène
trouvent insupportable, trop grande pour un homme
seul et pompeusement aménagée. Il pourrait tout
aussi bien placarder son argent autour, a déclaré un
jour Callisthène. Je me laisse aller à l'imaginer en
train de faire un petit détour pour ramener chez lui
un garçon et une fille qui réchaufferont son lit, puis,
après cette longue nuit de débauche, se réveiller demain matin frais comme une rose, le visage épanoui
et le regard brillant, impatient de prendre le petit déjeuner et de s'attaquer aux subtiles affaires du jour.
Lysimaque, aussi, rentrera chez lui, même s'il ne fait
aucun doute qu'il souhaitera à Artabaze une bonne
nuit enjouée mais sans appel, et préférera marcher
seul. Léonidas raccompagnera Antipater au palais.
Carolus, je l'ai renvoyé chez lui au bras d'un de mes
esclaves; je ne suis jamais allé là-bas, mais je devine
qu'il vit dans un quartier plus pauvre, probablement
dans une cabane comme celle d'Illaeus. Douillette,
j'espère. Callisthène a pris Philès par le bras et l'a
sans doute emmené avec lui, en quête d'un endroit
où boire et poursuivre la conversation. Dans l'heure

qui vient, ils auront résolu tous les problèmes auxquels j'ai consacré ma vie entière, j'en suis convaincu.

« L'amour, dis-je. Nous avons parlé d'amour. »

Pythias me prend la coupe des mains, pour ne pas
que je la renverse. « Couche-toi. »

Elle me masse les pieds. Elle passe son pouce de
bas en haut, du talon vers la plante, et pétrit longuement la partie charnue, sous les orteils. Au bout d'un
moment, elle se relève, et je crains qu'elle ne
m'abandonne ; je suis trop engourdi, j'ai la tête trop
emplie de vapeurs, pour ouvrir les yeux. Mais bientôt, je sens son poids sur le lit, près de mes genoux
et j'entends un cliquetis d'argile contre de l'argile, un
récipient sur une assiette. Elle frotte ses mains l'une
contre l'autre pour chauffer je ne sais quoi, puis re-
commence à me masser les pieds avec une substance huileuse. Une préparation à elle : le parfum est
plaisant, rien d'une huile de cuisine quelconque. Je
me roule sur le ventre pour qu'elle puisse remonter
le long de mes jambes. Je sentirai bon demain matin,
et il faudra un bain pour me débarrasser de l'odeur.
J'écarte un peu les jambes quand elle atteint mes
cuisses. Peut-être me laissera-t-elle lui rendre la pa-
reille, mais j'en doute. Ceci est un pur don. Quand je
sens ses petits ongles sur mes fesses, je suis obligé
de me retourner, mais elle continue tout aussi lentement et méthodiquement, hanches, poitrine, épaules, bras, mains, et même les paumes et les doigts,
qu'elle oint jusqu'aux extrémités. Peut-être a-t-elle
besoin de ce rituel. Je voudrais lui dire qu'elle se
donne trop de peine, et que nous pourrions en avoir

terminé dans une minute si elle s'y mettait vraiment, mais elle en a certainement conscience. Je la laisse faire à sa manière, pour une fois. Elle drape sa robe autour de mon visage. Un éclair de ceci, un éclair de cela à travers le tissu diaphane : quelques points brillants, les chandelles, sa silhouette floue au-dessus de moi, et quelque chose qui vient, mais qu'elle ne veut pas que je voie. Je tends les mains, mais elle les rabat sur le lit et les immobilise tout en frottant ses seins contre mon torse. Mon visage s'y noie un instant. Moment suspendu entre deux offrandes, puis elle pose tout son poids sur moi, ses hanches collées aux miennes, et se laisse glisser vers le bas. C'est une pénétration malaisée, qui exige de sa part contorsions et ajustements, ses doigts écartant son intimité rose et sèche, s'efforçant de faciliter l'emboîtement, puis elle remue, trop lentement, en se balançant légèrement, sans trop savoir comment s'y prendre. J'empoigne ses hanches et j'essaie de la faire bouger comme j'en ai envie, mais elle avale une brusque bouffée d'air, sifflement aigu de désapprobation, à moins qu'il ne soit de douleur.

Elle se fige un instant puis essaie à nouveau ce balancement incertain et frustrant qui ne frotte pas assez, loin s'en faut. J'ôte la robe de mon visage pour pouvoir au moins la regarder, et elle s'arrête une nouvelle fois.

« Ça ne marche pas, dit-elle.

— Ne t'en fais pas. » Elle est plus belle que jamais dans la lumière flatteuse des bougies, avec ses cheveux tombant sur les épaules, dont les mèches ondulées effleurent ses petits seins. Je tends la main vers eux, leurs pointes en forme d'amandes, et elle me laisse faire. Elle a l'air déterminé, presque grave. Je préfère ne pas regarder son visage.

« Plus fort, lui dis-je. Comme quand on hache de la viande. »

L'interprétation de mes mots est plus littérale que voulu, mais je décide que ce jeu-là pourrait me plaire. « Baise-moi, pour une fois. » Je prononce les mots à voix haute au lieu de les penser, et cela se mêle au plaisir qui vient, mais, à ma grande stupéfaction, elle s'interrompt une troisième fois et se détache de moi.

« Quoi ?

— Nous devons finir normalement, pour que ça prenne. »

Normalement. Elle veut se coucher sur le dos, mais je l'en empêche. Elle se retrouve le visage contre le matelas, et je la prends violemment, ses mains clouées par la mienne. Je jouis comme une bête. Quand je me détache d'elle, elle se laisse rouler sur le dos, relève ses genoux avec application et garde cette position pendant un long moment. Elle pleure peut-être. Ma femme a suivi les leçons d'une sorcière.

Jamais le sexe n'aura été si bon.

Mon père m'a expliqué un jour que le sperme de l'homme était une puissante distillation de tous les fluides contenus dans le corps, et que quand ces fluides se réchauffent et s'agitent, ils produisent de l'écume, comme le bouillon ou l'eau de mer. Le fluide, ou l'écume, passe du cerveau à la colonne vertébrale et, de là, il s'écoule dans les veines longeant les reins, puis, via les testicules, dans le pénis. Dans l'utérus, la sécrétion de l'homme et celle de la femme se mélangent. Dans ce processus, l'homme éprouve du plaisir, mais la femme, aucun. Néanmoins, il est sain pour une femme d'avoir des rapports réguliers, afin de préserver l'humidité de l'utérus et de réchauffer le sang.

~

Je tombe malade, fidèle à ma vieille habitude. Le mal me gagne lentement, comme toujours, assez lentement pour que je puisse me convaincre que cette fois, ce n'est rien, rien qu'un peu de fatigue, que c'est la tension du palais qui m'empêche de dormir, me donne la migraine, engourdit ma mémoire, aspire la couleur du ciel et la chaleur du monde. J'ai des sautes d'humeur, je m'en prends aux esclaves, qui demeurent impassibles. Ils sont habitués, j'imagine, et puis de toute façon, ce n'est rien cette fois, rien que la fatigue, la tension.

« C'est ce fichu climat, remarque Pythias. Sans cesse la pluie, sans cesse l'obscurité. Je ressens ça aussi, quelquefois.

— Qu'est-ce que tu ressens ? »

L'impatience qui me fait aboyer sur les esclaves provoque un excès de politesse, un excès d'affabilité, et me rend délibérément obtus quand je parle avec elle. Je n'ai pas besoin qu'on me dise que j'ai une maladie de femme et encore moins besoin qu'Athéa vienne me renifler après que sa maîtresse lui en a touché quelques mots, qu'elle me fasse la leçon, me prescrive des soins ni qu'elle me soigne, qui sait, et qu'elle profite de ma faiblesse pour gagner de la force.

«Je me sens fatiguée, répond Pythias. Triste, un peu molle dans ma pensée. J'oublie des choses, et je n'arrive pas à rassembler assez d'énergie pour faire tout ce que je fais dans une journée normale...

— Je me sens déjà mieux. De ne pas être le seul à souffrir. Mes livres ne s'écrivent pas, ta couture reste inachevée. Quelle consolation pour moi, de savoir que je ne suis pas seul...

— Ne sois pas méchant, dit-elle.

— Mon amour. »

Je me repens aussitôt, mais elle a déjà quitté la pièce. Pourtant, je ne peux pas accepter que le mal qui m'affecte ne soit pas, d'une certaine manière, unique, un désordre sans nom connu. Il y a long-temps, mon père a diagnostiqué chez moi un excès de bile noire, ce qui est assez vrai à certains mo-ments, mais ne suffit pas à expliquer les autres, ceux où je n'ai tout simplement plus besoin de sommeil, où les livres semblent s'écrire tout seuls, et où le moindre recoin du monde se pare de couleurs et de douceur, et resplendit, comme par infusion divine. Ce diagnostic ne rend pas davantage compte de mes brusques sursauts d'une condition à l'autre, de la plus noire mélancolie à la joie la plus dorée. La mélancolie, cependant, l'a toujours emporté sur la joie, et ce rapport s'est accentué avec l'âge. Peut-être qu'un jour prochain, je cesserai totalement d'avoir des humeurs — comme ma mère les appelait jadis — et me stabiliserai dans un état constant d'amertume et de souffrance, douleur qui, pour n'être pas physique, n'en demeure pas moins un fardeau.

Philippe est rentré de Thrace après une absence de quelque dix-huit mois : son retour au pays n'est pas des plus heureux, et il repartira d'ici une semaine ou deux avec des troupes fraîches, laissant derrière lui plusieurs unités de vétérans pour un hiver bien mérité à la maison. Réunis à la cour, nous avons droit à tous les détails. Les cités de Périnthe et de Byzance, sans doute sous l'impulsion d'Athènes, ont refusé d'appuyer les efforts de Philippe en Thrace orientale. Tandis que les navires de la flotte athénienne patrouillaient en requins le long des côtes, Philippe a attaqué Périnthe. Bâtie sur un promontoire long et étroit, la cité semblait difficile à prendre par la terre, et la marine de Philippe était faible. Siège, par conséquent : l'occasion de tester les catapultes à torsion macédonienne, flambant neuves, qui propulsent des flèches. Les salves de catapulte se sont enchaînées jour et nuit, les hommes se relayant à la manœuvre. On a employé des béliers ; envoyé des sapeurs creuser des tunnels sous les murailles, et disposé des échelles pour enjamber ces dernières ; on a construit des tours hautes comme quinze hommes pour pouvoir mitrailler l'ennemi d'en haut, par-dessus les remparts. Quand la muraille a fini par céder, les troupes de Philippe se sont ruées à l'intérieur, pour découvrir qu'un second mur avait été érigé par les Périnthiens, pendant que les Macédoniens picoraient, chiquenaudaient, vermoulaient et charançonnaient le premier.

Le siège a donc repris au pied du second mur. Derrière se dressaient des maisons en gradins, qui n'étaient accessibles que par d'étroites ruelles en pente, faciles à défendre. Tout au long du siège, les Périnthiens avaient reçu de l'argent, des armes et du maïs, en provenance de Byzance et de plusieurs satrapies perses. La marine athénienne se tenait en retrait, et attendait son heure. Philippe, pressentant une bataille mal engagée, avait brusquement retiré la moitié de ses forces et s'était rué vers Byzance, désormais très mal défendue, pour avoir envoyé ses hommes au soutien de Périnthe. Mais étrangement, la cité avait elle aussi échappé à une défaite-éclair. Philippe, dans une seconde attaque-surprise, s'était emparé de la flotte athénienne de transport du maïs, qui rentrait alors de la mer Noire par le Bosphore. Un succès de nature à enrichir le trésor macédonien, et à remonter le moral des troupes ; guerre ouverte, donc, avec Athènes, même si les hostilités n'avaient pas éclaté tout de suite. Alors, le siège de Byzance avait débuté pour de bon, duré la majeure partie de l'automne, tout l'hiver, et continué jusqu'au printemps suivant. Là encore, les choses avaient mal tourné ; la cité, soutenue par ses alliés de la région et, ouvertement cette fois, par Athènes, avait résisté. Puis la flotte macédonienne avait subi un premier assaut violent de la marine athénienne, et Philippe avait finalement été contraint de battre en retraite pour limiter les pertes.

« Je t'ennuie ? » m'interroge Philippe.

Je reprends mes esprits. Quand je me suis réveillé ce matin, je me suis mis à pleurer en me rendant compte que je ne dormais plus, et qu'une longue journée m'attendait. Pythias était réveillée, elle aussi, mais elle a fait semblant de dormir le temps que je sèche mes larmes. Mes sanglots doivent la fatiguer, du moins par moments.

« Non, je réfléchissais au problème. »

Thrace quelque chose, Alexandre quelque chose… Je pourrais me remettre à pleurer face à l'absurdité de la situation. Faut-il emmener Alexandre en Thrace ? Était-ce là sa question ? Sincèrement, je n'ai pas la moindre idée de ce qu'il me demande.

« Puis-je vous soumettre une suggestion ? » Lysimaque prend le relais.

Je lui en suis reconnaissant, et le lui fais comprendre d'un simple regard. C'est un savant, après tout ; peut-être souffre-t-il du même mal que moi. Peut-être l'a-t-il reconnu, et me vient-il en aide. Simple échange de bons procédés, après mon invitation à dîner.

« Vous allez finir par répondre, oui ou merde ! s'emporte Philippe. L'un d'entre vous est-il capable de sortir une putain de phrase ?

255

— Laissez-le ici, répond Lysimaque. Il est en bonnes mains, les meilleures qui soient, et à l'âge délicat où son métal commence tout juste à s'endurcir, si vous voyez ce que je veux dire. Il ne faudrait pas foutre en l'air la trempe de l'acier.

— Hein? s'exclame Philippe.

— Mon prestigieux collègue, ici présent, a eu sur lui une influence remarquable. »

Lysimaque s'incline devant moi.

« Une influence remarquable. Je n'ai jamais vu personne avoir une telle influence sur un jeune garçon, je n'ai jamais vu un professeur avoir un tel impact sur son élève. Je les regarde tous les deux, parfois, leurs têtes penchées ensemble sur un objet d'étude, et j'ai peine à croire qu'il ne s'agit pas d'un père et de son fils. Façonné à la perfection sur le modèle du grand esprit, si vous voyez ce que je veux dire. Je doute que quiconque, à part moi, comprenne vraiment à quel point ils sont devenus proches. Arrachez-le à lui maintenant, et cette blessure le poursuivra jusqu'à la fin de ses jours. Son esprit s'épanouit à peine. Qu'y a-t-il de plus important que l'esprit? »

Philippe me regarde. Je regarde Antipater. Antipater secoue la tête, imperceptiblement.

« Il meurt d'envie de voir le monde », dis-je.

Philippe me regarde.

« C'est l'étudiant le plus brillant que j'aie jamais eu. »

Philippe me regarde.

«Je suis souffrant. Voulez-vous m'excuser?»

Je quitte la cour, la dague de Lysimaque plantée dans les reins.

~

Dix jours plus tard, un gardien m'ordonne de faire mes bagages : Miéza, c'est fini. La présence d'Alexandre est requise à la cour; sa formation militaire a été négligée; il est bien assez philosophe, pour le moment. La dague de Lysimaque reste enfoncée jusqu'à la garde, bien que Philippe soit finalement reparti en Thrace sans son fils. Le prince sera déçu. D'un coup, les garçons ont disparu, et nous autres les vieux, qui leur servons d'escorte, nous éternisons dans le lent labeur de l'empaquetage, moi tout particulièrement, deux longues années de livres, d'échantillons et de manuscrits, sous le regard des gardiens du temple, plus impassibles que jamais. Nous sommes une tempête qui s'éloigne enfin de leurs vies. On me fait savoir que je continuerai de m'occuper du prince à Pella, mais de manière moins intensive, moins régulière, car des devoirs d'un autre ordre prennent désormais le pas sur ses études.

Pythias me souhaite la bienvenue avec un repas somptueux et, plus tard, une baise farouche sur mon propre lit, écho de nos derniers accouplements, plaisir inattendu qui m'ébranle jusqu'à la plante des pieds. Je suis chez moi.

~

Je me rends au temple de Dionysos, à la demande de Pythias, pour remercier le dieu de sa grossesse. Je donne de l'argent au gardien, pour un agneau immaculé.

« Le dieu est enchanté », déclare le gardien.

C'est un choix qui coûte cher — ces choses-là se savent vite —, et j'ai bien l'intention d'en profiter un peu, de ce luxe. Le couteau s'enfonce comme dans du beurre. Un coup sec en travers de la gorge, le sang qu'on recueille, sombre, dans des cuvettes de bronze, puis un peu de boucherie amateur pour détacher un morceau de cuisse des tendons de l'animal et le jeter sur le brasier. Un gardien disparaît avec le reste de la carcasse. Pour les gardiens, leur estomac, c'est aujourd'hui un jour de chance.

Je suis en train de me laver quand j'aperçois Philès agenouillé au pied d'une statue du dieu, légèrement plus grande qu'un homme. Jolie pièce de marbre blanc. Les longues boucles de Dionysos sont entrelacées de lierre. Le torse est musculeux mais élancé, les hanches fines, les jambes puissantes, les pieds nus. Le visage porte une expression d'amusement contenu, qui n'est pas celle que l'on associerait spontanément à ce dieu-là, mais qui convient à mon humeur chaque fois que je viens ici. Le garde-malade prie avec ferveur, les yeux fermés, en se balançant légèrement, les joues baignées de larmes.

~

« Bonjour, dit Arrhidée.

— Qu'est-ce que tu fais ? »

Il me présente sa tablette.

« Non, dis-le-moi. Avec tes mots.

— Dessin. »

J'ai plus de temps à lui consacrer, maintenant que son frère cadet est occupé ailleurs. Je regarde ce qu'il me montre, une sorte de visage : un cercle, en tout cas, avec des yeux et un trait en guise de nez, une boucle de cheveux, et un autre trait pour la bouche.

« Il lui faut des oreilles. »

Arrhidée plisse consciencieusement le front en accomplissant sa tâche, et bientôt le cercle s'en voit adjoindre deux autres, plus petits, sur les côtés.

« Il a un nom ? »

Le prince éclate de rire et refuse de me dire.

« Tu peux l'écrire ?

— Non », répond-il, avec assurance.

Je passe en revue avec lui l'alphabet, qu'il récite désormais couramment.

« Ça commence par quelle lettre ?

— Cheval », répond-il.

Nous parlons donc de la meilleure façon de dessiner un cheval, des parties dont on a besoin : corps, chanfrein, jambes, crinière, queue.

«Je ferais un ovale pour le corps, plutôt qu'un cercle.»

Je regarde par-dessus son épaule.

«Comme un œuf. Où est ton garde-malade, aujourd'hui ?

— Prendre un bain.»

Philès se montre plus amical, depuis mon invitation à dîner. Le contraire serait étonnant, mais je sens également s'infléchir ma propre attitude à son égard, elle s'adoucit. J'ai un projet pour lui, une petite idée que je voudrais expérimenter. Pas aujourd'hui ni demain, mais bientôt, j'y compte.

Je demande à Arrhidée de prendre sa lyre, et il plisse davantage le front, concentré sur son dessin, feignant de ne pas m'entendre. Son corps est plus propre, plus fort ; son langage s'améliore, de même que sa dextérité — d'où le dessin, activité que je l'encourage à pratiquer depuis longtemps déjà —, mais il semble, à mon grand désarroi, détester la musique. Comment peut-on la détester ? Il est malhabile, bien sûr, et, d'une semaine sur l'autre, il ne parvient pas à placer ses gros doigts sur l'instrument dans les positions les plus basiques. Ce qui est pardonnable, d'ailleurs, mais mon insistance semble avoir étendu cette aversion à toute forme de musique, et il recule dès que je gratte moi-même les cordes de la lyre, ou encore lorsqu'il entend quelqu'un fredonner en passant. Il hait ce qu'il ne maîtrise pas : il y a là un enseignement, j'imagine, même si j'aimerais vraiment qu'une belle mélodie parvienne un jour à lui arracher un sourire, à le détendre, mettant un terme à tout ceci.

«Est-ce vraiment nécessaire?» m'a demandé Philès lors d'une précédente session, tandis qu'Arrhidée s'était recroquevillé dans un coin, couvert de larmes morveuses, après avoir brisé l'instrument en le jetant par terre.

«Il n'est même pas capable de taper dans ses mains en rythme, et quand il chante, on dirait une vache en train de vêler...

— Moi c'est pareil, ai-je répliqué, mais quelque chose m'a plu, dans les paroles du garde-malade. Venez vous promener avec moi, tous les deux.»

Ils ont mis un temps péniblement long à se préparer, comme toujours, mais quand nous avons fini par sortir, j'ai demandé au garde-malade de frapper dans les mains au rythme de ses pas. J'ai fait de même. Arrhidée ne nous prêtait aucune attention. C'est devenu un animal rusé, capable de sentir quand une leçon se profile, et c'est là sa manière de résister. J'ai pris sa main et l'ai frappée contre la mienne au rythme de la marche. Il s'est laissé faire.

«Commençons par là, ai-je dit au garde-malade. Nous reviendrons à l'instrument plus tard, comme tu le suggérais.» J'avais en effet compris que le simple fait de le traiter comme un pair, et de faire comme si mes idées venaient de lui, suffisait à le réchauffer jusqu'à le rendre malléable, et qu'ensuite il exécutait tout ce que je lui demandais. Bientôt, il a obtenu d'Arrhidée un claquement de mains cadencé, exercice que nous pratiquions également à cheval, mais nos leçons de musique n'allaient guère au-delà. Un bon début, déjà.

« Tu as assez dessiné, Arrhidée, lui dis-je aujourd'hui. Jouons de la musique.

— Non. »

J'essaie de lui prendre la tablette des mains, mais il résiste. Il se lève et me repousse brutalement, je perds l'équilibre et tombe sur les fesses, et c'est évidemment à ce moment précis que Philès revient. Il reste figé sur le seuil, les cheveux encore trempés et tout huileux du bain, observant notre pitoyable petite scène.

« Aide-moi à me relever, Arrhidée, dis-je. Je crois que c'était un accident, pas vrai ? »

Il me tend la main, satisfait, et me tire par le bras avec autant de violence qu'il m'avait fait tomber. Je me rappelle alors qu'il est d'une race de guerriers, et que j'ai moi-même insisté pour qu'il s'entraîne au gymnase.

« Que s'est-il passé ? » Philès n'est plus que sollicitude maternelle, à présent, et entre dans la pièce. « Vous ne vous êtes pas fait mal ? » Il se penche sur moi, joue à défroisser mes vêtements et à m'épousseter. Je m'écarte en haussant les épaules, agitant les mains comme un homme assailli d'insectes.

Arrhidée ramasse la lyre, l'air aussi studieux que lorsqu'il était courbé sur sa tablette, tout à l'heure, sans prêter attention à notre numéro de clowns, et gratte un accord passable, nous figeant tous les deux sur place.

«Encore», dis-je.

Il repose ses doigts sur les cordes et réussit le même accord. Il s'est souvenu.

«Si nous chantions?» dis-je.

Nous produisons alors un tintamarre ridiculement joyeux, tous les trois, frappant dans nos mains, claquant des doigts, le prince grattant son accord bancal, Philès et moi chantant comme des vaches (il n'est guère plus doué que moi) : «*le navire, le navire, le navire sur la mer argentée*», jusqu'à ce qu'un garde du palais passe la tête par la porte pour voir qui souffre à ce point, et rie malgré lui en voyant le garde-malade morose, le prince débile et le grand philosophe se conduire simplement comme des hommes heureux.

~

Un matin, aux bains, je surprends Callisthène en train de se frotter vigoureusement avec une pierre ponce.

« Tu n'es pas au courant ? dit-il. Alexandre est parti à cheval ce matin. Une révolte, chez les Médares. Un messager est arrivé pendant la nuit. »

Le jeune homme semble tout revigoré, par sa friction ou par cette nouvelle fracassante.

« C'est un enfant, dis-je.

— Eh bien, plus vraiment. »

Mon neveu retourne la pierre au creux de sa main, soudain pensif. Il a raison, évidemment : Alexandre a seize ans.

« J'ai entendu dire qu'Olympias l'avait mauvaise... reprend-il.

— Un peu de respect, je te prie.

— La reine aurait préféré qu'il laisse les généraux s'occuper des Médares. Tu aurais dû le voir partir, dans sa belle armure, monté sur Tête-de-Bœuf. Il avait déjà l'air d'un roi.

— On aurait dû me prévenir. »

À nouveau, mon neveu semble tout à la fois perplexe, pensif, amusé, gentiment raisonnable.

« Pourquoi ? Il ne peut même pas obtenir la permission de sa propre mère, et il devrait demander celle d'un philosophe ? »

Je sens des flots doux et chauds de culpabilité inonder ma poitrine, et je me demande aussitôt si la culpabilité ne serait pas, elle aussi, une humeur et, si tel est le cas, où peut bien se trouver sa glande.

« Nous nous sommes levés avant le chant du coq pour le regarder partir.

— Tu aurais aimé être des leurs ?

— Tu aurais dû les voir… » répète mon neveu, fronçant le sourcil, esquivant la question, y répondant et grondant celui qui l'a posée, tout cela dans un même souffle. Lui aussi, il est jeune.

Les troupes d'Alexandre reprennent le contrôle de la province médare et, pour faire bonne mesure, y établissent une colonie baptisée Alexandroúpolis. Un peu arrogant, du vivant de Philippe, mais il existait déjà en Thrace une Philippi et une Philippopolis, et le roi était sans doute plus qu'heureux de laisser immortaliser ainsi le premier commandement victorieux de son fils. J'assiste à la réception officielle organisée à la cour en l'honneur des vainqueurs, quelques semaines après ma conversation avec Callisthène, cérémonie pendant laquelle Alexandre garde le silence et disparaît juste après les offrandes rituelles. Je ne parviens pas à m'approcher suffisamment pour voir s'il a attrapé quelque chose au cours de son périple, une maladie, ou s'il est tout simplement las de cette agitation.

En rentrant chez moi, je découvre que Pythias a fait sacrifier un agneau en l'honneur du garçon.

« Décidément, tu l'aimes », dis-je.

Pythias, désormais, est grosse de l'enfant, et sa lassitude a cédé la place à un zèle acharné dans les préparatifs de son arrivée. Elle caresse placidement son ventre, tandis que nous parlons. Athéa ne m'adresse plus la parole, fuit mon regard. Si elle est pour quelque chose là-dedans, je ne veux pas le savoir.

«On raconte qu'il n'est pas le fils de Philippe, me dit-elle.

— Ragots de femmes.

— D'hommes, également.

— Très bien, alors. Qui la rumeur désigne-t-elle comme son père?»

Pythias plisse gravement le front. «Zeus, ou alors Dionysos. Olympias elle-même l'affirme.»

Je ris.

«Tu parles comme une vraie Macédonienne...»

Tard, ce soir-là, quelqu'un vient frapper au portail. Tychon me tire de mon bureau, où j'étais sur le point de terminer mon travail. Le reste de la maisonnée dort déjà. Un messager portant la livrée royale m'informe qu'Antipater requiert ma présence.

«À cette heure?

— Problème médical.»

Le palais possède ses docteurs, l'armée, ses infirmiers. Le messager m'a amené un cheval, pour gagner en temps et en discrétion — je ne réveillerai pas la maison en sellant Jais. Antipater lui-même, donc, ou bien le prince, et c'est quelque chose de honteux. Je racle ma mémoire pour rassembler tout ce que mon père m'a enseigné sur les maladies de la bite, et agace le messager en l'obligeant à m'attendre pendant que je retourne en courant jusqu'à mon bureau, pour prendre l'un des vieux traités paternels.

«Enfin! s'exclame Antipater. Mais je crois que le danger est passé. Il avait l'air au plus mal il y a une heure, quand je vous ai envoyé chercher.»

Je lui demande s'il y a du sang dans les urines, ou une sensation de brûlure.

«Quoi? s'impatiente Antipater. Je ne suis pas inquiet pour son urine, je suis inquiet pour son bras. Alexandre l'a entaillé avec un couteau de boucher. Il se croyait encore en train de combattre les Médares.»

Il me conduit à une chambre, où Héphaïstion est assis, un linge serré contre son bras.

«Bander ce qui saigne» récite-t-il, en souriant faiblement. Il éclate en sanglots.

«Tout ira bien, petit. Laisse-moi regarder.»

Antipater, en bon soldat, l'a déjà nettoyé; il n'y a pas grand-chose d'autre que je puisse faire. Le saignement se réduit désormais à un mince filet. C'est une longue entaille, vicieuse, assez profonde. Je lui conseille de bien la maintenir comprimée, et lui prescris des graines de pavot pour calmer la douleur.

«Cesse de pleurer, ordonne Antipater.

— Je n'ai pas besoin de pavot, déclare Héphaïstion. Et lui, ça va aller?

— Où est-il?»

Je range bandages et ciseaux dans la vieille sacoche de mon père. «Je ferais mieux d'aller le voir, lui aussi.»

Nous ramenons Héphaïstion à sa chambre, voisine de celle du prince. Antipater pose brièvement la main sur la jolie tête du garçon.

«Va, couche-toi. Et, putain de merde, cesse de pleurer. Le prince s'en remettra…

— Merci, général», répond Héphaïstion.

Après qu'Antipater a renvoyé la sentinelle, je lui demande ce qui s'est passé.

«On appelle ça le cœur du soldat.»

Il secoue la tête.

«Ils se croient revenus en pleine bataille. Je craignais que ça n'arrive. Il est étrange depuis leur retour. Il sursaute au moindre bruit métallique. Il a le regard vide, il boit trop.

— Je m'étonne que vous l'ayez laissé partir seul…»

Antipater me fixe droit dans les yeux.

«Alexandre ne m'a pas demandé mon avis. Je voulais l'envoyer au diable, mais les lettres de Philippe débordaient de fierté. Qu'y puis-je? Je ne suis pas son père.

— Donc, vous avez déjà vu ça…

— Généralement après de longues campagnes, quand nous sommes sur le point de perdre… Cela n'aurait pas dû arriver, cette fois-ci. La bataille contre les Médares a été un succès facile. Sa première vraie bataille, certes, mais il est le fils de Philippe. Il a été formé pour ça…

— Pensez-vous qu'il se soit passé quelque chose là-bas ? Un événement inhabituel, dont il ne vous aurait pas parlé ?

— J'entends tout ce que vous dites, vous savez », intervient Alexandre, à travers la porte fermée.

Nous entrons. La chambre est impeccable, le lit fait, les livres rangés. Les restes d'un repas sont posés sur la table, autour de laquelle est disposée une paire de chaises : un souper, pour deux. Pauvre, cher Héphaïstion, si fidèle… Les couverts ont été enlevés.

« Il va bien ? » s'inquiète Alexandre.

Il est pâle, mais semble calme.

« Et toi ? »

Il laisse échapper un son, claquement de langue agacé.

« Je suis fatigué. Je suppose que j'ai le droit de l'être. J'ai eu un moment d'égarement. C'était juste une égratignure, pas vrai ? Il sait que je ne lui ferais jamais de mal. Quel est ce livre ? »

J'ai posé le traité de mon père sur la table, avec ma sacoche, près de son souper. Je le lui montre.

« Vous pensiez donc qu'il s'agissait de cela ? s'indigne Antipater.

— Vous me tirez de chez moi au beau milieu de la nuit, qu'est-ce que j'en sais ?

— C'est écœurant, s'exclame Alexandre, en tournant une page. Et ça...

— Un choc sur la tête, pendant la campagne ?

— Non. »

Il me laisse l'examiner rapidement. Quelques hématomes, des égratignures, et une brève pression sur l'un de ses genoux lui arrache une grimace.

« Est-il nécessaire que cela figure dans les dépêches ? demande-t-il à Antipater.

— Qu'Héphaïstion a été blessé au combat ? »

Ils se dévisagent pendant quelques instants. Alexandre hoche la tête imperceptiblement. *Merci.*

De retour dans le couloir, j'insiste : « N'est-ce pas nécessaire ? »

Antipater m'entraîne loin de la porte.

« Tous les comptes rendus que j'ai eus, tous les soldats que j'ai interrogés, affirment qu'il a été formidable. Qu'il a tout fait à la perfection. Ils disent qu'il lançait son javelot comme s'il avait été aux jeux, une merveille. Sans effort. Il aurait pu rester en retrait et laisser ses hommes se battre, mais il a insisté pour être aux avant-postes. À chaque nouvelle charge, il s'élançait le premier. C'est tout ce que son père a besoin de savoir, et c'est tout ce que je lui ai dit. Cette autre chose, attribuons-la à la nervosité du débutant... Vous retrouverez la sortie tout seul?

— Le cœur du soldat, dis-je. Cela vous est-il déjà arrivé?»

Antipater s'éloigne d'un pas nerveux. «Jamais», crie-t-il, sans même se retourner.

Héphaïstion est encore éveillé, comme je l'espérais.

«Il ne vous a pas raconté? Peut-être ne voulait-il rien dire en présence d'Antipater. Il a tué un garçon qui tentait de se rendre. Il avait jeté ses armes, s'était mis à genoux, et il appelait sa mère. Il n'arrête pas d'y penser. Vous auriez un peu de ces graines de pavot, finalement?»

J'ai fouillé dans mon sac.

«Mais n'en prenez pas trop. Ça vous fera dormir.

— Pas pour moi, pour Alexandre. Il a des migraines.»

Je lui montre la manière de moudre les graines, le juste dosage, et j'en écrase un échantillon dans un bout de tissu.

«Donc, il se sent coupable d'avoir tué le garçon...

— Non, ça lui a plu. Il dit que de tous les hommes qu'il a tués au cours de cette bataille, c'est son préféré.

— Il les classe?

— Oh, nous le faisons tous. »

Héphaïstion bouge son bras, précautionneusement.

« Mais je crois qu'il y est retourné après, et qu'il a fait quelque chose avec le cadavre…

— Tu sais quoi?

— Non. Il m'a dit de le laisser seul. »

Je le crois.

« En tout cas, c'est ça qui a tout déclenché. Ce qu'il a fait au gosse une fois qu'il était mort. »

~

Trois ans après son lancement, la campagne thrace de Philippe est achevée. Callisthène et moi nous rendons à la ville, avec des milliers d'autres, pour saluer le retour de l'armée et voir Alexandre marcher vers son père et lui tendre un grand bol de vin, que Philippe accepte comme la libation traditionnelle d'un roi qui rentre dans sa cité. Ils se prennent dans les bras l'un de l'autre, sous les acclamations du peuple. Puis ils font volte-face, et marchent ensemble vers le palais, le bras de Philippe passé autour des épaules d'Alexandre. Je n'ai pas entendu le moindre ragot au sujet d'Alexandre depuis ma visite nocturne au palais ; du moins, rien de plus que les supputations habituelles — les le-font-ils-ou-ne-le-font-ils-pas ? — sur ses relations avec Héphaïstion, et on ne m'a plus convoqué pour donner ma leçon. Le premier volet, je l'attribue à la discrétion viscérale d'Antipater, le second à celle de mon élève. Je l'ai vu dans sa nudité, maintenant, jusqu'à ses zones les plus blanches et tendres ; tendres, ou pourries. Nous avons tous deux besoin de temps pour oublier.

Nous restons un long moment à regarder la procession qui emboîte le pas de Philippe et d'Alexandre. La nouvelle de l'interminable retraite de Philippe à travers la Thrace, après les déconvenues de Périnthe puis de Byzance, l'a précédé.

Une campagne en pays scythe a permis la capture de quelque vingt mille prisonniers, femmes et enfants, ainsi que de vingt mille juments, brebis et autres bêtes. L'armée de Philippe a combattu les Triballiens sur la route du retour, encombrée par tout son bagage vivant, et a été contrainte d'en abandonner une grande partie. Ce fut une sale bataille. Philippe y a reçu une lance dans la cuisse, et il est resté longtemps coincé sous son cheval mort. On l'a d'abord cru mort, et il boite bas aujourd'hui. On fait défiler un échantillon représentatif de femmes et d'enfants thraces, de canards et d'oies, de juments pleines et de prisonniers triballiens. En chemin, Philippe a en outre récolté une sixième épouse, une princesse gète du nom de Méda ; la voici qui s'avance en robe bleue et sandales, au milieu de cet immense chaos de prisonniers, de soldats et de chevaux. Une femme blonde pour sa collection. Je repense à la description que j'avais faite à Pythias, il y a si longtemps, des femmes thraces, mais celle-ci n'a aucun tatouage visible. Pythias devrait bientôt coudre avec elle, et nous en aurons le cœur net.

Mais l'invitation ne vient jamais. Pythias attire mon attention sur ce point, un soir, à l'heure du coucher. «Cela fait des lustres qu'on ne m'a plus appelée au palais, dit-elle. Ni Olympias ni personne. J'ai même envoyé un message à l'épouse d'Antipater pour lui proposer de nous rendre visite, et elle n'a jamais répondu. Ai-je fait quelque chose de mal?»

Je presse ma main contre mon front, tentant d'enrayer une migraine.

«Ils nous perçoivent comme des Athéniens.»

Elle rit.

«Quoi? Je ne suis jamais allée là-bas...

— Alors, ils *me* perçoivent comme un Athénien, et toi, par extension. Nous sommes en guerre. Je craignais que cela n'arrive.

— Tu plaisantes...»

Elle voit mon visage.

«Tu plaisantes vraiment. Le roi a suffisamment confiance en toi pour te choisir comme précepteur de son héritier. Si Philippe ne doute pas de ta loyauté, pourquoi les autres le feraient-ils?

— Tu pars du principe que la raison gouverne les passions. Tu me fréquentes depuis trop longtemps… »

Elle prend ma main et la plaque contre son ventre ; le bébé donne des coups de pied. Son visage est une question joyeuse.

« Oui, dis-je. Là.

— Plus pour longtemps, maintenant.

— Tu crois ? »

Elle fronce le nez.

« Combien de poids puis-je encore prendre ?

— Voilà une bonne raison de ne pas grimper jusqu'au palais, alors. Peut-être s'inquiètent-elles simplement de ton état… »

D'un ton grave, j'ajoute :

« … Bébé, cesse de frapper ta mère.

— Non, c'est agréable. »

Elle roule doucement sur le lit, en quête d'une position confortable.

« C'est différent cette fois-ci, n'est-ce pas ? La guerre avec Athènes sera différente de toutes les autres guerres. Si Philippe perd… »

J'écrase mes mains sur mes oreilles.

« Si Philippe gagne…

— Quand.

— Quand Philippe gagnera…

— Voilà.

— Il régnera sur le monde ? »

Je me penche pour embrasser son ventre.

« N'est-ce pas ?

— Il ne s'agit plus d'une bataille contre les Triballiens. Philippe a plus à perdre que quelques milliers d'oies. C'est un jeu décisif, cette fois. Décisif…

— Je comprends.

— Ce n'est pas le moment d'être lié à Athènes, de près ou de loin. Nous devrions planter des crocus. »

Pythias fronce les sourcils.

« Philippe a gagné une bataille contre les Thessaliens dans un champ de crocus. Cette fleur est désormais considérée comme patriotique.

— Des crocus, répète Pythias.

— Près du portail, pour que les gens les voient.

— Et ça suffira ? » s'étonne Pythias.

Aux premiers jours de l'automne, elle reste alitée, et ma présence à la maison est jugée indésirable. J'explique à Athéa que j'ai assisté à de nombreuses naissances quand j'aidais mon père, mais elle me congédie d'un geste.

« Vous tombe en syncope.

— Non, je ne m'évanouirai pas.

— Vous voir ta femme, toute saignante, ouverte au milieu comme la viande. Vous la baise plus jamais.

— Même si c'était le cas, je ne vois pas en quoi ça te regarde… »

Elle rit.

« Faire un peu confiance à moi, d'accord ? Je sais comment. Si c'est problème, j'envoie vous cherche. Mieux pour vous, mieux pour elle. Elle pas crier, pas pleure, pas pousser devant vous. Vous savoir. »

Je sais. Le conseil semble justifié, avisé même. Mon père pensait que les esclaves devaient prendre soin des esclaves, et les hommes libres de leurs semblables, mais il n'avait jamais eu de sorcière sous la main, et encore moins une sorcière que sa femme appréciait, en laquelle elle avait confiance..

« Tu m'enverras chercher immédiatement s'il y a le moindre problème.

— Oui, oui, oui. »

Elle me repousse, littéralement, elle pose ses mains sur mon bras et me repousse.

Elle est heureuse, je le comprends soudain. C'est son métier, ce qu'elle sait faire, ce qu'elle veut faire et qui lui a toujours été interdit. Elle ne commettra pas d'erreur.

À peine suis-je sorti dans la rue, pensant rendre une visite-surprise à mon neveu, qu'un messager m'aborde : le prince me réclame, pour une leçon.

«Attends», dis-je à l'homme, et je me précipite au fond de la maison pour rassembler mon matériel.

Au palais, dans notre cour habituelle, le prince et Héphaïstion sont en train de lutter. Ils s'empoignent en silence, férocement. Je m'éclaircis la gorge, doucement, mais seuls un ou deux jeunes pages posent leur regard sur moi, puis se détournent. J'arpente lentement le périmètre de la cour, sous les arcades, où les pages se sont rassemblés, encerclant le combat. À travers cette forêt humaine, j'entraperçois le corps à corps sexuel de leurs chefs : un pied crochetant une cheville, un brusque effondrement et une soudaine immobilisation de tortue, au moment où Héphaïstion, la poitrine collée au dos d'un Alexandre à quatre pattes, tente de le faire basculer sur le carrelage du sol, orné du soleil à seize branches de la maison royale de Macédoine.

«Une lutte de pouvoir», dis-je à l'oreille de Ptolémée qui, à son habitude, se tient à l'écart des plus jeunes. Le cousin d'Alexandre ne répond pas. Ce n'est pas la première fois que j'essaie de l'aborder différemment des autres pages, sous un angle mieux adapté à sa plus grande maturité, d'apartés discrets en ironies bénignes, mais Ptolémée est d'une fidélité absolue au prince, et il est impossible de l'en faire dévier. Il tolère mes petites crottes d'esprit avec une grâce minimaliste, et s'éloigne de moi insensiblement, comme il le fait aujourd'hui, sans prendre la peine de s'excuser. Je le sais pourtant intelligent, et me demande pourquoi nos deux esprits ne résonnent pas en meilleure harmonie, comme les cordes d'un instrument. J'ai appris par Léonidas que Ptolémée avait une passion pour la logistique des batailles, et deviendra un fin stratège. Peut-être le jeune homme a-t-il perçu l'empressement avec lequel j'encourage toute passion de l'esprit, et mon désir de contribuer à son épanouissement, aussi limité que mon savoir puisse être dans ce domaine particulier. J'ai l'intuition soudaine qu'il me trouve arrogant, ou possessif. Je le confesse, j'aimerais toucher toutes leurs passions, les défroisser, les ordonner et les rafraîchir, tel un esclave lavant le linge, et les marquer de mon empreinte.

« Hum ! dis-je, forçant la voix. Nous commençons ?

— Grec, déclare une voix, pleine d'insolence, et l'insulte est aussitôt reprise par un chœur huant et hululant : Grec ! Grec !

— Ce n'est pas ce que m'a dit ma mère », dis-je.

Les garçons ricanent.

« Il dit vrai. »

Héphaïstion ne semble même pas avoir à élever la voix, malgré les soubresauts de sa poitrine. Alexandre et lui se sont séparés, et recommencent à se tourner autour : je devine qu'il n'a parlé ainsi que pour narguer son adversaire par sa décontraction.

« C'est un Macédonien. Un Stagirite.

— Il est athénien!» s'exclame une voix, et les huées reprennent de plus belle. Ah, comme Léonidas me manque, sa présence répressive.

«Qu'y a-t-il dans cette jarre, Stagirite? interroge Ptolémée, depuis son coin.

— Mon père a rayé Stagire de la carte.»

Prudemment ramassé dans l'attente de l'étreinte tendue d'Héphaïstion, Alexandre se redresse d'un coup.

«Il a raclé la ville, comme de la merde sous ses chaussures.»

Les pages s'écartent pour le laisser passer.

«Qu'y a-t-il dans cette jarre?» demande-t-il.

Je renverse la jarre dans un plat large et fin que j'ai apporté pour cela. Pythias, les serviteurs et moi avons récemment mangé un ragoût préparé dedans. Les minuscules créatures sombres se grimpent les unes sur les autres, et, à mi-hauteur, basculent de nouveau au pied des parois. Je donne une claque sur le fond de la jarre pour décoller les dernières d'entre elles, et les mottes de terre que je leur ai fournies en guise de logement temporaire.

«Des fourmis», déclare Alexandre. Son intérêt n'est plus, désormais, celui d'un enfant pour leur saleté et leur tortillement, mais celui d'un homme pour la métaphore à venir.

«Parle-moi des fourmis», dis-je.

Pendant qu'Alexandre répond, je prends conscience d'Héphaïstion, qui est resté sous les arcades et essuie avec une serviette son corps luisant d'une sueur dorée, en riant avec deux pages plus âgés, qui comme lui se désintéressent de la leçon. Comportement extraordinaire, car l'adorable Héphaïstion ne possède pas, à première vue, un esprit propre. En me voyant le regarder, l'expression de son visage vacille. C'est un garçon gentil par essence, et il est contre sa nature de faire preuve de malice ou de manipulation, comme il s'y essaie aujourd'hui. Je me demande quel est l'objet de leur querelle.

« Certes », dis-je à Alexandre, qui vient d'achever sa petite péroraison sur l'infériorité et l'absolue insignifiance des fourmis, et qui semble calmé. Autant l'usage de son corps l'échauffe, autant celui de son esprit l'apaise. « Et pourtant, à bien y regarder, elles sont semblables aux hommes. »

Hommes, adolescents et garçons contemplent le contenu du plat, la masse grouillante à l'intérieur.

« Vous avez le chic, Athénien, rétorque Alexandre de sa voix la plus nonchalante, pour commencer toutes vos leçons en me donnant tort.

— Les fourmis étaient l'espèce la plus facile à recueillir pour la leçon que j'avais prévue. J'aurais tout aussi bien pu vous apporter des guêpes. Ou des grues. Je vous aurais volontiers apporté une volée de grues, si j'avais eu des pièges. »

Alexandre ne dit rien, il attend.

J'explique que ces animaux se rapprochent de l'homme par leur besoin de vivre en communauté, unis par un seul et même but : ils bâtissent des abris, partagent la nourriture et travaillent pour perpétuer l'espèce.

« Vivons-nous donc dans une fourmilière ? réplique Alexandre. Ou dans un nid de grue éclaboussé de merde ? Athènes devait être grandiose…

— Mais la différence… la différence, c'est que l'homme est capable de distinguer le bien du mal, le juste de l'injuste. Aucun autre animal ne le fait. C'est le fondement d'un État, comme celui d'un foyer.

— Les lois. »

Ptolémée semble intéressé.

« Athènes possède les lois les plus parfaites, n'est-ce pas ? »

Alexandre persiste.

« Les plus justes ? J'imagine qu'Athènes devait être meilleure en tout. Vous devez vous languir d'elle…

— Effectivement, cela m'arrive, quand mes étudiants sont pénibles. C'est l'État idéal. »

Son de vingt jeunes pages ayant momentanément oublié comment expirer.

« La Macédoine est l'État idéal, rétorque Alexandre.

— La Macédoine n'est pas un État, mais un empire. Dans l'État idéal, chaque citoyen participe à la vie de la cité, au pouvoir judiciaire, à la promotion du bon et du juste. Les différents États ont chacun leur Constitution, bien sûr, qui gouverne la quantité et le type de pouvoirs que chaque citoyen est amené à exercer. Je pourrais vous parler de Sparte, de Thèbes, de leurs Constitutions respectives. Je pourrais vous parler d'un régime politique dans lequel la classe moyenne est garante de l'équilibre du pouvoir. Bien que chaque individu puisse n'être pas parfaitement bon ni parfaitement capable de diriger, la capacité du collectif excède toujours la somme de ses parties. Pensez par exemple à un dîner collectif, tellement plus plaisant qu'un repas organisé aux frais d'un seul individu. Je pourrais, de ce point de vue, vous parler d'Athènes…

— Nous sommes en guerre avec Athènes. »

Ptolémée se rapproche.

« Vous devriez plutôt parler de la Macédoine.

— Je pourrais, aussi, vous parler de la monarchie. »

Je glisse sur cette interruption et sur la mise en garde qu'elle implique, fragile plaque de glace sous mes pas.

« Là où une famille dépasse toutes les autres en excellence, n'est-il pas juste que cette famille gouverne ?

— S'agit-il vraiment d'une question ? répond Alexandre.

— Quelles sont les fins de l'État ? J'en propose deux : l'autosuffisance et la liberté. »

Ptolémée, qui se trouve désormais à ma hauteur, se penche pour renverser la cuvette remplie de fourmis. Les garçons s'exclament, tout tremblants de plaisir, quand les fourmis se répandent sur leurs mains, leurs pieds, leurs vêtements, et sur le sol.

« La liberté. » Ptolémée hausse les épaules, frottant la poussière sur ses mains. « Chaos. »

« Tu avais dit au meilleur des sept assauts », s'écrie soudain Héphaïstion, avec le timing ridiculement précis d'un acteur très mauvais mais particulièrement volontaire. « Nous n'en sommes qu'à trois-deux. Tu as repris ton souffle, ou il te faut encore du temps ? »

Leur collision, le son qu'elle produit, me rappelle que les hommes sont aussi faits de viande. Les encouragements des pages étouffent les bruits du combat, et je récupère prestement ma jarre, avant qu'elle ne soit cassée. Ils n'ont aucun respect pour moi, aujourd'hui ; la leçon va s'arrêter là. Sur le point de partir, je croise le regard de Ptolémée.

« Bel endroit, Stagire, n'est-ce pas ? » me demande-t-il, sans hostilité.

Je le remercie de son intérêt.

« En fait, je sais que c'est beau. »

Les garçons hurlent et se bousculent autour de nous, Alexandre et Héphaïstion abandonnent la lutte pour les coups de poing, plus désordonnés, plus vrais.

« J'y étais quand…

— Oui. Je me posais la question.

— Bref, vous devriez être plus prudent. »

Ptolémée jette un coup d'œil en direction des pages, puis me fixe de nouveau de son regard droit, tranquille et franc, bien qu'on n'y distingue aucun appel à l'amitié.

« Personne n'a envie d'entendre parler des gloires d'Athènes, à l'heure qu'il est. Nous sommes en guerre.

— Dois-je donc craindre les garçons ?

— Les garçons, répond Ptolémée. Les garçons, et leurs pères.

— Quelles sont les nouvelles du front ? »

Philippe est reparti en campagne. Le défilé des Thermopyles était censé le retenir, comme tant d'envahisseurs avant lui, mais Athéniens et Thébains ont oublié de protéger les routes secondaires, si bien que Philippe s'est contenté de faire le tour. Il a récemment pris la cité d'Élatée, à deux ou trois jours de marche forcée de l'Attique et d'Athènes.

« Ouvertures diplomatiques en direction de Thèbes, explique Ptolémée. Alliez-vous à nous contre Athènes, ou au moins restez neutres et laissez-nous traverser votre territoire sans encombre. Mais j'ai appris que Démosthène en personne s'était rendu à Thèbes, et s'apprêtait à transmettre sur place le boniment d'Athènes.

— Tu en apprends, des choses… »

— En effet.

— Je suis surpris que tu ne sois pas parti avec eux...

— Antipater m'a demandé de rester ici. »

Nous regardons le combat.

« Il va beaucoup mieux », me confie Ptolémée.

Je le remercie de cette information.

Tychon vient m'accueillir à la porte de chez moi, et m'apprend que Pythias a donné naissance à une fille. Je la trouve endormie dans des draps propres, les cheveux bien coiffés, le bébé déjà baigné et emmailloté, dormant dans un panier, près d'elle. Athéa est dans la cuisine, où elle pétrit le pain, s'il vous plaît, comme s'il s'agissait là du seul vrai travail de la journée, et qu'elle avait dû s'interrompre pour faire naître un enfant.

« Facile, dit-elle, avant que j'aie pu dire quoi que ce soit. Long, long mais sans problème. Toujours le premier est long. Le prochain, plus facile. Ma maîtresse est... »

Elle cherche le mot. Je me demande quand Pythias est devenue sa maîtresse, et non plus mon épouse, à quel moment cette affection s'est installée entre elles.

Je suggère : « Fatiguée ? »

Elle frotte la jointure de son poing contre une casserole. « En fer. »

Satisfaite, elle retourne à sa pâte.

« Merci.

— Prochaine fois, plus facile. »

Elle ne prend même pas la peine de me regarder par-dessus son épaule.

« Peut-être même, je vous laisse voir. »

Une semaine après la naissance, je porte l'enfant devant l'autel allumé par Pythias, pour la purifier. Nous avons suspendu de la laine à nos portes, pour faire savoir au monde qu'il s'agit d'une fille, et préparé un festin, sous la supervision d'Athéa, afin de célébrer son tout début de vie. Athéa se comporte avec la créature de manière farouchement possessive, à tel point que je l'ai vue prendre le bébé des bras de Pythias, faisant pleurer cette dernière ; mais je ne m'en mêle pas. Au bout de dix jours, nous organisons un second banquet, en invitant cette fois une poignée d'amis, pour fêter le baptême de l'enfant. Callisthène offre des hochets à ma fille, et de jolis vases peints à Pythias, comme le veut la coutume, tandis qu'Athéa nous gratifie d'un regard noir, grommelant dans son coin, son visage ne s'adoucissant que lorsqu'elle regarde le bébé.

La petite Pythias a une cicatrice de lutteur sur l'arête du nez, et pose sur moi un regard dont les esclaves affirment qu'il est d'un calme et d'une douceur surnaturels, et laisse présager d'une grande sagesse. Autres augures : une abeille sur le romarin, un vol d'hirondelles traversant la lune au crépuscule, une chaleur inhabituelle pour la saison et chargée de parfums au milieu de la nuit, des étincelles qui jaillissent, en cuisine, d'un feu qu'on croyait éteint. Toute la maisonnée recueille ces événements et les échange comme des pièces rares. De tels prodiges se poursuivent des semaines durant, la fièvre atteignant son pic aux moments où le manque de sommeil se fait le plus sentir. Prenant conscience que la même tendresse un peu idiote règne dans toutes les maisons où un nourrisson vient de naître, je collecte plus discrètement, sans les montrer à personne, mes propres talismans : le fil d'araignée laiteux qui relie le sein de ma femme à la lèvre de ma fille quand elles se séparent après la tétée ; l'effondrement soudain des sourcils de l'enfant quand quelque chose l'amuse ; la manière dont, dans ses moments de grande détresse, elle enfouit son visage tout entier dans la poitrine de sa mère, comme pour y chercher l'oubli. Liberté et autosuffisance : notre maison est comme un navire ; Pythias, les serviteurs et moi en sommes les marins, unis dans une même détermination à protéger notre cargaison minuscule et pleurnicharde. Tychon garnit de coussins et de draps propres une charrette à bras, et promène le bébé à grand fracas d'un bout à l'autre de la cour, tandis que les autres serviteurs frappent dans leurs mains en cadence et crient «boum, boum!» à sa plus grande joie. L'enfant sourit pacifiquement, avec la douce aristocratie du nourrisson. Tout, et tout le monde, lui appartient. Quand elle avale ses premières bouchées de bouillie de miel, les esclaves me fixent dans les yeux, sourient, et me félicitent. Je me rends compte que leurs regards ne croisent que rarement le mien.

Pythias, j'étais inquiet pour elle, ne sachant si elle serait à la hauteur de la maternité ou s'effondrerait pour de bon ; son élégance froide et sa distance lunaire me semblaient de mauvais augure. Mais ses seins sont gonflés de lait, et elle s'assoit par terre, parfois même en linge de corps, pour dorloter l'enfant et roucouler à son oreille. Elle pleure d'épuisement, de temps à autre, et gémit d'inquiétude autant que le bébé dès que quelqu'un quitte trop longtemps la maison — qu'il s'agisse de Tychon ou de moi. La liberté, nous n'en avons plus, mais il y a de l'autosuffisance dans le plaisir de nos relations avec le bébé et l'un avec l'autre. Tout le monde, moi compris, semble avoir envie de le toucher, comme si nous nous étions communiqué cette envie irrépressible de l'effleurer, de caresser du doigt le duvet de son cuir chevelu ou ses adorables orteils dodus. De mon côté, bien qu'elle ne soit qu'une petite fille, j'entreprends son éducation qui, comme je le claironne à qui veut l'entendre, doit débuter le plus tôt possible. Dans l'État idéal, l'éducation des enfants sera la grande priorité du gouvernement.

« Oh, l'État idéal, rétorque Pythias. Je suppose qu'elle devra savoir lire, dans l'État idéal ? » Parce qu'elle m'a surpris en train de réciter l'alphabet à l'enfant, qui me regarde, les yeux écarquillés, depuis son couffin de roseaux tressés, ouvrant et refermant les poings.

« Je travaille avec ce qu'on me donne.

— J'imagine que, dans ton État idéal, elle sera une citoyenne ? »

Je lui explique pourquoi une telle idée est ridicule. La hiérarchie de l'État reproduit celle du foyer, où les hommes commandent et où femmes et esclaves obéissent, comme l'a voulu la nature.

~

Thèbes a voté le ralliement à Athènes, déclenchant ainsi, fait inhabituel, une campagne hivernale. Philippe, commettant une erreur stratégique tout aussi inhabituelle, ne s'est pas rué vers le sud pour prendre le défilé, mais il a choisi de ne pas bouger, estimant qu'il pouvait encore négocier une solution politique. Les Athéniens se sont précipités vers le nord pour s'emparer du défilé, et pendant quelques mois, les deux armées ont campé sur leurs positions, esquissant chacune de petites feintes mais aucun engagement réel. Au retour du printemps, Philippe s'en remet au plus vieux tour du monde : il fait tomber entre les mains des Athéniens une fausse missive laissant entendre qu'il va abandonner la partie et rentrer au pays. Il va jusqu'à faire reculer son armée, pour mieux faire demi-tour dans la nuit et prendre d'assaut le défilé, où les Athéniens ont baissé la garde. Philippe s'empare du défilé et de la ville, donnant une issue à cette impasse.

Pythias semble ailleurs ces derniers temps, renfrognée, et elle me demande d'écrire une brève vie d'Hermias en guise de souvenir, ce que je fais un beau matin dans la cour, tandis que ma grassouillette de fille, assise sur les pierres chauffées par le soleil, gazouille en contemplant ses doigts. J'ai interdit qu'on l'emmaillote, estimant que cela nuisait au développement des muscles. Regardez-la, cette enfant éclatante de santé, rose et vigoureuse : le propre sang d'Hermias, peut-être, qui babille joliment au soleil. Je crois que ce vieux renard aurait été ému malgré lui.

« C'est très beau, apprécie Pythias.

— Je pensais à notre petite Pythias en l'écrivant. »

Elle me remercie de nouveau, puis fronce les sourcils et pose la main sur son flanc. Quelques instants plus tard, j'appelle les esclaves, en la soutenant entre mes bras. Il nous faut la porter jusqu'à son lit, où elle reste allongée plusieurs jours, en proie à de grandes souffrances.

« Quoi c'est ? » me demande Athéa. Elle m'a arrêté dans le couloir, devant notre chambre. Elle me demande ; exige une réponse, plutôt. Elle n'a pas l'air contente.

« Je ne sais pas.

— Je regarder. C'est pas encore bébé.

— Non, elle n'est pas enceinte.

— Je vous le dire, ajoute-t-elle, embarrassée. Elle c'est malade.

— Elle a un peu chaud. Outre la douleur dans le ventre, il y a une certaine pâleur, un peu de transpiration. Des linges frais, je crois, et un régime léger. Des liquides clairs. Attendons quelques jours pour voir comment les choses évoluent. »

Je commence une étude de cas, comme mon père l'aurait fait ; c'est ma première depuis l'enfance. Moi non plus, je ne suis pas content.

« Je dis aux servantes », déclare Athéa.

Je ne suis pas certain de comprendre ; je me demande si cela n'est pas dû au gouffre entre nos deux langues, si quelque chose ne s'y perd pas. « Tu es sa suivante, dis-je lentement, d'une voix forte. Je la confie à tes soins. Tu es qualifiée dans ce domaine, davantage que les autres ; tu vas donc suivre mes instructions, et tu me tiendras au courant de la moindre évolution.

— Non, rétorque Athéa. Je dis aux autres femmes. Je faire pas avec malade. »

Pendant un long moment, je suis privé de mots. Puis :

« Mais de quoi parles-tu ?

— Je faire pas avec malade. »

Elle croise les bras sur sa poitrine pour bien souligner le propos, posture qui me fait brièvement penser à Carolus.

Je pourrais la frapper, la fouetter, l'égorger pour son impudence. Je pourrais.

« Je dis aux femmes pour vous, reprend-elle. Linges frais, nourriture légère. Je dis.

— Tu ne feras donc pas ce qu'on te demande ? »

Elle hausse les épaules.

Les mots m'échappent avant que j'aie pu les intercepter.

« Je t'en prie. »

Elle tressaille. J'aurais tout aussi bien pu la frapper, puisque à présent je ne pourrai plus la garder.

« Espèce d'idiote », dis-je.

À la cour, on ne parle plus que de la guerre, la guerre et encore la guerre, mais Philippe joue un jeu plus complexe, et son armée semble à nouveau temporiser. Il prend la cité portuaire de Nafpaktos mais, aussitôt après, envoie des émissaires à Thèbes et à Athènes. La nouvelle tombe, alors : Speusippe est mort. Philippe étant d'humeur diplomatique, j'écris immédiatement pour me porter candidat à l'élection du recteur de l'Académie, et j'envoie une lettre à Philippe pour le lui faire savoir. La nuit, à la lumière des lampes, je m'assois avec Pythias et lui parle d'Athènes, m'efforçant de lui donner à voir la ville dans cette pénombre. Elle est comme une fleur, lui-dis-je, plantée dans la boue macédonienne ; la vie là-bas, dans le Sud, conviendra mieux à son raffinement. Le climat y est plus doux, loin de ces interminables pluies d'hiver. Les maisons, certes, sont moins vastes, mais plus élégantes et décorées avec plus de goût. La diversité des temples est plus grande, la nourriture plus appétissante, le théâtre plus sophistiqué. Les plus grands acteurs, la meilleure musique du monde ! Et puis il y a l'Académie (se serait-elle endormie ? non, la pièce est trop silencieuse ; elle écoute), l'Académie, où les plus grands esprits se consacrent aux plus grands problèmes, où l'on entraperçoit l'ordre derrière le chaos. Je parle encore et encore, ébauchant la vie si belle que j'organiserai là-bas, la tranquillité, et finalement, peu avant l'aube, elle s'endort.

Le lendemain, alors qu'elle est allongée, toute trempée de fièvre, je palpe son ventre gonflé, et elle hurle.

«Comment est maîtresse?» Athéa m'arrête de nouveau dans le couloir, la petite Pythias bien calée sur sa hanche.

Je vais devoir chercher une bonne d'enfants. Pythias est trop faible pour s'occuper du bébé, et Athéa — Athéa, Athéa. Ce n'est pas ce grain rêche venu du Nord qui va polir ma fille.

«Va donc voir par toi-même.»

Petite Pythias me tend les bras, je ne la prends pas, elle se met à hurler.

Dix jours plus tard, je reçois une réponse à ma lettre : l'Académie me remercie de mon intérêt, et m'informe qu'elle a sélectionné un Athénien, Xénocrate, pour diriger l'école. C'est un académicien de longue date, connu de tous pour ses qualités de savant, d'administrateur et de patriote.

À la cour, Alexandre est assis au pied du trône vide, dans un fauteuil plus modeste, Antipater à ses côtés. Ils parcourent ensemble la lettre de l'Académie. Alexandre lit plus vite, mais n'en laisse rien paraître. Je vois ses yeux tomber du papier vers ses genoux une fois qu'il en a terminé, bien que sa tête, elle, soit restée immobile.

«Je ferai figurer cela dans les dépêches, déclare Antipater. D'autres affaires?»

Je m'éclaircis la gorge. «J'ai pensé que nous pourrions peut-être discuter de stratégies alternatives. S'il existe un levier susceptible d'être utilisé, un moyen de pression politique, quelque manière de les faire revenir sur leur décision…

— Ce problème n'a rien d'urgent», tranche Antipater.

Je guette sur son visage la moindre trace de concession. La bouche est sévère, les yeux ne clignent pas. Sa femme refuse de coudre avec la mienne. «Je ne suis pas athénien», dis-je.

Il désigne la lettre d'un geste, comme pour dire: «Tu veux l'être.»

«Nous pourrions faire assassiner Xénocrate, intervient Alexandre.

— Affaire suivante», déclare Antipater.

Sourires en coin, ricanements. Les autres hommes présents sont trop vieux ou trop jeunes pour se battre. Moi, bien sûr, je ne suis ni l'un ni l'autre.

«Tu n'as qu'à t'en charger toi-même, mon cabri! s'exclame l'un des plus vieux, assez fort pour que je l'entende. Si tu en as tellement envie…

— Il en meurt d'envie, ajoute un autre. Regardez-le. Il pleure. »

Sifflets de toutes parts.

« Taisez-vous, tous ! s'écrie Alexandre. J'ai mal à la tête. »

Antipater relève les yeux vers moi.

« Je m'en chargerai moi-même, déclare Alexandre. Pourquoi pas ? C'est un poste déterminant. Il pourrait nous être utile, là-bas.

— Nous en discuterons en privé, intervient Antipater. D'autres affaires ?

— Allez vous faire foutre, s'emporte Alexandre. Vous n'êtes pas mon père.

— Discutons-en maintenant, alors, réplique Antipater. Non. Vous n'irez pas seul à Athènes refroidir un centenaire cacochyme avec un rapporteur en guise de bite. Vous êtes un prince de Macédoine. Ce cirque-là, ce n'est pas pour vous… »

Antipater croise mon regard.

« Xénocrate était l'un de mes amis, il y a longtemps de cela, dis-je. Nous avons étudié ensemble. »

Je m'incline bien bas devant Alexandre.

« Pardonne mon émoi. La déception me rend irrationnel. Ne pourrions-nous pas plutôt discuter de l'envoi d'émissaires ? J'ai une idée…

— Vous pouvez disposer », ordonne Antipater.

Les rires aboient à tout rompre durant la demi-seconde qu'il me faut pour réaliser que c'est à moi qu'il parle. Alexandre frémit en les entendant.

« Ils vous insultent ! » s'indigne le prince, cet après-midi-là.

Nous sommes seuls. Héphaïstion n'est pas là, et Alexandre a renvoyé tous ses autres compagnons sur un ton particulièrement irascible. « Toi aussi, a-t-il dit à Ptolémée, qui hésitait au moment de franchir la porte. J'en ai marre de toi. Ça te plaît, de jouer les bonnes d'enfants ? »

« Ils ont de bonnes raisons, dis-je à présent. Ils m'ont choisi pour représenter ce qu'ils détestent. Que ce choix soit juste ou non, ce n'est pas la question... Comment va ta tête ?

— Moi, j'aurais justement pensé que là était toute la question... Vous étiez l'ami de mon père et d'Antipater, et voilà comment on vous traite... »

Je passe en revue les diverses réponses possibles, tel un joueur de cartes examinant sa main, et je décide d'en abattre deux ou trois d'un coup.

« Premièrement, je ne me glorifierais pas au point de me prétendre l'ami de ton père. Je suis son sujet, occasionnellement son conseiller, et le précepteur de son fils. On ne devient pas facilement l'ami d'un roi. Deuxièmement, si ton père venait à perdre Athènes, il perdrait tout. C'est une pression difficile à endurer ; Antipater et lui ont donc toutes les raisons de se montrer hostiles à l'égard de quiconque est lié, de près ou de loin, à l'ennemi. Troisièmement, tu sais toi-même combien l'amitié est une relation compliquée, plus compliquée parfois que l'affection unissant un homme à sa femme. C'est également la plus précieuse de toutes. »

Il hausse les épaules.

« Non, dis-je. Un roi doit toujours s'exprimer clairement.

— Parler, parler, parler… J'en ai assez ! Assez des leçons, de la diplomatie, assez de rester au palais pour charmer les dignitaires de passage à la cour de mon père. Savez-vous ce que Carolus m'a appris ? Il m'a dit qu'il n'y avait jamais aucune vérité dans les mots, mais seulement dans le corps. Il dit aussi que dès qu'un personnage parle, c'est pour dissimuler ce qu'il veut vraiment dire. Les mots sont la surface sous laquelle il faut regarder. Il dit que les meilleurs acteurs sont ceux qui parlent avec leur corps, et qu'on se souvient davantage de leurs gestes que des mots qu'ils prononcent.

— J'imagine qu'il parlait du théâtre… »

J'imagine que ce qu'il voulait, c'était mettre le garçon à quatre pattes.

« Il parlait de la vie. Nous sommes tous plus vrais par le corps que nous ne pourrons jamais l'être par la parole.

— J'aimerais beaucoup voir Carolus exprimer un théorème pythagoricien sans aucun recours à la parole…

— J'ai envie de me battre. »

Alexandre me dévisage, l'air soudain sombre.

« Les moyens et les fins, vous parlez toujours de moyens et de fins, de ce pour quoi chaque chose est faite. C'est là votre génie, n'est-ce pas, d'appliquer quelques malheureux concepts à une si grande diversité de sujets ? C'est ce qu'affirme Lysimaque. Des idées si peu nombreuses, que vous appliquez de manière très large, extrêmement large.

— Lysimaque.

— Pourquoi mon père ne part-il pas en guerre ? Pourquoi ne m'appelle-t-il pas à ses côtés ? Je suis fait pour ça. La guerre est le meilleur moyen d'atteindre la meilleure des fins : la gloire de la Macédoine. Pourquoi ne se bat-il pas, tout simplement ?

— Ton père s'est engagé dans des négociations diplomatiques... »

Alexandre crache.

« ... qu'il estime être le moyen le plus intelligent d'atteindre la fin que vous estimez tant, toi comme lui : la gloire de la Macédoine. Ton père veut la Perse. Il n'a nulle envie d'affaiblir les Grecs, de leur faire mordre la poussière. Il aura besoin d'eux. Ce ne sont pas des ennemis que l'on peut supprimer, mais des alliés irremplaçables. Il a besoin de leurs ressources... Tu as de nouveau la migraine ? »

J'ignore s'il m'a entendu.

« J'en ai assez de rester chez moi. Voyez ce que j'ai fait aux Médares, et vous savez ce que mon père m'a dit ? »

Un moment passe, vaguelette sur la surface lisse des choses. C'est la première fois que l'un de nous deux évoque les Médares.

« Il m'a dit que s'il me reprenait l'envie de partir seul de son vivant, il me sectionnerait le jarret et raconterait à tout le monde que je suis tombé sur ma propre épée. Et qu'alors, je serais obligé de rester au palais pour le restant de mes jours.

— Ton père souffre de ce qu'on appellerait, chez un homme ordinaire, un excès de la vertu d'orgueil. J'ignore si une telle chose est possible chez un roi. Nous perdons notre temps. »

La colère m'envahit, soudain, et peu m'importe qu'il s'en rende compte. Je suis macédonien aux yeux des Athéniens, et athénien aux yeux des Macédoniens. La campagne médare fut un triomphe ; l'Académie n'est pas un sujet urgent.

« Nous perdons notre temps, ensemble. Tu voudrais rejoindre l'armée, et j'aimerais rejoindre Athènes pour y écrire des livres. Hélas, nous en sommes réduits l'un et l'autre à nous tenir compagnie. Pourquoi ne pas tirer le meilleur parti d'une situation déplaisante, et terminer au plus vite cette leçon, afin de pouvoir retourner à nos quêtes respectives ? Montremoi tes notes de la dernière fois… »

Je ne l'ai agressé qu'une fois avec autant de violence, aux écuries, il y a des années de cela. Sa réaction me ramène aussitôt là-bas. Ses yeux s'écarquillent, et il me tend ses notes pour que je me calme, et pour me faire baisser la voix. J'ai trouvé son talon d'Achille, la seule chose qu'il craigne : quelqu'un qui l'insulte sans baisser la voix. Une voix de femme ?

Nous révisons le travail que nous avons commencé sur l'éthique et les vertus. L'éthique comme science véritable, même s'il lui manque encore la précision d'une science telle que la géométrie ; le fait, comme nous l'avons appris dans notre étude de la métaphysique, que toute chose tend à une fin ou à un bienfait ; qu'une telle fin s'intègre dans une hiérarchie menant à la fin ultime de l'homme : le bonheur. Or, qu'est-ce que le bonheur ? Le plaisir est superficiel, la vertu est compatible avec le malheur, la grande richesse n'est qu'un simple moyen en vue d'une autre fin, plutôt qu'une fin en soi, le « bien » est une abstraction, un concept vide. Le bonheur est une activité de l'âme conforme à la vertu, tandis qu'un acte vertueux requiert à la fois un acte et un motif.

« Cite-moi une vertu.

— Le courage.

— Oui. Et comment appelle-t-on le manque de courage ?

— La lâcheté.

— Oui. Et son excès ?

— L'excès de courage ?

301

— Oui, oui. Ne me donne pas une réponse stupide et pompeuse qui servirait à te flatter. Réfléchis. »

Aussitôt :

« La témérité.

— Oui. Nous avons les extrêmes, et au milieu… »

Alexandre tend les mains devant lui, paumes ouvertes, dans ce geste qu'il aime faire pour se moquer de moi.

« Mes maigres outils, avec lesquels j'essaie d'ordonner l'univers. Il faut chercher le milieu entre deux extrêmes, le point d'équilibre. Ce point différera d'un homme à l'autre. Il n'existe pas de norme universelle de la vertu, qui s'appliquerait à toutes les situations, tout le temps. Le contexte doit être pris en compte, la spécificité, ce qui est le mieux à tel endroit, à tel moment. Il faut…

— C'est intéressant.

— Oui. C'est en cela que je diffère de mon propre maître, du fait que j'insiste sur le particulier plutôt que sur l'universel. C'est un système d'une moins grande beauté formelle, plus pragmatique, mais infiniment plus souple et applicable, si on…

— Non, je ne parle pas de cela. Ce que vous venez de dire au sujet du point d'équilibre. Vous l'aviez déjà dit, mais… »

Il tend de nouveau les mains, son geste familier. Les contemple, en réfléchissant cette fois, sans moquerie.

Je ne peux pas m'empêcher de remarquer :

« La vérité du corps…

— Ne me dites pas que vous privilégiez la médiocrité. »

Sa manière de sauter les étapes me donne envie de rire.

« Absolument pas. Mesure et médiocrité sont deux choses distinctes. Représente-toi les extrêmes comme des caricatures, si cela peut t'aider. Le juste milieu, auquel nous aspirons, est le contraire de la caricature. Il n'est pas question de médiocrité, tu comprends ?

— Vous », dit-il très lentement, en tendant sa main gauche. Puis la main droite :

« Mon père.

— Des caricatures ? » dis-je, avec douceur, pour ne pas le décourager.

Il a l'air très jeune, en ce moment précis : un petit garçon qui fait de son mieux pour comprendre.

« Des extrêmes, répond-il, avec autant de précautions, sans quitter ses mains du regard. Comme si mon père, pour contrebalancer une tendance extrême en lui-même, avait prescrit, en vous, l'extrême inverse pour atteindre l'équilibre en moi.

— C'est…

— Je pense également à mon frère.

— À qui ? »

Il me regarde.

« Enfin, tu m'avais dit que tu n'avais pas de frère… Je ne t'ai jamais entendu mentionner son nom depuis ce jour, il y a de cela combien ? cinq ans ?

— Suis-je un extrême, comparé à lui ? Et quel serait le milieu entre lui et moi ?

— Tu sais nager ?

— Bien sûr.

— Vraiment nager ?

— Un peu.

— Je pourrais t'apprendre. »

Il ne dit rien, attendant la suite.

« J'avais l'intention d'offrir à ton frère une journée à la plage, une sortie. Nous pourrions y aller ensemble.

— Une leçon de natation.

— Une leçon de modération. Nous avons déjà évoqué la fierté, et l'excès de fierté. Quel nom lui donner ? la vanité, peut-être ?

— Oui. »

Je sais qu'il pense à son père, et au fait que celui-ci lui en veut des honneurs gagnés contre les Médares.

«Et un défaut de fierté, un manque de fierté : la honte. »

La rougeur commence à envahir ses jolies joues.

«Tu as honte de ton frère, n'est-ce pas ? »

À mi-voix :

«Nous partageons le même sang.

— Il parle. Il est propre. Il ne sent pas. Il sait monter à cheval, si on le tient au bout d'une longe. Il est comme un petit, tout petit garçon dans un corps d'adulte. Une fois dépassée l'incongruité de la chose, c'est plus facile à accepter.

— Vous viendriez avec nous ? »

Je ne saisis pas très bien où il veut en venir.

«Vous ne me laisseriez pas seul avec lui ? »

Je lui donne ma parole.

«Seulement, il se peut que mon père m'appelle à ses côtés. Si ses ouvertures diplomatiques auprès d'Athènes et de Thèbes venaient à échouer, je pourrais être amené à partir sur-le-champ. Dès demain, peut-être...

— De toute manière, demain, je ne peux pas, dis-je. Demain, j'ai des affaires à régler.

— Après-demain, alors, si mon père ne m'envoie pas chercher... »

J'accepte.

«Quelles affaires, d'ailleurs? À mes yeux, vous n'avez rien d'un homme d'affaires... Qu'y a-t-il, demain?»

~

«Non, s'offusque Pythias.

— Mon amour...»

Nous sommes dans sa chambre, en début de soirée. Elle est assise sur son lit, soutenue par une pile d'oreillers. Je suis venu pour lui communiquer mon verdict, pas pour plaider mon cas.

«Elle n'a aucun respect, c'est intolérable.

— Elle est intelligente et compétente. En quoi t'a-t-elle manqué de respect? Dis-le-moi, j'en parlerai avec elle...»

Je refuse de lui dire cette vérité-là.

«Elle a menacé de nous empoisonner.»

Pythias me lance un regard.

«Elle menace d'empoisonner tout le monde, six fois par jour. C'est sa manière à elle de montrer qu'elle est heureuse. Depuis quand es-tu si tyrannique avec les esclaves? Tychon refuse de prendre son bain avec les autres, et tu ne l'as jamais vendu...

— Tychon est avec moi depuis vingt ans. Forcerais-tu à se baigner un cheval qui n'en a pas envie?

— Tychon n'est pas un cheval. »

Je me lève. Cette conversation est close. Je ne lui dis pas : « Sa fonction est de se dévouer à toi, et elle est incapable de remplir cette fonction. » Sa peur importe peu. La peur d'un faucon, la peur d'un chien, la peur d'un cheval ne compte pas. Ils remplissent les fonctions pour lesquelles ils sont entraînés, ou ne les remplissent pas. Sa rébellion est davantage qu'un simple inconvénient ; c'est un affront à l'ordre naturel des choses ; une offense aux fondements mêmes de mon équilibre mental, l'ordre et la stabilité qui me sont si chers ; chaque chose à sa place. Je ne me laisserai pas ébranler.

« Non ! s'écrie Pythias, comme je me dirige vers la porte. Elle est à moi !

— Tu en as d'autres. Cette basanée que tu aimes tant, Herpyllis…

— Tu disais qu'ils faisaient partie de la famille. Tu disais qu'on ne vendait pas les membres de sa famille…

— Ils n'ont jamais fait partie de la famille. Écoute. Comprends-moi. C'est l'ordre naturel des choses, les fins naturelles auxquelles les choses sont destinées. Moyens et fins. Certaines personnes naissent pour être esclaves, d'autres pour être leurs maîtres. Mais parfois, la vie interfère avec l'ordre naturel, et tout devient… confus. Nous avons commis une erreur, avec Athéa.

— Je ne comprends pas de quoi tu parles.

— J'ai commis une erreur. Elle n'était pas destinée à devenir esclave. Elle n'est pas faite pour ça. Elle n'était pas née pour cela, et elle est trop indépendante et têtue pour accepter ce changement de condition. Si elle était un homme, elle ferait un bon médecin. Je ne peux pas la garder, sinon j'aurai mauvaise conscience. »

Pythias pose sur moi le même regard qu'avait jadis mon père, comme si quelque chose clochait chez moi, sur mon visage, dans les mots qui sortent de ma bouche.

« Ce serait contraire à l'éthique…

— Affranchis-la, alors. »

Pythias secoue la tête une fois, brutalement, comme si elle essayait de se libérer.

« Affranchis-la et rétribue-la pour ses services. Elle resterait auprès de nous en tant que femme libre. Je sais qu'elle resterait. Où pourrait-elle aller ?

— Cette discussion tourne en rond. Je ne veux pas la garder. Elle est désobéissante. Penses-tu que les choses s'amélioreront si nous essayons d'en faire une servante plutôt qu'une esclave ? Ça ne fera qu'empirer, et ce sera un mauvais exemple pour les autres. Ils penseront que nous avons peur d'elle, que nous n'osons pas lui donner des ordres, ni nous débarrasser d'elle. Nous n'avons pas le choix. »

Une idée me vient à l'esprit, une idée cruelle. La petite Pythias commence à marcher, depuis peu. Elle s'accroche aux jupes d'Athéa et la suit partout, en chantonnant le nom de l'esclave de sa petite voix grave.

«Elle manquera à la petite, c'est vrai...»

Pythias se fige.

«Et la petite lui manquera à elle. Elles sont très proches, toutes les deux, n'est-ce pas?

— C'est une sorcière.»

Pythias lève les yeux sur moi, lentement.

«Je suis malade.

— Ce n'est pas elle qui t'a rendue malade, et elle ne peut pas te guérir. Bâtons, os et cailloux?

— Toi, tu me guériras.»

Je m'incline, comme pour acquiescer. Je suis sorti de cette conversation, de toute façon, et de la chambre.

~

Au marché, les enclos des marchands d'esclaves sont bondés, ce qui est mauvais signe pour moi. La guerre et son pendant, l'incertitude, resserrent les cordons des bourses. Il y a surabondance sur le marché, en ce moment, et les biens ne circulent pas. Le premier homme que j'aborde m'a vu venir, il lui jette un simple coup d'œil et fait non de la tête. Le deuxième me demande ce qu'elle sait faire sans même nous regarder. Il a les yeux rivés sur un combat de coqs, quelques étals plus loin.

« Cuisinière merveilleuse. Bonne esclave pour les travaux domestiques. Loyale. S'occupe bien des enfants. »

Ce qui est assez vrai, dans l'ensemble.

« Pourquoi voulez-vous la vendre, alors ?

— Ma femme ne l'aime pas. »

Le marchand d'esclaves l'évalue d'un rapide coup d'œil.

« Vous savez comment sont les femmes… Elles aiment ou n'aiment pas, sans qu'on sache pourquoi. On ne peut pas les raisonner.

— Pas vraiment de quoi être jalouse, pourtant… »

Le regard du marchand dérive à nouveau vers les coqs.

« Hé, va te faire foutre », s'exclame Athéa.

Nous essayons un autre marchand, hors de portée de la vue et de l'ouïe du précédent.

« Ne parle pas », lui dis-je. J'aurais sans doute dû venir avec Callisthène, qui est meilleur que moi dans tout ce qui requiert du charme, mais je suis gêné qu'il ait vu juste depuis le début.

« Ou toi fais quoi ? »

« Combien ? » me demande le marchand suivant.

Je lui donne un chiffre, à voix basse.

« Qu'est-ce qui ne va pas chez elle ?

— Hé, va te faire foutre ! dis-je, devançant Athéa, dans l'espoir qu'elle se taise. Elle est en pleine forme. Simplement, je n'ai plus besoin d'elle. Réduction des dépenses familiales, tout ça. On dégraisse.

— Vous êtes joueur ? »

Il a l'air intéressé. Il croit m'avoir démasqué. Laissons-le croire.

« Mêle-toi de ce qui te regarde », dis-je, faisant en sorte qu'il comprenne cela comme un oui. Et j'ai probablement l'air d'un perdant, d'ailleurs, d'un homme doux et élégant, aux mains délicates, qui traîne une esclave souriante d'étal en étal sans trouver preneur.

Il fait une offre, moins de la moitié de ce que je l'ai payée.

« Elle sait cuisiner, dis-je.

— Accepte, déclare Athéa. Lui sembler bien. »

Les sourcils de l'homme se redressent, et il esquisse un sourire. Son regard se pose sur elle puis sur moi, attendant que quelque chose se passe. Je suis sans doute censé la frapper.

« J'accepte », dis-je.

Son sourire s'épanouit. Même sur ce marché-là, même pour une insolente, il fait une affaire. Il me paie et ouvre la porte de la cage. Athéa entre en baissant la tête. J'espère qu'elle a bien mangé ce matin.

« J'oubliais : c'est une sorcière », dis-je au marchand, afin d'effacer ce sourire et, je l'espère, de le faire réfléchir à la manière dont il la traitera. Je m'interdis de me retourner.

~

Arrhidée est plus grand qu'Alexandre. Jusqu'à la fin de mes jours, je pourrai fermer les yeux et les revoir tous les deux en train de marcher sur le chemin poussiéreux qui mène à la plage, au milieu des hautes herbes sèches, l'océan grondant, invisible, de l'autre côté de la butte suivante. Quelque part, ils sont seuls au monde sur cette route noyée de soleil, et ils continuent de marcher, Alexandre posant des questions lentement, attendant les réponses, Arrhidée baissant la tête pour se mettre à la hauteur de son frère. Nous autres, leur escorte, formons dans leur sillage une queue qui va en s'élargissant : la famille royale en tête, moi, Philès, puis les servantes, les gardes, les porteurs, les chevaux et les charrettes transportant l'attirail nécessaire à une excursion royale à la plage. Ils dresseront des tentes somptueuses sur le sable, avec meubles, tapis, plateaux de pain et de fruits, banquettes, afin que nul n'ait besoin de connaître les sensations d'une sieste dans le sable chaud, ni d'y laisser en se relevant l'empreinte de son corps. Seuls les compagnons d'Alexandre manquent à l'appel, et je ne parviens pas à savoir si le fait de les avoir laissés derrière lui témoigne de sa honte, ou de sa bienveillance à leur égard. Tandis que l'on transforme derrière lui la plage en une petite ville, Alexandre conduit son frère au sommet d'une dune, pour poursuivre leur conversation. Il se donne en spectacle. Je m'en félicite, estimant qu'il le fait pour moi, pour montrer qu'il sait tenir parole, avec noblesse, même dans des circonstances qu'il trouve, je le sais, répugnantes, voire effroyables : l'intimité avec son débile de frère. De quoi peuvent-ils bien parler ? De l'échec des ouvertures diplomatiques de Philippe, peut-être, et du départ imminent d'Alexandre pour rejoindre, enfin, l'armée de son père ?

« Venez, princes. » Je pose ma sacoche dans le sable. Philès reste à l'écart, comme je le lui ai demandé. « Détends-toi pendant une heure, lis un livre, lui ai-je dit ; tiens, j'ai apporté celui-ci. » Je me déshabille, et marche vers les vagues. Des vagues de rien du tout, aujourd'hui, qui lèchent à peine le sable blond. Tout le long de la plage, les têtes se tournent pour nous regarder, eux et moi. Les princes se déshabillent à leur tour. Alexandre sans effort, Arrhidée avec tellement d'excitation qu'il se coince la tête dans sa tunique et que son frère est obligé de l'aider. Comme moi, ils jettent leurs vêtements sur le sable. En remontant, nous les trouverons soigneusement pliés dans l'une des tentes, comme par des mères réprobatrices.

Ils sont devant moi, maintenant, harmonieux sous le soleil, attendant de voir ce que je leur réserve.

«C'est comme un grand bain, dis-je, principalement à l'intention d'Arrhidée.

— Je lui racontais les leçons que nous prenions ensemble, autrefois, déclare Alexandre.

— Non», dit Arrhidée.

Je le prends par la main et le conduis dans l'eau, jusqu'aux chevilles, et alors il s'arrête et s'accroupit.

«Non.» L'eau lui caresse les cuisses, lui mouille les fesses.

Alexandre nous dépasse, et s'enfonce jusqu'aux hanches. Il tend les bras au-dessus de l'eau comme une fillette qui craint de se mouiller les mains. Je le rattrape à grandes enjambées; rien que pour l'emmerder, je plonge et fais quelques mouvements de brasse. Quand je me retourne, ils n'ont pas bougé d'un centimètre, et me regardent.

«Venez», dis-je.

Alexandre tend la main à son frère pour le conduire dans l'eau.

Après notre baignade, Arrhidée fonce tête baissée vers les tentes et son garde-malade. Sa peau a pris cette teinte grise que je connais si bien, il a le regard vide. Il a besoin d'une sieste. Alexandre est content de le voir s'éloigner, et se laisse tomber sur le sable chaud. Je m'assois près de lui.

«C'est si bon de sortir un peu.»

Il rit, fermant les yeux face au soleil.

«Je venais ici tout le temps quand j'avais ton âge, dis-je. Je devrais le faire plus souvent. Certains jours, je quitte à peine ma bibliothèque. Je ne me souviens même plus de la dernière fois que je suis venu nager.» En me frottant les jambes, j'ajoute : «Je vais le sentir demain.»

Pour tout dire, je le sens déjà.

«À vous entendre, on dirait que vous avez mille ans, réplique Alexandre. Vous voulez faire une sortie? Une vraie sortie?»

Je ne réponds rien. Je rêve d'un bon massage, espérant que mes muscles endoloris ne me distrairont pas, demain, de mon travail. Ennuyeuse perspective.

«Eschyle a combattu à Marathon, poursuit Alexandre. Platon lui-même a été fantassin. Quelle excuse avez-vous?

— Un peu de respect, s'il te plaît.»

Je fouille mon sac en quête d'un linge. Mes jambes risquent d'avoir des crampes si je ne les sèche pas. J'ai l'impression, d'ailleurs, qu'elles en ont déjà.

«Vous devriez venir, reprend Alexandre. Marcher avec l'armée, voir les combats de près. Voulez-vous vraiment mourir sans avoir vu une bataille? Comme une femme?

— Tu veux m'enseigner quelque chose. Tu veux que je devienne l'élève.

— J'ai réfléchi.»

Il s'allonge sur le dos et ferme les yeux, ébloui par le soleil, dans une parodie de désinvolture. Il en fait trop ; il me prépare quelque chose.

« J'ai réfléchi aux formes que vous nous avez expliquées, le tout premier jour. Vous vous souvenez ? Le caméléon ? Et ce que vous avez dit, qu'il existe forcément quelque chose que tous les caméléons partagent, une forme de caméléon, mais qu'elle ne peut appartenir à un autre monde ? Qu'elle doit exister dans ce monde-ci, pour que nous puissions la percevoir, et pour expliquer le changement ?

— Je m'en souviens.

— Et ce dont nous avons parlé avant-hier, la recherche du milieu entre deux extrêmes ? Le point d'équilibre… En y réfléchissant, j'ai pensé que la même chose s'appliquait aux hommes. Nous sommes tous des versions différentes les uns des autres. Des reprises, des cycles. C'est dans les familles qu'on s'en rend le mieux compte, de cette reprise des traits et des particularités physiques. Mes cheveux viennent de ma mère, ma taille de mon père. Je suis le point d'équilibre entre elle et lui. Mais ça ne s'arrête pas là : il y a vous et mon père. Moi et mon frère. »

Il ouvre les yeux, brièvement, incapable de ne pas guetter ma réaction.

« Des variantes d'une même forme, vous voyez ? Des extrêmes opposés, mais aussi des variantes de la même forme. »

Je ne peux m'empêcher d'ajouter mentalement mes propres jumelages : mon maître et moi, nos neveux respectifs, Callisthène et Speusippe, Lysimaque et Léonidas, Olympias et Pythias, Pythias et Herpyllis, Illaeus — tiens, voilà un pivot intéressant. Illaeus et mon maître, Illaeus et mon père, Illaeus et moi. Carolus et mon père. Alexandre et… ?

« Vous saisissez les implications, n'est-ce pas ? »

Il s'est redressé de nouveau, les yeux grands ouverts. Il aperçoit ce qu'il veut dire plus vite que les mots ne lui viennent.

« Macédoniens et Grecs, Grecs et Perses. La même forme. Tous, de simples versions différentes les uns des autres.

— Amusante mise en application profane d'idées extrêmement complexes. Tu feras peut-être un bon philosophe, après tout, avec quelques décennies supplémentaires d'études, et sans distractions.

— Je le deviendrai, dit-il.

— J'aimerais bien. On ne peut pas développer de telles idées au-delà du simple divertissement, quand on passe son temps à partir à la guerre…

— Simple divertissement ? En soi, c'est déjà une philosophie de la guerre. Chaque bataille se livre contre une version de notre propre moi. Chaque ennemi… »

Je lève la main pour l'interrompre.

« … Chaque Perse…

317

— Nous avons déjà eu cette conversation.

— Chaque Athénien, alors… Nierez-vous que vous avez un moi athénien tout autant qu'un moi macédonien ? »

J'ouvre la bouche pour lui répondre, je réfléchis, je m'interromps.

« On se lance dans toutes les batailles en sachant qu'on va combattre son propre moi. »

J'admets :

« Ça doit valoir le détour…

— Alors vous viendrez ? »

Ah.

« Ton père ne le permettrait pas.

— Mon père ne le remarquerait même pas. Personne ne vous demandera de combattre. Vous pourriez voyager avec les infirmiers. »

Ce vieux cauchemar. Mais alors, je le revois en train de tendre la main à Arrhidée, au bord de l'eau. Il essaie de m'aider à atteindre quelque chose.

« C'est important pour lui, dis-je à Pythias, le soir. Mon amour, tu n'es pas raisonnable. Il me prendra sous sa protection.

— Ça ne te servira pas à grand-chose, s'il est battu, répond-elle, depuis son lit.

— Si nous sommes battus, l'endroit où je me trouve n'importera bientôt plus. Pella ne sera plus un endroit sûr. Je pensais... »

Je change de tactique.

« ... Je pensais que tu avais de l'affection pour lui.

— J'ai de l'affection pour toi », dit-elle, mais quand je me rapproche, ému, elle ferme les yeux et se pétrifie.

Je vais dans la chambre du bébé. À dix-huit mois, elle est déjà grande et parle bien pour son âge, avec de nombreux mots d'adulte et des tournures de phrases absolument irrésistibles dans sa bouche d'enfant. Ses humeurs — entêtement, rages soudaines — me rappellent Arimneste et me tapent un peu sur les nerfs, même si Pythias estime qu'elle s'en débarrassera en grandissant. Je n'en suis pas si sûr. Elle a souffert du départ d'Athéa, mais aujourd'hui elle est très calme, heureusement, jouant à empiler des cubes de bois dans des bols de cuisine. Je m'assois par terre, à côté d'elle, les genoux élégamment redressés, et je lui montre comment construire une tour en posant de petits éléments sur de plus gros. Elle observe, apprend. Je cache ses cubes sous des bols, dans mon poing, sous ma sandale, et la regarde les chercher. Je lui dis que je vais m'en aller quelques jours (car que sont pour elle les semaines, les mois?), mais elle reste sans réaction. Elle feint de ne pas m'entendre quand je lui demande de me serrer et de me donner un baiser. Je me lève pour partir, et elle se jette sur moi, « non, non! ». Sa petite robe crème est la copie conforme de celle de sa mère, jusqu'aux roses brodées sur l'ourlet. Je suis obligé de dérouler ses petits doigts et de la repousser pour qu'elle me lâche, puis j'appelle Tychon pour qu'il l'empêche de sortir, le temps que j'ouvre le portail et que je parte.

~

Philippe est déjà à Phocis, il marche sur la Béotie et sur Athènes elle-même. Je chevauche aux côtés d'Alexandre et d'Antipater, à la tête de renforts qui doivent rejoindre le gros des troupes.

Nous avançons précédés de la sempiternelle mascotte de la Macédoine, une chèvre qui fait office de guide symbolique et de porte-bonheur ; une parmi la douzaine de chèvres transportées dans la charrette qui leur est réservée, afin d'assurer la relève. Si seulement ma propre condition pouvait être aussi confortable… Je marche, monte, marche, de telle sorte qu'ampoules et irritations se succèdent, et je me demande combien de temps il faut à l'entrejambe d'un cavalier pour se changer en cuir. Nous sommes pour la plupart des fantassins, avec une poignée seulement de cavaliers, des amis d'Alexandre, qui montent à ses côtés. Ils sont armés de poignards et de longues lances, proches cousines des sarisses utilisées dans l'infanterie, et n'ont que des armures légères. Les fantassins sont disposés en escadrons d'environ deux cents hommes, répartis selon des critères géographiques ; je marche un moment avec les Chalcidiens, dans l'espoir de rencontrer une connaissance. L'escadron compte des éclaireurs, des archers, des frondeurs, des soldats armés de piques et d'épées. Eux aussi ne portent qu'une simple cuirasse. Si la cavalerie est l'aristocratie, les fantassins sont un vaste salmigondis de Macédoniens, de ressortissants des colonies nouvellement conquises et de mercenaires, qui parlent, le soir autour du feu, plus de langues que je n'en puis identifier. Ils se déplacent vite, aussi vite qu'une chèvre bichonnée, grâce à leur armure légère et au fait que le lourd convoi des machines de siège se trouve déjà avec Philippe. Les unités — dont les plus petites sont des groupes de dix hommes qui campent et mangent, pissent, baisent et se battent ensemble — sont d'une loyauté farouche les unes envers les autres, et toutes envers Philippe, et même les mercenaires se comportent mieux que la plupart de leurs semblables, car Philippe prend soin de les payer bien et sans délai.

Je rêvais, sans doute, d'une confortable chevauchée au côté du prince, à discuter d'Homère et des vertus. En réalité, je vois peu Alexandre, qui chevauche tantôt loin devant, tantôt derrière, plaisantant avec les hommes, se donnant en spectacle dans sa belle armure, sur son beau cheval. Il n'est que vaguement ridicule, et peut-être seulement à mes yeux. Il exerce son rôle de chef comme on le lui a appris, et le fait bien. Le soir, il passe de feu en feu, improvisant des discours d'encouragement dont Carolus serait fier. Les visages des hommes s'illuminent à son approche. La plupart du temps, quand je monte à cheval, c'est avec Antipater, qui se montre un peu moins dur avec moi depuis que j'ai rejoint les troupes. Nous parlons politique : frontières, impôts, stratégie militaire. (C'est cela, la politique, pour un général.) Au quatrième jour de notre périple, les éclaireurs nous apprennent que le gros de l'armée a établi son camp dans la vallée du Céphise, arrêté dans sa progression par les forces grecques. Le site de la bataille portera donc le nom de Chéronée, une large plaine quasi dénuée de relief, entre une rivière au nord et des collines au sud. Demain, puisque nous sommes arrivés.

« Tu n'as jamais fait ça, hein ? » m'interpelle un autre infirmier.

C'est le début de la soirée. J'ai aidé à monter les tentes où nous soignerons les blessés et, voyant les autres nettoyer leur matériel, j'ai fait de même. Les souvenirs de mon père me reviennent avec force, à présent, dans le silence cafardeux des soldats nerveux assis autour des feux de camp, sur lesquels ils ne cuisinent pas. Ils boivent. Les premières étoiles papillotent déjà, mais il fait encore assez jour. Je déroule, puis enroule des bandages. Le matériel de l'infirmier est plus crasseux, moins fourni que le mien. J'ai tout racheté neuf, et cela se voit. Il est plus jeune que moi, mais plus expérimenté. Il m'a dit de quoi j'aurai besoin, et ce qu'il faut laisser empaqueté, tout le matériel chirurgical que je n'aurai pas le temps d'utiliser.

« Non, dis-je. Je n'ai jamais vu de bataille.

— T'es mal, hein ? »

Il farfouille dans mes affaires.

« C'est joli… »

Un jeu de couteaux neufs ; j'ai laissé à la maison les lames de mon père. Je propose de les lui offrir.

« Sans déconner ? »

Je lui dis qu'il les aura avant de repartir. C'est une promesse.

« C'est ça… »

Il n'a pas l'air de s'en soucier. Aurait-il bu, lui aussi ? J'aimerais savoir où trouver de l'alcool. Il désigne une tente.

Enfin un peu de chahut, l'agitation du soir d'avant. Les soldats font la queue avec leurs coupes et leurs gourdes. Le vin est exécrable, clair et aigre ; on le sent depuis l'autre bout de la file. Je sais qu'il ne sera pas assez fort. Mes mains tremblent quand je tends la gourde de mon père, et le soldat qui distribue le vin est obligé de la tenir pour la stabiliser, un geste maternel dont je comprends qu'il l'a fait un millier de fois. Il a une jambe en moins, coupée au-dessous du genou, et marmonne quelque chose une fois le vin versé. Un genre de bénédiction : je vois ses lèvres bouger devant chaque soldat.

En rentrant vers les tentes médicales, j'offre le contenu de ma gourde à un garçon chargé de garder les chevaux.

La tente d'Antipater côtoie désormais celle de Philippe et d'Alexandre, sous un bosquet de chênes autour duquel les gardes du corps royaux font d'incessantes rondes. Je dors avec les infirmiers, dans la tente où demain nous panserons les blessés. Je dors, vraiment. Le voyage vers le sud a été éprouvant, et je n'ai jamais été privé si longtemps de mon intimité. Dans le sommeil, il y a de l'intimité. Je rêve de Pythias, Pythias douce et ardente comme je ne l'ai jamais connue, et je me réveille avec une érection. Les infirmiers s'agitent déjà autour de moi, installant leurs postes de travail, et j'entends, dehors, des ordres qu'on aboie, le cliquetis des armes métalliques, le martèlement à l'unisson des pieds, le bruit des sabots.

«Non, non.» L'infirmier en chef m'intercepte devant le rabat de la tente. «On ne sort pas, plus maintenant. Il est trop tard pour ça. Qu'est-ce que tu cherches, de toute façon, un petit déjeuner? Tu crois peut-être que le prince prend son petit déjeuner? Tu crois peut-être que tu es invité?»

Il sait qui je suis; il me connaît et ne veut pas être tenu pour responsable. Putain de dilettantes! «Je veux juste pisser», dis-je, aussi calmement que le ferait Pythias, les yeux baissés.

«Sers-toi du pot.»

Je ne suis pas le premier, au moins; mon jet atterrit dans cinq bons centimètres de jaune. C'est donc la règle: personne ne sort de cette tente. Ce qui semble logique; chaque chose à sa place. De l'ordre. Je ne suis pas contre.

J'observe mes compagnons et m'efforce de les imiter, transformant ma paillasse en poste de travail.

J'installe une partie de mon matériel, et je croise le regard du jeune infirmier de la veille. «Il me manque quoi?» De l'eau, des pinces. J'aurais dû descendre à la rivière avant le lever du jour, comme les autres, et tirer mes propres réserves. D'ailleurs, je n'ai même pas de seau, et je vais être obligé d'utiliser ma gourde. Sous le regard furieux du chef, je la remplis au tonneau placé près de la porte. Les pinces, je vais devoir m'en passer.

«Viens te mettre à côté de moi, propose le jeune infirmier. Tu pourras m'emprunter les miennes quand je ne m'en sers pas.»

Dehors, une trompette retentit. Tout le monde, dans la tente, lève les yeux puis les rabaisse.

«Dépêche-toi», dit-il.

Je rêvais de quoi, déjà? Des discussions philosophiques à cheval, et puis — oh, oui — une vue depuis le sommet d'une haute colline. Alexandre, c'était trop demander, mais Antipater, certainement Antipater à mes côtés, expliquant la bataille, en désignant les principaux aspects, me guidant par la main à travers leur logique, puis une poignée de main vigoureuse à la fin de la journée, une fois la victoire assurée. Alexandre viendra me retrouver, alors, la joue maculée de poussière, rien de pire certainement, et il éclatera de rire et me dira combien il est heureux que je sois venu assister à son jour de gloire. Puis Philippe après lui, Philippe à court de souffle, un peu ensanglanté peut-être, suant davantage, plus sale, plus réticent. Philippe déclarant : «À nous deux, nous n'en avons pas fait un raté, finalement. » Auparavant, dans les tentes, j'aurai sauvé quelques vies, fait montre de quelques talents inattendus (de manieur de couteaux?), gagné le respect, et offert, plaisamment, de rejoindre pour de bon les rangs des infirmiers de guerre, dans le cas où le roi n'aurait plus besoin de mes services ailleurs. Bonne blague! Nous ferions peut-être aussi bien de continuer jusqu'à Athènes, me dira Philippe, à l'heure où le soleil couchant embrasse la cime des arbres, parant nos cheveux d'éclats dorés, tandis que nous contemplons ensemble la plaine où s'est déroulée la bataille, nous pousserons jusqu'à Athènes et tu prendras ton poste là-bas, comme nous l'avions prévu.

La trompette retentit encore, et les infirmiers se figent, tels des enfants jouant au jeu des statues. Loin, très loin, résonne un ordre sonore, un long silence, un nouvel ordre. Un bruit semblable aux déferlantes, et le chef ordonne : « À vos postes. » Il n'a pas besoin de crier. Je contemple le sol, et j'ai même le loisir d'observer la démarche fantasque d'un scarabée dans la poussière.

Après quelques minutes passées à écouter ce qui ressemble à un lointain océan, mon jeune infirmier de voisin sort un jeu de dés.

« Une partie ?

— Maintenant ? »

Sous la tente, les hommes se détendent peu à peu, échangeant à voix basse, certains s'allongeant même.

«On n'aura rien à faire avant un moment. Les blessés capables de se traîner jusqu'ici continueront à se battre tant qu'ils en auront la force. Il y a une unité chargée de ramener les victimes, mais ils n'entreront pas sur le champ de bataille avant que les archers en aient terminé. Prudent, le chef aime que chacun reste à son poste, mais nous avons sans doute un peu de temps devant nous, sauf en cas de déroute. D'abord, les blessures par flèches. C'est à ça que servent les pinces, tu comprends? Notre objectif, c'est de remettre les hommes debout, de les renvoyer au combat. Nous traitons les cas faciles en premier. Les blessures aux yeux, à la poitrine, ou au bras qui tient la lance, on les laisse pour plus tard. En général, le chef les trie pour nous, mais il ne peut pas s'occuper de tout. En cas de problème imprévu, ne perds pas de temps. Souviens-toi: les blessures aux yeux, à la poitrine, ou au bras qui tient la lance, on les laisse pour plus tard.

— Yeux, poitrine, bras qui tient la lance.

— Tu veux savoir ce qui se passe dehors?

— Oui. Oui.»

Le jeune infirmier plonge la main dans sa sacoche, écarte les dés, et sort de minuscules figurines en bois, plus petites que mes doigts. «Là, c'est Philippe, à droite — côté épée —, qui fait face aux Athéniens. Sur la gauche — côté bouclier —, Alexandre face aux Thébains et aux Béotiens. Entre les deux, l'infanterie. Ils nous surpassent en nombre, mais pas de beaucoup.»

Il entreprend alors de manipuler les figurines, comme un enfant ses jouets ; plus précisément, il les fait rebondir sur le sol, pour montrer les mouvements de troupes. Comme un jeu ; comme une pièce de théâtre. « Les deux bras forment une tenaille. La stratégie de Thèbes, tu vois ? Tu savais que Philippe avait été otage à Thèbes pendant le règne de son frère ? » Je le savais. « Il y a appris ce qui se fait de mieux. Ils vont le regretter, maintenant. Philippe va tenter d'étirer les lignes athéniennes, de les forcer à sortir, il reculera peut-être même un peu, s'il le faut, pour leur faire croire qu'ils ont pris le dessus. Il étirera leurs lignes au maximum, puis il fera volte-face et s'engouffrera dans les brèches avec la cavalerie. Alexandre de l'autre côté, eh bien… C'est comme se battre avec un feu. Voilà ce qu'on dit de lui. Ensuite, les deux ailes se rejoignent, et le tour est joué.

— Comment sais-tu tout cela ? »

Il ramasse les figurines, d'un rapide geste de la main.

« Levé tôt, avant que le chef boucle la tente. J'ai vu les étendards, la disposition des troupes ennemies. Et j'ai suffisamment assisté aux batailles de Philippe pour savoir comment il s'y prend. Étirer les lignes ennemies jusqu'à la rupture, puis enfoncer la cavalerie comme un coin. Utiliser Alexandre pour foutre une trouille d'enfer à tout le monde.

— Il n'a encore jamais utilisé Alexandre, pourtant…

— Ça fait longtemps qu'il attendait cette bataille. »

Je tends la main vers sa poignée de figurines, et je fronce les sourcils, comme pour dire : « Tu permets ? » Il me laisse en prendre deux ou trois.

« Des semaines qu'il fanfaronne là-dessus, poursuit-il. "Le jour où mon fils sera là. Le jour où ils verront de quoi mon fils est capable."

— C'est toi qui les as sculptées ?

— Oui. »

Du bois taillé au couteau, joli travail. De petits soldats aux tenues assorties. Il les montre du doigt, énumérant les noms. « Illyrien. Thessalien. Olynthien, celui-là, tu vois ? Là, c'est le Triballien. Je l'aime bien.

— À vos postes ! » interpelle le chef.

Il soulève le rabat de la tente pour laisser entrer notre première victime, un Macédonien, une flèche plantée dans la cuisse. Le soldat a déjà arraché le fût. Le chef lui désigne un poste. Quand l'infirmier arrache la pointe d'un coup sec, avec ses pinces, le soldat pousse un hurlement.

« Toi, toi et toi », ordonne le chef.

Soudain, j'ai un homme en face de moi, un mercenaire. Il saigne au-dessus de l'œil, mais ce n'est peut-être pas si profond. Il me regarde et se vomit dessus. J'aperçois la flèche, alors, enfouie dans son épaule gauche.

« Renvoie-le », me dit le jeune infirmier, sans presque me regarder. Il est occupé par son propre blessé.

Je demande au mercenaire de s'allonger.

« Tu me prêtes tes pinces ?

« Renvoie-le.

— C'est le bras du bouclier… »

Je prends les pinces et je tire d'un coup sec. L'homme crie. La pointe de la flèche sort, oui, elle sort. Un de fait. J'entreprends tant bien que mal d'enlever sa cuirasse pour lui faire un bandage. L'homme ouvre les yeux, il me fixe, et il meurt.

« Non, attends », dis-je.

Le jeune infirmier pointe du doigt l'entrejambe de l'homme, la fleur de sang qui s'y déploie. « Œil, poitrine, coup de lance, entrejambe. Chef ! » Il désigne mon poste de travail.

Le chef envoie deux aides pour évacuer le corps. Aussitôt, il en vient un autre, puis un autre. Mes habits sont bientôt trempés de sang. La plupart d'entre eux succombent. Comme l'avait prédit le jeune infirmier, les blessures par flèche cèdent la place aux coups de lance, de poignards, aux os brisés. Maintenant, je les renvoie plus vite.

« Attends, me dit celui-ci, au moment où je lève la main pour appeler le chef. Fais-moi juste un bandage. »

Une blessure à la cuisse, qui crache le sang. Les cuisses, je suis censé m'en occuper, mais il va à coup sûr se vider de son sang et mourir. Je jette un coup d'œil au visage, puis un second.

«La crème de la crème!» Lysimaque éclate de rire, puis grimace. «J'ai vraiment de la chance.»

Je lui pose un garrot, aussi serré que possible, et j'écrase une bande contre la blessure, à deux mains, pesant de tout mon poids.

«Maudite soit ta mère!» s'écrie-t-il.

Le chef jette un coup d'œil par-dessus mon épaule, poursuit son chemin.

Je demande:

«Que se passe-t-il?

— Retraite.»

J'essaie de relâcher un peu, et le sang se remet à gicler. J'appuie de plus belle.

«Seulement jusqu'à la rivière, ajoute Lysimaque. Il faut que j'y retourne. Nous aurons besoin de tout le monde.

— Et le prince?»

Il sourit, grimace. Je relâche, le saignement s'est calmé. Je l'aide à se relever.

«Je l'embrasserai pour toi», dit-il.

Le travail reprend. Mon esprit classe par catégorie, automatiquement, sans que j'y pense, bien qu'il s'agisse évidemment d'une contradiction dans les termes. Disons qu'il classe plus vite que mon désir de classer ne naît; je pense plus vite que ma volonté de penser ne se fait. Matière et forme: l'âme donne forme à la matière de la chair ; j'y vois plus qu'une métaphore. Comme la cire, et les formes qu'on imprime dedans. Ensuite, certains corps sont naturels, d'autres ne le sont pas ; certains corps naturels possèdent la vie, d'autres pas. Reste la question de la fin ; peut-on dire que l'âme est la fin du corps ? Je perçois un certain flou, sur ce point, une brèche entre les dents de ma logique. Comme le peigne de Pythias, en carapace de tortue, qu'elle s'acharne à utiliser malgré un trou large de deux doigts là où les dents se sont brisées. Elle l'a emporté avec elle en quittant la cour d'Hermias, et refuse que je lui en achète un autre. Laissons de côté la fin, pour le moment. Les attributs de la vie : esprit, sensation, mouvement dans l'espace, et le mouvement induit par la nutrition et la décomposition. Les sensations viennent en premier : les animaux, par exemple, sont capables de sentir avant de se mouvoir. J'essuie mes mains sur un chiffon, qui est déjà humide et noir tant je me suis essuyé dessus. Toutes les créatures ne possèdent pas l'ensemble de ces facultés : les plantes, par exemple, possèdent la faculté nutritive, mais pas la sensation ; les animaux sont dépourvus de ce que, chez l'homme, on appelle l'esprit, et ils sont incapables d'une pensée rationnelle.

« Hé. »

L'infirmier me secoue par le bras.

« Tu as besoin de t'asseoir, hein ?

— Non.

— Ouais, tiens bon. C'est fini. Tu n'entends pas ? »

Rugissant, là-dehors, l'océan se rapproche.

«Chef!»

Je me demande qui est mort. Puis des mains se posent sur moi; on me fait asseoir. Le chef me pince le nez avec deux doigts, renverse ma tête en arrière, verse du vin au fond de ma bouche. Un vin fort, pas celui d'hier soir. J'ai un haut-le-cœur.

«Ça va aller, le vieux.»

Il relâche mes narines, et je me dégage brusquement, haletant.

«Que s'est-il passé?»

Le jeune infirmier colle son visage au mien, écarquillant les yeux en fixant mes pupilles. Il tapote sa tempe.

«Tu es tombé dans les vapes…

— Nous avons gagné», déclare le chef.

Je vomis un liquide violet. Le chef me frotte les cheveux, un sourire aux lèvres, et poursuit son chemin, versant une gorgée de vin à chacun des hommes de sa tente.

«Tu es revenu, c'est bon?»

L'infirmier tapote de nouveau sa tempe.

Je fais oui de la tête.

«Allonge-toi, si tu veux.

— On peut sortir?

— Bientôt. La journée est encore loin d'être finie. Le chef va nous emmener voir s'il y a des survivants. Chaque tente médicale se voit assigner une section du champ de bataille : nous devons attendre, pour savoir laquelle nous revient.

— Tous les survivants, ou juste les nôtres?»

L'infirmier hoche la tête.

«Tu apprends vite. Du pain?»

Je prends le quignon qu'il me tend. Il est taché du sang qu'il a sur les mains, du sang chargé d'une substance, comme les règles de Pythias. Ça a goût de sel; je parviens à avaler une ou deux bouchées. Je regarde le chef pencher la tête pour écouter un officier à l'entrée de la tente, puis se tourner vers nous.

«Macédoniens et Athéniens. Tout le monde a bien compris? Macédoniens et Athéniens. En cas de doute, demandez-moi.»

J'interroge l'infirmier :

«Et les autres?

— Ils ont une équipe pour ça. Emporte ton matériel, au cas où tu en rencontrerais un qui ne peut pas être déplacé.

— Section est, répète le chef à tous les hommes, au fur et à mesure que nous franchissons le rabat. Chevaux blessés. Attention aux chevaux. Section est.»

Dehors, je ne peux d'abord rien voir. Le soleil blesse tout ce qu'il touche. Nous pénétrons dans un monde d'hommes et de chevaux comme pris dans un tourbillon, les hommes encore abasourdis d'être passés à travers les mailles du filet, d'être remontés des lieux de la tuerie vers ce monde irréel de tentes, de paillasses, de repas, de vivants. Ils ont besoin de boire pour pouvoir fêter la victoire. Je cherche des visages connus et je constate : presque tous. Comment est-ce possible ?

« Par là. »

Le chef nous conduit vers la rivière ; vers les chevaux. Il y a une unité pour ça aussi : un officier de cavalerie se fraie gravement un chemin entre les animaux couchés, tranchant des gorges. Certains hennissent ; d'autres brassent l'air de leurs sabots, courant vers nulle part. D'autres équipes d'infirmiers sont éparpillées à travers le champ de bataille, têtes basses, comme des cueilleurs de baies. Je sens le chef près de moi, qui veille au grain.

« Non », dit-il, quand je me penche pour mieux voir quelque chose ; quelqu'un. Thébain. « Avance. »

Je m'arrête.

« Avance. »

Le Thébain me regarde.

« Avance, abruti. »

Je m'agenouille, et dégage ma sacoche de mon épaule. Là-haut, des vautours se sont mis en orbite autour du champ, ils chantent, attendant que nous soyons partis.

«Espèce d'abruti.» Le chef s'agenouille à côté de moi. Les yeux du Thébain oscillent entre nous deux. Le chef cherche son pouls sur le côté de la gorge, soulève ses sourcils du pouce pour examiner les yeux, pince les pieds de l'homme. Il remonte le long des jambes, palpant la chair. Il atteint la poitrine avant que le Thébain ne gémisse : «Aidez-moi.» Ensemble, nous le faisons rouler sur le côté. Du sang plein le dos. «Paralysé, déclare le chef. Une entaille dans la colonne. Tu fuyais, salopard?

— Non», répond le Thébain.

Nous le reposons sur le dos, pour qu'il puisse voir le ciel.

«Avance, me dit le chef. Allez. Tu ne voudras pas voir ça.»

Je ne bouge pas.

«Ferme tes yeux», ordonne-t-il au Thébain. Il ne les ferme pas. «Je te fais ce qu'aurait fait l'un des tiens», déclare le chef, et il enfonce son couteau à l'endroit exact où il a cherché le pouls, tout à l'heure. Nous bondissons en arrière, comme un seul homme, pour esquiver le flot de sang. La main du Thébain gifle le sol plusieurs fois, puis s'immobilise. Ses yeux sont restés grands ouverts.

«Ce n'est pas mon boulot, proteste le chef. Ne m'oblige pas à le refaire.

— Chef ! »

Le jeune infirmier a trouvé quelque chose ; il nous fait signe de venir. Je m'agenouille à nouveau.

« Je n'ai pas le temps de m'occuper de ça. »

Le chef se détourne.

« Débrouille-toi. »

Dans ma sacoche, j'ai une tablette et un stylet. Je rebascule le Thébain sur son flanc, et je délace son corset de cuir, qui tombe en pièces à l'endroit où l'arme l'a entaillé. Les lèvres de peau ont pris une teinte prune. En les écartant, je découvre un pan de graisse jaune. C'est l'os que je cherche ; il me faut mes couteaux, et de quoi m'essuyer les mains afin de pouvoir écrire et dessiner.

J'ai perdu la notion du temps.

« Ah, te voilà…

— Une minute. »

Avec précaution, je tire du fond de la cavité une longue pelote de quelque chose.

« Qu'est-ce que c'est que ça ? »

Le chef s'agenouille à mes côtés, plissant les yeux.

« Je ne sais pas. Je regarde où ça mène.

— Regardez-moi ça… »

Une autre voix, une autre ombre qui s'agenouille près de moi. Le jeune infirmier.

«Tu as sorti tous ces morceaux de ce seul homme?»

J'ai posé un tas de viscères sur le sol.

«Tu te sens bien? s'inquiète l'infirmier.

— Il me faudrait d'autres tablettes.»

Le chef fait un signe de tête à l'intention de l'infirmier, qui s'éloigne au petit trot.

«Il te ramènera ce dont tu as besoin. Qu'est-ce… oh, putain.»

Une odeur infâme se dégage; j'ai atteint l'intestin.

«Comment peux-tu faire ça? dit-il.

— Vous aussi, vous le faites…

— Pas quand ils sont morts.»

Le chef parcourt du regard le champ de bataille. J'essaie de me lever. «Tranquille.» Il me prend par le bras. Mes pieds ne sont plus qu'aiguilles et épingles d'être restés si longtemps accroupi.

«Ils préparent les bûchers. Tu as bientôt fini?

— Non.

— Il doit retourner auprès des siens.

— Je n'ai même pas commencé la tête.»

Des cris en bordure du champ, derrière nous; une dispute.

« Oh, non… » Le chef donne des coups de pied dans la poussière pour couvrir les viscères. « Non, non, non. Remets-le sur le dos, vite. Aide-moi. Range ta merde.

— Je n'ai pas terminé.

— Écoute, déclare le chef. Je sais qui tu es et pourquoi tu es ici. Je comprends ce que tu fais, enfin, plus ou moins… Mais les soldats, eux, ne comprendront pas. Au moins, tu n'as pas touché à son sexe… Mais maintenant, tu dois cesser.

— J'y étais presque.

— Travail de bonne femme. »

Il regarde par-dessus son épaule.

« Oh, merde. »

Il repousse le Thébain sur le dos, pour qu'on ne voie pas le trou que j'ai fait.

« À genoux, siffle-t-il.

— Majesté, dis-je.

— Relevez-vous. »

Alexandre regarde le Thébain. Le chef détale. Je reste.

« Il est mort?

— Oui.

— Parce que parfois, poursuit Alexandre, on croit qu'ils sont morts, mais ils ne le sont pas. Il faut les achever.

— Oui. »

Héphaïstion est resté une dizaine de pas en arrière. Son visage est livide.

« J'ai combattu ici, reprend Alexandre. La section est. Est-il mort ? »

Le brouillard qui m'obscurcissait les idées se dissipe à présent. Derrière Héphaïstion, j'aperçois Antipater, et Philippe en personne. Eux aussi se sont arrêtés à une distance prudente.

« Mon petit, dis-je. Il est arrivé quelque chose ?

— Que faites-vous ? »

Je lui tends ma tablette.

« Puis-je vous aider ?

— J'ai terminé. Une autre fois. Je crois que nous avons besoin de nous laver.

— J'ai combattu ici.

— Alexandre. »

Héphaïstion fait un pas dans notre direction. Alexandre dégaine son poignard. Héphaïstion recule.

« Mon petit, dis-je de nouveau. Peux-tu m'indiquer un endroit où se laver ? »

Il contemple le Thébain. Il s'agenouille devant lui, comme je l'ai fait il y a des heures.

Je décris un large cercle pour le contourner, et rejoins Philippe et Antipater. Ils se disputent à demi-voix.

« Cela arrive, siffle Antipater. Vous le savez aussi bien que moi.

— Qu'est-il arrivé ? »

Philippe secoue la tête.

« Il a poignardé le palefrenier de Tête-de-Bœuf, répond Antipater. Il l'a pris pour un ennemi. La bataille était terminée.

— Comme après les Médares. »

Antipater prend un air hagard.

« Quoi ? » s'exclame Philippe.

Nos regards convergent vers lui. Alexandre a sorti son couteau et s'acharne sur le Thébain, à la base des cheveux.

« C'est ta faute, me dit Philippe. Tu lui apprends toute cette merde. Mais quel genre d'animal es-tu ? Qui ferait ça à un cadavre ? Qu'est-ce qu'il s'est passé après les Médares ? »

Antipater secoue la tête.

« C'est mon fils.

— Il l'est toujours, dis-je.

341

— Il est censé devenir roi, un jour…

— Regardez, nous interpelle Alexandre, penché au-dessus du corps. Ça s'en va. Venez voir. »

Héphaïstion recule encore.

« Occupez-vous-en, déclare Philippe. Tous les deux, puisque vous en savez tant. Ramenez-le dans une tente, bon Dieu, avant que quelqu'un ne le voie. »

Il dégaine son propre poignard, juste assez pour pouvoir le faire claquer au fond de l'étui de cuir.

« Ai-je un héritier, oui ou non ? »

Héphaïstion a le côté du visage vert, exactement ce qu'Arimneste avait essayé de me décrire, il y a si longtemps.

« Rien de tout cela n'est arrivé, déclare Philippe. Je rentre au camp. »

Je vais voir ce que fait Alexandre. Il a entrepris de peler le visage à partir du front. Il joue du couteau, arrachant nerveusement des morceaux. Il l'a écorché jusqu'aux yeux.

« J'ai essayé, contre les Médares, dit Alexandre. J'ai essayé d'en ramener un. Mais je n'ai pas pu.

— Pour moi ?

— Pour Carolus. J'ai pensé qu'on pourrait le sécher. Il m'a dit qu'ils n'avaient pas les moyens d'acheter des masques.

— Puis-je t'aider ? »

Je tends la main vers son poignard. Il me laisse le prendre. J'attrape le lambeau de front et tire délicatement dessus, comme Alexandre le faisait.

« Puis-je finir ça pour toi ? Je crois qu'on te demande au camp…

— Je veux rester ici, avec vous.

— Ton père est très fier de toi, dis-je, lentement. Du travail que tu as accompli aujourd'hui. Il veut fêter cela avec toi. Il veut que le monde vous voie ensemble. »

Je sens la présence d'Antipater dans mon dos, plus près.

« Ton père a besoin de toi, maintenant.

— Venez, Majesté », insiste Antipater.

Alexandre se tourne vers Héphaïstion.

« Hé. »

Son visage s'illumine de plaisir.

« Depuis quand es-tu là ? »

Héphaïstion me regarde.

« Je viens juste d'arriver. »

Je lui fais un signe de la tête, par-dessus Alexandre. *C'est bien. Continue.*

«Hé, poursuit Héphaïstion. Dis donc, je meurs de faim. On va chercher quelque chose à manger?»

Alexandre passe son bras autour des épaules d'Héphaïstion, et ils marchent ensemble vers les tentes. Je tente de lisser le front pour le remettre en place, mais les deux bords ne s'ajustent plus, les lèvres de peau refusent de se rejoindre à la base du cuir chevelu.

«Il ne se rappellera rien, déclare Antipater. Alexandre. La dernière fois non plus, il ne se souvenait de rien.»

Le jeune infirmier nous rejoint en courant, haletant, trois tablettes sous le bras.

«Ça suffit? C'est tout ce que j'ai pu trouver. Thébain, pas vrai? Ceux des bûchers l'ont réclamé. Je t'aiderai à le porter là-bas quand tu auras terminé.

— Il a terminé», intervient Antipater.

Nous portons le cadavre jusqu'à la pile thébaine, cent pas plus loin, qui crachote et crépite déjà dans la lumière dorée de cette fin d'après-midi. Vidé, il n'est pas très lourd. Nous le hissons au-dessus des autres cadavres, tandis que l'officier en charge prend note sur sa tablette, faisant le compte. L'infirmier repart en courant. Antipater et moi contemplons le feu, et l'air chaud qui tremblote autour.

«Je fais des cauchemars», déclare Antipater.

Long silence.

« Je travaille, dis-je. C'est comme l'océan. Je m'enfonce, tout au fond, puis je ressors. »

Il hoche la tête, la secoue. Le soleil couchant embrase nos cheveux. Le Thébain — sa fumée — s'élève vers les sphères.

~

Antipater et le prince partent pour Athènes, escortant les os des morts athéniens. Une marque de courtoisie : la défaite a de nouveau changé les Athéniens en alliés respectés. J'ai mis de côté un sachet de graines de pavot que m'a procuré l'infirmier en chef avant que nous levions le camp, et j'ai montré à Antipater comment administrer le dosage adéquat. Philippe passera l'automne dans le Péloponnèse, pour régler encore quelques détails et organiser un grand congrès à Corinthe, où il pourra enfin passer aux choses sérieuses : préparer tous ses nouveaux sujets à son grand projet de guerre perse. Philippe n'est jamais allé à Athènes, et renoncer à une telle opportunité me semble inconcevable. Mon hypothèse, c'est que pour le moment, la présence de son fils lui est insupportable.

Je rentre à Pella avec un convoi de blessés, qui vont à pied. Pas de chèvre, cette fois ; pas de chance ; nulle hâte. Je change les bandages, nettoie les plaies, perce les abcès, drogue les délirants.

Rentré chez moi, j'offre à la petite Pythias son cadeau, un minuscule soldat athénien que l'infirmier a sculpté pour moi, en échange de mes couteaux. Je vais voir sa mère dans son lit, où elle passe désormais le plus clair de son temps. Je n'arrive pas à la convaincre de faire de l'exercice, et quand elle finit par se lever, elle se traîne le long des murs, ou s'appuie au bras d'une esclave. Je ne peux me résoudre à l'accuser de feindre la maladie, mais sans pouvoir non plus chasser cette suspicion de mon esprit.

«Athènes, déclare Pythias. Athènes, Athènes. Philippe a peut-être raison. Qu'aurais-tu fait là-bas, finalement, si ce n'est le même travail, plus intensif, et pour un public plus attentif?

— Est-ce donc sans importance?

— Pour lui, ça l'est.»

Je secoue la tête.

«Regarde cette ville, dis-je. Regarde ce qu'il en a fait. Il a fait venir des acteurs, des artistes, des musiciens. Il sait ce que veut dire être cultivé, nourrir l'esprit. Il en comprend le... l'aspect diplomatique.

— Tu crois que c'est personnel, alors?»

Je ne réponds pas.

«D'un point de vue pratique, déjà... Que ferait-il de toi? Il peut difficilement te placer de force à la tête de l'Académie, s'ils ne t'ont pas choisi librement. Cela, au moins, il le sait. Alors, que pourrais-tu bien faire pour lui?

— Ouvrir ma propre école», dis-je, par esprit de contradiction, mais je me rends compte que sa douleur revient, et qu'elle se désintéresse de cette discussion.

~

«Han!» s'exclame le vieil acteur en me voyant, une nasale de plaisir qui se transforme en toux gutturale, grasse. «Ça faisait longtemps», ajoute-t-il, quand la toux s'est calmée, haletant entre les mots.

Une bonne m'a conduit jusqu'au pied du lit sur lequel Carolus est allongé, bizarrement ondulé : ce qui est sous le drap semble presque ratatiné au point d'être plat, mais ses mains et sa tête me paraissent énormes. Des mains velues, anguleuses, ciselées avec une finesse extrême et un sens du détail dignes d'un maître sculpteur. Une tête léonine, des cheveux gris plus longs que dans mon souvenir et coiffés en arrière telle une crinière graisseuse où l'on devine encore les sillons du peigne, un menton recouvert d'une barbe de trois jours ; des yeux, deux joyaux enfoncés dans des écrins flasques.

«C'est une brave fille», déclare-t-il à propos de la bonne, quand je lui demande ce que je peux faire pour lui, s'il a besoin de quelqu'un ; nous pourrions aisément lui envoyer un esclave qui viendrait passer la nuit assis à son chevet, s'il le désire.

«Non. Les nuits ne sont pas si mauvaises ; parfois, je dors presque. Je passe mes nuits à me souvenir.

Les spectacles auxquels j'ai participé, les acteurs avec lesquels j'ai travaillé, les publics pour lesquels j'ai joué, les voyages, les amants. Mon enfance, aussi, et toutes les histoires que mon père et mon grand-père racontaient au sujet de leurs spectacles, du bon vieux temps. Je ne manque pas de compagnie, la nuit…

— Je suis désolé d'avoir mis si longtemps à venir. J'ai voyagé avec l'armée, aussi incroyable que cela puisse paraître, en tant qu'infirmier.

— Je n'aurais jamais pensé que nous manquions à ce point d'hommes…

— Nous n'en manquons pas… Alexandre voulait que je vienne. Il m'a emmené voir le monde.

— À travers ses yeux… intervient Carolus.

— À travers ses yeux. »

Il hoche la tête, ferme les siens, les rouvre avec peine.

« Il tient à toi. C'est bien. »

J'attends qu'il referme les yeux, et je pense qu'il est temps de m'éclipser, lorsqu'il les ouvre à nouveau.

« Je suis là, dis-je.

— Tu allais partir… »

Je n'arrive pas à savoir s'il a peur.

« Je devrais ?

— Non. »

Je jette un regard autour de la chambre, pendant qu'il lutte pour retrouver son souffle, préparant sa prochaine phrase. Une étagère de livres, des pièces de théâtre, je suppose, que j'aimerais bien voir de plus près. Des masques accrochés aux murs, et des accessoires posés çà et là. Il s'est entouré des objets qui le rendent le plus heureux.

« Sous le lit », dit-il.

Je me penche de la chaise que j'ai tirée près de lui, et pousse de côté les draps et les fourrures qui pendent. Il y a un coffret.

« Oui », dit-il, et je le sors.

Ses doigts tremblent un peu, alors je pose le coffret sur ses genoux, où il peut facilement l'atteindre. Il se bat avec le couvercle. À l'intérieur, il y a un masque.

Je déclame :

« "Qu'il est terrible de savoir, quand le savoir ne sert de rien à celui qui le possède ! Je ne l'ignorais pas ; mais je me suis forcé à l'oublier. Je n'aurais pas dû venir."

— "Va, laisse-moi rentrer chez moi", réplique Carolus, qui sait évidemment son *Œdipe* aussi bien que moi. "Nous aurons, si tu m'écoutes, moins de peine à porter, moi mon sort, toi le tien." »

Le masque de Tirésias de son grand-père est délicat, fin, antique ; le ruban qui sert à le fixer autour de la tête de l'acteur a jauni et s'est effiloché en fibres cassantes. Au premier regard, il semble dénué de traits ; les yeux sont des cosses fines, non peintes, le nez et la bouche à peine esquissés. Les pommettes sont hautes et larges ; le front est délicatement ridé, un effet imprimé à la moulure elle-même, sous la peinture. Il est large, plus large qu'un visage humain, afin qu'on puisse le distinguer depuis le fond d'un théâtre, mais il est léger ; mes mains semblent presque s'élever quand je l'empoigne, trompées par ce contraste entre taille et poids.

« L'as-tu déjà porté ? »

Il lève les mains et me le prend délicatement, pour le poser sur son visage. Après un moment de repos, il lutte pour remonter ses mains et l'enlever. Je l'aide et je repose l'objet, soigneusement, au fond du coffret.

« Première fois, dit-il. Et dernière. »

Je referme le coffret, et le range sous le lit.

« Mon père me manque. »

Au bout d'un long moment, je m'aperçois qu'il pleure.

« Puis-je regarder tes livres ? » dis-je.

Ils ont bien servi, ils sont usés, déchirés et marqués, certaines répliques soulignées, d'autres rayées. Il en possède que je n'ai pas. Quand je me retourne vers le lit, il me regarde.

« Ils sont à toi, dit-il.

— Je suis avide. Même maintenant, et je te le montre. Pardonne-moi.

— Je ne te pardonne pas. Être vivant, c'est être avide. Je veux que tu sois avide. Je veux que tout le monde le soit. Sais-tu qu'il est venu me voir?»

J'ai perdu le fil.

«Ton père?

— Mon père est mort. Alexandre. En parlant d'avidité… Un beau jour, ce singe va ouvrir grand la bouche et engloutir le monde.»

Cela lui coûte; il tousse jusqu'à ce que tout son être soit concentré dans une longue expiration suffocante qui teinte son visage de violet, et écrase ses yeux en deux étroites fentes, comme ceux du vieil aveugle Tirésias lui-même. La bonne, entendant cela, revient dans la chambre en portant une coupe remplie d'eau, et le redresse avec des gestes experts, jusqu'à ce que sa respiration s'apaise. Il avale une gorgée d'eau, s'affaisse, boit une autre gorgée. Elle le réinstalle, lisse les couvertures, pose la main sur son front, et m'adresse un joli regard qui m'invite à me dépêcher.

Je me lève, et me remets en ordre pour partir. Je ne sais sur quel geste quitter Carolus. Peut-être suis-je trop conscient de mes propres mouvements à cause de son immobilité, ou parce que c'est un acteur, après tout, et qu'il saurait quel geste convient le mieux, comment positionner ses mains lorsqu'on prend congé d'une personne pour la dernière fois. Je

me penche pour lui baiser le front. Il ouvre de nouveau les yeux, visiblement en proie à de grandes
souffrances, et j'hésite.

«Tu dois l'aimer mieux, dit-il. Alexandre. Il sait
faire la différence.»

Je franchis l'ultime distance, pose mes lèvres sur
son front ridé, qui n'est ni froid ni fiévreux, mais
chaud, chaud comme l'humanité.

CHAPITRE QUATRE

Pauvre Proxène. Le mari de ma sœur s'est tellement efforcé d'être un père pour moi durant les premières semaines sordides qui ont suivi la mort de mes parents. Il me parlait avec gentillesse, me donnait des tapes dans le dos, plissait le front, attentif, les rares fois où je m'exprimais. Mais, moi qui étais déjà un garçon au sang froid, les lois de ma physiologie faisaient que le chagrin m'avait rendu encore plus glacial. J'ai donc surpris une conversation entre lui et ma sœur Arimneste, sur le bateau entre Pella et Athènes, un soir qu'ils me croyaient endormi sur ma couchette. Proxène énonçait son malaise comme s'il s'était agi d'un diagnostic médical. Mon sang et mes humeurs présentaient une rare anomalie, qui les faisait s'écouler froids dans les vaisseaux là où, chez les autres, ils étaient chauds ; était-ce donc sa faute si ma compagnie lui déplaisait ? C'était un homme naturellement chaud, et elle, une femme naturellement chaude. Ils pleuraient, exprimaient leur amour pour les défunts, trouvaient secours dans les rituels du deuil, puis leur vie reprenait son cours. Ils étaient comme des chiens affectueux, et moi, comme un lézard.

« Chut… »

Arimneste allaitait de nouveau son bébé ; je percevais le rythme régulier de la succion. Arimnestos ronflait doucement sur la couchette voisine.

« Il n'est pas un lézard. Sa peau est chaude au toucher.

— Cela peut très bien venir de l'extérieur, par absorption de la chaleur solaire, estimait Proxène. Je crois vraiment qu'il est souffrant. Le corps a besoin de pleurer pour libérer l'excès de fluide provoqué par la peine. Comment relâche-t-il le fluide s'il ne pleure pas ? »

Arimneste a prononcé des mots que je n'entendais pas, et ils ont ri sans bruit, tous les deux. Je me suis tourné sur ma couchette, et ils se sont interrompus.

Au bout d'une minute, Arimneste a déclaré, murmurant presque :

« Mère disait qu'il avait l'océan à l'intérieur de lui, mais que c'était son grand secret, et que je ne devais jamais le répéter à personne. Elle disait que s'il voulait en parler un jour, il le ferait, mais que nous ne devions jamais le forcer. Nous devons le laisser se comporter à sa manière. »

Elle pleurait, à présent. « Oh, maman. » Puis, à l'intention de Proxène :

« Je suis désolée…

— Non. »

La couchette a craqué, j'ai risqué un regard : Proxène se penchait pour s'asseoir avec le bébé et elle, pour lui embrasser la joue et lui caresser les cheveux. J'ai refermé les yeux.

« Il a fini ? a demandé Proxène, en parlant du bébé.

— Presque. »

Après qu'elle a eu remis le bébé dans son panier, Proxène et elle ont fait l'amour sur leur couchette : une étreinte délicate, quasi muette, soucieuse du bébé, d'Arimnestos et de moi. J'écoutais avec intérêt. Leur étreinte a culminé dans un lourd soupir de Proxène, un seul.

« Je ne crois pas qu'aller dans cette école lui fera du bien, a déclaré Proxène, au bout d'un moment. Il ruminera encore davantage, s'enfermera dans sa tête. Nous devrions peut-être le ramener avec nous à Atarnée, finalement, et lui trouver une épouse. Il pourrait travailler avec moi, comme apprenti. »

Je n'ai pu distinguer la réponse d'Arimneste.

« Dans ce cas, nous lui trouverons une maison. »

Arimneste a murmuré de nouveau.

« Tu es un peu froide, toi aussi, a répliqué Proxène. Très bien. Tu le connais mieux que moi. Ce Platon fera peut-être des miracles. En tout cas, je ne peux pas dire que ton grand frère me manquera. »

~

« Comment ça, il n'est pas là ? » s'est étonné Proxène.

L'homme qui s'appelle Eudoxe a expliqué que Platon venait de partir pour la Sicile, où il devait mener à bien l'éducation de son jeune roi.

«Et quand pensez-vous qu'il reviendra?»

Quatre ans, cinq ans? Mais en attendant, je pouvais parfaitement commencer mes études avec cet Eudoxe et son compagnon, Calippe. Directeur par intérim de l'école, il superviserait mon éducation avec autant de soin que le grand homme lui-même.

«Ans?» a répondu Proxène. Surpris; pas paniqué.

Ce soir-là, nous avons dîné avec Eudoxe et Calippe, et, au cours du repas, il fut décidé que nous resterions pour la nuit. Les jumeaux et le bébé dormaient en ville, chez des proches de notre mère.

Proxène est rentré de bonne heure dans sa chambre, pour écrire des lettres. Nerveux, je suis sorti dans la cour pour regagner notre charrette, et je me suis servi, sans bruit croyais-je, une pleine poignée de raisins secs.

«Encore faim? a prononcé une voix.

— Toujours», ai-je rétorqué en refermant l'amphore avec précaution.

Eudoxe m'a fait signe de le suivre, et il m'a conduit de l'autre côté du portail, dans la rue.

«Faisons une promenade, d'accord? Ainsi, nos voix ne dérangeront pas ton tuteur, ni Calippe.

— Sur quoi travaille-t-il?»

Eudoxe a éclaté de rire.

« Il dort. Il vit au rythme des oiseaux. Il sera debout aux aurores, demain, à seriner sa petite chanson. »

Je ne comprenais pas ce qu'il entendait par là.

« Travailler, écrire, a précisé Eudoxe. Nous travaillons beaucoup, ici. Qu'en penses-tu ? »

Nous marchions sur une belle route plantée d'oliviers, et un parfum de fleurs s'élevait des jardins publics. L'école se trouvait dans les faubourgs de la ville. Un endroit calme, quasiment la campagne, mais pas celle que je connaissais ; une campagne plaisante, chaude et confortable, même la nuit. Le Sud, donc. Eudoxe (« soigné » était l'adjectif qu'il m'évoquait, barbe soignée, ligne soignée, tenue soignée, si soigné, mesuré et raisonnable dans ses appétits, avais-je remarqué pendant le dîner, quand d'un geste il avait repoussé la viande et le vin au profit d'un peu d'eau et de fruits, qu'il aurait certainement pu se délester de quelques années sans que personne ne le démasque) a posé brièvement sa main sur mon épaule, l'a refermée, puis retirée.

« J'ai été vraiment désolé d'apprendre la nouvelle, pour ton père. Ton tuteur lui fait grand honneur, en te remettant à nos soins, si tôt.

— Je crois qu'il ne sait pas quoi faire de moi... »

Ma voix était rouillée ; je n'avais presque pas parlé depuis des semaines.

« Il essaie de me trouver un endroit où m'installer.

— Tu pourrais habiter chez Calippe et moi, a offert Eudoxe. Si tu choisis de rester. Si ton tuteur prend cette décision. Plusieurs étudiants étrangers logent déjà chez nous. »

Je l'ai remercié.

«À qui appartient cette décision, d'ailleurs? Par simple curiosité…

— Je ne sais pas vraiment, ai-je répondu.

— Je te ferai visiter, demain. »

J'ai apprécié le fait qu'il enchaîne ainsi, sans temps mort.

« Y aura-t-il une conférence?

— Le matin. »

Eudoxe lui-même s'exprimerait sur un problème mathématique posé par Platon avant son départ en Sicile.

«Il devrait y avoir du monde; ton tuteur et toi pourrez ainsi vous faire une meilleure idée des étudiants que nous accueillons et de l'ambiance de l'école. »

Je lui ai demandé s'il se souvenait d'Illaeus.

Il a ri.

«Je m'en souviens très bien. Excellent poète, piètre mathématicien. J'imagine que je vais devoir nettoyer chez toi le désordre qu'il y a mis. »

Quand j'ai répondu que la pièce n'était pas en désordre, mais vide, il a ri de nouveau. «Allez, viens.» Il a coupé à travers un bosquet. «Tu veux voir où tu habiterais?»

Nous étions revenus à notre point de départ, sans que je m'en sois rendu compte. À l'écart du bâtiment principal, au fond du jardin, se dressait une maisonnette dont les fenêtres, malgré l'heure tardive, étaient éclairées. Nous distinguions des voix jeunes, assourdies, et des rires. Eudoxe a frappé discrètement à la porte, puis l'a poussée. Une demi-douzaine de jeunes hommes étaient assis autour d'une table basse, à boire et à débattre au sujet d'un morceau de papier qui circulait de main en main.

«Un nouvel étudiant», a annoncé Eudoxe.

J'ai remarqué que j'allais être le plus jeune. Ils m'ont salué, souriants, amicaux. Celui qui nous avait accueillis à la porte m'a conduit au fond de la maison, jusqu'au dortoir, propre et plutôt confortable avec ses rangées de paillasses. Eudoxe était resté dans la pièce principale, un sourire aux lèvres, pour jeter un coup d'œil à la feuille de papier.

«Tu veux dormir ici ce soir?

— Oui.»

Le jeune homme avait la même chevelure hirsute que mon frère, et un œil paresseux. J'étais décidé à l'aimer. J'étais décidé à tous les aimer, d'ailleurs, et leur problème mathématique également.

Le lendemain matin, Proxène et moi nous sommes installés sous les arcades, tandis que l'immense cour se remplissait de membres de l'Académie, venus écouter Eudoxe. Je faisais de mon mieux pour suivre le fil de son discours. Proxène, lui, regardait autour de lui, se livrant à des calculs plus pragmatiques. Plus tard, pendant le repas, il m'a confié que ce qu'il avait vu lui plaisait. Des hommes sérieux, élégants, issus de bonnes familles. Il avait reconnu certains visages. Ensuite, il a emmené Eudoxe faire une petite promenade. Je savais qu'ils parlaient argent. L'école ne faisait pas payer les cours, mais il allait falloir prendre en charge le gîte et le couvert. Je possédais, je le savais, beaucoup d'argent et de terres : une propriété à Stagire léguée par mon père, et une autre à Chalcis, transmise par ma mère. L'argent ne serait pas un problème.

Mon colocataire à l'œil paresseux m'a emmené rejoindre un petit groupe de jeunes hommes.

« Nous sortons en ville. Tu veux venir ? »

J'ai acquiescé.

« Je dois dire au revoir à ma famille. »

Proxène avait envoyé un messager en ville, chez les amis de ma mère, si bien que les jumeaux patientaient déjà devant la maison, à bord d'une charrette, quand nous sommes arrivés. J'ai embrassé le bébé, Nicanor, qu'Arimneste tenait à bout de bras, et j'ai serré Arimnestos dans mes bras.

«Ils sont avec toi?» m'a demandé mon frère, en parlant de mes colocataires, qui étaient restés à l'écart, respectant nos adieux.

Eudoxe leur avait raconté la mort soudaine de nos parents, et parlé aussi, avais-je deviné, de mon état d'engourdissement. Au moins, ils ne m'avaient pas encore demandé pourquoi je ne parlais pas. Ils avaient sans doute l'air bizarre, aux yeux de mon frère : un teint d'hommes d'intérieur, pas d'armes, des bras maigres et ballants. Des cerveaux bizarres, comme le mien.

«Ce sont des amis», ai-je répondu.

Arimnestos savait que j'étais incapable de me faire des amis. Je voyais qu'il voulait me dire quelque chose, un conseil qu'il avait peur de me donner. Finalement, il a collé son front au mien dans un coup de tête affectueux, et a murmuré, pour ne pas que Proxène entende : «Détends-toi. Bois un peu plus.»

J'ai acquiescé.

Arimneste m'a serré longuement, mais a simplement dit : «Prends soin de toi.»

Proxène n'était même pas descendu de cheval. J'étais triste, tout à coup, qu'il m'apprécie si peu et me comprenne si mal.

«Viens nous rejoindre à Atarnée quand tu en auras terminé ici, a-t-il dit.

— Écris-nous», a crié Arimneste, brandissant son bébé pour qu'il puisse me voir.

Les charrettes s'étaient mises en branle, soulevant un nuage de poussière. J'ai levé la main et l'ai maintenue en l'air pendant qu'ils s'éloignaient. J'avais envie de mourir.

« Ça va ? » s'est inquiété mon colocataire.

Ils connaissaient un endroit où nous pourrions manger, une maison à deux étages dans la rue animée d'un quartier commerçant. Nous dévorions du pain et des brochettes de viande autour d'une longue table quand quelqu'un a sorti le papier de la veille, et ils s'y sont remis. Je me suis éloigné de la table et j'ai exploré la maison, en quête d'un endroit où pisser décemment.

« Par là », a crié une femme depuis la cuisine. Elle me chassait de la main. « Plus loin, plus loin. »

J'ai poussé la porte qu'elle désignait, qui donnait sur une chambre, et j'ai aperçu le pot dans un coin. Quand je me suis retourné, il y avait une fille assise par terre, sur la paillasse.

Dehors, j'ai repris ma place sur le banc. « Ça va ? » a redemandé mon camarade.

Il y avait une heure de marche entre la porte de notre maisonnette au fond du jardin et celle de la chambre de la fille ; cette marche, je l'ai faite souvent au cours des mois suivants. Ça ne coûtait jamais très cher ; nous parlions à peine. À l'école, il y avait une bibliothèque où je passais le plus clair du reste de mon temps. Il y avait parfois des conférences, le matin ; parfois, un symposium le soir. J'étais libre d'y assister ou non ; j'étais maître de mon temps. Je repensais à Perdiccas et Euphraeus, et à leurs dîners prétentieux : le rituel de la mesure et de la dilution du vin, la bénédiction, les dissertations longuement répétées sur des thèmes imposés, les traits d'esprits appris par cœur... ha, ha. Un soir, je me suis moi-même exprimé, quelques idées au sujet de ces formes dont tout le monde ici parlait tellement, essences ineffables des choses. Je n'étais pas très porté sur l'ineffable, et je l'ai dit, prudemment. Ne fallait-il pas que les choses soient enracinées dans le monde pour avoir un sens ?

« Ça sent son discours travaillé », a réagi une voix, provoquant un rire général. Ils étaient contents, et intéressés. Ils m'avaient donc observé, après tout, impatients de m'entendre.

Je sentirais toujours le discours travaillé, j'en avais conscience. Je manquais de spontanéité ; j'avais un esprit aussi sec que des crottes de souris, et tout aussi étriqué. J'avais besoin d'y passer des heures, oui, des heures nocturnes à la lumière de la lampe, jusqu'à l'épuisement. J'avais menti à Eudoxe. Mon intérieur n'était pas vide, mais sauvagement désordonné. Sur le bateau pour Athènes, nous étions assis autour d'un repas, en cabine, et ma sœur nous passait les plats, quand une houle soudaine avait tout renversé, ma sœur et le bébé culbutant, la nourriture se retrouvant éparpillée sur le sol, assiettes et tasses fracassées, dans un concert de hurlements. Mon esprit était dans un état semblable, à l'époque, sujet à des retournements tout aussi soudains. Certains jours, je n'étais guère capable que de m'éveiller, me retourner sur ma paillasse et me rendormir. Mais certains jours, j'avais la certitude que je n'aurais plus jamais besoin de dormir, et je produisais des travaux monumentaux qui resplendissaient alors d'un pur génie chryséléphantin. Et le jour d'après, beaucoup moins. J'ai appris à ne jamais exposer mes idées à qui que ce soit avant de les avoir couvées des semaines durant, telle une poule, vérifiant et revérifiant, m'assurant que tout était suffisamment bien arrimé et calé pour résister aux intempéries. Ah, quel homme bon, pondéré, studieux et ennuyeux je faisais, moi qui travaillais cette fille sans relâche, qui l'usais jusqu'à la corde, et jouissais en hurlant quand personne n'écoutait.

Au cours de mon dix-neuvième printemps, la nouvelle est tombée : Platon rentrait de Sicile plus tôt que prévu.

« Comment est-il ? » ai-je demandé à Eudoxe, pendant le dîner. J'avais presque oublié qu'il était la raison de ma venue ici. Je parvenais plus ou moins à maîtriser ma vie telle qu'elle était, ma vie à la Illaeus, faite de sexe, de livres et d'une bonne dose de solitude — je craignais le changement.

Je m'étais appliqué à contenir ma voix, mais cela ne servait à rien : comme je parlais peu, les gens s'interrompaient pour écouter dès que j'ouvrais la bouche, et comme j'étais brillant, ils adoraient les rares fois où je faisais preuve d'ignorance. Or, j'étais le seul étudiant à n'avoir jamais rencontré Platon. Il aimait superviser lui-même les admissions, et j'étais la dernière candidature qu'il avait examinée avant de partir pour la Sicile. Dans toute la pièce, les voix se disputaient l'honneur d'éclairer ma lanterne. Il était d'une famille noble, descendant de Solon, le grand homme d'État athénien, du côté de sa mère, et du dieu Poséidon du côté de son père. Sa famille avait toujours joué un rôle important dans la vie politique, et il était prédestiné à suivre la même voie, mais il était trop exigeant, trop moral, et avait préféré se consacrer aux théories politiques et pédagogiques, des théories qu'il avait tenté de mettre en pratique en Sicile. Seulement le jeune roi, là-bas, était déjà expert en tyrannie et en débauche, et la modération contemplative prônée par Platon ne l'intéressait guère ; c'était du moins l'interprétation que faisait Eudoxe de la lettre qu'il nous a lue au cours de ce dîner. Platon serait de retour deux semaines plus tard.

« Tout se passera bien », a-t-il ajouté, à ma seule intention.

~

Nous sommes descendus sur le port pour accueillir son bateau, toute cette petite bande d'étudiants joyeux et bizarres, conduite par Eudoxe et le neveu de Platon, Speusippe. Mes compagnons parlaient trop fort, et il ne leur manquait plus que des fleurs dans les cheveux. Je me suis un peu éloigné pour observer le débarquement. Le soleil faisait étinceler des pièces éblouissantes au fond de l'eau. Quand j'ai levé les yeux, le grand homme en personne se dressait sur le quai, assailli par mes professeurs et tous mes camarades. On a crié mon nom, mais je marchais déjà vers eux. Je ne voulais surtout pas me montrer sous un jour sombre.

Speusippe m'a présenté, la main sur mon épaule, comme s'il me connaissait depuis toujours, et que tous mes mérites étaient en fait les siens. Platon était un peu plus jeune que mon père l'aurait été, il semblait fatigué. Il avait les cheveux courts et grisonnants, des rides autour du nez et des yeux. Fin, pas aussi grand que moi, des vêtements simples et légers, des éclats durs dans le regard. Son allure m'a plu, malgré moi. Je m'attendais à rencontrer un homme doux et enjoué, dont seule la pose ésotérique témoignerait du sérieux.

« Je suis désolé de ne pas avoir été présent à ton arrivée, a-t-il déclaré, comme si cela n'avait pas daté de trois ans, mais de la semaine dernière. J'aurais voulu t'accueillir. J'étais tellement désolé, pour tes parents. Je pensais pouvoir faire du bon travail en Sicile, influencer de nombreux destins, et que c'était le meilleur choix. C'est ce que je croyais, à l'époque.

— Le calcul moral, le choix d'œuvrer en vue du plus grand bien pour le plus grand nombre », a annoncé Speusippe, comme s'il interprétait un oracle.

Autour de nous, la foule murmurait en hochant la tête. Platon avait l'air ennuyé.

« J'aurais attendu plus longtemps », ai-je dit. Nouvelle vague de murmures et de hochements de têtes : bonne réponse ; sauf que c'était exactement ce que je voulais dire. « Tes parents », avait-il dit, et pas « ton père ». Nous partagions la même bulle, lui et moi :

nous étions tous les deux restés au moment de mon arrivée, trois années auparavant. Dans son esprit, j'entrais seulement dans son école ; dans le mien, mes parents venaient seulement de mourir. Chaque matin, quand j'ouvrais les yeux, ils mouraient de nouveau. Désormais, mes vraies études allaient commencer.

« Je veux passer du temps avec toi », a-t-il ajouté.

Nous nous éloignions du navire, emporté par cette foule impatiente de le mettre en chemin, de le ré-installer à la tête de l'école, comme une cité désire le retour du roi au palais, ou un enfant celui de ses parents à la maison.

« Plus tard, a-t-il précisé. Je suis trop fatigué. J'ai beaucoup à te dire, et également beaucoup à entendre de toi. Ne pas te connaître me déplaît. Eudoxe m'a écrit… »

J'ai alors laissé Speusippe se glisser entre nous, et la foule nous séparer. Me draguait-il ? Chez un marchand, j'ai acheté des abricots et suis resté en arrière pour les manger, pendant que la foule avec laquelle j'étais venu disparaissait au loin, troupeau de moutons guidant son chien. Des musiciens avaient déjà été engagés, je le savais, et un grand dîner était en préparation ; personne ne travaillerait cet après-midi-là. Avaient-ils entendu qu'il était fatigué ?

« Toi », s'est étonnée la fille, en me voyant assis seul à l'une des longues tables. Exceptionnellement, elle m'avait fait attendre. Ses cheveux étaient décoiffés, son visage boursouflé. Je l'ai suivie dans la chambre du fond, où elle s'est frotté l'œil sans ménagement, avec la tranche du doigt, pendant que je me déshabillais. Le lit était fait.

«Où dors-tu?» ai-je demandé.

Elle a désigné le plafond. Locaux professionnels en bas, logement à l'étage.

«Le matin. Tu dors le matin.»

Elle a haussé les épaules, et fait oui de la tête.

«Je suis désolé.

— Non, non.»

Elle a baissé sa jupe, bâillé, puis éclaté de rire.

«C'est moi qui suis désolée. Je ne suis pas très jolie, aujourd'hui. J'ai travaillé cette nuit. J'ai besoin d'un bain.»

Il aurait pu s'agir d'un baratin de pute — «regarde comme je suis sale» —, mais son regard s'est attardé sur moi quelques secondes de trop. Je me suis demandé si je devais offrir de lui payer cela, en plus, ou si elle essayait de me dire tout à fait autre chose: «Je ne t'appartiens pas. Pas qu'à toi.»

«Et si on ne parlait pas?» ai-je dit.

Je suis rentré tard à l'Académie. Le soleil se couchait, et les lieux étaient désertés. J'entendais de la musique dans la grande maison, distinguais la lumière et les mouvements des danseurs à travers les fenêtres. Rires, claquements de mains, odeurs de rôti.

Dans la maison des invités, je me suis lavé rapidement et j'ai changé d'habits. Marques de dents aux endroits tendres. Un grand repas tombait à point.

J'ai croisé Speusippe, en tenue de lin, qui relisait des notes dans un recoin près de la porte d'entrée. Nous nous sommes étudiés l'un l'autre de haut en bas, avant de détourner le regard. Un rugissement m'a accueilli quand j'ai franchi la porte du vestibule. Ils étaient déjà soûls, mes camarades, et rugissaient à chaque entrant : moi, Calippe avec son rouleau sous le bras, un esclave apportant un nouveau plateau garni de friandises. Platon était assis avec Eudoxe, mais il interrompait de temps à autre leur conversation pour lever les yeux et sourire à tel ou tel de ses étudiants, et articuler quelques phrases polies. « Si longtemps », ai-je lu plusieurs fois sur ses lèvres, et « merci ». Ceci cela « si longtemps ». Il ne s'était pas changé, ou alors ses habits de voyage étaient les seuls qu'il possédait. J'ai vu qu'il m'avait remarqué. Il a levé la main pour réclamer le silence.

« Neveu », a-t-il appelé.

Speusippe était entré immédiatement après moi et, dans un geste théâtral, il a posé sa grande main moite sur ma tête pour me pousser de côté.

« Cher oncle. Vous tous, ici présents. »

Speusippe m'a relâché. J'ai reculé pour me joindre à la foule, et j'ai continué de reculer, tandis qu'il récitait son discours de bienvenue, jusqu'au moment où j'ai trouvé un esclave, contre le mur du fond, avec un plateau que j'allais avoir tout loisir de nettoyer. J'ai fini juste à temps pour applaudir avec les autres.

«De l'eau», ai-je ordonné à un esclave qui tenait un plateau avec deux cruches. Mes mains portaient encore l'odeur de la fille, ou du moins je l'imaginais. J'ai pris une grande fleur dans un bouquet, et j'ai enfoncé mes doigts, les uns après les autres, dans sa gorge blanche, raclant ses parfums. Platon répondait à Speusippe. Il avait pris le rouleau apporté par Calippe, l'avait déroulé, et le brandissait devant lui. C'était une carte du monde, mouchetée de points noirs. Platon expliquait que chacun de ces points représentait le lieu de naissance d'un membre de l'Académie. Nous nous sommes tous approchés, cherchant du regard nos points respectifs. Il n'y avait pas de point Stagire. Le point Pella était sans doute censé me correspondre.

«Je suis si fier de vous, déclarait Platon. J'ai été si longtemps absent. Trop longtemps, je le sais. Je suis si fatigué, et je n'imagine pas repartir en voyage avant un long moment. Vous allez devoir me supporter, voilà où je voulais en venir...»

Rires.

«Nous avons beaucoup de travail à faire, bien des problèmes à résoudre. Des problèmes difficiles. Mais il n'existe aucun problème qui n'ait sa solution. Nous sommes le monde en miniature, ici, et ensemble, nous résoudrons les problèmes du monde. Des problèmes de géométrie, des problèmes de physique, des problèmes de gouvernement, des problèmes de justice et de lois. Le fruit de nos efforts survivra aux siècles. »

Applaudissements.

« Et je vous demande pardon pour ce mauvais repas. Je vois que la qualité de la cuisine a outrageusement dégénéré depuis mon départ. »

Rires et applaudissements. Un reproche implicite : les plats étaient délicats et raffinés ; et le goût du maître pour l'ascèse, de notoriété publique.

« Demain », a-t-il répété.

Je me suis frayé un chemin jusqu'à lui, quand la fête a repris son cours.

« Le petit nouveau a-t-il apprécié mon discours ? m'a-t-il demandé.

— Pas de problème sans solution, et la nourriture sera pire demain ? »

Il a ri et s'est penché pour inspecter le fond de ma coupe.

« Il ne boit pas ? »

Il parlait comme Illaeus. Illaeus parlait comme lui.

« Pas beaucoup.

— Pourquoi ? »

Calippe enroulait le discours, attentif à ce qu'Eudoxe lui glissait à l'oreille. Nous étions seuls, pour quelques instants, au milieu de la foule.

«Mon maître, à Pella, buvait. Ça l'empêchait de faire son travail.

— Illaeus. »

J'ai fait oui de la tête.

«Je me souviens de lui, quand il était ici. Un garçon délicieux. Délicieux esprit. Un don pour les langues, et pour le langage. Il aimait la poésie. Il buvait déjà, alors, et il aimait sortir en ville, seul, la nuit. À l'époque, ça semblait anodin. »

J'ai soutenu son regard.

«Sa lettre m'a touché, a repris Platon. D'abord, je ne m'y attendais pas, car il était parti fâché. Je n'avais pas eu de ses nouvelles depuis des années. Et voilà qu'il m'écrit : "J'ai un garçon ici. Vous devez prendre ce garçon." »

J'ai reniflé mes doigts.

«Moi aussi, j'ai eu un maître, il y a des années de cela. Veux-tu bien m'accompagner ? On ne s'entend pas ici. »

Il m'a conduit de l'autre côté d'une tenture. J'ai senti le regard de mes camarades nous suivre. Nous nous sommes assis dans une pièce où je n'étais jamais entré, simple cellule meublée d'un lit, de deux chaises, et d'une étagère de livres.

«Mon maître était un père pour moi, a-t-il repris. Je serai un père pour toi, si tu me le permets. Tu es d'ores et déjà tant de personnes à mes yeux. Illaeus, encore, moi quand j'étais plus jeune, et ta propre personne, aussi. Eudoxe me dit que les autres ont peur de toi. Il dit que tu passes beaucoup de temps seul.

— Oui.

— Ce n'est pas une mauvaise chose. Il n'y a aucune raison.

— Pourquoi Illaeus est-il parti fâché?

— Il voulait que je l'aime plus que tous les autres. J'ai déçu ses attentes.»

Nous sommes restés assis un long moment, à écouter les bruits de la fête.

«Tous les problèmes n'ont pas de solution», ai-je déclaré.

Nous en avons discuté. Moi aussi, je voulais qu'il m'aime plus que tous les autres, déjà, et je devinais que la meilleure manière d'y parvenir, c'était de s'opposer à lui. Des flagorneurs, il en avait suffisamment dans la salle d'à côté. Il a dit qu'il croyait en la perfection; j'ai répondu que je croyais au compromis. La perfection était un extrême, et j'avais besoin d'éviter les extrêmes, sans doute parce que j'étais trop enclin à y sombrer.

«Je t'aiderai», a-t-il promis.

On frappa un coup contre le montant de la porte, puis Eudoxe a glissé la tête dans la pièce. «À manger.» Il a posé un plateau sur la table.

«Dormir, plutôt.» Platon s'est levé, m'a tendu le plateau. «Mange pour moi. Les garçons ont toujours faim. Notre conversation va durer des années. Nul besoin de l'achever ce soir.»

Eudoxe m'a raccompagné vers la fête. «Ça ne te fera peut-être pas envie...» Il a fait un geste de la tête en direction du plateau. «On l'a préparé spéciale-ment pour lui. Pas de miel. Pas de sel. Il t'aime bien. De quoi avez-vous parlé?»

Pain, figues, yaourt, un œuf de canard.

«Veinard!» Mes amis se sont rassemblés autour de moi, examinant le plat et me dévisageant.

La fille avait léché et mordu, léché et mordu, jus-qu'à ce que je m'oublie totalement. Je savais que je l'avais vue pour la dernière fois. Pris de vertiges, je leur ai laissé le plateau.

CHAPITRE CINQ

Pythias se meurt. La douleur est un ruban étincelant qui se referme sur elle au fil des jours gris-brun et des nuits sans sommeil ; c'est la seule chose qui ait encore de la réalité pour elle. Elle reste allongée dans sa chambre, sur son lit, dans des draps parfumés par des fruits qu'on a laissés mûrir dans les armoires, éventée sans relâche par sa femme de chambre. Je ne peux pas m'empêcher de penser que sa douleur est elle-même un être rationnel, avec lequel elle doit débattre si elle veut se sauver, mais que, piètre raisonneuse, elle en est incapable. Je lis la perplexité sur son visage, les plis sur le front, chaque fois que la logique de la douleur l'emporte sur la sienne. Parfois, d'une voix presque inaudible, elle parle de son enfance à la cour d'Hermias, de sa mère et d'une petite sœur, dont elle n'avait jamais mentionné l'existence ; parfois, elle crie, sans que je puisse distinguer la douleur du chagrin. Dans son sommeil, elle se contorsionne, empoignée par les cauchemars, et se réveille livide, les yeux et la bouche noirs de peur. Il faut du temps pour la convaincre de me raconter ce qu'elle y voit.

« Une route », dit-elle alors, ou bien : « Je marche », et alors la terreur s'empare d'elle à nouveau et elle refuse d'en dire davantage. Je sais qu'elle tient ces rêves pour prophétiques.

« Si tu me racontes les rêves, je trouverai peut-être un moyen de les empêcher. » Mais cela aussi la trouble : si les dieux veulent qu'elle contemple sa mort en face, il serait impie de se soustraire à cette vision.

« Ainsi donc, tu meurs dans le rêve ? » Je répète ma question, inlassablement. Je n'ai jamais eu de rêve récurrent, je n'ai jamais eu de rêves tant soit peu cohérents, à vrai dire, et je suis fasciné.

Pythias ferme les paupières et, dans un effort surhumain, les ouvre à nouveau. Elle me fixe droit dans les yeux en me parlant, et à mon attention aux mots qu'elle prononce se superpose la révélation que toutes ces années qu'a duré notre mariage, nos regards se sont rarement croisés. Ses yeux dérivent toujours juste au-dessus de mon épaule, sur ma poitrine ou sur mes pieds.

« Je marche, dit-elle. Je suis seule. Il y a du vent, et le ciel est noir. Puis le ciel se met à fondre. Il tombe en lambeaux, et derrière le ciel apparaît un feu blanc, et un énorme bruit se fait entendre. Bientôt, les cieux s'embrasent, et la voûte céleste se réduit à des débris noircis, qui se désagrègent dans le vent. Le vent, le bruit et la chaleur sont insupportables, mais le pire de tout, c'est que je suis seule. »

Elle s'agrippe si fort à mes mains que ses jointures blanchissent.

« J'ai à peine fermé les yeux que ça revient, murmure-t-elle. Je n'aurais pas dû te raconter ? »

Je la réconforte de la meilleure manière que je connaisse, dans le langage de la raison, en lui expliquant que l'organe sensible du corps, le cœur, a besoin d'intermittences naturelles, que l'on appelle le sommeil ; que son but est de reposer les sens. J'explique la relation entre digestion et sommeil (en notant intérieurement qu'il me faudra interroger la bonne sur les habitudes alimentaires de ma femme), et lui dis que les rêves sont une rémanence des impressions sensorielles, qui joue sur l'imagination. Plusieurs facteurs peuvent influer sur la nature des rêves, comme par exemple un léger apport sensoriel pendant le sommeil — une chambre trop chaude ou trop froide —, qui sera alors amplifié dans le rêve, produisant une impression de froid extrême ou de brûlure. Peut-être son rêve de grande chaleur a-t-il été suggéré par sa fièvre, ou un excès de couvertures. (Ses yeux suivent les miens pendant toute la leçon, comme ceux de la petite Pythias quand je lui dis qu'un jour, elle sera une grande dame aussi belle que sa mère ; elle doute, mais pourtant elle veut croire.) J'explique encore que certaines personnes sont particulièrement sujettes à des rêves violents, et notamment les gens nerveux ou sous l'emprise d'une émotion forte, mais aussi ceux qui ont l'esprit vide, tout vide ayant besoin d'être comblé. (Je m'abstiens de préciser de quelle catégorie elle pourrait relever. Mes propres rêves sont négligeables ; mon esprit est trop occupé quand je veille pour gaspiller ses forces durant mon sommeil.) Pour ce qui est de l'impiété, je lui explique gentiment que les chiens, on le sait, rêvent — ils courent en agitant les pattes dans leur sommeil : pourquoi les dieux enverraient-ils des visions à un chien ? Non, les rêves peuvent coïncider fortuitement avec la réalité ou être prémonitoires, mais certaines personnes sont sensibles à n'importe quel stimulus, aussi faible soit-il — de la même manière que l'eau tremble de part en part dès que l'on jette dedans le plus minuscule des galets —, et perçoivent des visions dans la paille, les casseroles et les coupures d'ongles autant que dans les rêves. Cela ne signifie rien.

« Je me disais, peut-être, que c'était un souvenir. » Pythias est plus calme, à présent. « Quand tu m'as parlé des cieux, de toutes les… les sphères, et de la dernière qui est noire mais constellée de trous d'aiguilles, afin que le grand feu derrière scintille à travers eux, comme autant d'étoiles. J'avais eu peur à l'époque, quand tu me l'as expliqué, et j'ai pensé que, peut-être, ça revenait dans mes rêves.

— Eh bien, tu vois… »

Je me sens envahi tout à la fois par un élan de gratitude, d'affection, d'émerveillement et de douleur devant cette perte imminente, inéluctable.

« Tu as déjà fait le tour de la question, sans que je t'aide. Je suis fier de toi. »

Elle se recouche alors, et ferme les yeux pour montrer sa bravoure.

« Elle est bien, me confie la bonne, plus tard, quand je l'interroge. Elle a dormi cet après-midi, un peu, pendant que vous étiez sorti. » Cette servante, Herpyllis, est une créature chaleureuse, pas spécialement jeune, elle a une disposition pour l'ordre et des traits avenants. La fille au teint sombre, avec des yeux verts, celle que Pythias aime bien. Maintenant que Pythias est clouée au lit, Herpyllis a pris en main la gestion de la maisonnée. Je l'ai vue dorloter la petite Pythias et roucouler en l'étreignant, une affection que la fillette accepte avec une attention totale et grave.

Je la soupçonne de vouloir me réconforter. L'effort me paraît louable, mais je suis surpris par l'audace qu'il implique. C'est une servante, certes, pas une esclave ; mais quand même.

« Vous prenez ça avec beaucoup de calme », lui dis-je, comme elle referme la porte de la chambre. Ses bras sont pleins des draps qu'elle vient de changer, son visage encore rougi par l'effort de les enlever sans déranger Pythias. J'avais l'intention de prendre sa relève au chevet de la malade, mais Pythias m'a repoussé d'un geste, en disant que j'allais encore la forcer à penser.

« Parle à Herpyllis, plutôt, m'a suggéré ma femme. Elle t'écoutera. »

« J'ai déjà vu ça, me répond à présent la bonne, dans le couloir. Quand j'étais petite. Parfois dans l'estomac, parfois les seins. Ma mère allait s'asseoir à côté des malades. Elle m'emmenait avec elle. »

Je me pousse pour la laisser me précéder, et je la suis jusqu'à la cuisine, où elle laisse tomber le linge dans un coin.

«As-tu une idée…?» dis-je, mais mon courage se froisse soudain à l'intérieur, et je reste planté là, tristement, au milieu de ma phrase.

«Combien de temps?»

Je fais oui de la tête. En retour, elle secoue la sienne, et je comprends d'abord qu'elle ne veut pas s'aventurer à faire un pronostic, mais alors, elle déclare :

«Elle ne souffrira plus longtemps.»

Je la regarde s'activer en cuisine, faire le ménage et préparer mon repas. Elle arrache un cheveu sur sa tête, gros fil blanc au milieu du noir, avec lequel elle entreprend de découper en tranches un œuf dur, pour le dîner de la petite Pythias. Plus si jeune, mais pas encore si vieille. Ses mains, en particuliers les ongles, sont propres, pour une servante. Les casseroles sont astiquées, le sol récuré. Et, je m'en rends compte à présent, mes propres draps sont toujours changés avant que mon odeur s'y imprègne. Mes repas sont servis vite, et chauds ; mes plats préférés viennent à moi sans que j'aie besoin de rien demander. Même le jardin, dans la cour, semble mieux entretenu, désherbé, arrosé, taillé et tuteuré. Je remarque tout cela, à présent.

Comme je m'éclaircis la gorge, elle se détourne de sa planche à découper, s'essuie les mains et remonte sa jupe — le sol doit être humide, me dis-je d'abord. Mais quand elle sourit, les yeux rieurs, je bondis en arrière, comme au contact d'une braise. Je passe le reste de la soirée dans mon bureau, porte close, ce qui signifie, et les serviteurs le savent, qu'on ne doit me déranger sous aucun prétexte.

~

Il existe des précédents historiques pour certaines frontières territoriales — Sparte, Argos, Arcadie, Messène — que Philippe, occupé à redessiner les cartes de la région, devrait connaître. Telle est mon opinion, et j'envisage de lui adresser des recommandations sur ce point. J'irai peut-être jusqu'à le comparer à Hercule, tant que j'y suis. Des voix à l'entrée de la maison ; Tychon les renverra ; je suis malade ; je ne quitte plus mon bureau ; je ne reçois personne. Mais des bruits de pas résonnent.

« Tu as les oreilles pleines de merde et le crâne aussi, dis-je à Tychon sans détacher les yeux des cartes posées sur mon bureau. Je te l'ai dit, je ne suis pas là.

— Je n'entends pas bien. »

Je relève les yeux.

« Les oreilles pleines de merde », ajoute Alexandre.

Qu'est-ce qui a changé ? La taille, la voix plus grave : quoi ? Oh, quoi ?

« Je suis venu voir Pythias.

— Vraiment ?

— Elle a dit que je pouvais venir quand je voulais. »

Le coin de mes lèvres se tord. Un sourire, si je pouvais sourire.

Il s'agenouille devant moi, déchiffre mon visage.

« Elle n'est pas :..

— Pas encore. »

Il prend mes mains.

« Non. »

Je me dégage. Pas de chaleur, pas de contact.

« Elle dort. Tu veux attendre qu'elle se réveille ? »

Il acquiesce.

« Comment vas-tu ? Quand es-tu rentré ?

— Hier. »

Il me raconte brièvement ses dernières semaines, surveillé de près à Athènes, puis promptement renvoyé chez lui.

« Ils ne savent pas quoi faire de moi. Mon père et Antipater. Ils craignent que je fasse du mal à quelqu'un, ou à moi-même. C'est ce que m'a dit Antipater. Je n'ai pas revu mon père depuis la bataille. Au moins, ils m'ont rendu mon poignard... »

Voilà la chose, enfin, posée sur la table entre nous.

« Te souviens-tu en détail de ce qui s'est passé ce jour-là ?

— En partie. Je sais ce qu'Héphaïstion m'a raconté. »

Il hésite.

« Il m'a rapporté ce que mon père a dit, qu'il n'avait pas d'héritier… C'est vrai ?

— Philippe a eu peur.

— Non, je ne le crois pas. Mon père n'a jamais peur.

— Il était en colère, alors. Tu… nous faisions quelque chose qu'il ne comprenait pas.

— Nous ?

— Toi, si tu veux.

— Un cadeau. La tête a plu à Carolus. »

Donc, il se souvient.

« Comment as-tu fait pour l'avoir, d'ailleurs ? »

Il a le regard vide, et je frissonne. Je suis projeté six années en arrière, il a ce même air d'incompréhension que lorsque Carolus lui avait demandé où il comptait trouver une tête.

« Souvenez-vous. La tête, c'était mon boulot. Je voulais en sculpter une, en terre cuite, et la peindre. Je suis allé chez l'acteur pour bien le regarder, faire une copie fidèle, et dès que je l'ai vu, j'ai compris qu'il ne jouerait pas. C'était évident pour tout le monde. Il y avait une vieille dame, sur place, elle m'a dit qu'il dormait depuis des jours et ne se réveillerait plus jamais. Il avait de la fièvre. Elle a soulevé le drap pour me montrer son ventre. Il était tout gonflé de n'avoir pas chié depuis si longtemps. Elle m'a dit que c'était ça qui le tuait : il y avait un blocage, et son corps se remplissait de merde. Ça peut arriver ? »

J'ai confirmé.

« Alors j'ai fait un croquis de son visage, pour ma sculpture, je suis rentré chez moi, et me suis mis au travail, mais je n'y arrivais pas. La tête avait l'air ridicule, comme si un enfant l'avait faite.

— Tu étais un enfant. La sculpture est déjà difficile pour un artiste confirmé… »

Il écarte l'argument d'un revers de la main.

« J'aurais dû être capable de la faire, et je ne l'étais pas. Mais soudain, j'ai compris pourquoi. C'est parce que j'avais déjà eu une meilleure idée. C'était une perte de temps que de travailler sur la première idée, moins bonne. Alors je suis retourné chez lui. »

Je veux savoir, et je ne le veux pas.

« Et tu l'as… »

J'agite les mains. Bientôt, j'aurai un demi-siècle.

« … aidé ? »

Il hésite ; modifie ce qu'il allait dire. En six ans, c'est la première fois que je le vois faire ça.

«La vieille s'en est chargée, avec un oreiller. Elle disait qu'il avait assez souffert.

— Et elle t'a laissé prendre la tête?

— J'ai tout pris. Elle savait qui j'étais. Elle n'avait pas le choix. Je l'ai fait enterrer comme il faut, après coup. Je ne suis pas un animal.»

La plus grande injure qu'un homme puisse faire à un autre, je me rappelle le lui avoir dit; qu'il en soit convaincu justifie à lui seul mon séjour à Pella.

«Recommencerais-tu? Aujourd'hui?

— Admettez que c'était efficace...

— J'admets que c'était efficace. Le referais-tu?

— Vous voulez que je réponde non. Non, je ne le referais pas.

— Pourquoi?

— Parce que Carolus est mort.

— Tu n'as plus personne à impressionner?»

Alexandre fixe ses genoux.

«Pardonne-moi, dis-je. Je blesse avec les mots, c'est l'art du tragédien. Dis-moi, si tu devais écrire une tragédie, sur quoi porterait-elle?

— Moi?

— Qu'est-ce qui t'inspire de la peur, de la pitié?

— C'est facile. Vous. Coincé ici, avec moi, alors que vous pourriez être un grand de ce monde. Rangé dans une petite boîte par mon père, le couvercle cloué. Un animal qui se meurt dans une cage.

— Tu n'es pas mourant…

— Je parlais de vous.

— Non, tu ne parlais pas de moi.

— Et quand vous serez fini et que tout le jus aura été pressé, quelqu'un viendra ouvrir en deux votre crâne et il dira : "Regardez ce cerveau, comme il est énorme. Regardez ce gâchis…"

— Ce n'est pas un gâchis, dis-je, d'une voix calme.

— Un gâchis spirituel, un gâchis physique, un gâchis de temps. Et vous, sur quoi écririez-vous une tragédie ?

— Maître. »

Tychon se tient debout sur le seuil.

« Ma maîtresse est réveillée. »

Nous nous levons.

« Je veux la voir seul », déclare Alexandre.

J'attends dans la cour, inspectant mes herbes. À nouveau la fin de l'automne, et tout meurt à nouveau. Même les plantes vivaces prennent un aspect ligneux, une teinte brune. Ils ne restent pas longtemps ensemble.

«Elle a demandé si vous m'aviez nourri, déclare Alexandre en ressortant, quelques minutes plus tard. Je lui ai répondu que non, et que je mourais de faim.

— Je vais en entendre parler…»

Je le raccompagne à l'entrée.

«Comment va ta mère?

— Elle est plus heureuse. Je passe beaucoup de temps avec elle, ces jours-ci. Qui m'en empêcherait?»

Héphaïstion attend dehors, ainsi qu'une poignée d'autres, que je reconnais, des garçons qui m'ont eu pour précepteur. Des hommes, désormais, qui ne me prêtent aucune attention, hormis Héphaïstion — il hoche la tête et se détourne.

«Mon escorte, explique Alexandre.

— Te reverrai-je?

— Mon père l'interdit. Alors oui, bien sûr.»

Je retourne voir Pythias. La chambre est chaude et sombre, remplie du parfum des épices qu'on a mises à brûler dans un petit brasero, pour embaumer l'air.

«Il n'arrive pas à dormir, me confie-t-elle. Les bruits vifs le font sursauter. Il n'arrive pas à se concentrer sur un livre. Parfois, il ne se souvient pas de ce qu'il a fait de sa journée. Il s'emporte, puis sa colère le quitte, et il a envie de mourir.

— C'est une sorte de maladie de guerre. Ils appellent cela "le cœur du soldat".

— Le cœur du soldat... »

Je la regarde soupeser l'idée dans sa tête.

« On dirait un éloge...

— C'est ce que j'ai pensé, aussi. J'ai entendu dire que, souvent, on s'en remettait.

— Lui dit que ça empire. »

Je le revois en train de boiter pour sa mère.

« Il est inquiet pour toi. Il veut que tu te fasses du souci pour lui, et qu'ainsi tu ne penses plus à toi. Il s'en sortira. »

La réponse, bien sûr, c'est que jamais je n'écrirai de tragédie. Je n'ai pas ce genre d'esprit.

~

Quand il rentre à Pella au début de l'hiver, Philippe n'est plus le même homme. Il mâche du persil pour adoucir son haleine, porte des habits à la mode, et boit nettement moins. On raconte qu'il s'est entiché de la fille du général Attale, une certaine Cléopâtre. C'est la vacuité même ; fraîche et jolie, quelconque. Ses lèvres sont figées en une moue naturelle, tels les pétales d'une fleur, sans doute l'origine du désir. Elle a la sérénité franche d'une favorite encore trop jeune pour saisir le danger de sa position, et un rire perçant.

Herpyllis vient de Stagire, et c'est la pointe de la dague qui me perce le cœur. Pythias me le déclare durant l'un de nos longs après-midi, quand la conversation s'égare et qu'il m'est plus facile de mentionner le soin particulier que cette femme a pris de moi depuis qu'elle est malade. Quand nous nous retrouvons de nouveau seuls tous les deux, un soir qu'Herpyllis me sert le dîner, je lui demande si c'est vrai.

« Vous ne vous souvenez pas de moi ?

— J'aimerais bien, dis-je, avec sincérité. Mais je crois que tu es plus jeune que moi.

— Un peu, peut-être. Je me souviens de la maison de votre père. Des fleurs magnifiques. Mon père a aidé le vôtre à enlever un nid de guêpes de sous l'avant-toit. Je devais avoir sept ou huit ans. Je me souviens m'être assise dans le jardin pour regarder, avec une bande d'enfants venus des maisons voisines, et vous n'arrêtiez pas de nous faire reculer, pour ne pas que les guêpes nous piquent. Comme un chien de berger.

— Je m'en souviens. »

Et le souvenir me frappe de plein fouet — la chaleur de l'été, le bourdonnement des guêpes, le tumulte extraordinaire de tous ces visiteurs dans le jardin, ma propre excitation et mon épuisement à me retrouver entouré de si nombreux enfants, moi qui étais habitué à passer mon temps seul. C'était comme un jour de fête.

« Quoi d'autre ?

— Vous nagiez tout le temps. Nous apercevions cette tête au loin, dans l'eau, mes sœurs et moi, et nous savions que c'était vous. Mais notre mère nous avait dit de ne jamais nous moquer, parce que vous étiez le protégé du dieu de la mer...

— Vous vous moquiez de moi?»

Elle repousse ma question d'un geste, riant à présent, et remplissant ma coupe.

«Mon père était pêcheur. Vous ne me connaissiez sans doute pas, mais moi, je me souviens de vous. J'ai travaillé pour la famille de votre mère, à Chalcis, après votre départ, et ils m'ont envoyée chez vous après votre mariage.

— Oui.»

Mais c'est un souvenir brumeux ; je n'avais d'yeux que pour Pythias, alors. Je me souviens peut-être d'une femme plus vieille de quelques années que ma nouvelle épouse, plus grande et plus forte, au sourire plus facile. Je n'ai jamais eu grand-chose à faire avec les suivantes de mon épouse.

Au cours des jours et des semaines suivants, nous échangeons d'autres petites réminiscences — la grande chute de neige, la récolte exceptionnelle, l'orage terrible, les fêtes de nos enfances partagées mais séparées. La proposition faite en cuisine ne s'est jamais répétée, mais j'ai dans l'idée que cela arrivera. Elle n'a rien de la verte brindille que Pythias a été ; ses seins sont de lourdes miches comparées aux pommes de Pythias. Pendant un moment, je décrète que cette femme m'inspire une farouche aversion: trop facile, trop agréable, trop souriante, un âge trop proche du mien, trop familière, et par-dessus tout trop déconcertante: une tache noire dans ma mémoire, un petit espace vide, un visage dont je devrais me souvenir, et j'en suis incapable. Elle devient agaçante, source constante d'irritation, et je guette son pas, sa voix, rien que pour l'exaspération qu'ils provoquent chez moi. Son odeur, aussi, un parfum de ma femme (Pythias m'a expliqué, au sujet du cadeau: «J'en ai trop; je ne les finirai pas, maintenant»), transformé par l'alchimie particulière de sa peau, passant de fleurs claires à fleurs sombres; du moins, je l'imagine ainsi. Ses manies — la façon dont elle se lisse les cheveux derrière l'oreille en courbant les doigts, l'habitude qu'elle a de pousser un grognement quand elle s'assoit après être restée longtemps debout ou se lève après être restée longtemps assise, son éternel sourire discret, le soupèsement occasionnel, et inconscient, de ses propres seins — me sont devenues insupportables. Évidemment, je suis en train de tomber amoureux, et j'en ai conscience. Le sexe n'est pas un remède, mais un traitement que je garde pour le pic de la fièvre.

Un jour, elle s'attaque aux livres de ma bibliothèque, les sort au soleil pour souffler la poussière et les sécher, afin d'éviter les moisissures. Je trouve cela distrayant: les allées et venues, les livres dérangés, la peur que m'inspirent les mains sales de ma fille, et la pluie. Je quitte ma table de travail pour regarder par la porte, toutes les deux minutes, et m'assurer que la petite Pythias n'est pas en train de suçoter ma

République, ou qu'un nuage apporté par le vent ne menace pas de tout ravager.

« Le ciel est toujours bleu », déclare Herpyllis en le montrant du doigt. Quand je jette un nouveau regard, elle ne remarque pas ma présence : elle examine un livre.

Je me glisse derrière elle, regarde par-dessus son épaule.

« Tu sais lire ? »

Elle sursaute et fait claquer le livre en le refermant.

« Non. »

Je lui prends le livre des mains. La couverture est poisseuse. Je l'ouvre, parcours quelques lignes, et je ris. Il y a des dessins, qu'elle devait regarder.

« Parfait. Je cherchais un cadeau pour le mariage. »

~

Le lendemain des noces, Alexandre, Olympias et leur suite quittent Pella pour se rendre à Dodone, capitale de l'Épire voisin, où le frère d'Olympias est roi.

« Je ne comprends pas toutes ces histoires, me confie Callisthène, dans mon bureau. Philippe a eu d'autres épouses, depuis Olympias. Pourquoi s'enfuit-elle, maintenant ? »

Je perçois dans la tournure de phrase la condescendance de la cour.

«Et Alexandre. Un lion à la guerre, mais à la maison, il est aussi hystérique qu'une femme.»

Je lui demande :

«Qui le dit?

— Si tu étais allé à la cour, tu l'aurais vu toi-même. Il est à cran, ces derniers temps, à se battre pour un rien. Hier soir, encore. S'en prendre à Attale! Menacer son propre père!»

Callisthène a assisté au mariage à l'invitation de Philippe; je n'étais pas convié.

«Que s'est-il passé, au juste?»

Je n'ai entendu que le rapport confus que m'en a fait Tychon. Les informations circulent vite entre les esclaves, mais elles sont rarement précises.

«Attale a levé sa coupe en se félicitant des beaux enfants qu'ils avaient engendrés, ou quelque chose comme ça. Alexandre s'est senti offensé, et lui a jeté une coupe au visage. Il l'a cogné.» Callisthène mime Attale recevant un coup en pleine tempe. «*Paf*. Alors Philippe bondit et s'écrase par terre, et Alexandre lui demande comment il va faire pour aller jusqu'en Perse, s'il n'arrive déjà pas à descendre de sa banquette...

— Malin.

— … Puis il a ajouté quelque chose, comme quoi tous insultaient sa mère pour la dernière fois. Là, je n'ai plus suivi, mais j'avais pas mal bu.

— Olympias n'est pas de Macédoine, elle est épirote, ce qui fait d'Alexandre un sang-mêlé. Un fils purement macédonien monterait donc sur le trône avant lui.

— Alexandre ne se laissera pas supplanter par un nouveau-né », réplique mon neveu, tranquillement.

Je m'émerveille sans cesse de sa capacité à enjamber sa propre ignorance, et à mener la conversation comme si c'était moi qui manquais d'instruction.

« Je ne vois pas comment il pourrait l'empêcher. Un régent peut diriger à la place d'un bébé, jusqu'à ce qu'il soit en âge de gouverner. Ce ne serait pas la première fois. »

Bien que je passe désormais le plus clair de mon temps chez moi, les nouvelles me parviennent : amplifiées par mon neveu quand il me rend visite, plus sobres dans la bouche d'Herpyllis. Alexandre a installé sa mère à la cour de son frère, à Dodone, et lui-même a rendu visite au célèbre oracle des lieux, un immense chêne où nichent les colombes avec, suspendus aux branches, des vases de bronze qui chantent au vent. Après quoi, il est parti à cheval, seul, vers le nord, où la rumeur dit qu'il réfléchit profondément. (Herpyllis sourit ; je souris ; puis nous rangeons nos sourires, prudemment, sans autre commentaire.) Pendant ce temps, un médiateur, Démarate de Corinthe, ami de la famille, multiplie les allers-retours entre Pella et l'Épire, relayant des messages de respect et de contrition entre père et fils. Les Macédoniens observent tout cela avec leur traditionnelle affection vorace, comme s'il s'agissait d'un lion jouant avec son lionceau. Finalement, Alexandre revient seul à Pella, la tête haute, et reprend avec dignité et magnanimité son rôle d'héritier présomptif. Il est aidé par le fait que la jeune Cléopâtre s'est mise en retrait ; on la dit enceinte et malade, clouée au lit.

Je me lance dans un petit travail sur la respiration, un fascicule qui me tiendra occupé au chevet de Pythias. Elle oscille sans cesse entre conscience et inconscience, et je passe des heures entières à regarder les rayons de soleil se déplacer le long des murs, en écoutant le rythme de son souffle. Je sombre moi-même trop facilement, ces après-midi-là, dans une sorte de stupeur, comme sous l'empire d'une drogue, pleine de souvenirs et de demi-rêves érotiques, qui s'entremêlent quand je revois Pythias dans la fleur de l'âge, Pythias, au soir de notre nuit de noces, avec ses voiles et ses couronnes, quand je la conduisais à la porte de ma maison, où les femmes nous attendaient avec des torches enflammées, et plus tard lors du festin de noces, savourant des gâteaux au sésame et des coings ; Pythias qu'après cette première nuit j'ai dû cajoler avec une infinie patience pour qu'elle quitte ses habits et entre dans mon lit ; Pythias qui est clouée au sien, à présent, et ne se lèvera plus jamais. Une fois, je me masturbe même, pendant qu'allongée sur sa couche elle peine à respirer. Je note tout ce que je sais du souffle, chez les hommes et les animaux, les poissons et les oiseaux, et je cherche à chasser le souvenir auquel je n'ai pu résister, un souvenir qui maintenant me brise le cœur, celui de notre nuit de noces, quand j'ai posé ma tête sur sa poitrine, que j'ai senti monter et descendre son souffle, et que je me suis dit que jamais plus je ne dormirais seul.

~

Pythias meurt dans la nuit. Quand son souffle se fait râpeux, je vais dans la cuisine chercher une coupe d'eau, mais le temps que je revienne, elle est déjà partie. Je lui ferme les yeux et pose la pièce sur la langue, puis je m'allonge à côté d'elle, pressant le visage contre son épaule, son cou, sa poitrine, là où il reste encore un peu de chaleur. Bientôt, il ne reste plus que la mienne.

~

Quelques jours plus tard, un courrier se présente chez moi. Ensemble, nous nous rendons à cheval jusqu'au palais. L'été approche ; la lumière s'aplanit et la chaleur s'enracine dans le sol. Je pense brièvement que je devrais emmener Herpyllis sur la côte, lui apprendre à nager, mais je sais que je ne le ferai pas. Elle sera trop volontaire, trop souriante.

Mon audience, à ma grande surprise, est une audience privée. Après m'avoir fait patienter quelques minutes, seul, dans une antichambre étroite, Philippe entre d'un pas vif, et m'étreint sans ménagement.

«J'ai appris la nouvelle. Je suis désolé.»

Le roi reste assis près de moi pendant un long moment, parlant avec sa douceur familière, un peu rustre, et un accent dans la voix qui me paraît sincère et me touche. Il est plus patient à mon égard que je ne le suis avec la petite Pythias, qui a tant pleuré qu'elle en a attrapé la fièvre et vomit chaque fois qu'elle s'assoit. Elle demande sans cesse une pièce à donner au passeur, pour pouvoir aller voir maman. Je ne supporte plus sa présence.

Je finis par me forcer à lui dire :

«Je te détourne de tes devoirs.

— Pas du tout. Je n'arrête pas de penser à ma petite, si elle était morte. Je ne sais pas ce que j'aurais fait.»

Je me souviens, alors, de le féliciter pour la naissance de sa fille.

«Nous l'avons appelée Eurydice, comme ma mère.»

Philippe secoue la tête.

«Encore une chose... J'ai obtenu du satrape de Carie qu'il offre sa fille à Arrhidée.

— En mariage?»

Philippe rit et se frotte les yeux.

«Carie...»

J'essaie de penser clairement.

«Ni trop grande ni trop petite. Stratégique. Cela fera sans doute l'affaire. Nous donnons un dîner en son honneur, tu dois venir.

— En l'honneur d'Arrhidée?

— De Pixodare, rétorque Philippe. Le satrape. Mais c'est une idée... J'imagine qu'il devrait être présent?»

Je répète:

«Arrhidée?

— Tu as raison, évidemment. J'espère qu'il ne foutra pas tout en l'air. Il sait manger tout seul, non?

— Quand l'as-tu vu pour la dernière fois?»

Philippe plisse violemment les yeux.

«Je ne me rappelle pas, finit-il par répondre. Depuis combien de temps es-tu parmi nous?

— Six ans.

— Ça doit être à peu près ça...»

Je me lève pour prendre congé.

«Attends, attends, attends... Merde, tu es bien pressé, aujourd'hui... Je ne t'ai pas encore dit le plus important.»

Apparemment, le plus important n'est ni la mort de mon épouse, ni la naissance de sa fille, ni le mariage de son fils. Je me rassois.

«On dirait que je vais te cogner...»

Il feint de me frapper au visage, et j'esquive automatiquement. À un moment donné, au cours de ces vingt-cinq dernières années, j'ai acquis ce réflexe.

Philippe éclate de rire.

«Je ne t'ai même pas remercié pour mon cadeau de mariage, hein, avec toute cette agitation? Tu as toujours été drôle.»

C'est donc ça, le plus important: un petit livre poisseux, un morceau de nostalgie qui sent encore un peu le raisin sec.

«Drôle?

— Tu avais un visage de clown. Tu essayais tout le temps de faire rire les gens. Je me souviens que tu savais imiter les gens. Tu singeais ton père, et le mien. C'en était même un peu effrayant, à vrai dire.

— Moi?

— Oh, oui. Tu m'as même imité, une fois, et je t'ai cassé la gueule. C'était à se tordre de rire, mais j'étais obligé. Je crois que tu avais fait semblant de baiser une pomme.

— Ça, tu les aimais, les pommes... dis-je, lentement, en essayant de me souvenir.

— Je les aime toujours.»

Il abat sa jambe, en guise de conclusion, comme si j'avais réglé l'affaire.

«Et, c'est amusant, Alexandre les aime aussi. Je partageais la mienne avec lui quand il n'était qu'un nourrisson ; je lui donnais à manger avec la pointe de mon couteau. Il voulait toujours être avec moi, autrefois. Où est passé ce petit garçon, tu as une idée ?

— Il a son propre couteau, maintenant. »

Il me donne une petite tape dans la mâchoire, avec son poing, un coup que j'ai vu venir mais que, cette fois, j'encaisse.

«Nous aurions dû être meilleurs amis. »

En guise d'excuses, je n'obtiendrai rien de plus. Je fais oui de la tête.

«Cléopâtre estime qu'Olympias dit peut-être la vérité, quand elle prétend que mon fils a été engendré par un dieu. Ne fais pas cette tête, tu as forcément entendu les rumeurs. C'est Olympias elle-même qui les répand. Ça fait des années que ça dure, mais je ne m'en suis jamais soucié, jusqu'à maintenant. La petite Cléopâtre, hein ? Déjà une fine politicienne… Nous savons tous les deux où elle veut en venir, bien sûr, sauf qu'elle est assez maligne pour ne pas le dire franchement. Mais je ne pense pas que ça puisse être vrai. Un amant ? Pas à l'époque, en tout cas. Nous avons longtemps été chauds comme la braise, sa mère et moi. Tu trouves qu'il me ressemble ?

— Quelle question ! »

Philippe rit.

«Tu vois? Tu es drôle. Mais après tout, que peux-tu répondre... Très bien. Même s'il a toujours préféré sa mère, malgré ses cheveux, sa peau, tout ça... C'est ridicule de commencer maintenant à se poser la question, hein?»

Je décide que mon chagrin me vaudra une certaine indulgence.

«Il n'est pas très grand.

— C'est gentil de me le rappeler.»

Philippe a l'air agacé, ce qui était le risque. Mais alors, il répète: «C'est gentil de me le rappeler», en détachant les yeux de moi, et je comprends que je lui ai donné ce qu'il voulait, une petite pierre polie à serrer dans sa main la nuit, et à frotter du bout de son pouce, un komboloï, un talisman: deux petits hommes dans un royaume de géants.

Je me demande combien de temps il se raccrochera à cela, et à quel point sa nouvelle petite femme est vraiment rusée. Une fille cette fois, mais un fils bientôt, peut-être, et alors? Pas si vide et transparente que ça, si elle voit déjà aussi loin. Elle apprend vite, à moins que quelqu'un ne la guide. Et combien de temps faudra-t-il pour qu'Alexandre apprenne que son père se demande s'il n'est pas un bâtard?

«Bon», reprend Philippe. Je me demande ce qu'il a déjà compris tout seul. Je pencherais pour cette réponse: presque tout. «Tu vois, parler avec toi, c'est toujours bon pour moi. Maintenant, à moi de t'offrir quelque chose. Ce n'est sans doute pas le bon moment, et ça ne te touchera sans doute pas tout de suite, en cette période de deuil, mais je veux que tu emportes ça avec toi, si tu vois ce que je veux dire, et que tu le digères : je reconstruis Stagire.

— Stagire ?

— Un remboursement, pour tout ce que tu as fait pour le petit. Un cadeau. Appelle ça comme tu veux. Je sais bien que les choses n'ont pas tourné comme toi ou moi l'aurions voulu, mais en regardant Alexandre, tu ne peux pas te dire que tu as perdu ton temps.

— Je ne me dis pas ça.

— Tu ne peux pas. Bref. J'ai donné l'ordre de lancer les travaux, et je veux que tu ailles là-bas, dans le courant de l'été, pour superviser le tout. Tu pourras me dire ce qui doit être fait, et j'y veillerai personnellement. Pâturages, cultures, édifices, bateaux, tout ce qu'il faudra. Nous pourrions aussi faire revenir les gens, ou du moins essayer. Peut-être saurais-tu où retrouver certains ?

— Peut-être.

— Je me souviens que tu avais un frère…

— Oui. »

Je ne lui dis pas qu'Arimnestos est mort dans sa dix-huitième année en tombant de cheval, ni que l'année d'après, Arimneste est morte en donnant le jour à son deuxième enfant, une fille, morte avec elle, que Proxène et Nicanor ont quitté Atarnée avant même que j'aie pu m'y rendre, et qu'ils sont désormais installés à Érèse, sur l'île de Lesbos. Pythias et moi leur avions rendu visite une fois ou deux, quand nous vivions à Mytilène. Stagire n'est rien pour eux. Ce n'est pas Athènes bien sûr — je comprends alors que cette promesse-là s'est envolée dans les sphères célestes, avec le Thébain.

Nous nous levons d'un même élan, et nous donnons une dernière accolade.

«Il est comme un dieu, pas vrai? déclare Philippe. Qui donc comprend les dieux? On ne peut pas m'en vouloir de prévoir un plan de secours. Parfois, quand je le regarde, je me demande ce qu'il va faire l'instant d'après.»

~

«Écoutez un peu», dit Alexandre.

À son signal, l'acteur commence à déclamer.

«Tu ne peux pas faire ça», dis-je, au bout de quelques mots, après avoir saisi la nature du discours.

L'acteur s'interrompt. Alexandre se tourne vers moi avec son vieil air d'incrédulité amusée.

Aussitôt, j'ajoute : «Majesté…»

Nous sommes dans la bibliothèque du palais, où Alexandre m'a convoqué, officiellement pour une leçon.

«Mais si, je peux, et je vais le faire, rétorque Alexandre. À qui croyez-vous qu'il préférera donner sa fille? à Arrhidée ou bien à moi? Oserait-il me la refuser?»

L'acteur est grand, fin et bel homme, et reste figé dans une immobilité peu naturelle pendant que les autres parlent. Je reconnais en lui Thessale de Corinthe, le célèbre tragédien, nouveau favori de la cour de Macédoine.

«Continue», ordonne Alexandre, et l'acteur reprend du début. Il vante longuement les qualités d'Alexandre, tandis que le prince marque la mesure sur l'accotoir de son siège.

Quand il a en a terminé, je l'interroge: «As-tu déjà rencontré cette fille?»

Alexandre lance une poignée de pièces que l'acteur attrape au vol et glisse dans ses poches. Il tire une longue révérence empreinte d'une dignité tragique, et quitte la pièce.

Alexandre écarte ma remarque et par là même toute conversation superficielle, du revers de la main, comme s'il chassait une mouche.

«Il arrange un mariage pour mon frère. Mon nigaud et débile de frère aîné. Pourquoi pas moi, alors? Ne suis-je donc pas mariable? Pense-t-il qu'Arrhidée possède quelque chose que je n'ai pas? Carie est notre principale alliée contre les Perses.»

Oserai-je lui faire remarquer que c'est faux?

«Il tente de me remplacer. Il n'a pas confiance en moi. Il a eu une fille, voyez-vous, alors maintenant, il lui faut trouver un autre moyen. Il choisirait même le chiot d'Arrhidée avant moi... »

Je remarque des parchemins empilés sur la table, à côté de lui.

«Tu as des nouvelles de ta mère? »

Olympias est restée à Épire aux côtés du roi son frère — elle boude, disent les Macédoniens.

«Elle m'écrit. »

Alexandre désigne les parchemins.

Je lui conseille de bien réfléchir à son geste.

«Je suppose que vous aussi, vous estimez que je ne suis pas apte au mariage...

— Pas à celui-ci, non. Il n'est pas digne de toi. »

Je regarde le garçon considérer mes paroles dans une immobilité empreinte de noblesse, comme son acteur.

~

Quand Philippe a eu vent des projets d'Alexandre, il a banni quatre de ses compagnons, dont Ptolémée, mais a épargné Héphaïstion. Même dans ses colères, Philippe n'est pas idiot; il voulait punir son fils, pas le briser. Et quand Philippe a appris que Thessale était déjà en route pour rentrer à Corinthe, il a envoyé des soldats à ses trousses et l'a fait ramener à Pella, enchaîné. Ce déshonneur, l'acteur l'a supporté avec une grande dignité, souffrant en silence.

« J'imagine aisément », dis-je.

Herpyllis, qui raconte cette histoire, me donne une tape réprobatrice sur le bras. Nous sommes au lit. Nous baisons ensemble, maintenant, une petite aventure piquante qui ne regarde personne. Elle est allée voir l'acteur se faire traîner dans les rues, comme la plupart des gens de Pella, pendant que je restais chez moi, à travailler sur mon livre.

« La pauvre fille, quand même… ajoute Herpyllis. Ne pas savoir quel frère on va lui donner. »

Je me tourne sur le dos, pour lui faciliter la tâche.

« On va lui donner Arrhidée. Je crois que Philippe a réglé ça très vite.

— Pauvre fille. »

Je ferme les yeux. « Pauvre garçon. »

Mon esprit s'attaque alors aux catégories du plaisir, et à la meilleure façon de les enseigner. Les premières fois, Herpyllis m'a laissé m'y prendre à ma manière. Quand elle a commencé à me guider un peu, j'ai supposé qu'elle m'offrait des libertés dont elle pensait que je n'osais pas les prendre : langue sur le mamelon, doigts dans le trou. Puis un soir, alors que je m'étais épuisé, elle a continué à grogner et à remuer, jusqu'à ce que je lui demande ce qui n'allait pas. J'ai laissé glisser mes doigts le long de son bras, jusqu'aux siens, pour voir ce qu'elle faisait.

J'ai demandé : « Tu veux un linge ? » Mais elle n'essuyait pas, elle frottait. Elle a tenté d'utiliser mes doigts, mais je me suis libéré et l'ai engagée à se montrer moins exigeante.

« Quoi ? s'est-elle exclamée.

— J'ai terminé. »

J'avais conscience de parler comme mon père.

« Ce n'est pas nécessaire.

— Tu as terminé, mais pas moi. »

Ne sachant que répondre, je l'ai laissée continuer. Elle s'est arc-boutée, puis elle a basculé dans une série de spasmes, gémissant faiblement à chaque expiration. Un son désagréable.

« Qu'était-ce donc ? »

J'ai supposé que sa réponse était un mensonge. Mon père m'avait appris que ce qu'elle prétendait avoir éprouvé était physiquement impossible.

« La prochaine fois, tu pourras m'aider », a-t-elle remarqué.

Je lui ai demandé de décrire son plaisir.

« Comme du miel, a-t-elle dit, puis : comme un tambour. » D'autres comparaisons, encore : le franchissement d'une colline, des vagues qui se brisent, l'éclat de l'or.

Elle a déclaré que quand je jouissais, je donnais l'impression d'un homme soulevant une lourde charge puis, dans un effort ultime, la reposant.

~

Le premier roi grec de Macédoine avait obéi à l'oracle qui lui avait dicté de construire une ville au prochain endroit où il verrait des *aigas*, des chèvres. Il y a vingt-quatre ans de cela, la première campagne militaire du nouveau roi Philippe visait à défendre Aegae, l'ancienne capitale, où se trouvaient les tombeaux des rois — contre Athènes. En cette fin d'été, la cour se déplace à Aegae.

Le palais, protégé sur ses arrières par une montagne, est exposé au nord, avec une vue, par-delà le sanctuaire et la ville, sur les plaines en contrebas. Il est plus petit que celui de Pella, mais plus ancien, et plus sacré ; toutes les cérémonies importantes s'y déroulaient. Au cœur du complexe se trouve une cour carrée, ceinte d'une forêt de colonnes ; autour, des salles de réception, des temples, des salles de vie. Dans la salle du trône, circulaire, le sol en mosaïque comporte une inscription en hommage à Hercule ; ailleurs, le pavement ouvragé représente des ceps de vigne et des fleurs, si bien qu'on croirait fouler une prairie au printemps. Adossé au mur ouest, il y a le théâtre en plein air. Une grande muraille de pierre protège les courtisans sur le chemin qui va du palais au théâtre, les isolant de l'espace public de la ville. Le théâtre est fait de pierre et de terre battue, avec des gradins pour les spectateurs et un autel à Dionysos au milieu de la fosse.

Outre la cour de Pella est présent le roi d'Épire, le frère d'Olympias, Alexandros. Philippe, menant jusqu'au bout ses manœuvres politiciennes, s'est arrangé pour que la fille qu'il a eue avec Olympias épouse son propre oncle. Il est de notoriété publique que Philippe vise par ce mariage à s'assurer la loyauté d'Alexandros, au détriment d'Olympias. Un événement important, non pas tant à cause de l'identité du marié et de la mariée — à l'évidence, Philippe se réserve encore le droit de les contrôler, l'un comme l'autre — mais parce qu'il offre l'occasion à Philippe de faire étalage de sa grandiose puissance devant le monde entier. La Macédoine sera à l'honneur. Les festivités, qui dureront plusieurs jours, incluront un festival des beaux-arts, des jeux, et d'immenses banquets. Les invités étrangers viennent d'un peu partout ; pour les étrangers, ce n'est pas le moment de refuser quoi que ce soit à Philippe.

Au matin du premier jour des célébrations, on donnera *Les Bacchantes* d'Euripide, encore. Philippe se permet-il un zeste d'ironie, en rappelant à son beau-frère le dernier spectacle auquel ils ont assisté ensemble, des années auparavant ? Tout le monde adore *Les Bacchantes*.

Je prends place avec mon neveu en haut des gradins, assez loin de la scène, et nous attendons que la pièce commence. En contrebas sont assis plusieurs centaines d'hôtes de marque, invités par Philippe, tous des hommes brillants et élégants dans leurs tenues de fête, des fleurs dans les cheveux, glorifiant l'air de leurs multiples langues. Le reste des invités — un millier en tout, m'a-t-on dit — doit déjà festoyer, en attendant les jeux de cet après-midi. La chaleur est écrasante, et Herpyllis me manque ; elle est restée à Pella pour veiller sur la petite Pythias et sur notre nouveau-né : Nicomaque, comme mon père. Je repense avec émotion à mon fils, ce petit être, allongé dans mon lit, où Herpyllis l'a posé entre nous, comme si de rien n'était, la première nuit, et où il dort les bras écartés, une main sur sa mère et une main sur moi. Il me procure un plaisir profond, animal — son petit corps dodu et chaud, qui ronfle, comme un renardeau dans sa tanière, membres enchevêtrés —, que je n'ai jamais éprouvé avec ma fille. Pythias exigeait qu'elle dorme dans sa propre chambre avec sa nourrice, qui pour les repas nocturnes nous réveillait cérémonieusement d'un coup rituel sur la porte comme si elle avait craint de nous interrompre en plein accomplissement du devoir conjugal. La petite Pythias était un bébé agité, et il lui fallait une éternité pour se rendormir quand elle s'éveillait la nuit. Le petit Nicomaque, jusqu'à présent, mange comme un loup — Herpyllis le nourrit en le posant sur ses genoux, assise telle une paysanne, en tailleur sur le lit, près de moi — et dort comme un ivrogne, avec au coin des lèvres les traces de sa félicité laiteuse. Il ne se compliquera pas la vie, me dis-je. Il me manque. J'ai plaisir, également, à être avec Herpyllis, naturellement bonne et compétente, qui partage mes souvenirs d'enfance et dont le côté terre à terre a quelque chose de rassurant, face à l'absence éthérée de ma défunte épouse. Mais elle ne cache pas l'ennui que lui inspirent mes travaux, et quand je lui en parle, une tâche urgente l'appelle toujours — repriser un habit, découper des légumes, nourrir le bébé ou tresser les fins cheveux de la petite Pythias.

Il est temps de me choisir un avenir : un endroit avec des gens auxquels je puisse parler, ou au moins, des fantômes avec lesquels je puisse vivre. «Je vois un grand voyage», m'a confié hier Callisthène, agitant les doigts devant ses yeux comme un prêtre en pleine vision. Moi aussi ; mais les voyages nécessitent de l'espoir, du courage, des préparatifs, et le désir de se lever chaque matin. Il va me falloir bien du temps pour rassembler ces troupes.

La procession commence, les tambours et les trompettes, les statues des dieux, puis Philippe en personne, quelques pas devant ses gardes du corps. La foule rugit. L'un des gardes du roi se baisse brusquement et dégaine un couteau. Philippe semble se taire, il semble tendre sa main vers l'épaule du soldat, et alors le poignard est planté dans la poitrine de Philippe. Quoi ? Philippe regarde par-dessus son épaule, s'agenouille doucement, touche le manche du poignard, et se couche.

Je ne distingue pas ce qui se passe sur scène, ensuite. Autour de moi, les hommes hurlent des mots impies, clament les noms des dieux, refusent ce qu'ils viennent de voir. Quoi ? Non ! Puis la foule pousse, tangue, court et nous emporte, Callisthène et moi, particules dans le courant. Nous crochetons nos coudes pour ne pas être séparés. À l'extérieur du théâtre, des soldats crient aux gens de regagner l'endroit où ils logent, et d'y rester. Pour nous, ce sera la bibliothèque du palais. On nous fouille plusieurs fois en chemin, pour voir si nous portons des armes. Callisthène saigne, d'un coup reçu à la cheville.

Aux portes du palais, j'interroge un soldat : « Le prince est-il sain et sauf ? » L'homme nous reconnaît.

« Le roi, vous voulez dire...

— Est-il sain et sauf ?

— Il est le roi », réplique le soldat.

La bibliothèque est silencieuse. Nos paillasses sont là où nous les avons laissées ce matin. Il y a tant d'étrangers ici, toutes les pièces sont occupées. Je n'aime pas manger, boire, me laver et pisser ici, exposant les livres à l'humidité, mais nous n'avons pas eu le choix.

« Tu as vu qui c'était ? »

Callisthène déchire une bande dans les draps de son lit pour panser sa cheville.

« Pausanias.

— Pourquoi ? »

Callisthène sait. Une histoire circule au sujet de cet officier — parfait contrepoint de celle que m'avait jadis contée Carolus au sujet de sa promotion —, selon laquelle l'homme s'est querellé avec Attale, le père de la nouvelle reine, et qu'Attale, feignant la réconciliation, l'a invité à dîner, soûlé, et jeté dans la cour

412

avec les palefreniers. Quand Pausanias est allé réclamer justice à Philippe, le roi a refusé de punir son propre beau-père. Au lieu de quoi, il a envoyé Attale en Perse, à la tête d'un détachement chargé de préparer l'invasion à venir, et a de nouveau promu Pausanias, en en faisant cette fois son garde du corps personnel, dans l'espoir d'apaiser sa colère.

« Ils l'ont plaqué au sol et à chacun son tour, explique Callisthène. Il a chié du sang pendant des jours.

— Il s'en serait pris au roi pour une histoire de sévices ? Ça ne tient pas debout… »

Et pourtant *c'est ce qu'ils portent aux nues, c'est comme ça qu'ils font souffrir les gens, qu'ils mènent leurs affaires. C'est comme ça qu'ils dirigent le royaume.*

« Tu crois que Philippe est mort ? »

La pièce possède pour toute fenêtre une haute et étroite lucarne qui donne sur les vignes. Callisthène tend le cou, tentant d'apercevoir quelque chose, n'importe quoi. « Crois-tu que quelqu'un se souvienne que nous sommes là ? »

La réponse arrive à minuit. Nous avons allumé des lampes et bu l'eau défraîchie de ce matin, sans oser nous aventurer en quête de nourriture. À présent, nous sommes allongés sur nos paillasses, bien réveillés, lorsqu'un soldat pousse la porte. Un soldat : Antipater.

« Pas toi », ordonne-t-il à Callisthène.

Je le suis à travers ces couloirs étrangers. Aegae est plus vieille et plus fruste que Pella la moderne, la luxueuse ; les salles de son palais sont plus étroites, plus sombres, les plafonds moins hauts, et les sols irréguliers. Nous croisons des sentinelles et des patrouilles, des soldats avec les nerfs à vif et le visage livide, qui sursautent et se tendent avant de reconnaître Antipater. Nous avons bien fait de ne pas nous aventurer seuls hors de la bibliothèque.

« Tourne-toi vers moi, m'ordonne Antipater en arrivant devant une porte. Écarte les bras. »

Il me palpe de haut en bas pour s'assurer que je n'ai pas d'arme.

« Entre.

— Qu'y a-t-il à l'intérieur ?

— Entre. »

Une chambre. Alexandre est assis sur le lit, la tête dans ses mains. Il se redresse en m'entendant entrer. Je m'assois à côté de lui, et passe le bras autour de ses épaules.

« Peut-être l'ai-je désiré, dit-il.

— Tous les jeunes hommes souhaitent la mort de leur père. J'étais comme ça. Et puis, quand ça arrive…

— J'ai fait un sacrifice pour ça.

— Qu'as-tu sacrifié ?

414

— Un coq noir. J'aurais préféré un taureau, mais on ne peut pas cacher un taureau. Les dieux m'ont compris, malgré tout.

— C'était quand?

— Après la bataille des Médares, quand il a dit qu'il m'estropierait s'il me reprenait à partir seul.

— Il y a trois ans?

— Les dieux savaient.

— Trois ans, dis-je. Enfant, les dieux n'attendent pas si longtemps. Tu n'y es pour rien.

— Je savais, pour Pausanias.

— Sa dispute avec Attale?

— Si ça n'avait pas été Pausanias, ç'aurait été quelqu'un d'autre. Les dieux m'ont entendu.»

C'est vous le coupable. Reconnaissez votre faute.

«Il m'a regardé, reprend Alexandre. J'étais derrière lui, sous les arcades, attendant mon tour pour entrer dans le théâtre. Après Pausanias… mon père ne pouvait plus parler, mais il s'est retourné pour me regarder. Il savait qu'en fait, c'était moi. Les dieux ont ouvert la porte.»

Des extrêmes opposés, mais aussi des versions de la même forme.

«Je vous ai attendu, attendu, poursuit Alexandre. Personne ne savait où vous trouver. Où étiez-vous donc?

— Dans la bibliothèque. »

Il éclate en sanglots.

« Mon père est mort de la peste, dis-je, en dégageant mon bras de ses épaules. Le tien a été tué par un assassin. Le corps a besoin d'un équilibre des fluides. Le chagrin entraîne un excès de fluides, que nous libérons à travers les larmes. Si l'on pleure trop, le corps se dessèche ; le cerveau se ratatine. Il faut que tu pleures, que tu boives de l'eau et que tu dormes. Demain matin, tu demanderas aux dieux de changer la culpabilité que tu éprouves en un minuscule poisson. Tu cacheras ce poisson quelque part, au fond de toi. »

Je pose le doigt sur ma tempe, sur mon cœur.

« Là, ou là. Tu peux vivre avec ça. Personne ne le saura.

— Antipater pense que Pausanias a été payé.

— Par qui ? »

Son regard se pose sur moi.

« Il ne peut pas penser ça.

— Ma mère, alors.

— C'est ridicule. Mouche-toi. »

Il s'essuie le nez sur sa manche.

« Tout un tas d'ambitieux auraient pu trouver leur compte dans la mort de ton père. Antipater le comprendra.

— Vous croyez?

— Ça paraît logique. Un petit chef de clan mécontent, peut-être, qui s'imaginait déjà sur le trône et qui a trouvé en la personne de Pausanias une arme prête à l'emploi. Je lui en toucherai deux mots. »

Je me lève.

« Il faut que tu dormes. Veux-tu que j'approche la lampe? »

J'allume une lampe de chevet à la flamme de la torche accrochée au mur, et je la pose près du lit, où Alexandre s'est allongé.

« Ça va aller? »

Il acquiesce.

« Tu n'y es pour rien. »

Il ferme les yeux.

Les enfants tiennent la main. Les hommes marchent tout seuls, tu comprends?

~

Après les rituels de purification et une exposition solennelle du corps du défunt roi, Philippe est enterré avec ses armes sous un grand tumulus de terre. Le corps mutilé de Pausanias est brûlé au sommet de la butte. Les fils d'Aéropus, petit chef de clan mécontent, ont été jugés, condamnés à mort et exécutés.

Sacrifices rituels, jeux funéraires, grande pompe et hommages dans la lumière vive et dorée d'une fin d'après-midi d'été, le pollen virevoltant dans l'air.

J'ai du chagrin. Dans un minuscule recoin, tout au fond de ma poitrine, un petit homme est assis, un mannequin, et il pleure. Je lui dis de se calmer. Le soir, quand je bois, il se hisse sur mon épaule pour jeter un coup d'œil timide. Il pense les mêmes pensées que moi, à sa petite manière, des pensées piquantes, des brochettes, de minuscules souvenirs, intenses. C'est une sorte d'Arrhidée, mon mannequin, avec son nez encroûté, ses bredouillis, il porte sans doute encore des couches, ne sait pas manger tout seul, mais il se souvient d'une manière extravagante, excessive, complexe — des éclairs soudains aux couleurs saturées. En voici un : Philippe ouvrant les yeux sous l'eau pour la première fois et éclatant de rire, faisant jaillir de sa bouche un flot muet de bulles, tendant la main pour toucher les bulles qui sortent de la mienne, regardant ses pieds par-dessus son épaule ; au-dessus de lui la surface, et devant lui mon visage. Philippe, les deux yeux grands ouverts, riant sous la mer.

~

« Soyez prudents », me dit Herpyllis.

C'est la saison des moissons, avec ses jours dorés et ses nuits déjà fraîches. Callisthène et moi partons à cheval pendant que c'est encore possible, avant que le temps se gâte. Nous monterons Jais et Princesse ; Pirouette portera nos affaires. Il souffle et renifle, agacé par ce poids inhabituel. Callisthène lui gratte les naseaux, et lui dit qu'il s'est ramolli.

Je ramasse la petite Pythias pour la serrer dans mes bras, et lui explique que je vais nous chercher une nouvelle maison.

« Moi aussi, j'y vivrai ? demande-t-elle.

— Toi aussi. »

Elle cogne son front contre le mien. Je la repose, et elle court se réfugier contre les jambes d'Herpyllis, qui tient le bébé dans ses bras.

Nous montons, et nous nous éloignons.

« Tout n'était pas si mal », déclare Callisthène quand nous nous tournons pour leur dire au revoir, en parlant de Pella et en parlant d'eux trois.

« Tu crois que nous devrions rester ?

— À Pella ? Non.

— En Macédoine ?

— C'est pour ça que nous faisons ce voyage, non ? »

Nous chevauchons vers l'est, non loin de l'océan d'abord, puis à l'intérieur des terres. Nous faisons griller du pain sur des branches encore vertes, au-dessus d'un feu nocturne aux contours incertains, et nous dormons à la dure. Nous sommes calmes, ensemble, le regard de chacun tourné vers l'intérieur. J'ai un pressentiment à propos de mon neveu, l'impression qu'il a quelque chose à me dire. Peu importe. Quelle que soit sa décision, je l'accepterai, même s'il me manquera.

L'armée de Philippe — d'Alexandre, désormais — n'a pas chômé en Chalcidique. En quelques semaines seulement, les lieux ont retrouvé une part de leur beauté, de leur prospérité, des fruits, des oiseaux, des couleurs. Lorsqu'on se tient immobile, au crépuscule, on entend la terre bourdonner. Le sol reste chaud longtemps après la tombée de la nuit ; des visages étranges et familiers nous sourient depuis les champs ; les galaxies forment une traînée de liquide argenté sur la voûte céleste, un motif aussi familier que les taches sur la table de cuisine de ma mère autrefois. Je suis presque chez moi ; tout ce temps, ça n'était qu'à deux jours à cheval. Callisthène sourit une fois ou deux sans dire un mot, de quelque chose qu'il a lu sur mon visage. Il faudra un bon mois pour déménager la maison de Pella et terminer tout ce que j'ai à faire là-bas, et il sera alors trop tard dans la saison pour voyager avec les femmes et les enfants, il fera trop humide et trop froid, surtout pour le bébé. Nous entreprendrons de nouveau ce voyage, pour de bon, au printemps. Ce n'est qu'un repérage.

Comme Antipater m'y avait préparé, la plus grande désolation règne encore sur la côte est. Stagire est l'unique exception. Les terres sont en jachère, et les vignes ont proliféré, mais le village a été raccommodé tant bien que mal, vieilles pierres et poutres neuves. Je montre la lettre d'Antipater à l'officier en charge, qui nous offre un ragoût sous sa propre tente, et déclare qu'il est tombé amoureux de l'endroit, ces deux derniers mois. Bonnes manières. Je lui réponds que ses hommes ont travaillé vite.

Il reverse du vin. « Nous savons d'où viennent nos ordres. Qui vous êtes. »

Nous jouons aux dés pendant un long moment, puis je redescends à pied vers la côte, à la lumière de la lune. Callisthène me rejoint quelques minutes plus tard.

« Tu es heureux, dit-il.

— Vraiment ?

— Tu te sens bien. Tu es chez toi, ici.

— J'imagine que oui. Je ne sais pas. C'est un bon endroit où grandir. J'aime l'idée que Nicomaque puisse courir partout, ici, comme je le faisais quand j'étais enfant.

— Qu'il joue avec ton fantôme… »

Je désigne la mer.

« Ce petit garçon-là se trouve à quinze mètres du rivage, six mètres sous l'eau, il pêche des coquillages. Si quelqu'un veut aller le chercher, qu'il essaie… »

Callisthène referme ses bras sur lui et se frotte les biceps, de bas en haut.

« J'aimerais plutôt voir la maison. »

La propriété de mon père n'est pas au bord de la mer. La grande maison est plongée dans l'obscurité, mais de loin, nous apercevons de la lumière dans l'une des dépendances. De plus près, nous voyons que cette lumière vient de la fenêtre du pavillon installé au fond du jardin. Quand nos pas font jouer les cailloux, une vieille dame apparaît dans l'embrasure de la porte.

«Bonjour, Mère.» Callisthène s'incline pour la saluer.

C'est une bossue, et elle se tord pour examiner nos visages de ses yeux perçants. Je ne la reconnais pas.

«Vous vivez ici? interroge Callisthène.

— Je te connais.»

Callisthène sourit.

«Je ne...

— Pas toi.»

Elle se tourne vers moi.

«Toi.»

Je lui dis mon nom et celui de mon père.

«Si vous me connaissez, vous savez chez qui vous vivez...

— Il n'y a plus personne ici, depuis des années. Ils l'ont reconstruite en premier, et elle est restée vide. J'en prends soin.

— Vous nous montreriez ? »

Nous la suivons à l'intérieur.

« Ah ! » dis-je. La maison est petite : ils l'ont reconstruite plus petite, ou bien c'est ma mémoire. Six ans plus tôt, elle était à moitié calcinée, privée de toit. Il est clair que la femme vit dans cette seule pièce avec son âtre impeccable et ses brins de lavande séchés suspendus au plafond. Comment est-il possible que l'endroit ait la même odeur, après tout ce qui s'est passé, tout ce temps ?

« Vous vous occupez aussi de la grande maison ?

— Comme je peux. Je balaie presque tous les jours. J'essaie aussi de refaire le jardin. Sauf le verger, je ne peux plus récolter, à part les fruits tombés par terre…

— Vous vivez seule ?

— Je suis trop vieille pour m'en aller. Mes fils ne sont pas loin. J'ai habité chez eux pendant un moment, après la guerre, après l'exil forcé, mais je suis d'ici. Je suis revenue le mois dernier quand j'ai vu que la grande maison était terminée. L'armée sait que je suis là ; ça leur est égal, aux soldats. Tout le monde s'en fiche. Mes garçons passent me voir plusieurs fois par semaine, m'apportent ce dont j'ai besoin. »

Je fouille ma mémoire, pour essayer de la remettre.

« Des fils. Pas de fille ?

— Vous devriez connaître ma fille.

« — Je devrais ?

— Mon bébé, Herpyllis. Elle sert votre femme. »

Elle voit mon expression.

« Non. Pas mon bébé, pas avant moi…

— Non, non. C'est ma femme qui est morte.

— Ah. »

Elle se détend, secoue la tête, me tapote le bras.

« Je suis désolée. Depuis quand ?

— Un an et demi. Herpyllis… »

Je me tourne vers Callisthène, qui contemple le plafond puis m'en détourne.

« Herpyllis a été d'un grand réconfort pour sa maîtresse tout au long de sa maladie. Pour moi, aussi.

— Tu ne l'as donc pas renvoyée, après…

— Ah. »

Callisthène fredonne imperceptiblement, les yeux fermés.

« Non. Pour tout dire… »

Je n'ai jamais eu de belle-mère.

« Tais-toi, dis-je à Callisthène.

— Excuse-moi. »

La vieille dame éclate de rire.

« Ce genre de réconfort, hein ?

— Un fils est un grand réconfort.

— Un fils ! »

Elle frappe dans ses mains ; écarte les pans de sa jupe du bout des doigts et décrit un cercle lent au milieu de la pièce : elle danse.

« Un petit-fils !

— Herpyllis est très heureuse », intervient Callisthène.

La vieille dame a les joues toutes roses.

« Je vous montre la grande maison ? Elle n'attend plus que vous. Vous les amènerez ici, vous les ramènerez. N'est-ce pas ? Prends la lanterne pour moi, mon amour. Là-haut, sur l'étagère.

— Demain. »

Callisthène entreprend alors d'évoquer ma petite maisonnée, Herpyllis et le bébé — la bonne nourriture qu'ils mangent, les beaux habits qu'ils portent —, à son aise, volubile, la distrayant de la réponse que je ne lui ai pas donnée. Elle insiste pour que nous restions, mais l'officier nous attend pour une tournée d'inspection des travaux de reconstruction, demain, à la première heure.

« Dans l'après-midi, alors.

— L'après-midi. »

Callisthène et moi regagnons le campement militaire.

«Tu vas briser son vieux cœur, finit-il par déclarer.

— Je n'y peux rien.

— Je sais.»

Il est tard; il fait froid. Nos bouches fument.

«C'est pour ça que nous sommes venus. Pour que tu puisses prendre une décision.»

Je reste muet.

«Ça a l'air d'aller mieux, ces temps-ci... reprend Callisthène, en regardant ailleurs. Ta maladie. Tu allais si mal pendant un moment, mais là, dernièrement...

— Ma maladie?»

Nous sommes au sommet de la petite butte qui domine le campement. Je lève la main pour faire signe à la sentinelle, qui nous a repérés. L'homme se rassoit devant son feu.

«Je t'en prie, reprend Callisthène. Tu ne veux pas en parler, même à moi? Est-ce que je ne te connais pas depuis suffisamment longtemps?»

Je secoue la tête.

«Tu vas mieux dès que tu as quelqu'un de nouveau à aimer. Alexandre, au début. Herpyllis, maintenant. Moi, autrefois. Tu sors de toi-même. Ça te fait du bien. Je me souviens de la première fois où je suis

426

venu te voir, à Atarnée. Tout le monde m'avait dit à quel point tu étais sombre, mais de toute ma vie, je n'ai jamais été aussi heureux. Tu avais toujours du temps à me consacrer, tu étais toujours prêt à parler avec moi. Tu m'offrais des cadeaux, tu m'encourageais, tu me faisais sentir que j'étais le bienvenu, que j'étais brillant. Je me suis demandé, pendant un moment, si c'était le sexe qui t'intéressait. Mais ce n'était pas le cas ; tu m'aimais, c'est tout. Puis tu t'es marié, et ç'a été Pythias. Puis nous sommes arrivés à Pella, et ç'a été Alexandre.

— Tu es jaloux ?

— Non. Oui, évidemment. Mais ce n'est pas… Ce que j'essaie de te dire, c'est que ça fait longtemps que je t'observe. Tu as une maladie. Tous ceux qui t'aiment le voient. Pendant que tu étais à Miéza, Pythias et moi, nous discutions de ce que nous pouvions faire pour t'aider. Elle disait que tu avais besoin d'Alexandre. Elle disait que s'ils te le prenaient, tu mourrais…

— La bile noire, dis-je.

— Elle n'éprouvait aucun ressentiment. Elle était plus maligne, je crois, que tu pouvais le…

— Pas chez elle, chez moi. Mon père m'a appris, il y a longtemps, que la bile noire peut-être chaude ou froide. Froide, elle rend léthargique et stupide. Chaude, elle rend brillant, insatiable, frénétique. Comme les différents stades de l'ivresse, tu vois ? Mais ce que mon père n'avait pas compris, c'est que ce n'était pas forcément mauvais. Les gens qui trouvent l'équilibre entre les extrêmes… »

Callisthène pose sa main sur mon bras.

« … Les meilleurs professeurs, artistes, guerriers…

— Platon, Carolus, Alexandre…

— Longtemps, j'ai oscillé de l'un à l'autre. Je me trouvais une fille, et je baisais jusqu'à me vider, et ensuite, j'avais envie de mourir. Dernièrement, comme tu l'as dit, ça va mieux. Pas trop haut, pas trop bas. C'est peut-être Herpyllis ; peut-être. Qu'importe, d'ailleurs, tant que ça tient ?

— Tu crois que ça tiendra ?

— Tu as vu le verger, près de la grande maison ?

— Des prunes.

— Des prunes. C'est l'un de mes plus vieux souvenirs, le goût de ces prunes. Je les regardais quand nous sommes arrivés, tout à l'heure, et je me suis dit : trop petits, après tant d'années… Ces maudits arbres sont encore trop petits pour y pendre une corde. Voilà les pensées qui m'habitent, aujourd'hui encore.

— Athènes, alors.

— Pour moi. Et pour toi ? »

Il semble intimidé, surpris.

Je hoche la tête.

« Ton travail est solide. Tu n'as plus besoin de moi. Je te donne cette maison, si tu la veux. »

Nous descendons vers le campement.

« Tu te souviens à quel point je détestais la Macédoine quand nous sommes arrivés ? reprend mon neveu.

— Je m'en souviens.

— Stagire, dit-il. Confort, tranquillité, du temps pour écrire. Ça pourrait être pire.

— Ou bien tu pourrais m'accompagner, rester avec moi. Collègue, plus qu'apprenti.

— Ou alors je pourrais faire tout à fait autre chose. Tomber amoureux, par exemple. Voyager.

— Ou les deux. »

Il éclate de rire.

« Ce sera les deux, alors.

— Putain ce qu'on se les gèle ce soir, se plaint la sentinelle. Y a des couvertures de rab dans la tente d'intendance. Prenez ce qu'il vous faut. »

~

« Majesté.

— Maître », répond Alexandre.

Nous nous enlaçons, brièvement. Je sens la chaleur sèche, légèrement fiévreuse, de sa peau, qui correspond précisément à la rougeur de sa complexion, je sens la force qui est la sienne, et son odeur délicatement épicée qui l'avait rendu si cher à ma femme quand il était petit garçon. Il me reçoit dans la bibliothèque du palais, à Pella, pour la dernière fois. Il est roi depuis huit mois.

« Je n'arrive pas à croire que vous partiez », dit-il.

J'offre deux cadeaux à mon élève : un volume d'Homère, et un d'Euripide.

« Mais ce sont les vôtres… »

Il les parcourt.

« Il y a vos notes dedans. »

J'acquiesce.

« Je les mettrai toujours sous mon oreiller quand je dormirai », déclare-t-il gravement, et je réprime un sourire. Je me lève.

« Non, non. En échange de tout ce que je vous offre, je veux un dernier cadeau…

— Tout ce que tu voudras. »

Que pourrais-je bien dire d'autre ?

Alexandre rit et réplique, s'adressant à un public invisible :

« Regardez-le un peu… On dirait que je lui ai demandé son nouveau-né. »

Mon cœur se serre dans un ultime élan de jalousie. Je décèle des attitudes que je n'avais jamais vues chez lui ; Alexandre subit déjà de nouvelles influences. Je serai trop loin désormais pour observer la manière dont il les adopte, et les adapte, pour voir son esprit prendre du volume, comme son corps l'a déjà fait — c'est donc bien de l'amour, me dis-je, ce que je ressens en le regardant. Peut-être Callisthène disait-il vrai. C'est aussi bon que l'amour.

« Une leçon. Je veux une dernière leçon. »

Nous nous asseyons.

« Je suppose que ce serait une perte de temps de te parler de la modération. »

Je lui arrache un sourire.

« Par conséquent, je vais te parler de l'excellence. Qu'est-ce que l'excellence chez un homme ? Quand un homme est-il un homme bon ? Que signifie mener une vie bonne ?

— Triompher. Agir au maximum de ses capacités. Prospérer.

— Prospérer… »

Je hoche la tête. J'évoque l'exercice des facultés humaines, et toutes les manières dont un homme peut exceller : par son caractère, en amitié, par son intellect. Je m'attarde sur l'intellect, j'explique qu'il est un don divin qu'aucun autre animal n'a reçu en partage. Dans la hiérarchie des excellences, l'intellect se trouve tout en haut ; par conséquent, la meilleure vie, pour un homme, est celle qui est consacrée à la poursuite de l'excellence intellectuelle.

« À la philosophie », précise Alexandre.

Je me détourne du ton désinvolte, mielleux, amusé de mon élève. En cet instant, j'aimerais enfouir mon nez dans mes livres comme la petite Pythias enfouissait jadis le sien dans la poitrine de sa mère, annihilant ainsi le monde.

« Lysimaque disait la même chose, ajoute Alexandre. Qu'il était dans ma nature d'exceller en toute chose, et que quiconque se dresserait sur mon chemin contrarierait la volonté des dieux.

— Ce n'est pas vraiment ce que j'ai dit, me semble-t-il…

— Pas exactement. »

Alexandre sourit.

« Lysimaque prospère, ces jours-ci…

— Vraiment ?

— J'en ai fait mon garde du corps personnel. Oh, cette tête ! Vous n'approuvez pas ?

— Il ne m'appartient pas d'approuver ou non… Seulement…

— Seulement ? »

Il se penche vers moi.

« Seulement, j'aurais pensé qu'il présentait toutes les conditions pour poursuivre le genre d'excellence que je vous ai décrite. Un homme complet, un artiste, un esprit vif, tout à fait le genre d'esprit capable d'apprécier la supériorité naturelle de la vie contemplative. Sans oublier les moyens et le loisir dont il dispose. Je suis assez pragmatique pour savoir que cela fait nécessairement partie de l'équation...

— J'ai les mêmes qualités, n'est-ce pas ?

— Si ton père t'a laissé le souvenir d'un roi macédonien libre de disposer de son temps, tu ne l'observais pas d'assez près.

— N'esquivez pas ma question.

— Tu as les mêmes qualités. Non. Tu possèdes ces qualités de manière superlative. Tu le sais. Tu sais que je ne te flatte pas. L'ai-je jamais fait ?

— Je ne vous aimerais pas si vous le faisiez. »

Avant qu'un malaise ait le temps de s'installer, il ajoute :

« Je devrais donc me retirer dans l'une des propriétés de mon père et passer mon temps assis dans un siège confortable, à boire de l'eau et à contempler les merveilles de la création ?

— Pas trop confortable, le siège. La propriété de mon père se trouve à Stagire, au cas où tu ne le saurais pas. »

Je m'assure qu'il me regarde.

« Adulte, je n'ai jamais vécu là-bas.

— Vous vous êtes fait tout seul…

— C'est parfois dur d'y arriver. Plus dur que tu n'en as idée… »

Il rit.

« Vous êtes persuadé que votre vie est parfaite. Vous pensez que tout le monde aimerait être comme vous. Toutes ces années que nous avons passées ensemble, vous avez fondé vos théories sur les accidents de votre propre vie. Vous avez bâti toute une philosophie sur la vertu qui consiste à être vous-même. Les crustacés sont dignes d'intérêt parce que vous aimez nager. La violence devrait être proscrite parce que vous n'avez jamais eu à quitter la tente, à Chéronée. La meilleure forme de gouvernement consiste à confier le pouvoir à la classe moyenne, parce que vous êtes issu de la classe moyenne. La vie devrait être consacrée à la contemplation silencieuse, parce que la vie ne vous a jamais rien offert de plus…

— Dis-moi ce qu'il y a de plus.

— Il y a tout un monde. »

Ses yeux s'ouvrent bien grands.

« Vous pourriez voyager avec moi, vous savez. Je ne vais pas rester ici. Je pars vers l'est, l'est, et encore l'est. J'irai aussi loin que personne n'est jamais allé, et ensuite, plus loin encore. Des animaux que nul n'a jamais vus. Des océans dans lesquels nul n'a jamais nagé. De nouvelles plantes, de nouveaux peuples, de nouvelles étoiles. Tout cela me tend les bras. À vous, aussi. Je ferai en sorte que vous voyagiez à votre aise. Nous vous transporterons dans un palanquin, avec des coussins, des scribes, des chariots entiers gémissant sous le poids de tous les spécimens que vous récolterez... Vous ne remarquerez même pas la présence de l'armée. Nous nous contenterons de vous ouvrir la route. Rendre connu l'inconnu, n'est-ce pas là la plus grande des vertus, le plus grand des bonheurs? N'est-ce pas exactement la chose dont nous parlons?

— Tu confonds plaisir et bonheur, le vrai bonheur qui dure. Quelques frissons, quelques émotions. Ta première femme, ton premier éléphant, ton premier plat épicé, ta première gueule de bois, ta première ascension d'une montagne que personne n'a jamais conquise, et ta première vue depuis le sommet, sur l'autre versant. Tu veux assembler, comme les perles d'un collier, une vie de plaisirs éphémères.

— Apprenez-moi à vivre mieux, alors. Venez avec mon armée. Venez avec moi. Vous avez été un père pour moi. Ne me rendez pas orphelin une seconde fois.

— Tu as préparé tes répliques...

— Vous n'êtes jamais content de moi. Ni quand je suis brillant ni quand je suis terne. Oui, j'ai préparé cette réplique. Qu'y a-t-il de mal à cela? Nous ne sommes pas si différents, vous et moi, après tout. Nous travaillons tous deux pour obtenir ce que nous voulons. Rien ne vient tout seul. Vos idées vous viennent-elles toutes seules?

— Non.

— Regardez-moi. »

Il se lève.

« Je suis petit. Je cherche mes mots quand je parle. Je rougis. J'ai peur du noir. Je perds conscience en pleine bataille et après, je ne me souviens plus de rien. Les hommes me regardent, et ils disent : "Grand guerrier, grand orateur, charmant, digne élève du plus grand esprit de la terre." Je ne tiens qu'à un fil, et vous aussi. »

J'acquiesce.

« Peut-être m'avez-vous changé en vous, après tout. Une surface fine et brillante, et dessous, le chaos. Comme vous avez lustré mon frère, en lui apprenant à parler, à monter à cheval. Cela, c'est vous, n'est-ce pas? C'est vous, et moi, et lui? »

Je ne réponds rien.

« Je vais vous dire ce que j'accepte, dans votre théorie du bonheur. J'accepte l'idée que le plus grand bonheur est réservé aux êtres capables d'accomplir les plus grandes choses. C'est là que nous abandonnons mon frère. C'est là que vous et moi nous détachons du reste du monde. Vous et moi, nous pouvons apprécier la splendeur des choses. Nous marchons jusqu'à l'ultime rebord du monde tel que tous les hommes le perçoivent, le connaissent et en font l'expérience, et alors nous faisons un pas de plus. Nous traversons des lieux que nul n'a jamais visités. Voilà ce que nous sommes. Voilà qui vous m'avez appris à être.

— T'ai-je vraiment appris cela ?

— Je vous ai fait de la peine...

— Oui. »

Je pose la main sur mon front.

« Oui, tu m'as fait de la peine.

— Nous nous ressemblons tant. Je suis votre enfant. »

Le petit garçon qui savait où se trouvaient la tête, le cœur, le souffle, le cerveau. Le petit garçon qui sentait si bon. Le petit garçon qui courait pour s'abriter de la pluie.

« Majesté... »

Il reprend : « Restez avec moi. Ce pas de plus, ne me laissez pas le faire seul. »

~

Nous quittons la ville par une journée ensoleillée, où la lumière fait scintiller la surface des marécages et rend l'océan aveuglant.

Alexandre m'a couvert de vivres, de biens, de matériel, de serviteurs et d'argent, jusqu'à ce que je le supplie d'arrêter. Herpyllis voyage avec les enfants sur une charrette garnie de fourrures ; joyeuse et placide, elle allaite le bébé, papote avec la petite Pythias, bientôt quatre ans maintenant, qui est excitée et ne tient pas en place, et dont la peau autour des yeux paraît déjà se tendre, signe avant-coureur des migraines dont elle souffre. Je fais signe à Herpyllis de bien lui rappeler de mettre son chapeau. Je le sais, je vois dans la petite Pythias l'anxiété qu'un voyage de ce genre aurait provoquée chez sa mère. Herpyllis, au contraire, pourrait tout aussi bien se rendre à la mer, ou rentrer à Mytilène ; pour elle, c'est du pareil au même. Les esclaves, Tychon, Simon et les autres, ont leur propre charrette. Philès chevauche à mes côtés — les projets que j'avais pour lui se réalisent enfin. Il est incapable de parler. Il est terrifié.

« Oncle. » Callisthène me tend la main.

Il assistera Alexandre au cours de ses expéditions, en qualité d'historien officiel. Le voyage, donc ; avec un peu de chance, l'amour viendra ensuite. Nous nous enlaçons, et nous disons adieu.

Je suis sur le point de monter à cheval, quand il déclare :

« Il y a quelqu'un d'autre qui voudrait te dire au revoir… »

Un grand jeune homme, dont la démarche bancale m'est familière, surgit de derrière une charrette, où il se cachait avec le petit palefrenier qui est maintenant son compagnon. Leurs sourires sont énormes.

« Mais qui est-ce donc ? dis-je, feignant de l'ignorer.

— Je ne veux pas que tu partes », marmonne Arrhidée.

Le jeune homme s'accroche à moi, il verse même une larme, tandis que je lui tapote les épaules et le dessus de la tête. « Je suis très fier de toi, Arrhidée. »

Voici donc ce que je vois, en m'éloignant sur mon cheval : mon neveu, dont le cœur est désormais un cœur macédonien, et l'idiot près de lui qui n'est plus totalement idiot, la main dressée en signe d'adieu, qui rapetissent peu à peu, jusqu'à n'être plus que des points.

Dès qu'il n'y a plus de témoins, je descends de cheval et m'installe sur une charrette afin d'écrire. Plus question de jouer les docteurs, les politiciens, les précepteurs d'enfants ; l'heure n'est plus au dilettantisme. Bientôt je serai seul dans une chambre tranquille où, pendant le restant de mes jours, je pourrai me laisser dériver, de plus en plus loin, à l'intérieur du vaste monde ; tandis que mon élève, chargeant au grand galop vers les confins de l'Atlas, s'enfoncera sans cesse plus profond dans l'abîme de son propre moi. *Ne jamais avoir peur de s'engager dans un débat duquel on n'est pas sûr de pouvoir se sortir immédiatement.* Quelqu'un pourrait-il me dire ce qu'est une tragédie ?

ÉPILOGUE

Cléopâtre et sa petite fille furent assassinées peu après la mort de Philippe, probablement par Olympias. Léonidas avait un jour réprimandé le jeune Alexandre pour avoir gaspillé de l'encens sur l'autel, en lui disant qu'il ne pourrait se permettre de telles extravagances que lorsqu'il aurait conquis les contrées où l'on produisait ces épices. Des années plus tard, à en croire Plutarque, Alexandre fit parvenir à Léonidas, depuis Gaza, «quatre cents talents d'encens et cent de myrrhe». Alexandre conquit la Perse et l'Égypte, et conduisit son armée jusqu'en Inde et en Afghanistan. À l'oracle d'Amon, dans l'oasis de Siwa, on dit qu'Alexandre demanda si l'un des meurtriers de Philippe était resté impuni, et si Philippe était vraiment son père. Il s'efforça d'incarner la synthèse entre les cultures de l'Orient et de l'Occident, adoptant la tenue vestimentaire et les manières des Perses. Au fil de ses longues campagnes, son comportement devint de plus en plus imprévisible : il buvait beaucoup, était sujet à de soudains accès de rage suivis de périodes où la dépression et la culpabilité lui ôtaient toute force, et refusait de rentrer au pays. Il prit deux épouses, et mourut à Babylone d'une maladie de l'estomac, à l'âge de trente-deux ans. Ptolémée devint l'un des plus glorieux généraux d'Alexandre, et régna ensuite sur l'Égypte, fondant ainsi la dynastie ptolémaïque qui s'achèvera, à l'époque romaine, avec la mort de son arrière-arrière-

arrière-arrière-arrière-arrière-arrière-petite-fille, mordue par une vipère aspic. Héphaïstion demeura l'indéfectible compagnon d'Alexandre, et périt au combat quelques semaines à peine avant la mort de celui-ci. Callisthène accompagna Alexandre lors de ses campagnes, en qualité d'historien, mais perdit les faveurs du roi après l'avoir critiqué, lui reprochant d'avoir accepté que ses soldats lui fassent acte d'obédience à la mode orientale. Diogène Laërce, le célèbre biographe de l'Antiquité, raconte que Callisthène fut « confiné dans une cage en fer et bientôt abandonné à la vermine, par manque de soin ; et finalement, il fut jeté en pâture à un lion, qui mit fin à ses jours ». Arrhidée devint régent de Macédoine durant le long périple d'Alexandre en Asie, et roi après la mort de ce dernier. Il était assisté du vieux général Antipater. Olympias se querellait fréquemment avec ce dernier et finit par faire assassiner Arrhidée, afin de pouvoir assurer elle-même la régence.

Aristote retourna à Athènes, pour y diriger sa propre école, le Lycée, jusqu'à ce qu'un brusque réveil du sentiment anti-Macédonien, à la mort d'Alexandre, le force à quitter cette ville pour la deuxième fois. Il passa sa dernière année dans la garnison macédonienne de Chalcis, en Eubée, où il mourut à l'âge de soixante et un ans.

Le testament d'Aristote est parvenu jusqu'à nous :

> Tout ira bien. Mais s'il arrive un malheur, voici les dernières dispositions d'Aristote. Antipater sera en tout mon exécuteur testamentaire ; mais jusqu'à la majorité de Nicanor, Aristomène, Timarque, Hip-

parque et Diotèle, ainsi que Théophraste, s'il le veut bien et que les circonstances le lui permettent, seront tuteurs et curateurs de mes enfants, d'Herpyllis et de tous mes biens. Lorsque ma fille aura l'âge requis, on la donnera en mariage à Nicanor ; mais s'il lui arrive malheur (ce qu'aux dieux ne plaise, et qui n'arrivera pas) avant son mariage, ou une fois qu'elle sera mariée mais sans qu'il y ait eu d'enfants, Nicanor aura tout pouvoir, tant par rapport à l'enfant que par rapport à tout le reste, et en disposera d'une manière digne à la fois de lui-même et de moi. Nicanor prendra soin de ma fille et de mon fils, Nicomaque, et il agira envers eux comme un père et un frère. Et s'il devait arriver malheur à Nicanor (ce qu'aux dieux ne plaise !) avant qu'il ait épousé ma fille, ou après l'avoir épousée mais sans laisser d'enfants, les arrangements qu'il aura pris seront exécutés. Si Théophraste veut alors vivre avec ma fille chez lui, il entrera dans tous les droits que je donne à Nicanor. Sinon, les curateurs, prenant conseil avec Antipater, disposeront de ma fille et de mon fils à la manière qu'ils jugeront la meilleure. Je recommande aux tuteurs et à Nicanor de se souvenir de moi et de l'affection qu'Herpyllis m'a toujours portée, et de prendre soin d'elle et, si elle veut se marier, ils prendront garde qu'elle n'épouse personne au-dessous de ma condition ; et en ce cas, outre les présents qu'elle a déjà reçus, il lui sera donné un talent d'argent pris sur mon héritage, trois servantes de son choix, outre la femme de chambre qu'elle a aujourd'hui, et le jeune serviteur Pyrrhaeus ; et si elle veut demeurer à Chalcis, elle y occupera le logement contigu au jardin ; et si elle choisit Stagire, elle y occupera la maison de mon père. Les curateurs feront meubler comme ils le jugeront nécessaire, et avec l'aval d'Herpyllis, celui de ces deux endroits qu'elle aura choisi. Nicanor aura soin que Myrmex soit renvoyé à ses parents d'une manière digne de moi, avec tous les biens que nous avons reçus de lui. On affranchira Ambracis, et on lui donnera, quand ma fille sera mariée, cinq cents drachmes et la servante qu'elle a aujourd'hui. À Thalé, outre l'esclave achetée qu'elle a, on donnera une servante et mille drachmes. Quant à Simon, outre l'argent qui lui a été donné pour avoir un esclave, on lui achètera un autre esclave, ou on lui en donnera la valeur en argent. Tychon, Philon, Olympias et son fils recouvreront leur liberté lorsque ma fille se mariera. Les enfants de mes domestiques ne seront point vendus ; mais ils passeront au service de mes héritiers jusqu'à l'âge adulte, pour être affranchis alors s'ils l'ont mérité. On aura soin encore de faire achever et consacrer les statues que j'ai commandées à Gryllion, à savoir celles de Nicanor, de Proxène et de la mère de Nicanor. On érigera également le buste sculpté d'Arimnestos, mort sans enfants. On placera le simulacre de ma mère dans le temple de Déméter à Némée ou en tel endroit qu'on préférera. On mettra dans mon tombeau, où qu'il se trouve, les os de Pythias, comme elle l'a ordonné. Enfin, en souvenir du bon salut de Nicanor, selon le vœu que j'avais fait pour lui, on consacrera à Stagire des statues de pierre, grandeur nature, aux sauveurs Zeus et Athéna.

REMERCIEMENTS

Je tiens à remercier vivement Denise Bukowski et Anne Collins, et à exprimer toute ma reconnaissance au Canada Council for the Arts pour le soutien financier dont j'ai bénéficié.

Les livres suivants m'ont été particulièrement utiles : pour l'histoire de la Macédoine, *La Vie d'Alexandre,* de Plutarque, *A History of Macedonia, volume II : 550-336 BC,* et *The Cambridge Ancient History, volume IV,* de N.G.L. Hammond et G.T. Griffith ; pour la médecine antique, *Les Écrits d'Hippocrate / Hippocratic Writings*, publiés par G.E.R. Lloyd, traduits par J. Chadwick et W.N. Mann ; pour la vie et la pensée d'Aristote, *Aristote : Fondements pour une histoire de son évolution*, de Werner Jaeger, traduit par Richard Robinson ; *Aristotle : A Brief Introduction,* de Jonathan Barnes ; *A History of Western Philosophy : The Classical Mind,* de W.T. Jones ; et *The Fragility of Goodness : Luck and Ethics in Greek Tragedy and Philosophy*, de Martha Nussbaum.

Pour un récit romancé du séjour d'Aristote en Macédoine vu par Alexandre, je vous recommande l'excellent roman de Mary Renault, *Fire from Heaven* (1969).

L'épigraphe est tirée des *Vies* de Plutarque et je cite *Ménon* de Platon, *Les Bacchantes* d'Euripide, *Œdipe Roi* de Sophocle.

Carolus, Philès, Illaeus, Athéa, les médecins, les chevaux et le garçon d'écurie sont des personnages de fiction. Les érudits remarqueront que j'ai laissé de côté Théophraste, un disciple d'Aristote dont on pense qu'il l'a accompagné en Macédoine. Ils remarqueront aussi que j'ai retardé la mort de Speusippe pour les besoins de l'histoire. Et ils manqueront de s'étouffer en découvrant que j'ai envoyé Aristote à Chéronée, alors que rien, dans ses écrits ou ceux des autres, ne permet de le supposer.

☥

Nicolas DICKNER
Nikolski

Thomas WHARTON
Un jardin de papier

Christine EDDIE
Les carnets de Douglas

Rawi HAGE
Parfum de poussière

Dominique FORTIER
Du bon usage des étoiles

C S RICHARDSON
La fin de l'alphabet

Nicolas DICKNER
Tarmac

Lori LANSENS
Les Filles

Martine DESJARDINS
Maleficium

Margaret LAURENCE
Le cycle de Manawaka
L'ange de pierre
Une divine plaisanterie
Ta maison est en feu
Un oiseau dans la maison
Les Devins

Conception graphique : Antoine Tanguay et Hugues Skene

Éditions Alto
280, rue Saint-Joseph Est, bureau 1
Québec (Québec) G1K 3A9
www.editionsalto.com

ACHEVÉ D'IMPRIMER
CHEZ TRANSCONTINENTAL GAGNÉ
LOUISEVILLE (QUÉBEC)
EN JUILLET 2011
POUR LE COMPTE DES ÉDITIONS ALTO

GARANT DES FORÊTS
INTACTES

L'impression du *Juste milieu* sur papier Rolland Enviro100 Édition
plutôt que sur du papier vierge a permis de sauver l'équivalent de 64 arbres,
234 878 litres d'eau et d'empêcher le rejet de 3 558 kilos de déchets solides
et de 9 248 kilos d'émissions atmosphériques.

EcoLogo®

100 %

BIO GAZ
ÉNERGIE

Dépôt légal, 2e trimestre 2011
Bibliothèque et Archives nationales du Québec